乐活

WELL-BEING

刘志宣 著

上海三联书店

目 录

晒

后面有人在追，叫喊声越来越近了，吴家珏慌不择路，拼命地奔跑，跑，跑。山路曲折，荆棘丛生，跌倒了，又爬了起来。那一刻，似乎到了尽头，足下是悬崖，想要遏止，已来不及了，他惊叫一声，绝望地闭上眼睛，只觉得整个身子急遽地往下坠，跌落在一片冰冷的海水里。这样的梦，似乎已经做过无数次了，他不明白，这是为什么。宋雅娜就讥讽道：这说明你缺乏想象力，连做梦的空间都是这么逼仄。

他不想与她争辩。她也常向他诉说梦中的故事，那可是五彩缤纷，无奇不有啊。他不由得不佩服，她怎么会有那么多美妙的梦中境遇呢？而他，梦中却总是重复着被人追逐的恐惧。他找来解梦的书，想从中找到答案。古今中外析梦说有多种，他偏向于弗洛伊德①的阐释：梦是人们在白天活动时产生的潜意识转化而成的情境。只是，对于他来说，这个潜意识是什么呢？他苦于始终没能获得答案。

别说潜意识了，就是明意识，他都无暇顾及嘛。他整天忙忙碌碌，被一大堆事务包裹着，压得几乎透不过气来。这不，才三十好几呢，就有些头谢顶，背微驼了。为这，宋雅娜抱怨他，说是他给她丢脸了。她太注重外在形象，每次他俩参加社交活动，她不仅自己要梳妆打扮到极致，还会刻意要他注重形象，连

---

① 西格蒙德·弗洛伊德（Sigmund Freud，1856—1939），奥地利心理学家，他在《梦的解析》（The Interpretation of Dreams）中解读了人们的潜意识在梦中的表象。

穿什么衣裤、打什么领带、裤子和鞋子的搭配，都要一一指定。即便如此，她还是觉得他煞风景，说他有种先天的不足，为何不是那种高帅挺拔的伟丈夫呢？他就反唇相讥道：你也不是那种羞花闭月、婀娜多娇的美少女啊，再说了，当年，不是你缠绵悱恻与我，死活要追求我的吗？现在后悔啦？这么一说，她便不作声了。确实，当年读大学，她怎是被他的儒雅风度迷住了，是她一个劲儿地追求他。毕业后，他要来上海寻求发展，她毫不犹豫放弃已应聘的工作，连行李都没准备好就跟着他来了。那时，家乡还没通高铁，他们在绿皮火车上足足颠簸了七八个小时，下了车，直奔仰慕已久的外滩，在东方明珠、金茂大厦的背景下留了合影。然后，找到了工作，结了婚，有了孩子，这么一晃十多年就过去了。从最初被上海人瞧不起谑侃为乡下人的外地佬，逐渐除去生来的乡土气，一变而成了特具沪上情调气质的新上海人了。而这，都是忙忙碌碌中以辛苦付出的代价换来的。

最难过的就是语言关了。刚来时候，他根本听不懂上海话，譬如人家口语中常会冒出"我估这""一塌窟子"这些词儿，那意思本是说我觉得、全部的意思，他倒好，竟听成了"我骨折""一脱裤子"了，还痴痴地问，你们上海人怎么个个都骨折了，见人就说要一脱裤子呀，弄出个大笑话来。他也试着撇沪腔，知道上海人把鱼字读嗯音，就把所有发 yu 音的字，都一律读成嗯音，洋山芋（yù）说成洋塞嗯，让人笑得喷饭。她的语言天赋和灵感比他要强多了，学沪语既勤奋又耐心，同事、邻里，她是见人就撇沪腔，也不管掌握了多少，说成洋泾浜，会遭人鄙笑。他不肯学，倒不是有畏难情绪，英语六级都通过了，学个上海话又怎样呢？但他始终觉得，即便是发音对了，骨子里还是个外地人，那与生俱来的乡土腔调，是永远也学不来的，反而显得虚伪做作。为这，她很不高兴，讥诮道：你就是个土包子，乡毋宁（乡下人）！这话刺激了他，自尊心令他立马也冒出鹦鹉学舌的上海话来：侬帮帮忙好伐，上海嗳喔（话）我哉（全）会得港（讲），有啥了不起？她就说：那侬就港（讲）啊，以后毋（不）要再港（讲）啊（外）地嗳喔（话）了，听到嘛（么）？无奈，他只得每日留心所接触的上海本地人的发音，可有时候，听人说的沪语中也掺杂着苏北、浙江方言，他可不能混淆不清，得努力去伪存真，细细琢磨了。

功夫不负有心人，这些年下来，这沪语也驾轻就熟了。可是，生活习性却难脱乡毋宁（乡下人）味儿。大蒜是最爱，曾经，无蒜不思饭。整日里，身上都浸漫着浓郁的蒜味儿。他熟悉、喜欢这味儿。突然意识到必须与这味儿告别，真像失去亲人般地难受。不是她说他，要他戒了蒜味儿，他也意识到，在上海人面前，这味儿有多么丢人。说到味儿，先前听说的十里飘香南京路，如今偌大的魔都，无时无处都弥漫着沁人心扉的香味儿。他惊讶的，是她竟然能从弥漫在空中掺杂混沌的香气里，从擦肩而过的男女身上，准确无误地辨析出各种香味儿的品牌：兰蔻、迪奥、娇兰、雅诗兰黛、圣罗兰、丽娜蕙姿 [1]……她能报出一连串的名字。家里梳妆镜柜里，不知什么时候，也早就摆满了各种时尚的化妆品。自然，出门的包，也是少不了的，COACH、GUCCI、GUESS、HERMES[2]，都是顶级名牌货，这样的包，一只就够了，她却拥有了四只。她身上的衣着，总会随着沪上时尚而变幻。她近来喜欢披散着齐肩的头发，上身一袭宽松长袖飘逸

---

① 这些都是驰誉全球的国际化妆品名牌，高消费女士所爱。

② 蔻驰、古驰、盖尔斯、爱马仕，国际品牌包。

绒衫，下面一条有毛边和窟窿的仿旧复古牛仔裤，或者黑色的长风衣下露着圆润修长的腿来，完全一副十足的现代化都市女孩的清雅气质。

她要的就是这感觉，这个他心里清楚，自己何尝也不是如此呢？

记得刚来上海那会儿，他一身土气，在人面前就有抬不起头的自卑。而这点上，她就比他强，从学沪语开始，穿着打扮、生活细节、兴趣品位，一点点地改变。他发现，她在这方面智慧非凡，志向甚远。她不是仅仅有变成上海人这点追求，她甚至瞧不起那些住棚户区的、几代人蜗居狭小亭子间的、地道的上海人了，她是要成为上品，混出个模样来，让远在千里之外的家乡父老、亲朋好友惊羡。这是一个系统的改造工程，需从策划、设计，到操作、实施一系列的付出，自然，这得依靠他俩共同来奋斗。他是学建筑的，在一家公司做设计，她在中学教书，较之打工的蓝领，那是上了一个层次。他想拥有自己的住房和汽车，这得有一笔巨额钱款，回老家向亲友们筹集吗？那不让人笑话！如去银行贷款，他算了一下，就瞠目结舌，望而生畏了，只能租房。他提出租个价格便宜的外环地段，她坚决反对，说那怎么行，老家要是来人，那不太丢人了，怎么说也得要在环线内繁华地段。她看中了一个高档花园小区，月租金就要一万。至于买辆私家车，他倒是乐意，有了车，出行就更方便了，不过，在买什么牌子、上什么牌照上，两人发生过严重分歧。他算了一下收入和支出，决定买辆大众朗逸，上个老家牌照，她说什么也不答应，执意要买宝马车，上海牌照。他反复说，上海牌照要十万，都可买辆车了。她就嚷嚷，朗逸车、老家牌照，叫我这面子往哪儿搁？他叫苦不迭，却又无奈。挣钱啊，她说他：现在建筑行业发展快，多少老板在盖房，你多接些设计项目不就可以了吗？她说得倒轻松，他却要呕心沥血，挑灯夜战，让自己负重不堪。须知，设计这碗饭，也不是好吃的。他辛辛苦苦做了多少昼夜的设计图纸，说不定一下就给否决了。遇上不懂行的，追着你提出各种不切实际要求，顾客就是上帝，你又不能得罪，老板催得紧，逼得凶，他是整日地紧张，疲于奔命，倦乏不堪，神情萎靡。

那常常梦中被人紧追不放的惊慌和恐惧，会不会就是因此而引起潜意识转化的情境呢？

吴家珏不由地苦笑了。

他近来越来越感到不堪重负，头晕，胸闷，心慌，呼吸急促，整个人似乎都要崩溃了。宋雅娜却不知怎的，始终有那么足的劲头儿，整日里地精神亢奋，充满着活力。逢双休日，他就想美美睡个懒觉，哪怕一觉从早睡到晚，而她却是早早就起床洗漱打扮了，要拉着他去逛街。她喜欢兜南京路、外滩、豫园、淮海路，去恒隆广场、上海环球港、国金中心购物，她痴迷于世界一线奢侈品大牌，即便买不起，哪怕看一眼，也心满意足。她还常拉着他品尝沪上美味，当然，用餐环境那是首选。黄河路餐馆她可没眼瞧，那里档次不高，她要去的，要不就是金茂大厦、国际饭店，可以登高远眺，凭窗鸟瞰整个魔都，要么就去衡山路，那儿的异国建筑群与法国梧桐的闹中取静，赋予了整条街浓郁的异国情调，时光仿佛一瞬间在此慢了下来。他俩寻个僻静的雅座，举杯对酌，别有一番雅趣。她说，在这里消费，才是真正有品位的上海人，他自然也不能否认。她似乎有着无限的精力，隔三岔五地会去瑜伽馆练功，说是要保持完美的身体曲线。当然，这都得要钱，他的信用卡因此而常常透支，急得他四处筹借款，拆东墙补西墙，却又无可奈何。他无法说服她，制止她，不过，仔细想想，他何尝不也曾几度被她的热情和活力所感染，被某种虚荣心所驱动，差不多也沉溺于此而自得么？这从她每次在微信朋友圈晒那些东西，向家乡父老亲友炫耀他们在上海的成功及上流社会的生活场景，他每次必定会跟帖点赞就足以证明了。

在微信朋友圈上晒生活近况，成了宋雅娜必做的功课。隔三岔五地，她就有新的信息发布，又是去哪儿旅游了，又是参加什么派对了，又是与谁聚餐了，又是欣赏音乐会了，又是打高尔夫球了。与人不同的是，每次发布照片，都要配以文字：什么平时也吃大闸蟹，可这次去阳澄湖品尝就是不一样啦；什么徐总带我们来腐败了，机会难得呢；什么一年一度的 Birthday Trip①，不一样的惊喜啦，意味深长，足显用心，令人遐想无限。有次，他们去了江阴新桥，参观了海澜国际马术俱乐部，她骑上了一匹黑鬃毛的骏马，只是摆拍了几种姿势而已（当然不是骑马训练，那得付费每小时 300 元），她发出的照片却写道：我喜欢的生活。下面立刻引来点赞一大片，她抑制不住心头的激动数了下，竟然超过九十人次，可谓创下纪录了。那一刻，她完全沉浸在自我陶醉中，恍若摇身一变，成富家千金了。当然，她最满足的，莫过于那次春节回老家了。他们有了宝马私家车，一路风驰电掣，长驱数百里，径直将车开到家门口。左邻右舍，都围了过来，露出惊讶目光。在亲朋好友聚会上，她的穿着尤其引人注目，她那一改乡土音，操着一口标准普通话，还不时夹杂着沪语，立马令人刮目相看了。老同学都惊羡地望着她，连声说，雅娜你变了，变了，话音里不乏赞美的意思。她自然是心领神会，满脸含笑，大有一种衣锦荣归的满满幸福感。那时的他，不也沾沾自喜，自鸣

---

① 生日旅游，时尚的娱乐方式，以显情趣高雅。

得意，仿佛俨然而身价倍增，成为家乡众发小中间的翘楚了么？项羽乌江自刎，不肯回江东，而他今非昔比，鸟枪换炮，神气十足地回乡见江东父老了，难道不是吗？

吴家珏心满意足了，宋雅娜却不，她还有更多的欲求。

她要送琪琪进国际双语学校，他觉得没这个必要，认为女儿这个阶段，能打好母语基础就不错了，即便要学点英语，他不也可以教吗？何必要花那个昂贵学费另请他人呢？她就强调说，人家的教师，聘请的都是外国人，正宗的英语，那个纯正的语感，你有吗？一句话说得他哑口无言。过了没几天，她又拖着他，去上海音乐学院所在地的汾阳路，那儿一条街都是乐器店，她不容他犹豫，就订购了一台雅马哈钢琴。他说我们都没这个音乐细胞，要钢琴干吗？不是浪费资源吗？她说是准备让琪琪学的，再说了，家里有架钢琴，也增添了我们的艺术品位嘛，他还能说什么呢？

很快地，她的朋友圈上，就晒出了他们开着宝马车送女儿去国际双语学校的视频，还有几张家中雅马哈钢琴的照片。上面配以的文字是：

贵族学校，琪琪的起跑线，还有未来……

他照例在下面点了赞，心里却矛盾得很。看来，她有着不尽的美妙计划要付诸实施呢，这只不过是个序幕。难道，这就是他们闯荡大上海所要孜孜以求的生活？这个问题，他问过自己，也问过她，她就睁着惊讶不解的大眼睛，仿佛他是个弱智似的。有一天，那个送快递的来了，他看见烈日下的小伙子额头滚动的汗珠闪着晶莹的光，黝黑的脸上洋溢出快乐的笑容，不自觉地就被感染了。他与他聊了起来，知道这位小哥早已结婚，夫妻俩都在上海打工，有了三个孩子，在江西乡下跟爷爷奶奶过。他惊讶得不得了，就问他今后打算，小伙子说他夫妻俩再干几年，等积攒足了钱就回乡下，承包村子后面那方面积不小的塘，养鱼，种藕，搞水上芹菜种植。小伙子说得那么真切、自然，他甚至有些羡慕了。后来，他忍不住跟她说了这个感觉，她一听就笑了，从她脸上露出的不屑中，他读懂了她不屑的意思。

宋雅娜有一系列美妙计划要付诸实施，当然，这都需要钱。吴家珏知道，凭他们的实力，是难登大雅之堂，过那种真正的上流社会体面生活的。高额房租、宝马车消费、交际花费，日用开销，已经难以支撑了，更遑论培养女儿琪琪的想不到的诸多费用，常常弄得他们捉襟见肘，拮据难堪。每逢这时，吴家珏就想，他们恐怕只比那个送快递的打工仔要好那么一点儿，不必天天日晒雨淋在路上奔波罢了，充其量就是个普通的白领。难道不是吗？那天，他忽然想起社会学家齐格蒙特·鲍曼①曾说过的话来，就复述着对她说：

雅娜，其实，我们就是无缘中产的无产中产阶级（The proletarian middleclass）。

她困惑地看着他：你什么意思？

他苦笑了一下：我的意思是说，我们就是那种没有固定资产和生产资料，只能靠出卖劳动力赚钱，却积极用中产阶级的消费习惯和审美趣味要求自己的那种人。

那又怎样呢？她逼视着问他。

---

① 齐格蒙特·鲍曼（Zygmunt Bauman，1925—2017），英国社会学教授，著有《现代性与大屠杀》《工作、消费主义和新穷人》《现代性与矛盾性》等。

他坦诚地说：咱们的追求不可盲目，俗话说，得看菜吃饭，量体裁衣，有多少面，就做多大的饼。现在还是积攒钱的阶段，为将来在上海滩拥有一套自己的住房，目前只能降低消费的品位和档次。

她瞪大了眼睛，教训他道：我看你就是骨子里的卑贱，缺乏高贵的意识！富人与穷人最大差别在于思维。思维决定行为，行为决定结果。你不知道吗？你是典型的穷人思维，就知道勤俭节约，省钱，省，你不能挣啊，你要不肯挣，那我就辞掉教师这职业下海去！

吴家珏慌忙摆手道：别别别，咱家总得要有一个吃体制饭的，你是事业单位，多少是个保障，还是我去多挣吧！

无话可说了，只能拼命扒分了。公司的项目做了一个又一个，怎么也做不完。沪上房价一直在上涨，房产商拼命盖房，不愁没活做。吴家珏私下里挤出业余时间又四处接活，加班加点那是家常便饭。困倦时，他真想蒙头美美睡上一觉，可是不能，撑着眼皮也得干。没完没了地看房、测量、设计、作图，单调、枯燥的周而复始，弄得他甚至厌恶了。为排解压抑情绪，他下载了游戏软件《群雄争霸》，打了几下，立时就来了精神。她看见了，不由分说，就把这个软件给彻底卸掉了。她真的是火了，冲着他吼道：我看你是越过越小了，这么没出息啊，你的图纸都做完了吗？

完？哪有个完呢！他沮丧地正想说什么，公司老板又来电话了，这次，声音里带着明显的不满，要他赶紧到公司来。他急忙去了车库，发动车，急急赶到公司，正遇着客户在和老板发火，要求赔偿。说是他设计的图纸出大问题了，没有考虑客户房子的承重墙是不能敲的，现在施工了一半，已经停止了，损失可大了。他正想说什么，已经没有这个必要了，老板承诺给客户全额赔偿，重新设计装修施工。不用说，这个赔偿得他来承担了。这意味着他几个月的辛苦白费了，他几乎要晕倒了。

你是怎么搞的，怎会有这个疏忽？老板蹙眉责怪道。

怎么说好呢？他也不明白怎么会犯这个低级错误。居然没让客户提供房屋建筑结构图，不考虑承重墙因素，就胡乱做改造设计图纸了。对了，那天他去看房测量前，突然接到老家母亲电话，说是父亲住院了，查出是胃癌，需要马上手术摘除。他一听急了，要回老家去，母亲说你忙，回来也没用，现在医院正在抢救，急需要钱，先汇笔钱过来吧。他迟疑了下，还是答应了母亲。可想到自己好不容易积存下来的准备日后购房的积蓄款，都得拿出去，他差不多要晕厥。这个突如其来的变故，令他心烦意乱，胡乱地测量下房子，就匆匆去银行，办理汇款了。想不到因此而留下这个大纰漏。

吴家珏不想和老板解释了，反正按公司规定，他得赔偿客户损失。但他必须向宋雅娜解释，这道关是必须过的，瞒不住啊。上次，给家里汇去那笔款，她勉强同意了，强调只是借。这回，给客户赔款的事，她还会原谅他，爽快答应他么？他简直不敢想。问题是，因他而引起的这场变故，将会彻底击毁她的跻身上流的梦想，让她看到冷酷的现实。他真的不敢想象回去怎么再面对她。

出了公司，他没有把车直接开回家，而是去了附近一家星巴克，他需要坐下来，静静地思考，梳理出一个头绪来。在停车场停好车，他刚走了没几步，就觉得心跳剧烈，胸部突兀地一阵疼痛，眼前迷糊发黑，整个人不知不觉就瘫倒了下来，然后，就失去知觉了。

等到他醒来时，发现已经躺在病榻上，护士正在给他吊水。宋雅娜在一旁，眼圈红红的，几滴晶莹的泪珠沿着她的脸颊流了下来。

我是怎么了？他发出含糊不清的声音，艰难地问她。

你是焦虑症急性发作昏厥过去，路过的好心人打120送你来医院的，现在没事啦，医生说了，等症状缓解后，还要坚持服用一至二年时间的抗忧郁药物，她心疼地看着他说。

我怎么会……这样？

医生说这病病因很多，与遗传、个性、不良事件都有关。

他嘴唇翕动了几下，似乎想说什么。

你想说什么呢？她俯下身子温柔地问他。

我在想，他轻轻地说，那个常来给我们送快递的小伙子，他的脸上总是带着灿烂的微笑，他真的是好快乐……

宋雅娜猛然怔住了，她不知道他为什么要说这个。

心　曲

那年月，我们学校新来了一个年轻的陶老师，说他是老师，不如说他是个大男孩，也不过二十来岁，比我们只大几岁而已。他是知青上调①回城的，之所以让他来做教师，是当时学校教师奇缺，市教育局没办法，就从下乡知青中抽调一些优秀的，加以短暂的师专培训，就让他们上岗了。开始，我们这些高中的学生，全都没拿这小老师当回事，嘻嘻哈哈地跟他开玩笑，变着法子挑衅他，捉弄他，以揭他的短处。譬如，他身材矮小，一米六的个子，班里有个最恶搞的高个男生就偷偷蹭到他身背后，将手齐他的头顶比试自己的身高，引得同学们哄笑不已；他手腕上没戴手表，估计家里穷买不起，女生们就故意地常常堵住他的去路，喋喋不休地缠着他问："陶老师，现在几点啦？"他自然答不出，更无法像其他老师那样习惯地看看腕上的手表再回答，这就让他非常难堪，常常弄得面红耳赤。

老实说，在我们的潜意识里，是很有些瞧不起他的，甚至有些肆意欺负这位小陶老师了，觉得他根本就不像老师，满脸的孩子气不说，全然没有那种知识分子文雅稳重的味道。他的头发有些凌乱，衣领总是敞开的，袖子也常常卷起，走起路来脚步很快，活脱脱就像个学校的勤杂工。我们都很怀疑他无法胜任教师工作。尽管那时候，学校搞教育革命，三天两头学工学农②，也

---

① 二十世纪七十年代初，为解决城市各行业人力资源缺失问题，开始从已经下乡的知青中抽调一批回城充实。

② 是指那个年代，以让在校学生到工厂或农村去参加生产劳动，来代替文化课学习的一种极"左"的教育改革。

没学多少知识，但是，毕竟我们读了高中，掌握了一定的文史政数理化常识，想要教我们，没有两下子怕是不行。俗话说，学生一瓢水，老师得一桶水，他这个连中学还未读完就去了乡下务农几年然后回城来当老师的，恐怕连半瓢水都没有吧？这自然成了我们鄙视他，以为他无论如何都不能为师的确凿理由。

但是，很快地，他就改变了我们的看法。原来，他可不会就这么任我们欺负。对我们的不恭，他会伺机反击，轻而易举就击败了我们。那天，他走进教室，我们照例没把他当回事，依然嬉笑着，乱哄哄的一片。高个子男生又蹭到他背后，想再次来个恶作剧，岂料他突然就转过身来，眼睛盯着这个男生，我们都以为他会动怒了，却没想到，什么事都没发生。他开始上课。这天，讲的课文是《祝福》，他先要我们说说作者，这个简单问题岂能难倒我们？高个子男生立马举手回答："鲁迅，原名周樟寿，后改名周树人，字豫山，后改字豫才，浙江绍兴人，著名的文学家、思想家、革命家，是在文化战线上，代表全民族的大多数，向着敌人冲锋陷阵的最正确、最勇敢、最坚决、最热忱的空前民族英雄。毛主席曾评价——鲁迅的方向，就是中华民族新文化的方向。""很好，"他微笑着点头，然后，意味深长地说，"不过你知道吗？鲁迅身高才一米五八，比我还矮两公分呢！但是，我却觉得鲁迅先生很高大，因为我须仰视才能看得见。"高个子男生顿时愣住了，我们也都从恍惚中一下醒悟了过来，只要还有点智商，就不会读不出他这话里的潜台词，他是在委婉地批评这个男生对他个矮的羞辱嘛，他既不点破，也不愠怒，足以显示他的涵养、高明所在。高个子男生顿时满脸愧疚，低下了头来。我们也都心知肚明，整个教室里鸦雀无声。制服了最会恶搞的男生，其他的男生也就乖多了。可我们女生，依然要拿他开心。见到他，还是不停地问几点了，就是想看他羞红脸的窘态。但我们的这招儿，也不灵了。他的厉害，再次让我们折服。真是奇怪了，现在无论我们何时突然发问，他都能不假思索，随口就报出时间，而且，丝毫不差。每次，我们都以为他是有手表了，便去捋他的袖子看，掏他的口袋寻，其结果都是，我们由怀疑、失望，到大为惊叹。问是怎么做到的，他便故意苦着脸说："我要报不出时间，你们还能就此罢休么？"他这一说，我们都不好意思地笑了。后来才知道，他是用心来计时，并反复训练，练就了不看钟表而准确报时的本领。

当然，最让我们钦佩的，还是他的真才实学。他给我们感觉，文史功底特别好，我们问他的许多问题，他都能就其来龙去脉、引经据典地阐释，并表达出自己的见解。他说他有很多藏书，那都是下乡前他从废品收购站低价买来的。这些书陪伴着他度过了下放的日子。他喜欢给我们讲文学，谈莫泊桑的《羊脂球》、契诃夫的《变色龙》、杰克伦敦的《热爱生命》，讲《红楼梦》时，他还特意将书中四大家族的主要人物制作了一张详尽的人物关系图谱，以帮助我们理解，激起我们的兴趣。班上理科好的便以为他偏科，就故意用数学难题考他，写了一个带有多种表达符号的很复杂的计算题要他做，想不到，我用笔算刚做了一半，他就随口报出了心算的结果。这让我们大为吃惊，有同学不信，又列出几道算式，他都能以极快的速度心算出结果。我们折服了，用几近崇拜的而又探究的眼光看着他。他似乎也猜出我们的意思，摆了摆手，轻描淡写地说："雕虫小技，不值一提。这是我在乡下，做队里会计练就的，好在，那几年做农活，虽然辛苦劳累，但我一直没有放弃学习。"然后，他又语重心长地说："凡事用心，实践，就能成功。现在你们文化课学习，干扰很多，但是，你们只要用心去读书，就会学有所成。"想不到，他借题发挥，轻巧自然地就对深受"读书无用论"毒害的我们进行了一次好好学习的教育。

我们越来越觉得他不可思议，不可小觑。班里那些调皮捣蛋的，很快就收敛了不少；那些力求上进的，则常围着他请教，企图从他那儿获得更多的知识以丰富自己；而我，好奇怪的是，整个的精神竟然处在一种极其亢奋而又矛盾的状态里。上课时，听着他的声音，好想多看他几眼，却又心虚低下头不敢看，不知所措地，两手拨弄着辫梢，以掩饰心慌意乱。下课了，同学们都围着他有说有笑，我总是不敢靠近，只拿眼睛偷偷瞟他，却又生怕和他的眼光相对。经过他的办公室门口，若里面只有他一个人，我的心就怦怦直跳，脚步也下意识地放缓，在门口滞留着，是进去呢，还是不进去？若进去，是去问他作业呢？还是绕过去，去拿书柜上的粉笔盒？若他要是问，就说教室里的那盒粉笔用完了。每次，我都是在这种犹豫不定、踌躇慌乱、自言自语的折磨中煎熬着，独自饮尝难以言说的焦虑……我不知这究竟是怎么了，反正这种状况是与日俱增，越来越严重了。

随之而来的，是我原先正常的生活被打乱了，可以说，是越来越糟糕了。那一阵子，我是寝食难安，整日地胡思乱想，上学忘了带书包，妈妈先是责怪我像掉了魂似的，后又犯疑地问我发生什么了，我自然不好说，就是说也说不清楚，只能心虚地敷衍着，搪塞着。这个时候，我才真正意识到，这一切的发生，与其说是因为这个小陶老师——比我大不了几岁的大男孩主宰了我，还不如说，是我眷念他的缘故了。我开始注重穿着，天气还没转暖，就迫不及待地穿上那件细花衬衫和藕色裙子了，发梢扎了个粉色蝴蝶结，就是想引起他的注意。可气人的是，他似乎根本就没认真地、专注地对我看过一眼，仿佛我根本就不存在似的。倒是有一次，他走到我同桌旁边，用手摸了摸她的头，说她发烧了，赶紧让她去校医室。那一刻，我嫉妒得要命，真想是我病了。我就喝凉水，站在风口吹凉，肆意折腾自己，企望也得个发烧感冒什么的，可是，连试了几次，都不见效。我又用不交作业来引起他对我的关注，但这招也不灵，他只是在课堂上当众连同其他没交作业的一道点了下我的名而已，严肃地批评了一通，并未对我作特别处理，这便让我愈发地失望了。我试图摆脱，却怎么也不能，感觉更加地焦躁。

我的失态当然没能逃过他的眼睛。有一天，我偶然抬头，就碰上了他注视我的那种审视的目光，但很快地，就移向别处了。他竟然装作没事一样，并不问我什么，却和其他同学说笑去了。我想，他这是掩耳盗铃吧，就决定试探一下。我弄了两张电影票，趁他不在办公室，偷偷将一张票子夹在他桌上的备课笔记本里，还附上一个小纸条，写道：陶老师，朝鲜故事片《卖花姑娘》，恭请光临！刚合上笔记本，就听见门口走廊里传来他的说话声，我赶紧溜了出来，恰好与他的目光又相对了。他怀疑地望了我一眼，什么话也没说，就进了办公室自己的桌前坐下了。我的心儿乱跳，三步并两步逃回家，一路上想象着晚上在电影院的黑暗中他坐在我身旁的感觉，心里甜滋滋的。结果是，他根本就没来，失望的我在电影院如坐针毡，几乎要哭出来。第二天下课后，他把我叫到办公室，抱歉地说："昨晚我有事，我想把票还你，可是你已经走了，对不起啊。"我气得眼泪就在眼眶里转了。

如果这时候不是校长叫他有事，故事就不会继续了。他走得匆忙，连抽屉也没来得及锁上，我一下就看见了里面压在课本下的那本翻得发黄的手抄本《少女之心》。我想起前几日，学校开大会，工宣队①队长屠师傅反复警告，说近来社会上流传着一本毒害青少年的手抄本，要大家警惕，看见了就要举报，指的就是它。这个发现令我紧张万分，我颤抖着手将它塞进书包里，匆匆溜出办公室，一路小跑，逃回家里，好奇地迫不及待地阅读起来。没想到，小说的描写，很快就把我吸引住了，它讲的是少女曼娜和表哥少华的爱情，是我从来也没有过，也不曾想象过、不可思议的故事。读着，读着，我竟然想那个总是带着微笑，潇洒的高个，嘴上黑色的胡子，给人机智印象、成熟的少华，不就是小陶老师吗？而那个一头黑亮披肩发，鸭蛋脸，柳叶眉，水汪汪大眼睛，高高鼻梁，樱桃红小嘴唇，显示特有少女魅力的曼娜，不就是我么？可是，当看到那些不断出现的亲吻呀、拥抱呀、抚摸呀还有那些龌龊肮脏、淫秽不堪的文字描述时，我心里就像突兀闯进只小鹿，一阵慌乱地狂跳不已，面红耳赤了……至此，我才豁然明白，这些日子以来我为何会变得如此了。我万分地羞愧，狠狠谴责着自己，这个极其下流的手抄本，无疑是毒害青少年的大毒草！我决定向屠师傅举报，把它交上去。

次日清晨我来到学校，两手紧紧护住书包，生怕有谁会翻看。我径直走向工宣队办公室，可是不巧，门是关着的，原来，屠师傅去市里开会去了。待我进了教室时，同学们已经在早读了。讲台上，陶老师眉头紧蹙着，似乎魂不守舍的样子。他的眼里布满了焦虑，不时地朝我瞥过来，我慌忙避开。这天上课，他竟然第一次忘了说辞，把课文作者张冠李戴了。当他意识到后，才慌忙连连订正道歉。我知道，他是心慌意乱了。他怎么能处之

---

① 二十世纪六七十年代，由军人和工人组成的毛泽东思想宣传队进驻各大、中、小学，参与和领导学校的教育革命。

泰然呢，我要是交上去，他就将会成为传播黄色手抄本的罪人，会受到严厉的惩罚，开除出教师队伍，说不定会判刑坐牢，那他这辈子就因此而毁了。想到这里，我忽然害怕了，有些犹豫起来，是交还是不交呢？我发现他神色慌张，全然没了平时的微笑，也不再自信和从容。他讲课的时候，几次走到我的座位边，似乎想对我说什么，却什么也没说就走开了。直至放学了，同学们蜂拥着出教室，他才瞅了个空隙，拍了下我的肩，说："等会你来我办公室一下。"我就知道，这事该见分晓了。

果然，不出我所料，他就猜到了是我拿了他的手抄本。这时候，办公室里没其他人，只剩下他和我，他沉稳地坐在办公桌前。可想而知，我有多么地紧张了，我的两腿有些瑟瑟抖索，我不知他会怎样。"把那个手抄本还给我吧"，他轻轻地对我说。"什么手抄本？我不知道呀，我没拿。"我板着脸矢口否认，两手却下意识地紧紧护住了书包。我想下一步他就会勃然变脸，粗暴地夺过我的书包，从里面取出那本小说了。然而，他却没有。他的眼睛显得格外清澈透明，凝视着我，坦然地说："那个手抄本我看了，写得不怎么样，只是一本很劣质的通俗读物，它算不上是文学。"我心里想，既然如此，为什么你要偷偷地读它？也太虚伪了吧？他似乎看出我的意思，不紧不慢地说："我读它目的是想了解一下它对青少年有怎样的毒害，并打算写篇批判性的文章。"我冷笑了，他这不是在找借口搪塞我糊弄我嘛，明明是他想看，却冠冕堂皇说是为了批判。"不过，读完之后，我有了新的想法，"他顿了顿，似乎在选择如何向我表达为好，"我觉得，这篇小说描写的内容对青少年来说，毫无疑问，会有很大的吸引力，因为，它写了我们不曾经历过、无法想象的事情，这个精神空白需要填补，故好奇心就会激发我们去阅读……但是，我想告诉你的就是，作为爱情描写，它很糟糕，甚至可以说，这种粗糙轻浮的文字，是对神圣爱情的一种亵渎。你明白吗？"他严肃地凝视着我，好半天，不再说什么，似乎在考虑怎么继续和我对话。停了一下，他又说："如果你真想阅读这个主题，我建议你还是读《红楼梦》吧，它是我国古典文学的精华，它所描写的贾宝玉和林黛玉的爱情，有着最动人最深刻审美意义，你要是有兴趣，我还可以给你提供蒋和森①先生写的一本小册子《林黛玉论》，助你阅读理解。"他说得很认真，很诚恳，没有丝毫的虚伪做作。我心里更不是滋味了，如果这时候，他向我讨饶，祈求我还了手抄本，要我为他保密，说不定我会一时动了恻隐之心，因为，我实在喜欢他。如果这时候，他抱我一下，甚至亲我一下，我也不会拒绝。但他没有，什么都没有做，只是轻描淡写地，避重就轻说这个手抄本，还不忘对我教训，真是气死人了。我决定不还给他了。我想，我这么做，一定会让他感到绝望，他会害怕，继而会恼羞成怒，会情绪失控地推倒我，从我这儿夺回它，毁了证据的，就等着瞧吧……但我又错了，他什么都没有做，依然是沉稳地坐在那儿，显得很平静，过了好一会儿，轻轻地说："你如果没看完，可以继续看，不过，看完了，一定得还给我，物归原主，千万不要再外传给他人，可以吗？"说完，他轻轻地挥了挥手，意思是我可以走了。

我惊讶地看着他，实在想不出他何以有那么大的坦荡和勇气，能如此镇定地面对着对他来说时刻都可能爆发的凶险。他的命运就掌握在我的手里啊。但他居然毫无畏惧，毫无退缩地，诚

---

① 蒋和森（1928—1996），我国著名文艺理论家、作家、中国红楼梦学会副会长。著有《红楼梦论稿》，历史小说《风萧萧》《黄梅雨》，编撰《中国文学史》《唐诗选注》等。

恳而又率真地面对着我，不为难我。在这一刹那间，我的心理防线被冲垮了，眼眶里一股热乎乎的东西就涌了出来。我迅速从书包里攥出那本《少女之心》，往他桌上一放，然后转身，就以极快的速度疯狂地冲出了办公室，冲出了校园。夕阳的余晖从云翳里透出光束，天空骤然变得明朗绚烂，缤纷的光泽泼洒开来，街道、建筑、车辆、行人全都沐浴在一片金色的辉煌里。我心里的纠结释然了，脚下的步子也轻松自如起来，我真想放声歌唱。

花非花 ^①

　　秦兆源夫妇决定买下滨河花苑这套商品房，其勇气不亚于破
釜沉舟、背水一战、壮士断腕的慷慨悲怆——就是那种只要一时
爽，哪管明日是死活的冲动。买这套售价不菲的公寓，单是三成
的首付就要花光两人全部积蓄，还得外加变卖家中所有可能的典
当，接下来的七成全靠银行贷款了，也就是说，按照两人收入，
以最低生活标准开销，死省活省地过日子，还得还贷三十年，这
意味着后半辈子就完全完了，一点儿浪漫都不敢奢望了。这个，关
燕琴很清醒，因而竭力反对。但到底还是拗不过丈夫的决心，秦
兆源用了种种的理由来打消她的疑虑，拍着胸脯承诺让她放心，
在她差不多要被说动的那一瞬，他迫不及待就和开发商签下了购
房合同。

　　他所以如此果断掷金抛银，不惜背负高额借贷，是基于种种
考虑：他们需要买房。现在他们住的是出租房，有种寄人篱下的
感觉。房东常来察看他的房子，有次，两人正在亲热，房东贸然
推门进来，弄得他们大为扫兴；而这套公寓，之所以磁石般地强
烈吸引了他，是因为性价比特高，他们跑遍了这座城市，比较了
几乎所有待售的商品房，一致认为，这套房独一无二。别的姑且
不论，就说地段，它位于市中心，闹中取静，又有滨河傍依，负
氧离子含量高，视野开阔，周边交通四通八达，多路公交交汇，

---

① 借用唐代诗人白居易诗句，原诗为："花非花，雾非雾。夜半来，天明去。来如
　春梦不多时，去似朝云无觅处。"此诗表达对人生如梦幻的感慨，抒发对逝去了
　的美好人与物的惋惜怀念之情。本篇隐含此意。

地铁站步行几分钟就到，商业配套设施齐全，餐馆、影院、健身馆一应俱全，仅大型超市就有好几个，都是知名品牌。小区品位高，欧派的建筑，无论房型幢距，还是物业管理，都堪称一流，无可挑剔。当然，最令他动心的，是小区超高的绿化占有率，置身小区内，满目树木葱郁，花草葳蕤，绿地如茵，彩蝶纷飞，仿佛走进了大自然。

"这套房买下来，保你不会后悔。"

秦兆源喜滋滋地说。关燕琴听了，却一点儿也不露喜色，反而疑虑重重。他就睁大眼睛，不解地看着她，几乎叫起来："能住上这么好的房子，你还不开心啊？"

也难怪，十个男人九个粗心。何况，他又一直是乐活在理想中呢，哪能细微察觉和体验到她的感受？当家理财过日子，那可是女人的事。本来，她是计划好的，按照一个优质的日常生活标准，每月除去开销，尚有结余，储蓄起来，以备后用。没想到他一下子就打乱了她的步骤，这个时候就抛出全部存款，还要高额借贷，负债累累，从此，过着举家食粥、拮据艰难的生活，这在她，怎么也不堪设想。不当家，不知柴米油盐贵，他是不会知道的，他只是沉浸在能住上这么高档住房的得意中而欣喜若狂。

不过，关燕琴心情很快就好起来。毕竟，这个环境与原来的是天壤之别。她像是一下就掉进了糖罐里，甜蜜蜜的了。她不在乎住房的高品位，她看重的是出门购物，在家做活的方便。尤其是商家送的精装修细节，譬如，厨房脱排机油烟的自动升降、智能清洗油污功能，进水食用的净水器，橱柜下的分类储物设置，直让她惊喜不已。秦兆源要的却不仅仅是这个，他要的，首先是面子。能住上市中心这样高档次的小区，那可就不是一般的人了，起码是有一定地位和品位的人。其次，他要的，是一个高雅舒适的生活空间，能获得最好的身心愉悦与享受。当然，这两点，在他看来，现在都实现了。

"这房子，代表着你的身份地位，你明白么？"他常常得意地对她说。

"你不就是个穷教师么？"，下面的话她不说了，怕伤了他的自尊心。

他可一点儿也没觉得，依然沉浸在乔迁新居的欢乐里。

搬进来没多久，亲朋好友纷纷来祝贺，皆露出钦佩眼神。这时候，秦兆源就胸脯挺直，脸上放光，说话嗓门都高了许多。尽管妻子在一旁插话，免不了要说几句背债苦衷，但还是被他自得的笑声给湮灭了。他完全沉浸在一种自信自尊的快乐里。仿佛因了这房子，他就变成了另外一个人，一个备受尊重、高洁优雅之士。没客人来的时候，他喜欢带着欣赏的目光，独自在小区里转悠。沿着鹅卵石铺成的小道，走过一片翠绿的竹林，踏上弯弯的拱桥，望着桥下潺潺流水，闻着小溪边月季花的馨香，听着树梢上鸟儿的婉转啼鸣，转过几道错落有致的假山，在中心湖边寻个石椅坐坐，凝视着湖中戏水的鸳鸯，心悦骀荡，飘然若仙了。虽然，他们住的这幢楼，不在中心区域，是最靠南边的那一排，享受不到中心湖的风光，但也绝不失它的优势。那就是楼栋前面有一片很开阔的草坪，一排树木茂密的枝叶挡住了那边市区马路车流的喧嚣和灰尘，使得这一块异常安宁。草地四周开满了色彩缤纷的花儿，初夏秋冬相继变幻着，装扮着、点缀着这片生机盎然的风景线。秦兆源常常站在自家窗前欣赏着，呼吸着飘来的花草馨香气息。每次从外面回家，他都不会急于进楼，总要在这片草地前伫立良久，流连不已。要知道，对于这个建筑密集拥挤的都市来说，小区内竟有着这样偌大的绿色空间，那真是太珍贵了。

他知道，绿化对于身体健康、生命延长的意义重大。现在，有人不是花了钱长途跋涉去所谓的长寿村度假的么，而他什么都不用做，天天就住在这能长寿的滨河花苑里，岂不是太美妙了吗？

新鲜感过去之后，关燕琴面对的，是柴米油盐、女儿入学费用等一系列现实问题。因为要还贷，不得不勒紧裤带，节衣缩食，常常弄到捉襟见肘，囊中羞涩，为一钱憋死而欲哭无泪的地步。每逢这时候，秦兆源就会给她鼓气撑劲：

"我们买的这房，物有所值，我敢说，这房价很快就会暴涨，它升值无限！"

他说这话可不是自恋，的的确确认为这套住房就是称为"房王"也当之无愧。他能一口气列数出一大堆的无可辩白的理由让她信服。

"房价再涨跟我们没关系，我们现在是房奴，入不敷出，这日子怎么过啊？"她依然愁眉不展，苦着脸说。

他就安慰她道："船到桥头自然直。不就是消费不能大手大脚了吗？能住这样的环境，比吃大鱼大肉还要养人不是？你看看，我们楼前这一大片绿化，绝无仅有，这可是上帝留给我们的最后一块乐园，天然的氧吧啊……"

她还是被感染了，暂时忘却了经济拮据的苦恼，脸上绽出了笑容。

接下来，是一连串的好消息：在街道钱主任关心下，小区成立了业委会，聘请了专业的朝华物业公司管理。不几日，小区面貌就焕然一新，大门口设立了电子出入门卫，门楼上张灯结彩，大红横幅标语"誓将滨河花苑建成美丽家园"赫然入目。园内，又新栽种了茶花、月季……他们每次进出小区，都为是小区业主而平添了几分自豪喜气。

"我说得不错吧,"秦兆源喜不自禁,"这就是眼光,眼光……"

"还眼光呢,要做一辈子房奴呢",关燕琴不无好气地说。

"嘿嘿,做房奴好啊,"他有点尴尬,自我解嘲地,"鲁迅先生不是说吗,中国历史上只有想做奴隶而不得的时代和暂时做稳了奴隶的时代[①],比较而言,我就觉得还是后者好。有房奴做,总比没得做好啊!"

"阿Q!"

她揶揄地抢白了他一句,他就涎着脸笑笑。

秦兆源知道,她也是满意的,要不然,她怎么没有竭力反对买这房呢?她只是为开销的窘迫犯愁而已,这个,他倒不在乎,钱多就多用点,钱少就少用点。他觉得,衣食住行,住是首要,吃穿玩乐倒在其次。杜甫祈盼"安得广厦千万间,大庇天下寒士俱欢颜",[②]白居易诗云"长羡蜗牛犹有舍,不如硕鼠解藏身"。[③]古人都晓得这个道理。他坚信买下这房,是他此生最完美的决策。何况,他已看到了美好远景,上级领导尤其重视这个住宅区,钱主任常来蹲点,指导业委会、物业公司工作,加强实行规范化、科学化管理。美丽家园建设已经启动,业委会发出倡议,征询意见,鼓励业主献计献策。瞧着吧,滨河花苑的面貌很快就会更加焕然一新。

---

① 出自鲁迅杂文集《坟·灯下漫笔》,《莽原》周刊1925年第二期、第五期。

② 唐代·杜甫《茅屋为秋风所破歌》中诗句。

③ 唐代·白居易《卜居》,原诗:游宦京都二十春,贫中无处可安贫。长羡蜗牛犹有舍,不如硕鼠解藏身。却求容立锥头地,免似漂流木偶人。但道吾庐心便足,敢辞湫隘与嚣尘。

每天，都有变化，都有新奇，电子屏幕广告牌竖了起来，花园中心小广场水泥地改铺成地砖，新增了不少运动器械，车道两旁种上了矮冬青树……这一切，都令人看在眼里，喜在心里。秦兆源兴致勃勃，写了一份合理化建议送了上去，业委会老罗看了，微微一笑，表示可以考虑。这份建议，主要是讲小区文化建设，比如，增设宣传栏、读报栏，将打麻将的活动室改为阅览室，等等。然而，过了几天，却不见一点儿动静。他有些心切，便去问，老罗两手一摊，无奈地说：

"秦老师，你的建议很好，不过，有些事，不像你想象得那么简单，就说这活动室吧，你要改成阅览室，那些麻友不有意见吗？"

"听说，他们搓麻将带有赌博性质，"秦兆源说，"这不利于精神文明建设。"

"话也不能这么说，搓麻将也是一种有益身心的娱乐嘛！再说了，这麻将室的设备都是物业公司添置的，麻友来玩，是要交费的，不然，物业收支怎么平衡？他们是自负盈亏的民营企业，又不是政府拨款的慈善机构，改成阅览室，那图书经费谁来提供？难道，来这里看书的读者要交费吗？要不，你捐款……"老罗盯着他的眼睛，反问道。

秦兆源愣住了，他压根儿就没想到他会如是说。

回到家来，关燕琴看他脸色沮丧，问了情况，便劝慰道："你又何必为这个苦恼？活动室打麻将，就让他们打好了，跟我们有什么关系？我们又不少一块肉？"

"那是赌博活动，品格低下！"他鄙夷地说。

"你管它呢，只要不侵害我们的利益，不就得了。"她又劝慰道。

这是实话。这年头，多一事不如少一事。只是秦兆源有次去了活动室，看见六张麻将桌，里面乌烟瘴气，他就觉得窒息。业委会不是要业主提合理化建议吗？他就想到了这个，却没想到，他写的那些提议，怕是早就被扔在废纸篓里，成了垃圾。

不过，这并没影响秦兆源心情，他看到小区面貌总在改变，几乎每隔一段时间，就有新的举措实施。一天，来了园林工人，开始对绿化修理，修剪树木枝叶，将车道两旁的矮冬青树全都挖了出来，然后统统用卡车运走。这引起了业主们猜测，是要重新栽其他品种植物吗？过了几天，不见动静，似乎并无那个意思。这天，来了施工队，竟然给车道两旁的绿化带铺设起地砖来，秦兆源看见了，头脑嗡地一声，像要爆炸似的，冲上前就阻拦：

"你们这不是在破坏绿化么？谁让你们这么干的？快停下，停下……"

施工队头头眼露凶光："有意见，你去找你们物业好了！你要影响我们干活，莫怪我们对你不客气！"说着，顺手搡了他一把，他差点儿一个趔趄就跌倒在地。

这真是，秀才遇到兵，有理说不清！秦兆源沮丧地回到家，坐在沙发上，耷拉着脸，闷闷不乐。关燕琴是聪明人，不用问就猜到了。这回，她没宽慰他，反而冷嘲热讽道：

"你不是说，买这房物有所值吗？说这绿化是上帝留给我们的最后一块乐园，天然的氧吧吗？现在，上帝到哪儿去了呢？"

秦兆源脸上一阵红一阵白，倏地跳了起来，"不行，我得去找物业！"

物业马老板笑容可掬接待了他，说这项工程是经过业委会批准、安排施工队来做的。他便又去业委会找老罗，文书张阿姨在，说老罗去向街道钱主任汇报工作了，他又马不停蹄，去了街道办事处，也不在，如此，几番蹀躞，终于在业委会逮住了老罗。他涨红着脸，问老罗为何要毁了绿化铺地砖。老罗一脸的无辜相，摊开两手，说：

"秦老师，我也想保留这绿化，但是不行啊！你想想，现在，私家车多了，不扩大停车场地，你让那些新买车的业主怎么办？占小区道路吗？"

"我不管，我只要绿化，这是买房时开发商承诺的。"秦兆源不依不饶地说。

"那，"老罗现出阴鸷的笑容，颇有城府地说，"要不，你去向那些车主说说看，让他们不在本小区停车，把车停到外面去？"

这下，反倒弄得秦兆源尴尬了，这不明摆着吗，这是在转嫁矛盾，让他直接应对车主，结果如何他何尝不知？他悻悻转身，背后传来老罗嘿嘿的笑声。

"看来，这绿化，是保不住了。"回到家来，他沮丧地说。

"算啦，"妻子劝他道，"你不让改成停车位，车主们会饶过你吗？"

"满足他们停车，就毁了绿化？"

"那你说怎么办呢？"她反问他。

他无言以对了。

次日，毁绿工程越发猖狂了，只要有碍停车位的，什么草地、花儿、树木，通通地摧毁，窗外那片绿地也遭厄运了，大片地毯草被铲除，茶花、月季、杜鹃被连根拔起，践踏成泥，工人们开始铺设地砖……秦兆源目睹此景，悲切万分，抚膺长叹：

"我的绿化，美丽家园——做你的梦去吧！"

　　假如，事情就这么结束了，对秦兆源来说，不啻是件好事。但偏偏，他在小区里碰见了业委会的张阿姨，闲聊了几句，无意中听她抱怨说，本来停车位是够的，现在许多外面的车辆停进来了。他问为什么，她说还不是为经济效益呗，多停一辆车，每月就要多创收六百元，何乐而不为？听到这话，他就冲动了，说要去业委会找老罗，张阿姨立马脸变色，慌得左叮嘱右叮嘱，要他千万不要出卖她。但问题是，他见了老罗，刚开口，老罗就追问他信息来源，他自然不好说出来，老罗就说他是造谣，是诬陷，弄得他极其被动。这个老罗，是个何等精明之人，他便把怀疑的目光投向旁边的张阿姨，这让张阿姨沉不住气了，显得无限委屈，恨恨地瞪了秦兆源一眼。这时候，秦兆源才觉得，这件事被他弄得糟糕透了。他有点儿懊恼，回家就忍不住对关燕琴说了。

　　"我说你呀，就别再管这事了，你又不是业委会的，就算你是的，又怎样呢？老罗是主任，他上面还有街道，是领导说了算。"她警告他说。

　　"那不行，我是业主，有这个权利和义务。"他涨红了脸。

　　"你算个老几啊？"她轻蔑地说。

　　"那，我可以向上级领导反映吧？"他执拗地说。

　　"你要有空，就去找呗，又没谁拦着你！"她没好气地说。

　　说到做到，秦兆源真的就去了街道办事处。不巧，钱主任去区里开会了，秘书小陈接待了他，听他讲了事情的原委，就说："你反映的情况，我会向钱主任汇报的。不过呢，据我了解，扩充车位，也是迫不得已，你们业委会此举，反映了有车业主的需求。至于，你反映他们为了创收同意外面的车辆停进来，这个我还是刚听到，你有根据吗？你做了调查了吗？有多少外来车辆停进来了？车牌车号你都核对了吗？"

他愣住了，调查，谈何容易？小区停车几百部，他能挨家挨户去核对驾驶执照和停车场的车辆吗？这个现实吗？更没想到的是，过了几日，麻烦就来了。有人竟然跑上他的门来吵闹，一个满脸横肉的家伙，扬言说他要是再反对扩充车位就不饶他。张阿姨也上门来诉说委屈，说就因为他在老罗面前说了外面停车这事，老罗疑是她泄的密，对她不信任了，就将她除职，换人了。关燕琴劝她说，不让做就不做呗，反正业委会成员都是义务的，她就说，她需要做，不做，每月就失去一笔收入，她需要这笔钱……这倒是他没有想到的。

张阿姨前脚一走，关燕琴就忍不住火了：

"都是你多事，惹来的麻烦！人家不管，就你逞能！这下可好了，他们天天来闹，咱吃不了还得兜着走！还怎么与左邻右舍和谐相处？你还要不要在这里住下去啊？"

秦兆源忿忿然，"我哪知道，引火烧身，捅了马蜂窝了！"

"你呀，"关燕琴讥讽道，"就是不见棺材不掉泪，不撞南墙不回头！这下，该明白过来了吧？过好自家的日子足矣，别多管闲事了！"

"怎么是闲事呢……"

"那也轮不着你来操心吧？"

关燕琴担心的，是他的多事破坏了邻里关系。往常，张阿姨看见她，总要留步，热情地招呼聊几句，现在，见了她就像躲瘟疫，转身就走。她知道，那是怨恨他们了。这让她心里很难受，也就把怨气全都抛向他了：

"我告诉你，就因为你，张阿姨跟我也翻脸了。这抬头不见低头见的，叫我今后怎么面对？……你去跟张阿姨道个歉，赔个不是！"

秦兆源真是哭笑不得——可不道歉，那和张阿姨关系就彻底完蛋了，这是关燕琴最不愿意看到的，她在小区人缘关系特别好，岂能因此而毁于一旦，让她受此委屈？左思右想，他还是决定屈尊就卑，向张阿姨认个错，缓和一下关系。

这天，张阿姨从前面走过来，秦兆源喊了一声就追了上去。她站住了，转过身来，他不敢迎视她的目光，低着头，嗫嚅着，好半天才从牙缝里挤出"对不起"这几个字来。没想到的是，她看了他一眼，眼里现出原谅，轻轻地说："算了，你不用跟我道歉，你是好人，还有正义感！老罗那人才不是东西，做的事还不敢承认！他就知道搞钱，什么弄虚作假的事都做得出来！"

秦兆源怀疑自己是不是听错了，她竟然不怪他了，这是怎么回事？

"老罗辞了我，不就是少那点额外收入吗？我又不是没有工作！"张阿姨继续解释道，"可老罗就指望做业委会发财！"

这话越发让他不解了，他惊讶地看着她："你说什么？你们做业委会的，每月不就是拿点补贴吗？"

"明的是这么说，可暗的，鬼才晓得他拿了多少！不说别的，就说他夫妇每年去国外旅游，就是物业公司马老板给买的单。"

"马老板为什么要这么做？"他好奇心又来了。

"物业要赚钱，靠收物业费、停车费，靠实施工程，这都离不开业委会审批和监督，马老板和老罗什么关系，我不说你也该知道吧？财务里面猫腻多得很呢，公开的，你是一点儿也看不出什么问题，经得住查，暗箱操作的，那就……"她压低了声音说。

"怎么暗箱操作？你说的我可不懂了"，他故意地说。

"比方说，"她指了指前面不远处的监控摄像头，说，"我们小区整个监控设施安装，这项工程费用六十万，给张三还是给李四做？"

"这个，看哪个质优价廉就给谁呀。"

"秦老师，那你就太天真了，"她眨着眼睛，神秘地说，"给张三还是李四，那得看他们给的回扣多少，这就是暗箱操作了……"

"你是凭想象估猜吧？"他问了句。

"工程方连我都要给购物券以封口，那还能亏了他们吗？"她冷笑道："先前来的那家公司四十二万就答应做了，可老罗偏偏同意物业给后来的那家公司六十万承包，你说里面有什么猫腻，你用脑子好好想想吧……"

他的脑子里倏忽一阵热烘，仿佛身体的全部血液都冲了上来。霎时间，思绪乱纷纷，茫茫然。待他逐渐清醒过来后，却发现张阿姨已经走远了。

这天晚上，躺在床上，他横竖就是睡不着。

妻子说："别想了，这都跟你无关。"

"怎么无关？他们贪污的不是我们的钱吗？"

"那你又能怎样呢？"

"我要告他们！"

"告他们，"她轻蔑地哼了一声，"你的证据呢？你能保证告赢么？若告不赢，我们在这里还能住下去么？"

她翻过身来，面对着他，一连串极速的反问，弄得他来不及思考。

"人家张阿姨，在业委会干了好几年了，是知情人，她都不告，你凭什么充大头，给人当枪使啊？"她讥诮地说。

她不想和他争执，他比她学历高，在很多问题上，他总能使她心悦诚服。这也难怪，他读了很多书，又善于知识更新，在许多方面，他领先于她，不足为奇。譬如，她用电脑、手机，无论出现什么操作难题，都是他来解决。她佩服他。不过，遇到生活中的事情，她甚至觉得他的智商还不如一个童稚，以至于，她常用这句话来戏谑他：

"秦兆源，我看你是活在童话里吧？"

他就笑笑。是的，他心里确实有许多梦。不过现在，他是醒着的，当初不惜借贷三十年、花了重金成为滨河花苑的业主，那么，就得守护好这属于自己的美丽家园。谁要是损害了这个环境，以卑劣手段图谋私利，他秦兆源就是一万个不答应！他决定，为维护自己权利，为净化社会风气，他豁出去了，跟他们决一雌雄，但见分晓！

"拿回扣，就是贪污受贿，是犯罪，这事我要追究到底！"躺在床上的他，突然冒出这句话来。关燕琴掀了被子，一下坐了起来，这回可真的来气了："我说，你脑子是进水了吧？你还真的搭台唱戏啦？你是吃饱了撑的还是怎么的？他们拿回扣你眼红啦？"

"我看不下去，这事我管定了！"他高声地说。

"看不下去的事多着呢，你都管呀，你管呀！"她差点要叫喊了起来，一副不依不饶的样子。

他沉默不语，眉头紧锁，双目逼视着她，这模样让她有些发怵了。

"我知道，"忽然，她语气温婉下来，劝慰道，"现在小区这个样子，你是怕我怪你当初执意要买这房是吧？我不会的，现在的事，哪能那么都称心如意呢……"

她的态度变化，令他有些意外，有些感动，他心也软了，低声地说：

"你，别说了，我知道该怎么做。"

一连几天，秦兆源都不再向妻子提及这事。生活似乎又平静下来，就像一条小河，曾经风起涟漪，过后连一丝痕迹也不留一样。关燕琴以为，老公是想通了，不再自寻烦恼了，她哪里知道，他只是避着她，不再和她说而已。这件事，如果就这么不了了之，那岂不让人笑话，说什么他也心不甘。他决定追究到底。

这回，他要打有把握之仗。他觉得不能再孤军奋斗，至少要拉上张阿姨，她是从对方营垒中来的，反戈一击，最易制敌于死命。只要她肯作证，他们准败无疑。对此，他有了信心。自从张阿姨被老罗解职，强烈的不满，会让她与老罗鱼死网破的。果然，他去找她，她满口答应，且竭力挑动他去和老罗斗。

有了这个底，他满怀胜利希望，大踏步跨进了业委会办公室。老罗是何等聪明人，一见他这个样子，就明白了八九分，脸色一下就耷拉下来，给他颜色看。秦兆源也有心理准备，开门见山就点出他的穴道，问他装监控拿了多少回扣。老罗闻言，袖子一挥，桌子一拍，怒喝道："你诬陷我啊，你给我滚出去！"

秦兆源吃惊了，万没想到，这个击中要害的一招，居然毫无震慑之力。会不会张阿姨是无中生有？如果不是，老罗怎么竟然毫无惧色呢？此刻，这家伙龇牙怒目，凶狠狠扑过来，上前就对他一推搡。他要不是后退了两步，差点儿就一个趔趄跌倒在地。这让他一下子清醒了过来，这个业委会主任，可不是个好对付的，如果再相持下去，他会倍受侮辱。俗话说，好汉不吃眼前亏，赶紧走是上策。

去哪儿呢？只有去街道了。主任接待日是周三，好不容易挨到这一天，办事处里，来咨询的，办事的，络绎不绝。让接待室等，他耐心等着，终于轮到机会，钱主任亲自接待了他。人家到底是正规干部，那素质与老罗就是两样，很耐心地听他说完，思索了一下，抽了一口烟，吐出几圈烟雾，缓缓地说：

"你反映老罗拿回扣，如果确有此事，我们定严惩不贷！但不知道你是凭主观臆想呢，还是掌握了确凿的证据材料？"

"这个……"他犹豫了下，正想说下去，就被钱主任打断了："一定要有证据啊，你说拿回扣，拿了多少，怎么拿的？是现钞，还是转账？什么时候，在什么地点？有无摄像和票据证明材料？"

这一连串的问话，让秦兆源傻了，他摇了摇头。

钱主任和蔼地，微笑着说："不能凭空说白话，证据，还是证据。你今天向我反映的事，到此为止，不负责任的话，不能乱说。实话跟你说吧，你们那个监控设施工程，是我推荐了几家工程承包方，经过竞争中标的，跟老罗没多大关系。老罗这人，做业委会几年了，工作一直兢兢业业，还是不错的嘛……"

秦兆源明白了，锣鼓听声，说话听音，这还听不出来吗？难怪老罗那么有底气，对他那么凶恶嚣张呢，原来是有街道钱主任的支撑啊！问题是，钱主任可能被老罗骗了，现在，只有抛出最后一张牌了，他定了定神，一字一顿地说：

"老罗拿回扣，这事张阿姨知道的，她亲口跟我说的，她会作证的。"

钱主任听了，收敛了笑容，显得一脸严肃起来，"那，我再了解一下，这事我们会处理的，也会给你一个答复的，就这样吧？"

话到这份上了，还要再说什么呢，那就等着吧。秦兆源走出办事处，迎面碰到邻居倪老，这是位德高望重的长者，原是个老干部，退休已经十多年，性格开朗，人很健谈，在小区里，逢人便熟。他还未招呼，这倪老就先开口了，问他去办事处干吗。他简单说了下原委，倪老就笑了，拍着他的肩膀，说：

"小老弟呀，你呀，是个大好人！这种事，千万别问，随它去，他们爱咋咋的，不关你我的事……我看你近来脸色不太好，身体没问题吧？早餐要加强营养，鸡蛋、牛奶不可少……对了，下个月，我和老伴去三峡旅游，你去不去？"

倪老的诚恳热情，令他很是感动。他和倪老有种忘年交感觉，每次交流，都受益匪浅。此刻，若不是心情焦虑，他真想和倪老多聊会儿。现在，他无心搭讪，就匆匆告辞了倪老。他得权衡再三，思索下一步行动。

吃了晚饭，关燕琴看电视，这已成了习惯。况且，这又是一部故事险象丛生、环环紧扣、惊心动魄的谍战连续剧，她早已看得入迷了，全身心浸入剧情中，连丈夫悄悄离家外出都没察觉，直到剧终，才发觉他不在家了。

秦兆源去拜访张阿姨了，他要告诉她今天见钱主任的事，要她到时配合。他明白，张阿姨是最重要的当事人，只要她站出来，钱主任就会严肃处理老罗的问题，业委会就会改组，小区面貌就会改变。他轻轻叩响了她家的门。张阿姨脸上带着笑意，像是早有心理准备似的，对他突然造访一点儿也不惊讶，客气地让座，沏茶。他寒暄了两句，正要说到正题上，就被她打断了：

"秦老师，这件事呢，你也不要再把我牵进去了。实话跟你说吧，那天我和你说的，都是因为老罗辞退了我，不让我干业委会文书，我一时的气话，不算数的。"

"你……怎么能这样呢？"他傻了，呆呆地望着她，一种被人愚弄的感觉，令他眼里冒火，几乎要愤怒了，"你说过的又不承认了，这不是出尔反尔吗？"

她有些尴尬，不好意思地说，"不瞒你说啊，现在，老罗又让我干了，我们又重归于好了。我呢，很珍惜这份工作，总不能跟他对着干吧，总得有个和谐的工作环境，你说是不是啊？"

"珍惜……和谐……"他哼了一声，嘲弄地，大声地，"那也不能失去原则，向邪恶妥协，甚至与邪恶为伍啊！"

他的声音略高了点，不料却惊动了里屋她的老公。这是个膀阔腰粗的，满脸怒气的男人，冲进客厅，指着他就骂起来："你是个什么东西？敢跑来指责我老婆？你要告谁，你告谁去，别来骚扰我们，我告诉你，现在，就给我滚，滚——！"上前就动手推搡他了。

他骇得连连后退。张阿姨忙拦住了自己的老公，脸带歉意地对他说："秦老师，你是好人，我心里有数，但也请你理解我，不要再为难我了，你要做什么呢，那是你的事，千万别拉上我，好不好？"

他就怔怔地看着她，不知说什么好了。

"我劝你别折腾了，你肯定告不倒他的——你要是执意做下去，伤害的只能是你自己。"她的声音，温婉细柔起来。

"那，钱主任找你谈过话了吗？"

"没有，不需要了。"

"……"

猛然间，他似乎一下子就明白了。他感到，这是他有生以来最狼狈的事了，他从来没有这么失败过。多么可笑，可悲啊，这些日子以来，对他而言，不就是一场他妄自执导的闹剧么，该收场了吗？但他，怎么也心不甘啊！

　　从张阿姨家出来，小区的晚风吹拂，给人以无限的温馨。他呆呆地站着，好一会儿，茫然不知所措。迎面又遇见了倪老，他在悠悠地散步呢，一边和人说笑着。他不想和他说什么了，匆匆逃遁。

　　家依然是避风港湾，妻子总能给他伤痛抚慰。

　　"燕琴，我……"他还想说。

　　"你别说了，我都知道了，刚才，张阿姨给我电话了……"她动情地说。

　　"可我怎么也咽不下这口气！"

　　"那是你心里不平衡，我还是要劝你……"

　　"劝我什么？"

　　"睁只眼，闭只眼。"

老冯闲传

　　瑞华宾馆是全城最顶级的宾馆，它依山傍水，得天独厚，幢幢欧式建筑，时隐时现掩映在绿树丛中。餐厅、客房、歌厅、会馆、泳池……全都设施一流。当然，最值得骄傲的，是它优质的服务，简直完美无瑕，无可挑剔。不说别的，就说服务员吧，那可都是精挑细选，个个年轻貌美，举止不俗，文雅得体，微笑温柔。这是全城最高档的宾馆，来此下榻的，全都是有头有脸的贵客，天价的房钱，一般人只能望而却步，不敢问津。

　　十九岁那年，我在这里做服务员，每天，得给客房打扫卫生，做着重复的劳作：拆换床单、吸尘抹灰，洁具去污，觉得很是单调，无聊。这且不说，就怕遇到难缠的客人，那种对你颐指气使、傲慢鄙夷的德行，实在令我受不了。每逢这时，我就觉得这伺候人的工作，不该我做的，下班回来就抱怨，任性地说要辞职。母亲就慌忙说，要珍惜啊，这五星级宾馆，一般人想进都进不去呢。这倒是实话，和我同时来应聘的，大多被淘汰了。我便收敛了辞职念头，倒不是听了母亲的劝慰，而是觉得这活儿算轻松，如果熟练，每日只须半天工夫就能干完，余下的时间，尽可以自己打发，虽说不得离岗，但也不会寂寞，倘若遇到有品位的客人，他们大多经历丰富，知识渊博，智慧幽默，听他们谈天说地，议古论今，那可是一种享受。

　　但这样的机遇并不常见，来的多是那种自视矜傲、平庸俗气的宾客。也真怪，他们似乎谁都喜欢与我搭讪。有位慈眉善目的首长，一见我就笑眯眯地盯着我看，我好尴尬，就板着脸说你干吗这么看我？他也不恼，依旧微笑着，问我这活儿累不，想不想换个工作？我白了他一眼说不想，弄得他好没趣。还有个蓄着长发络腮胡须的大导演遇上我，左瞅右瞧，就说他执导的剧里有个未定角色，我的外貌气质挺合适，问我要不要去试试，我想也没想，就一口回拒。这事遇到多了，见怪不怪，我一概不屑一顾，我想，这些客人都是闲来无趣，故意寻我开心，天下哪有这么好的事，就安心做我的这份工作吧，我认命了。

　　客人走马灯似的来去匆匆，很少有谁会给我留下难忘的印象，唯独老冯，是最特别的一个。他中等身材，宽阔的额角，明亮的眸子，嘴角露出温和的笑意，一身儒雅气，凭直觉，我就能猜到他是个知识分子。果然，初见到我，聊不上几句，他就满嘴的专业词汇，深奥的道理，听得我云里雾里了："小李，你长得很美，"他赞赏地说，"你知道吗，美分为优美和壮美，你是属于优美的那一种，这种美给人清新、秀丽、柔媚、纤巧、典雅、精致、细腻、轻盈、素净、嫩弱的感觉。优美，是最容易感受的，清代学者姚鼐称之为'阴柔之美'，如初日，如清风，如云，如霞，如烟，如幽林曲涧，如沦，如漾，如珠玉之辉，如鸿鹄之鸣。英国美学家博克把它归纳为'比较小、光滑、现出变化、不露棱角、娇柔纤细，不带任何显著的强壮有力的外貌，颜色洁净明快又不强烈夺目'，这么说吧，优美感是一种和谐、平静、怡情悦性、轻松愉快的情感，它会让我们整个身心都是舒展、柔和、宁静、温馨的……"他喋喋不休地说着，我忽然觉得好笑，他哪里是评价我，是借题发挥，在给我讲美学知识嘛！然而他意犹未尽，又继续说开来："小李啊，你们宾馆这客房的装修设计、家具摆设，就不符合美学的要求，你看你们这个坐便器的位置……"我不耐烦地打断了他的话，没好气地说："老冯，你对美很有研究，可你用过的马桶这么脏，也不冲洗一下，连这点卫生都不讲，还谈什么美啊？"我是故意这么说的，谁知老冯望了望我，竟然一声没吭就接过我手中的马桶刷子，捋起袖子，真的就干起这活来，乐得我忍不住噗嗤一声就笑出声来。

老冯是来参加一个学术会议的，那几天一有空，就和我聊天。从言谈中，我略知他的经历，从小就学习优秀，读成博士，留洋归来在市社科院任副研究员，四十来岁，未婚。他随口说了几个国内外著名美学家的名字，说他的研究得到他们的青睐，脸上便显出兴奋神情。"小李，我送你一本我的近作，"他手上捧着一本书，书名是《生活美学初探》。"生活美学，有过不少论述，我这是独辟蹊径。"他自我欣赏地说。我接过书，瞥见扉页上有他那龙飞凤舞的签名，不由得对他肃然起敬。"审美是人的需要，"他又滔滔不绝起来，"我国古代先哲墨子说，'食必常饱，然后求美；衣必常暖，然后求丽；居必常安，然后求乐'[①]，这'常饱，常暖，常安'，是人的基本生存需要，而在这基础上，人还要'求美、求丽、求乐'，这就是一种审美的需求……"他正要继续说下去，却不料被一个声音打断了："哟，这位先生，在这里大谈什么审美，我看呀，你这身穿着就太丑，款式早该淘汰了吧？"说话者是一个长得富态，满面红光，胖乎乎的中年男人，脖子上挂着项链，闪闪发光，手上硕大的戒指，不停摇晃着。他是常客，人们都叫他姚总。经他这么一说，我这才仔细注意了老冯的穿着，也确实太过时，太寒碜了，有失身份。老冯脸色倏地变了，显得很难堪的样子，嘴唇嗫嚅着，竟说不出话来。姚总不屑地瞥了他一眼，说："你送小李一本书，看来，我也要送点什

[①] 汉·刘向《说苑》引《墨子·节用》佚文中的言论。

么了。"就从口袋中取出一个红色的礼盒，里面有只纯金的钻戒，价值至少几千。我呆了，半晌才回过神来，谢绝道："这太贵重了，我不能要。"姚总脸上立刻堆满笑意，很大方地说："这个算什么啦，我一个项目标的就上千万。拿着，这是我们送客户的小礼品，小意思嘛！"他说这话时，我拿眼偷瞟了一下旁边的老冯，发现他苍白的脸色上，再没有了先前的神气。他很快就蔫下了头，竟然一句话也没说，就离开了。当然，无功不受禄，我也没敢收下那只纯金钻戒。

次日见到老冯，他依然对我谈他的美学，但明显感觉少了底气，语音也低沉了许多，眉宇间有一丝忧郁。我想，抑或是姚总的刺激吧，就好心劝慰说："老冯，那个姚总，以为他财大气粗，不得了了，你别在乎他！"话一出口，我就后悔了，这不是哪壶不开提哪壶吗？老冯涨红了脸，显出愧色，眉头紧蹙。我觉得不好，忙安慰道："老冯，你比那个姚总层次品位高了去了，你有知识文化，别和他一般见识。"这话倒起效果了，老冯眉毛旋即舒展开来，"我才不计较他呢，满身的铜臭味！"他揶揄地说，眼里露出鄙夷的目光，顿了下，微笑着说："不说他了，小李，我送你的书，看了么？赞同我的观点吗？还有什么不理解的地方？"老实说，我喜爱读小说，对这种学术书从不问津。因是他的书，不免翻了几下，竟然读下去了。这老冯，还真有他的，能从任何一个生活细节，道出它的美丑来。比如，穿着搭配，他建议不要超过三种颜色，多了就臃肿累赘了，由此上升到"简洁就是美"的结论来。"我在拜读呢"，我回答说。老冯开心地笑了。"我跟你讲噢，我接下来，转向研究产品设计的美学。你知道吗，人们在使用产品过程中，也有审美的追求，就像你用的这个，"他指了指我手中的吸尘器，"外形就显得笨拙，臃肿，给使用者不愉快的感觉。"我惊讶地看着他，说："你说的一点儿也不错，我一见这吸尘器，就不开心。""就是嘛，产品美学会是一个重要的研究领域，我打算用三年时间，完成这个课题。"他顿了顿，脸上忽然现出极认真的神情，说："我会再写一本书，送给你。"

我便盼着能再见老冯，拜读他的新书，想象着，他的产品美学研究被推广应用。可一晃就几年过去了，他却一直杳无音信。倒是那个姚总，还偶或能遇见，据说，他生意做发了，现在已经是拥有年产数亿的企业董事长了。有次，他来宾馆，走廊里遇见我，说："小李，那个冯先生最近来找我了。""哪个？"我一时没想过来。"就是那个送书给你的啊。""他找你，做什么？"我疑惑了。"想和我套近乎呗！"他从鼻子里哼了一声："我可没工夫搭理他！""姚总，你不要这样嘛。"我有点为老冯不平了。"百无一用是书生，他就是个穷酸的书呆子！"姚总鄙夷地说。我不想和他争论，我执拗地认为，老冯可不呆，他是有知识有文化的人，他的美学研究一定会出大成果。这么一想，便愈发渴望再见到老冯了。

一天，我在服务台交接班，忽然传来一个既陌生又熟悉的声音："是小李吗？"我抬头一看，老冯站在我面前，他西装革履，两眼闪光，神气地看着我："把我忘了？""哪能啊，"我说，"我还想读你的新书呢！"老冯愣了下，随即笑着说："你还记得这个啊，书我是早就不写了。""为什么？"我有点失望。"我现在改行了，时髦说法，与时俱进，转型了，我已从社科院辞职，下海了。"这回是我愣住了。"你不信啊，"老冯看着我，咧嘴道，"我这次来你们宾馆，是出席企业家年会的。你看！"他取出一张名片。我一瞧，就惊讶地睁大了眼睛，那上面排着一溜头衔：世界华人联合会常务理事、中华企业家联谊会秘书长、商业周刊特约记者、华江大学客座教授、永盛文化传播公司经理……密密麻麻，看得我眼花缭乱，理不出头绪来。"你现在究竟是做什么的呀？"我疑惑了。"这上面不是写得很清楚么，"他指着名片，"我最近有好几个大项目在做，中山路改造工程是我引进的资金，这个台商是我一个远房亲戚，这个月我要再去台湾，接下来，有个企业家对接咨询会议正在筹备中……我现在一天要工作二十小时，连吃饭、睡觉都在工作，还是忙不过来啊！"他踌躇满志地说着，然后，看了下手表，"哎哟，时间到了，我要去开会了，少陪，少陪！"匆匆地离开了。老冯前脚刚走，就有人议论开了："这个老冯，就落得一张嘴了，就是吹呗！""下海哪有那么容易的，是人都能发财啊？""他还不是嫌工资少，见人发财了眼红了？""看人吃豆腐牙齿快！"老实说，老冯弃学从商，是我始料未及的，他是个读书人，是做大学问的，从商能行吗？我很怀疑，但我又认为，既然老冯不惜辞职，破釜沉舟，那一定是极有把握，我衷心祝愿他经商成功，兴隆发财。

果然，不负我望，老冯只要来宾馆，总会带来喜讯：什么他又被聘为哪家公司智囊了，什么他又成功帮两家企业对接了，什么他又参与了一项重大工程了，什么下个月他要陪副省长、副市长参观考察一个外商投资项目……说起来滔滔不绝，眉飞色舞，异常兴奋。每逢这时，楼层几个服务员总要拿他开心："老冯，这么说你一定发财了？""赚了多少钱啊？你存款几位数啊？""买房了吧？是别墅还是楼房？"老冯听了，便现出尴尬的样子，脸色涨红，不说话了。有次，老冯拿出一大叠政界、商界要人的名片，似乎是要证明给我看。然后，像似想起了什么，对我说："哦，你看我，把这事忘了，我要和你合作。是这样的，省电视台今年要办一台大型中秋晚会节目，由我负责联络企业家参会，根据他们赞助数目，安排晚会上的位置，享受的待遇，出资多的，可以和省市领导、影视明星同坐，握手，合影……""和我合作什么？"我纳闷了。"你在这里接待的人多呀，可以留心，若遇到有老板愿意上电视晚会的，就介绍给我。""我才不多这个事呢！"我说。"不是多事，"老冯看着我，恳切地说，"你若介绍成了，我会给你一笔报酬的嘛。"见我犹豫着，他叹了口气，说："你呀，太保守了，难怪要受穷。改革开放，说到底，就是搞活经济赚大钱嘛！你把现在的工作辞掉算了，跟我干，怎么样？"我苦笑，他失望地摇了摇头。

我才不冒那个险呢，只能安分守己地做服务员工作。几年后，我被晋升为部门经理，再后来就结了婚成了家，生了一个白胖儿子。这期间，偶或见到老冯，听说他一些传闻。他一直穿梭于政界、商界、文化教育等各界之间，风里来雨里去，到处奔波忙碌，做着牵线搭桥之营生，谁也不清楚他究竟赚了多少钱。只知道他是国外国内飞来飞去，高级宾馆酒店常客，常常出手大方宴请他人，凭此行事，就是款爷的做派。然而，我又怀疑了。有次，老冯来宾馆，脚上一双锃亮的皮鞋特别引人注目。他抬起脚，指着皮鞋，说："你知道这双鞋多少钱吗？一千多块！"见我惊讶的样子，他立刻解释说："不信是吧？那我告诉你，这可是意大利进口名牌，一个老板送给我的。那次，我陪他去见一个港商谈一个项目，临出发时他见我脚上穿的是塑料鞋，嫌我给他丢人了，执意给我买的。"说着，颇为得意地笑了。后来，我和我老公闲聊时说起此事，我老公说，倘若老冯真的赚了大钱，还会占这点小便宜么？我想想也是。

老冯究竟发了没发，我不得而知。令我更困惑的，老冯五十多岁的时候，还依然单身一人，为何他不成家呢？我每向他问及此事，他都避而不谈。不过，也不知从何时起，老冯身边会常常出现一个模样俊俏的年轻女孩，他叫她小苏，说是某大学的校花。他俩几乎形影不离，出入宾馆，与客户谈生意他都带着她。无需多说，有次当两人面我干脆就直呼冯太太，小苏听了，眉头颦蹙，似乎不满地看了他一眼，老冯红着脸慌忙向我解释道："你别乱讲，别乱讲，小苏她是我特聘的秘书，我与她没有你想象中的那种关系！"转身又忙赔着笑脸对小苏说："小李她误会了，误会了，你不要介意啊。"弄得我很尴尬。趁小苏去洗手间的片刻，老冯告诉我，是一个老首长托付给他的，只是让她跟着他锻炼云云，当然，他得付她可观的工资。开始，自己并不乐意，但考虑老首长面子不能不给，再说聘用小苏也是谈生意的需要，说有自己的公司，可每次都是自己一人出面，岂不成了光杆司令，带个美女秘书洽谈，而且是个青春妙龄、美丽动人的女孩，自然会激起对方愉悦情绪，有助于谈成生意，产生美女经济效应。"美，在这里得到应用。"老冯突然冒出这么一句。我随即调侃道："那你就再写一本书，就叫《生意美学》。"老冯愣了下，似乎从遥远的回忆中猛然苏醒了过来，脸上现出难堪的神情。我不知道什么刺痛了老冯，只是明显感到他再没有从前的神气了，说话的语调也低沉了许多，或许是上了年纪精力不够吧，或许是他有诸多不如意之事吧。生活不是诗和远方，每个人都有头疼的现实问题，必须要每天面对，老冯也不例外吧。

日子就这么过去了。这天，宾馆大堂里有点冷清，没什么来登记住宿的客人，服务台几个同事在闲聊，有谁说："哎，那个老冯好久没来了。"她这一说，我也想起来，的确很长时间没有见到老冯，差不多把他给忘了。"前几天那个姚总来拜见省领导，说到了老冯。""怎么说的？""姚总说，他不久前看到老冯，胡子拉碴的，像个老人了，差点都认不出来了。说老冯这些年下海，根本就没赚到什么钱，都是为他人做嫁衣裳，还高价养了个什么女秘书，其实连沾她一下都没有，完全是赔本的买卖。""老冯有知识文化，不是很精明的人么？怎么会落得这样呢？""路走错了呗，他本该做他的学问，不是经商的这块料。"听她们七嘴八舌地议论，我才知道，老冯缺乏生意人头脑，上当受骗的时候多，常常是为他人做嫁衣裳，入不敷出。我不免深为老冯惋惜，却又不愿相信这是事实。

中秋后的一个晚上，屋外下着小雨，忽听见有敲门声，开门一看，是老冯，身后站着那个女秘书小苏。我很觉诧异，老冯曾问过我家里地址，没想到他竟然冒雨登门，还带着她。此刻的老冯，虽然笑着脸，却没了神气，皱纹已爬上额角，满腮的胡须，乱蓬蓬的，穿着邋遢，不修边幅的样子，衣服纽扣都扣错位了，我提示他重新扣好，让座，沏茶。老冯有些尴尬，坐下，红着脸，好一会儿，才说明来意："小李，我跟你商量个事，你能不能给我报个户口？"我疑惑地看着他。"我把房子卖了，"他说，"新房东要进户口，我的户口就必须迁走，就想请你们帮个忙……"听了半天，我总算明白，他把房子卖了，如果他的户口不迁走，买家户口进不来，买房的余款就不会给他，而且，还要因为买家延迟入户而要他罚一大笔款，他将受极大经济损失。我思考了下，正要回答他，不料一旁我老公忍不住插嘴了："老冯，我问你，你房子卖了，现在你住哪里呢？""我目前是租房住，房东不肯让我安户口，只好求你们帮个忙了。"老冯颇难为情地说。"那你，怎么不买新房呢？买了新房，户口就可报了呀。"老冯迟疑着，没有说话，小苏忙替他解释："是打算买房，现在只是暂时户口报你家，一旦买好房户口就迁走。"我老公看着老冯，继续问："你房子卖了多少钱？钱都进卡了么？"不知怎的，这一问竟然把老冯给问住了，"这个……我还不是很清楚，"老冯有些为难地说，"是小苏经办的，她知道。"我老公说："反正你要买房，据我所知，通过中介购房，七天就能完成全部手续。也就是说，七天以后，你就能落户口了不是？何必要暂时迁我家再迁走呢，这样迁来迁去多麻烦！"这一连串的像是绕口令把我说得愈发糊涂了，不过，我已听出他是在拒绝老冯了，此时我看到老冯面色很不好，有些发呆的样子，小苏眼里更是流露出失望，她推了推老冯。这会儿，老冯似乎明白过来，立马有些激动起来，"你以为我没有钱了是吧？我有钱买房的，你们放心，除了买房款，我还有积蓄，我现在有好几个大项目在做，成了有一大笔进款，你们不信？我现在的身份是：世界华人联合会常务理事、欧美企业联盟大中华区代表、全国企业家联谊会秘书长、经济学刊首席记者……"他还要说下去，却被我老公打断了："就这样吧。"这是逐客令了。小苏面无表情、老冯一脸的沮丧，两人站起身，默默离去。

其实，最难堪的是我。说起来，我与老冯相识已有二十多年了，多少有些拉不下这个情面，人家不就是让你暂时帮个忙吗，就这么无情拒绝？他俩刚出屋，我就责怪老公不该这么对待老冯。老公冷笑道："我要是不拒绝他，一旦户口落在咱们家，将来就是个扔不掉的大麻烦！你不想想啊，他这个年纪了，沦落到要卖房的地步，连个安居的窝都没有了，那不叫绝望吗？老冯为啥要卖房，绝不是要重新买房改善居住条件，依我看，是那个小女人的蛊惑，意在把不动产变成现金，这样，不等老冯百年，她就可以挥霍他的钱财了！你注意到刚才我特意问老冯卖房款的事了吗？他竟然不清楚，要问那个小女人，糊涂到这种地步了，他已经不能自主，完全是被那个小女人控制了，我敢肯定，卖房的钱，怕都落入那个小女人的腰包了！"怎么会呢？"我自然不相信。"那你就等着瞧吧。"老公笃定地说。

以后，好久都没能再见到老冯，他就像从人间蒸发了似的，消失得无影无踪。我想，老冯他肯定是生我气了，不是么，我与他相识交往前后也有二十多年了，他只求过我这么一件小事，我都不能答应他，岂不是太无情了吗？越想，越是忐忑不安，越是心里愧疚，后悔拒绝了他，断了多年的交情。有好几次，我都想向他解释，以求得到他的谅解，想问问他的近况，看能给他什么帮助，可给他打电话，不知为什么，总是不通，又没有他的确切住址。渐渐地，我也就断了这念想，不再企望见他了。

旧历年的最后日子，家家户户都在忙碌着，预备除夕之夜的团圆饭，整个城市都弥散着烹饪的醇香。我们一家三人开着车，去城西华盛小区我爸妈处团聚。车行新华路时，透过车窗玻璃，忽然看见前面有个挎着公文包的老人，蓬头垢面，胡子拉碴，上身是又旧又脏的棉衣，腰间紧紧系着一根布带，佝偻着背，光着脚，趿拉着拖鞋，趔趄着迎面而来，待他近了，我差不多要惊讶地叫出声来，那不正是多日不见的老冯么？我赶紧让老公刹车，打开了车门。这意外的相见，令老冯猛然间愣住了，两眼竟直勾勾地望着我，好半晌，才像是从梦中醒了过来，仿佛在努力回忆着什么，显得很不自然，嘴唇蠕动着："小李，是你啊，你瞧我忙的，我这记性呀……"刹那间，我鼻子有点酸，许多话要涌出，想问他现在住哪里，买房了没有，户口的事，经济收入，身体怎么样，等等，甚至想问他是否被那个女秘书骗了，可还没容我开口，老冯就像曾经那样，也不管我是否愿意听，像背书似的向我炫耀起来："我告诉你啊，我现在正在做一个大项目，这笔成了，会有一大笔收入的，哦，你不信啊？我跟你说，我现在是：世界华人联合会常务理事、欧美企业联盟大中华区代表、中华企业家联谊会秘书长、经济学刊首席记者……刚得到消息，又有一家公司要聘我做……"

　　老公不耐烦地按响了喇叭，催我上车了，老冯这才停止了唠叨，显得有些不好意思来。我上了车，坐好，把车窗打开，探头目送着老冯的离去，直到他的身子在我视线中消逝。"老冯那本《生活美学初探》写得真好！"老公忽然感慨地说。我奇怪他这时怎么会想起这个来。"这人蛮可悲的，可惜了。"老公怜悯地说。"也许是吧。"我会意地接口道。"他真不该赶这个时髦与时俱进下什么海，这步棋他肯定是走错了！"老公嘲谑地说，然后，启动了车。

拼　爹①

　　鲍志远硕士毕业在社会上混了几年，始终不得意，那天，在单位里干了一天的活，拖着疲惫的身体回家，还没坐下，就听见父母又在唠叨儿子至今没有成家立业，责怨他不孝了，他心里一火，冲着二老就说：

　　"别说我的不是了，是你们欠我的！"

　　老鲍疑惑听错了，不相信地说："你刚才说什么？"

　　于是，鲍志远用更肯定的语气，把刚才的话又重复了一遍。

　　这回，倒是听清楚了，老鲍傻瞪着眼睛，半天都没有反应。何萍忍不住了，情绪激动地说："志远，你说啥？我们欠你的？你这个没良心的！到底是你欠我们的，还是我们欠你的啊？打你在我肚皮里面，你就叫我吃了多少苦头，生你那天，我差点儿就送了命！从小啊，你就难带，折腾我们，一把屎一把尿，好不容易把你拉扯大！我们省吃俭用，供你读书，一直培养你到大学，哪点亏待你了？"

　　"你不要说了！"老鲍喝住了老伴，然后，转过脸来，怒目逼视着儿子，声音颤抖地说，"你说，我们欠你什么了？"

　　鲍志远面无惧色，迎视着父亲的目光，耸了耸肩，嘲弄道："怎么不欠我的？当年，你们是只图自己一时快活，稍不留意，就弄出了我。可你们快活了，后果却是造就了从此痛苦不幸

---

① 当今社会流行词，指的是年轻人在升学、找工作、买房等方面比拼的不是自己的能力，拼的是各自父母。

的我！"

他这么一说，何萍的脸色羞红，"你……怎么能……说出这种话来！"

老鲍心头突突直跳："你说，怎么就痛苦不幸了？"

"这还用我解释吗？"鲍志远反问道："你们生下了我，却没能力养我。从小我印象就是家里穷，那时我连牛奶都喝不上，缺少营养，以致我发育不好，骨瘦嶙峋的，哪个姑娘看得上……"

"儿子哎，"何萍急忙解释道，"那也不能怪我们呀。那时候，企业改革，我和你爸都遇到下岗，尽管这样，也没饿到你呀……"

"只是填饱肚子而已，"鲍志远摇了摇头，戏谑地自嘲道："一头猪也能填饱肚子吧。"

何萍气急败坏地说："你咋这么说呢？我们不是还培养你念了大学吗？"

"培养我？"鲍志远冷笑道："你们一无所有，拿什么培养我？只是要我好好读书、考高分，上名牌，要我努力呀，奋斗呀，事情不还得我一件一件地做？不错，我读了研究生，又能怎样呢？毕业了，没有关系路子，还不是找工作难吗？我投了多少简历，去了多少家应试，也只能进现在这个破单位，搞个饭碗，弄口饭吃罢了。每天加班加点，累得要死，领导不待见，升职无望，加薪无望，我这不是活得太难、太痛苦么……"

到底是女人，何萍心软了下来，一边向厨房走，一边回过头来说："儿子，你别这么想。在单位干活，不都是先吃三年咸菜萝卜干，媳妇才能熬成婆吗？你别急，日后会好的呀。"

"好什么好？好不了啦！"鲍志远一脸的沮丧相。

老鲍半天没作声，一直在听儿子述说着，这会儿，终于忍不住了："我看，你这是心理有问题，你现在没混好，归根结底，那是你努力不够。"

"你还要我怎么努力？"鲍志远情绪激动地："你以为，靠我努力、奋斗，就能圆梦吗？别忘了，这是个拼爹的时代呀，没有爹这个靠山、这个后台，我拿什么跟人家竞争？我还想成功，想成就事业？做大头梦去吧！我心理有问题？为什么我混不好，不就是我无法和人家拼爹吗？人家爹有资源、有平台、有能力，人家不用努力，他爹就给他安排好了，轻轻松松就能有好的工作，好的位置，好的职务，要车有车，要房有房，前途无量，我就是再努力，也是枉然……"

老鲍听着，心里早就火了，可儿子还在说："你们欠我的，这话我没说错啊。当年，你们只图自己一时的快活，就生下了我。你们倒是有了天伦之乐，传宗接代，鲍家有后，你们是满足了。可是，你们给我带来什么了？你们没能力给我安排幸福，让我此生痛苦不幸，那不是欠我的又是什么呢？"

"你意思是，我们生下你错了？"老鲍声音都变了。

"不生我，就不欠我。"鲍志远胡搅蛮缠地说。

"荒唐至极！"老鲍满脸怒色，手指着儿子："羊有跪乳之恩，鸦有反哺之义，这个道理你都不懂啊，亏你也是接受过高等教育的人了，居然说出这种话来！你就不怕别人戳你脊梁骨？"

"别人才不会说我呢，只会说我爹妈无能！"鲍志远依然讥讽地说。

老鲍把桌子一拍，厉声吼叫起来："你要是嫌弃你老子娘，那好啊，你就从这个家给我滚！滚！滚！"

一看老爹真的发火了，鲍志远便识相地闭口了。

老鲍气得手在发抖，何萍慌忙从厨房出来，一面责怪着儿子，把他推到他的房间。一面又折回客厅，对坐在沙发里低头生气的丈夫说：

"你这是干吗呢，他毕竟是你儿子呀，你叫他滚，让他到哪儿去？租房吗？现在房租这么贵，他那点儿工资，还不够付房钱的呢，你叫他怎么过呀？"

"你听听他说的那些话，"老鲍余怒未消地，"他那是人说的话吗？还有没有一点儿人味儿？"

何萍沏了杯茶递过去，劝道："你就别跟他计较了，那也是赌气话，他也不是傻子了，怎么就不知道这么多年我们在他身上花的心血？"

"他要是知道，能说这种混账话吗？"老鲍高声嚷道。

"你消消气嘛，跟他生气不值得，他从小不就这样？说话没轻没重的，从来不会甜言蜜语，一开口就伤人。"

"那不一样，小时候那是不懂事，现在还能用这个态度对待我们吗？"

何萍叹气道："养儿子就是这样啊……"

"你不要为他辩解了！"老鲍狠狠瞪了老伴一眼。

"你瞪我干吗？"何萍委屈得几乎要流泪了。

"我跟你说，"老鲍忿忿然地，"人家的儿子，当官的，做老板的，当教授的，不乏其人，婚姻也都不错嘛，养儿育女了。可我们这个孽障，三十好几了，成家立业，一事无成，毫无出息！他自己不努力，却把责任推到我们头上，真是咄咄怪事！"

何萍劝道："他也不是没出息，也不是不努力，他也难啊！人家家境好，做父母的有门道，孩子就顺顺当当。我们没能耐，全靠志远自己打拼……"

老鲍一下就泄了气了。老伴的话没错，事实不就是这样么？

他这个做爹的，除了会喋喋不休教训儿子，要他成家立业，却什么帮助也不能给予，只能让他在充满荆棘的泥泞中艰难跋涉。也就是说，志远得比人家付出更多的努力，还不一定能成功。这确实是不公平，但能因此而责怪父母，为他不成功而开脱么？这世上，不还是有那些身处逆境而奋力拼搏终获成功的人吗？这个志远，怎么就如此颓废消极，甩锅父母呢？

"有出息的孩子，哪个靠父母了，不都是自己打拼来的吗？"

何萍叹了口气，"是这么个理儿，可是，行不通啊！别说现在，就是我们当年，不也是'学好数理化，不如有个好爸爸'吗？"

老鲍辩解道："那不一样，现在改革开放，到处是机会……"

晚餐桌上，一家三口闷头进食，都没再说什么，生怕有谁一句话不当，弄得不快。饭后，何萍照例去厨房洗餐具，老鲍坐在沙发里看电视新闻，鲍志远回了自己房间，打开笔记本电脑，对着屏幕发呆。他想着刚才与父母冲突，嘴角露出一丝苦笑。想到自己三十出头了，连个正式的女朋友也没有，他愈发猗急心焦了。心里憋着火气，又不能在外诉说，只好对着父母任性地发泄，以缓解罢了。他何尝不知他冲父母说的那些话为天理所不容？他是故意要这么说，不过是以此先发制人。你当老子的不是总不满意我吗，责怪我至今不能成家立业吗？好呀，那我就把这推到你头上，让你愧疚自责，你也就不好再喋喋不休了吧？《孙子兵法》讲，这叫以攻为守，先发制人，反败为胜。这个，是有效的，每次，他都发现，父亲的气焰会骤然低落，大有颓败、惭恶之意；母亲呢，也会格外地对他示好起来。这正是他要的效果，如此，便能耳边少了责怨唠叨，耳不闻心不烦，过上几天安静日子。

这天晚上，老两口横竖睡不着。老鲍索性坐了起来，点了一支烟。何萍夺了下来，"什么时候了，你还抽烟，不想睡了？"

"我睡得着吗？"老鲍皱着眉头，"我为他着急啊！"

"急也没用，我们能帮就帮他点。"

老鲍转过脸来，"怎么帮他？"

"把存款都拿出来给他用呗。"何萍无奈地说。

"你说什么？"老鲍圆睁眼睛。

"现在这年头，有钱好办事呀，"何萍道："志远心情不好，是没女朋友，他谈不成，是他太小气不肯花钱。去年，他谈那个姑娘，不就是嫌他不大方，才跟他分手的吗？"

"什么叫花钱大方？"老鲍悻悻然地说，"把我们存款都花掉，你以为女方就满意了吗？要知道，人心的贪欲是无止境的！况且，我们也没多少钱……"

"你什么意思？"何萍不想再和他争辩。

老鲍道："志远谈不成女朋友，是他没遇到合适的人！"

"那你给他找个呀！"何萍激将地说。

"我会考虑的。"老鲍说着，便躺下倒头睡了。

别以为老鲍是信口说说，他还真的有这个打算。他认为，志远谈不成女友，一是他接触范围有限，遇不到好的姑娘；二是择偶观不正确，导致高不成低不就。这二者，前者又是最重要的。他这个做爹的，自然有责任帮儿子一把，给他找个最合适的女孩。过了几日，老鲍瞅了个机会，就把这个意思跟儿子说了，满以为他会感激，却没料这小子不领情，连连拒绝："别别别，老爹，你就别瞎忙活了，丢不丢人啊！"

"你也不小了，再不解决，将来怎么办？"老鲍皱着眉头。

"什么将来，我过一天是一天。"鲍志远破罐子破摔。

"你……"老鲍头真急了，"将来，我们都不在了，你老了"，他本想说谁来给你送终，话到嘴边成了"身边没有个人照顾你怎么行？"

这话让鲍志远有些感动，但他还是一副玩世不恭的口吻："老了，不能动了，就随他去吧，要不然，就来个安乐死。"

"你这是什么混账话？我告诉你，不孝有三，无后为大。你必须给我结婚，生子!"老鲍声嘶力竭地吼叫着，脸色涨得铁青了。

鲍志远闭口不语了。老鲍情绪也随之缓和了下来，心想，儿子这么说恐是出于无奈吧，他的交友范围有限，还得自己这个老将出马，凭自己几十年的人际资源、人生经验和眼光，准能帮儿子解决婚姻问题。

主意既定，便开始行动，他先将自己的亲朋好友圈子梳理一遍，看看有哪家姑娘未嫁人的，年龄相仿，相貌般配，最好是心地善良、脾性温和的那种，当然，要有学历，至少是本科的。筛选下来，寥寥无几，人家不是有男朋友了，就是离异的，他这才知道，自己的人际资源有限。有位老同学，女儿二十八了，模样俊俏，还没有成家，他赶紧就去约谈这事。他倒是开诚布公，祖露心扉，介绍儿子，说了一大通，老同学望着他，一直微笑着，只是很客气应付他几句，就是没有爽快答应这件事，甚至连两个孩子见面机会也没给。末了，老同学客客气气地跟他告别。这让他感到异常羞辱，不痛快了好几天。

"我说嘛，你给志远介绍，哪有那么容易？"

何萍听他说后，一脸的愁容。老鲍闷头抽烟，一语不发。心里在想，出师不利。不过，也别灰心，天下姑娘多了去了，再继续找呗，总能有合适的吧。他忽然想起来，那天，老同学似有歉意，临走时特意给了他一个信息，说是滨湖公园有个相亲角①，每周日有成百上千的家长为子女去那里寻亲，建议他去看看。这倒是个好主意，他决定试试。

"那我陪你一道去吧。"何萍欣然地说。

"不用，"老鲍摆手，"搞得兴师动众干吗？这事还得瞒着志远，他要知道我给他在相亲角找的，肯定不愿意。我一个人去就行了，我有眼光的。"

"那你多看几个，比较比较。"

"我知道啦。"

这个周日，天气晴好。老鲍早早就出了门，换了两班公交，八点钟左右，到了滨湖公园。进了大门，就看见不少人向西边涌动。他顺着人流，走了不几步，便看见道路两旁的树间拉满了征婚启事条，五色缤纷的纸条，随风拂起，犹如万国旗在飘扬。他兴冲冲地上前，一排排地看过去，纸条上文字，有印刷的，手书的，有仿宋体，有楷书，内容大同小异。征男启示，皆强调男方的职位、收入，是否有房、有车；求女启示，重在女方年龄、相貌、性格，有的还有脸型、肤色、体重、身高具体要求。老鲍看了一会儿，感觉大长知识，想不到，择偶还有这么多条件。自己当年和何萍也是介绍的，见了一面，谈吐感觉印象不错，就定下来了，哪里有这么多的需求？现在真是不一样了。他看了一会儿，免不了拿人家男方的条件比较起来，人家大多是有车有房，有的是海归的，有央企、外企部门主管，实行年薪制的，有政府

---

① 是指在公园一片区域，常年为子女物色对象的父母们占据，形成的一个相亲广场。

公务员，铁饭碗的，而志远只是个硕士，有份工作而已。这么一比较，就有些自愧不如，气势短了几分。

老鲍一路走去，但见道路两旁挨次摆放着一把把撑开的伞，上面都贴了征婚纸条，旁边的家长，有的坐在地上，有的一边站着，三三两两，互相交流着。老鲍走过来，立刻就有人围了上来，一个穿旗袍的阿姨急切地问他，"这位师傅，你家是儿子还是女儿？""儿子。"他的回答，令她脸上立刻显出失望神情，围上来的几个，也都扫兴地退了回去。看来，他们都是为儿子来征婚的。老鲍继续往前走，留心搜索适合的女方信息，看了几个，感觉都无缘。那些征婚女孩，仿佛都是生活在梦幻里，要求的条件特苛刻，一律要男方高富帅，不说别的吧，单就要男方要有环线内三室两厅独立婚房这一条，就让人望而却步了。老鲍试图和那个家长谈谈能否降低一下条件，比如，婚房买个环线外、小面积的住房，车子呢买辆大众朗逸或帕萨特的，得到的回答是冷冰冰的"免谈"两个字，就像兜头浇了一桶凉水，来时的热情一下就萎蔫了。

一圈走下来，老鲍有些累了，身上微微汗出，口干舌燥。幸好，他带了矿泉水，喝了几口，感觉舒服了不少。蓦地，他被一把油纸伞吸引住了，那是这年头很少见的，却是在他童年时代常见的，紫红色油纸伞面，被篾竹子伞骨撑开，像是一朵紫薇花儿绽放，夺人眼球。他走过去，盯着上面的纸条，也只看了几眼，就喜出望外了。那上面写着：女方年方二十六，硕士毕业，公务员，容貌姣好，知书达理，贤惠善良，上得厅堂，下得厨房。欲觅有品位、有事业、有爱心的未婚成熟男士。嗨，这不正是他要找的么？女方这个要求，志远完全符合嘛。他抬头欲寻伞的主人，半天都没人过来，问旁边人，说是谭先生夫妇刚才还在的呢。还好，纸条上留了个手机号，他就拨了下。

不一会儿，谭先生夫妇走过来，男的戴着金丝边眼镜，一副儒雅学究的模样，女的挽着他，胸前坠着铂金项链，闪着炫目的光泽。凭感觉，老鲍就觉得这对夫妇不错，不是那种斤斤计较的小市民，更非刁滑奸诈的小市侩。他正想开口，那女的主动和他搭讪了："这位先生，是为儿子来的吧？正好我家是女儿，喏，这是她的照片，"一面说，一面从肩背手袋里取出一张照片来。那姑娘，眉清目秀，鹅蛋脸儿，身姿苗条，充满了青春气息，老鲍只看了一眼，就满心欢喜了，心想，这个可不能轻易放过，就听这谭太太说：

"这位先生，你家儿子什么情况呢？"

"完全符合你们的要求。"

"是吗？"

"我能用信誉担保。"老鲍拍着胸脯道。

"我相信啊，"谭太太微笑了，"能具体介绍一下你儿子的情况吗？"

老鲍顿时精神亢奋，侃侃而道："我儿子今年三十二，985高校硕士毕业，才工作了不几年，他有很强的上进心，绝对是属于那种潜力股的……"

"有你儿子的照片吗？"谭太太说。

"有，有，"老鲍忙掏出手机，打开照片，那是一张儿子硕士毕业标准照，五官端正，身着西装，结着领带，挺神气的。

谭太太凑过脸来瞅，她老公谭先生也瞧了几眼，两人脸上均露出满意的神情。老鲍心里不免窃喜，以为他们看好，便迫不及待地说："你们看，要是有意呢，是否尽快安排让孩子见个面呢？"他自以为他很会把握节奏，这叫趁热打铁，心里想，接下来就看他们约个什么时间地点了。

"这个不急的,"一直沉默的谭先生开口了,他把老鲍从头到脚打量了一下,皱了皱眉头,说,"我看,我们双方还是多了解一下,慎重考虑,心急吃不得热豆腐。"

这个答复让老鲍愣住了,一种失望情绪涌了上来,但很快地,他就镇定了下来,他想谭先生这么说,那是故意的拿乔,以矜持自傲,他可不能在这个时候显得自卑,那会一败涂地,当然,也不能轻而放弃,毕竟机遇难得,过了这个村就没那个店,得挽回这个局面,他想了想,就说:"谭先生,你女儿二十六,一晃就三十了,我儿子也三十好几了,都是大龄男女了,拖不起的。要不这样,你看可好,咱们互相交换一下孩子的手机号,让他俩自己联系?现在不是有微信吗,也方便嘛。这事呢,我们自然不能包办,只是给他们创造个机会,就看他们有缘没缘了。"他自认为这话说得非常恰当,既不卑不亢,又留有余地。

假如,这时没人来打搅,这事可能会朝着预设的方向发展。可是,一个意外,就把他的好事给搅黄了。冷不防地,一下子就围上来好几个家长,争抢着介绍各自的儿子如何如何优秀,他们七嘴八舌地说着,很快地,就把他给冷落了。他心头里不免有点恼火,却又不好说什么,都是家长,谁不为自己子女?再说了,这也是竞争嘛,就看谁条件更好不是?谭先生的女儿既是香饽饽,那谁都想要不挺正常吗?只是,本来他捷足先登的局面被搅黄了,他有些不快,不过,他没有马上走,他要等那几个家长话说完了,再跟女方家长落实这事。

这时候,老鲍才注意到他们,看样子,他们是常来这个相亲角,互相之间似乎很熟,那个叫老王的,西装革履的,腕戴块劳力士名表;矮胖的姓杜,手上攥着一把车钥匙,他是开车来的;

一个穿真丝衬衫、耳坠闪闪发亮的阿姨，他们都叫她晓薇；还有两位，他没注意姓氏，像是一对夫妻，男的有络腮胡子，女的虽也六十多了，身姿还很苗条，风韵犹存，都显得那种生气勃勃、信心满满的样子……再看看自己呢，就觉得哪儿有些不如他们，一时竟有些烦躁不安了。他们争先恐后地围着谭先生夫妇说着，竭力推荐着各自的儿子，将他冷落一边，连个发言的机会都没有了。

这天，本来万里晴空，谁料，天色倏地就暗了，乌云密布，狂风大作，豆大的雨点噼里啪啦地狂砸下来，游人如织的相亲角顷刻间如鸟飞猢狲散，空荡荡杳无一人了。老鲍寻不到躲雨处，只得狼狈地奔出滨湖公园，用一种与他年龄不符的速度向前冲去，不一会儿，全身都淋透了，雨水顺着脸上，胳膊上往下流，他用手抹了下被雨水模糊的眼睛，看见雨雾中前面有辆刚到站的公交车，就不顾一切地蹿了上去。

回到家来，老鲍已成了落汤鸡。何萍既是心疼又是嗔怨，一面赶紧给他拿干衣服换，一面问他有无收获。老鲍换了衣服，又用热水洗了把脸，细细说了今天的情况。何萍听了，蹙起眉头，指着他换下来的裮裤，说："你就穿得这么寒碜去见人，谁还瞧得起你呀！"老鲍一听，就不高兴了："又不是我相亲，我是为儿子呀！"何萍冷笑道："那你也该注意一下形象嘛，你这么不修边幅，穿得邋里邋遢的，谁还会看中你儿子呢？"老鲍想何萍的话也并非全无道理，马靠鞍装，人靠衣装，那几个家长，都穿得气派讲究，相比之下，自己的确不如人，还未竞争，就先输一着了，便缓和语气说："你说的也是，下次去相亲角，我注意就是了，不过，我是次要的，关键还是志远，看人家能否看中他。"

老鲍的话音刚落，被刚进门的鲍志远听见了，想不到老爹竟然背着他去相亲角为他寻亲，像是受到了奇耻大辱，叫了起来："你到那地方给我找，丢不丢人啊？"老鲍瞪着眼睛："又没要你去，我给你联系好了，你俩再接触，丢你什么人啦？"鲍志远哭笑不得地说："老爹，你尊重点人好不好？我独身主义，不行啊？""你……"老鲍看了儿子一眼，不想再说什么了，心想，别听儿子这么说，要是真给他找了个理想的女朋友，他还能推辞不要？下个周日，自己还得去相亲角试试，他想，凭他的努力，一定能帮儿子圆了这个婚姻梦。

　　鲍志远没再阻止，他知道老爸的固执劲，一旦他认定了的，怎么也甭想拽回来。他要去相亲角寻亲，就让他去吧，反正，他找来的女孩，若是一眼看不中呢，就回了，要是还顺眼的呢，接触一下也不妨，想到老爸竟然亲自出马，为他物色女友，心底不由滋生出一丝感动来。不过，他对此并不抱什么希望。什么年代了，还要他人介绍，岂不笑掉大牙？那不显得自己的无能么？他的婚姻怎么能走这个途径？

　　其实，他不是没有心仪女生，她叫苗小蕾，是他大学的师妹，在学生会一起演话剧结识的，那是根据鲁迅小说《伤逝》改编的，他是编剧，她是导演，两人又是剧中男女主角，演出了好多场，场场爆棚。至今，他还记得她在舞台上的样子，她说的那句台词"我是我自己的，他们谁也没有干涉我的权利！"令他感动得几欲落泪。那段时间，他们常常携手徜徉在明媚的阳光下。毕业了，她不辞而别，据说，去了国外发展，后来回国了，再见到时，她却说"我不是我自己的"，他虽然不知道她为什么会说这样的话，但他知道，她一定另有故事，有她的难言之隐，和他不可能了。不过，他还是不到黄河心不死，他相信锲而不舍，磨杵成针，水滴石穿——有一天，她又会重新说出那句话来："我是我自己的，他们谁也没有干涉我的权利！"——那就翘首以待吧。

这天晚上，鲍志远睡不着了，老爸要给他相亲，令他差不多早就平静下来的心又骚动起来。他又想起了苗小蕾，就给她发了个微信：

我爸去相亲角给我寻媳妇了。

写完这句话，他还发了个调皮的表情。

很快地，就出现了苗小蕾的回应：那好啊。配上个微笑。

你真的这么想的？他又写了一句。

是的呀，她发了个咧嘴大笑。

他发了个……，后面是三个大哭表情，他的心沉到了谷底。

过了好几分钟，他才看见对方的文字：

可怜天下父母心！后面是一连叹气和感动的表情。

鲍志远有些愤懑了，一连发了三个惊叹号，然后关了手机。

儿子的这些隐情，老鲍哪里知道，只是觉得他交际圈有限，找不到女友，得助他一臂之力。因去相亲角淋雨受了风寒，次日老鲍就感冒了，浑身不舒服，何萍就叫他别去上班，他哪里肯，请个假扣了工资不说，还要影响全年奖金。他得多挣点，要为儿子买婚房啊。周日又到了，这天，老鲍特意穿上那套阿玛尼品牌西装，把皮鞋擦得锃亮，盘算着如果遇到好的，该如何智慧地应对，什么话该讲，什么话不该讲，一路上就这么在心里琢磨着。

下了车，老鲍怀着急切心情快步来到相亲角。征婚启事栏，大多是上次见过的，有些纸条都发黄了，显然挂在这里很久了，无人问津；有的被揭去了，恐是名花有主。老鲍徘徊着，细细搜寻，生怕有好女遗漏，边走，边看，不时有家长擦肩而过，互相招呼，交流子女情况。这样走下来，看下来，聊下来，少说也有几十个了，竟然没有一个有缘。不是他不中意，就是人家不肯，那些家长，各有脾性，各有要求，挑剔得很，不是这个不符，就是那个不合，连家长这道关就难过。老鲍来回踟蹰，希望会有新的惊喜，冷不丁就被人在背后拍了一下，回头一看，是上次见过的老王，依旧是西装革履的着装。

"你来啦，"老王笑着和他先打招呼。

"我是第二次来，你来几次了？"老鲍没话找话地说。

"来好多次啦，别看这么多来相亲的，真正合适的，那是凤毛麟角，可遇不可求啊。"老王感叹道。

"一个也没你瞧中的？"

"有啊，上次那个，我倒是很满意，跟我儿子般配。那天，给一场大雨冲了，今天看他们还来不。"

他说的上次那个，就是谭先生夫妇的闺女了，听他那话的口气，仿佛他要捷足先登，唯他独占了，老鲍心里便不是滋味起来，心想，你儿子并不见得有我儿子优秀，花落谁家、鹿死谁手还不一定呢……这么想着，敷衍了几句，刚要和他分开，却听得一个声音从背后传来："哟，你们来得早啊！"回头一看，是上次见过面的那个叫晓薇的阿姨，她今天特意穿了一件绿花旗袍，耳朵上戴了耳坠，显得意气风发的样子。

"上次见到的那个，今天好像没来，我转了一圈了，就是没找见。"晓薇有些失望地说。

"可选择的多呢，"老王用手指着前面征婚启事栏，"你又何必在一棵树上吊死？"

"哎，你说点吉利的话好不好？"晓薇不高兴了。

老王尴尬地微笑，老鲍看了他一眼，想说你是要把别人都支开，好让你独占花魁啊？没门！当然，他没傻到会说出来，只是假意附和着道："老王说的是，可选择的多着呢，多看看。"说完，便撇开他俩，独自径直往前走去。

老鲍心有算计，他想倘若今天再见到谭先生夫妇，他一定要避开他们几个，寻个单独的机会，好好和他夫妻俩——未来的亲家聊聊，他就不信，以他的诚意还打动不了女方。他见老王、晓薇两人还在聊着，就赶紧一溜小跑，去上次那个地方。他顺着撑开摆放在地上的一排伞寻过去，又来回一遍，就是不见其人。五月刚过，天就热了，树上蝉鸣，叫人心烦。老鲍浑身汗出，便走到亭子里歇凉，一个声音在他耳边响起来：

"你有中意的么？"

说话的是上次见到的老杜，他手中依然攥着把车钥匙。老鲍苦笑着，沮丧地说："还没呢。"

"别急，慢慢找呀，"老杜安慰道，"这不，我来几次了，也没找好……"

"那，上次最后见到的那个，你觉得怎么样？"老鲍忍不住试探地问他。

"那个，不咋的，不咋的。"老杜一口否决。

老鲍放了心，便恭维说："你要求还蛮高的嘛。"

"我儿子条件好，怕什么呀！"老杜满脸自信。

说了几句，各自再寻目标。约莫十点钟光景，老鲍还是一无所获，正沮丧着，忽然又瞥见那把油纸伞了，原来被一排矮冬青树遮挡了，刚才粗心没瞧见。他心一喜，三脚并作两步就上前，却发现已经晚了，老王、晓薇、老杜正围着谭先生夫妇交谈着呢。来迟了，还是让他们抢先了，他有些后悔莫及，想避开却已不能了，晓薇已经看见他，只得讪讪地凑上前去。老杜见他来了，有些尴尬，他却忍不住小声地说："你不是说不咋的，怎么又来了？"老杜装作没听见，没理睬他。这时候，谭太太看见他，似乎想起来了，就说："这位先生，上次见过的。"老鲍嗯了一声，不置可否地笑了笑，却听见老王凑近谭先生说：

"您看，是否让你女儿和我儿子见个面呢？"

谭先生没有马上回答，却有些故作矜持，慢悠悠地说："你们儿子都很优秀，可以说是各有千秋，我一时也定不下来，这样吧，你们留个电话给我，我回去再和闺女说说，由她来选择决定，我再和你们联系……"语气中掩藏着抑制不住的自傲，仿佛是任由他选婿呢。

老鲍心里涩涩的，想自古以来都是一家女儿百家求，这谭家女儿条件那么好，却对男方好像没啥高要求，那个征婚启事上不是只写欲觅有品位、有事业、有爱心的未婚成熟男士，其他什么条件也没提吗？难怪他们都盯着这个不放了，这个自然不能舍弃。要知道，过了这个村就没这个店，志远的婚事不知又要拖到猴年马月了。他想等他们几个都走了，自己留下来，单独和谭先生夫妇谈，但没想到的是，谭先生夫妇说有事情先就离开了。留下他们几个站在那儿，似乎没有散去的意思，谈兴正浓着呢。

"我敢说，这谭家女儿特优秀。"老王翘起拇指道。

"你凭什么这么肯定？"晓薇问他。

"谭先生夫妇可不一般，我问了，都是高级知识分子，现在退休了，就这么一个宝贝女儿，还能差么？"老王肯定地说。

"那也不一定吧，"晓薇摇了摇头，怀疑地说："条件好的，一般对男方要求都特别高，你看这谭先生夫妇，不问男方的职位啊，薪金啊，连房子、车都不提要求，我看，一定是女儿自身条件不怎么样吧？"

老杜双手拍掌，表示赞同："晓薇说得有道理，他们对男方不提这些要求，我看是没有这个勇气，女儿条件太差。"

　　"那你就错了。"老王眯着眼睛，说："只有条件差的，才要求对方车啊房啊，条件好的，根本就不在乎这个。"

　　"此话怎么讲？"老杜睁着困惑眼睛。

　　"打个比方，你有茅台酒喝，你还想要别人的啤酒么？条件好的，关注点就不在这个车啊房啊的，也不在乎你的薪金了，这些都可以忽略不计。"

　　"那他们看男方什么？"

　　"看感觉啊。"

　　老杜笑了："老王，你说得玄乎了，能具体说一下吗？"

　　"我觉得，"老王思忖着，说："他们对男方不是没要求，只是不看重车啊房啊的，而是有其他方面的要求。"

　　"什么要求呢？"晓薇迫不及待地问。

　　"这个，我就说不清了。可能女方会对男方本人及家庭来个全面的考察，在我们几家中来个综合比较吧。"

　　老王这话一出口，不免触动了各人心思，一时间，皆面面相觑，不作声了。老杜打破了短暂的沉默，他转过脸来，对一直沉默不语的老鲍道：

　　"哎，我觉得，这谭先生是故作姿态，他女儿定是个嫁不出去的剩女……你说，是不是呢？"

　　众人把眼光都投向了老鲍，期盼着他的看法。老鲍心想，老杜是不是太虚伪了，觉得不好，你又跑来凑什么热闹？倒是老王实在，讲了实话。可以肯定地说，这谭家女儿脱俗不凡，虽说没亲眼见过这女孩，但照片上那个清纯靓丽的她，是谁见都会喜欢的，而征婚启事介绍她的诸多特点，只有最优秀女孩才具备。再看她父母，彬彬有礼，温文尔雅，俨然高贵气质，可不是一般的家庭，还能有什么疑义呢？他本想说赞成老王，可转念一想，还是不这么说好，倘若他也说女方好，让还在怀疑、摇摆的晓薇不放弃，那岂不是给他增加了竞争对手了么？于是，他含糊其辞地说：

"总归会嫁出去的，至于女方优不优秀，这个我不好说，我也没见到人，不过呢，青菜萝卜，各人所爱。有句话叫没有最优，只有最合适。就看是不是有缘啦！"

"这倒也是的，"晓薇紧跟着附和说，"我是每周都来这里，大半年了，至今一个都没有成，现在女孩子要价越来越高啦！难得这个，好像要求不高呢！说不定，我儿子就跟她有这个有缘分呢……"

她这么一说，老鲍心里一沉，不免暗暗叫苦了。

"我可不信缘分，关键还是条件，"老杜反对说，"我儿子的条件不错。"

老王呵呵地笑起来。

"你笑什么呀？"晓薇用手指推了他一下。

"我笑你们都在一厢情愿。"

"怎么说？"

"一个说看缘分，一个说看条件，其实，都是自恋。"

老鲍探究地看着老王，想他是装腔作势呢，还是在卖什么关子呢，忍不住说，"那你的意思是……"

"《孙子兵法》讲，知己知彼，百战不殆。关键是，要知道对方的心理需求。这谭先生夫妇心里怎么想的，你不了解，怎么能投其所好呢？"老王摆出一副胸有成竹的样子。

"那你说说看，这谭先生夫妇有何需求。"老杜急吼吼地问。

"这个嘛，我还在研究，现在不好说。"

老王摆手推辞着。一时间，众人也都有些失望，也有些焦虑，似乎心里都在琢磨着，却又不愿多说什么。老鲍首先告辞，说要去那边再看看，其他人也就散了，各自寻找新的目标。反正来这里就是这个任务，都是为了儿女，欠他们的。

相亲角虽然占公园面积并不大，但几圈来回转下来也很累的，老鲍就有些气喘吁吁的了，结果却是毫无所得。他看中的少，回绝他的多。有两个对他似乎有兴趣，一个其他方面都不错，本科毕业，在一家公司做专职会计，却身有残疾，右腿有些跛足，这个儿子肯定不会答应；另一个是公务员，模样也俊俏，儿子会满意，但有婚史，且有一子，丈夫前年车祸身亡。这个即便儿子同意，他老鲍也不会答应。这么来回踯躅下来，不知不觉，已近晌午，人是又饥又渴，身子疲乏，差点儿就坚持不住了。极度沮丧的他，又想起谭先生的那句话来了——"我回去再和闺女说说，由她来选择决定了，我再和你们联系……"

这一周，老鲍夫妇都是在极度的渴望、等待和不安中度过的。老鲍不时地要掏出手机，看看是否因为静音漏接了电话，却是一次次地让他失望了。何萍急了，说：

"是不是你电话号给错了，人家联系不上你啊？"

老鲍就反复咕哝道："怎么会呢，我是明明给了谭先生电话，还特意核对了一下号码，怎么会错呢？"

"那，要不就是她女儿瞧不上咱家志远了。"何萍忧心地说。

"不会的，他们几个条件，还不如我儿子，我有这个信心。"老鲍拍着胸脯说。

"那你就主动打个电话，问他一下呗。"

"这不好，他说他女儿要是同意了，会联系我们的。"

"你怎么这么傻呀，他还求你啊？"何萍一面说着，一面就把桌上他的手机递了过来。老鲍迟疑了一下，还是拨了号，可对方不接了。

"是不是他和其他人联系了，你问问他们。"

何萍这句话倒是提醒了他，幸好，那天老杜留了个电话，他拭着拨了一下，通了，他急切地问："老杜，谭先生给你电话了么？"

"没有啊，"老杜说，"我正想问你呢。"

"要是给我电话了我还问你什么呢？"老鲍道。

"那倒也是，"老杜嘿嘿笑了声，"不知道这谭先生葫芦里卖的什么药，是不是在要我们呀？"

"这倒不会的，看他们夫妇，也是实诚的。"

"难说，知人知面不知心。"

挂了电话。老鲍像是丢了魂似的，愈发坐立不安了，心里有事，饭不香睡不着。这个不仅是他最满意的，那天，他把从相亲角获得的几个女方信息都给志远看了，儿子挑剔得不得了，都一一给否决了，想不到就这一个他点头了，没有拒绝，答应可以见面试试。现在，对方还没决定，他怎么能不心焦呢！

何萍说："他爹，这个礼拜天，你再去找找，说不定，有比这更好的呢？"

老鲍烦躁地说："哪有更好的，就这个了！"

何萍叹了口气，道："那，我们再争取，努力一下。"

老鲍望着她："只能如此了，我再打个电话吧。"

对方还是关机，老鲍是绝望了。这天上午十点，附近一家大型超市开张，何萍要他陪同一起去逛逛，开业有优惠、有奖品。

他哪有这个心情呢，却被何萍拉了就走。超市里，人山人海，逛了一会儿，竟意外地瞥见了晓薇，她提着大包小包，都是新鲜的食品。老鲍本不想和她招呼，却不料她主动叫住了他："这不是老鲍吗？你也住在附近？"

"嗯，"老鲍点点头，指着何萍说，"这是我夫人。"

"我老头子，就不肯陪我，你们多好。"晓薇羡慕地说。

"谭先生给你电话了？"老鲍忍不住地问。

"没有啊，"晓薇像想起什么地说，"哦，我告诉你一个信息，昨天，老王给我电话，说他准备请谭先生夫妇吃个饭，席上谈事。"

"谭先生答应了？"老鲍紧张起来。

"他电话没打通，准备这个周日去相亲角约谭先生。"

"哦，这个老王，人蛮精的。"

"谁说不是呢，我就没想到这个。"

与晓薇说了没几句，老鲍就与她告辞了，心里七上八下的，也没多少心情继续购物了。

周日又到了，老鲍想想，还是决定再去相亲角。来到滨湖公园，走不了几步，巧得很，居然又迎面碰见了老王，他主动招呼，"哟，老王，你又来啦？"

"我再看看，有没有更好的。"老王敷衍道。

老鲍心想，你看什么呀，你不是来约谭先生夫妇吃饭的吗？他没有揭穿他，故意问他："谭先生的女儿，你想放弃了？"

"要有更好的，我干吗非盯着这个？"老王笑着说，"不过，话说回来，到目前为止，我还没发现更好的。"

他们边走边说边看，道路两旁树木间挂的征婚启事，今日又新增了不少，老鲍仔细看下来，发现大多是大同小异，没什么特别能吸引他眼球的。拐了个弯，前面有个凉亭，老鲍想去坐一下，人似乎有点儿累了。还没走近呢，他的眼睛就睁大了，只见凉亭里，好像有谭先生夫妇在场，旁边是老杜、晓薇，正围着说着话呢。老王进了凉亭，他也跟了进来。谭先生见都来了，就说："我们还是蛮有缘的嘛，今天又都见面了。刚才呢，我也跟杜师傅、晓薇阿姨说了，我女儿说，你们家儿子都不错，但她还想知道一下各位家长的情况，她很看重这个哦。"谭太太跟着说："你们再介绍一下，好吧？"

老杜正要开口，没想到被晓薇抢先说了："这个放心好啦，我们夫妻俩口碑都很好，要是你女儿肯嫁我们家，我们一定会把她当亲生女儿待，我这个婆婆很好处的哟。"

"这我信呢，"谭先生微笑着打断了她，"能否说说你们的其他情况呢？"

晓薇愣了一下，似乎明白过来，赶紧补充说："我退休啦，收入不高，可是我老公还在位，他在证券公司做，年薪有这个数呢，"说着，便伸出姆指和小指来，"六十万。"她的眼里流露出一种自傲的神气，似乎打开了话匣子，滔滔不绝了，说起她的老公如何如何爱她，如何如何能干，如何如何能吃苦耐劳，似乎是天底下最优秀的老公了。别说谭先生不时想打断她，就连老杜也忍不住了，说："晓薇，话都让你一人说了，也给我们点时间介绍嘛！"这一下，弄得晓薇不好意思了，"那，你说吧。"老杜看了她一眼，带着一丝揶揄的口吻说："我可不像你老公那么优秀哦，也不拿什么年薪。不过，我夫人可不一般，她跟我是介绍婚姻，头次见面的时候，她穿的是一套军装，我才知道，我丈人丈母娘都是部队的，她是从小在部队大院长大的。后来，她在妇联工作，退休时候，是个副处级吧。至于我嘛，早年在国企干过，后来辞职了做民营，现在是一家私营公司法人，收入我就不说了，属于隐私。"说完，还似乎挑衅地望着晓薇。他说话的时候，谭先生似乎特别留意，看得出，金丝眼镜后的眼睛里流露出满意的意思，但他依然不露声色，却把脸转向老王，"王先生，那，你们夫妇的情况呢？"

老王嘿嘿笑了两声，拍了一下老杜的肩膀，"你老婆是副处级，我呢，没多大出息，只比你老婆高一点点，正处级。在区政府做了几十年，两袖清风，人民的公仆啊。现在么，退了，公仆也做不成了。不过呢，这么多年的人际关系还在，办个事还是方便的哟，各位，有什么需要我帮忙的，就不要客气啦，我一定效劳……"

"老王，你怎么不早说啊，我还真有事要找你呢"，晓薇像遇见了救星。

"什么事啊？"老王诚恳地说，"只要能办的，我一定尽力！"

"就是，"晓薇犹豫了下，还是说了出来，"我的身份认定问题。以前，我一直在街道卫生所做医生，有处方权的，可退休下来，退休证上写的不是干部，而是工人。也就是说，我得享受退休工人待遇。组织解释说，当时我是以工代干，没办正式转干手续。我冤不冤，干的一直是医生工作，却把我当工人身份对待。"说着，脸就激动得涨红了。

"哎呀，你这个有点难办，当初你怎么就不转干呢？"老王皱眉道。

"我只知道服从，组织叫我干啥就干啥，哪里知道还要转干啊！"晓薇苦着脸道。

老杜挖苦地说："人都退了，还在乎那个身份干吗？"

"那可不一样啊，退休待遇相差大了！"晓薇瞪他一眼，转而向老王："老王，你说我这事能办吗？"

老王感觉众人的眼光都投向了他，要看他的能耐了，这时候，可千万别拒绝她，显示自己无能耐，让人（特别是谭先生夫妇）瞧不起啊。于是，他两手叉腰，挺直了胸脯，显得很有谋略地说："晓薇，你这个事，要在没退休时找我，要好办得多，现在有很大难度，你的上级组织已经否定了，但是，你也不要着急，事在人为，我呢，先给你找找关系，看这事怎么妥善解决。"

"啊哟，那就太感谢你啦！"晓薇双手合掌，喜得合不拢嘴了："为这事，我申诉都两年了，都没结果，也找了人，都不行，我都灰心啦，你要是能帮我办成，我一定请你客！"

"别客气，能帮则帮，帮不了，你也莫怪我噢！"

"那自然，帮不了，我也要谢你！"

两人说得热烈，老杜可是不满意了，他看见此刻谭先生看老王的眼光都有些异样了，那是一种带有惊讶、好感，甚至赞赏的意思，心里就不免有些嫉妒了，便打断了他俩："你们不要再讨论这个事了，老鲍还没介绍呢，让他说吧……"

老鲍刚才一面在听，一面在细细掂量，心里不免有些慌了，听他们各自介绍，都是牛逼哄哄的，晓薇老公年薪六十万，老杜是私营公司老板，多少钞票不说，还故意卖个关子，只说他老婆是副处级，老王特精明，轻描淡写说是正处级，却不再介绍自己，要为晓薇的退休身份认定帮忙，那弦外之音，谁不明白啊，俗话说，没有这个金刚钻，就揽不了这个瓷器活，这个道理谁不懂？没有官场的通天本领，哪能解决这个事业单位退休编制问题？真的，切莫小看这老王了……想想自己，不禁愧疚得赧然汗出。年轻时只读了高中，就作为知青下放了，后来回城进了造漆厂做工人，恢复高考没考上，后来发愤，读了个函授，有了文凭，然后，凭着苦干，从车间主任做到副厂长，雄心勃勃的他，哪里料到，厂子就亏损倒闭了呢。不服输的他，又开始从头做起，可哪里那么顺利哟，好歹保住了个饭碗，一直做到退休。要说，他这一生的顶峰，就是做那个副厂长了，那也只是个小厂的，芝麻大点儿官，九品都轮不上，现在还有什么值得可夸耀的呢？他嗫嚅着嘴唇，正为难地思忖着如何开这个口，不想，倒是老王的话给他解围了：

"啊哟，时间不早了，肚皮也饿了，谭先生，我想请你夫妻和各位吃个饭，就在公园对面那家滨湖饭店，怎么样，肯赏光吗？老鲍，待会饭桌上你再介绍，好么？"

"哪能让你来请谭先生，你们做公务员的，就那个死工资，还是我来吧。"老杜话中有话，却又慷慨大方地说。

"还是我来请吧，今天我特高兴。"晓薇急了，说。

"晓薇，你是提前谢老王吧？"老杜讥讽地说，"这个，你以后再说吧，今天我们是特意请谭先生夫妇，不要喧宾夺主，好不好？"

晓薇有些尴尬，脸色通红，恨恨地瞪了老杜一眼："我请谭先生夫妇，请老王、老鲍，就是不请你！"

老杜呵呵地笑了。老鲍想说什么又打住了，别人都这么热情争先恐后向谭先生夫妇示好，他要是不表示下岂不被动了，可是，现在他再说什么，似乎已经多余了。他有些后悔，为什么不是他最先提出请客，风头竟让他们抢去了，这头一个回合，他就败给他们了，他明显感到自己被冷落了，谭先生夫妇甚至就没多瞧他一眼，他便有种出师未捷身先死的绝望。他想既然如此，就不去蹭这顿饭了罢，便要告辞，推说家里有事。不想，老杜硬拉了他一把，热情地说，不耽搁你这工夫，吃了饭再走嘛，回去不也还要吃饭的吗？他推辞了一番，终究拗不过众人的热情，只得随着大家，附和着与他们有说有笑，离开了相亲角，出了公园，径直往滨湖饭店走去。

　　进了饭店，老鲍觉得有些尿急，便去了趟洗手间，一边小解，一边在琢磨这件事，想自己也活了六十多了，怎么就这么不谙事理呢？看来，这谭家女儿绝对优秀，要不，他们几个来相亲角，最短的有半年多，长的有一两年了，怎么挑来挑去都不满意，唯独都看上了这个了呢？俗话说，过了这个村就没这个店，绝不放弃，这才是明智之举，刚才自己差点儿就气馁了，真是大大的傻。现在，既然，已经来了，就要伺机而动，准备战斗，以最佳的姿态、最有利的策略，击败众人，抢占鳌头。这么想着，他满怀胜利的信心，走进了楼座紫云阁包间。

　　"服务员，上茶！"

　　老杜扯着嗓门喊道，很快地，有个漂亮的女招待端了一壶茶来，她正要给谭先生倒茶，就被坐在旁边的老王一把拦住了，问："这是什么茶？"

　　"茉莉花茶。"女侍道。

　　"这个茶太低档了，换个品种。"老王用手盖住了杯口。

　　"就喝这个茶吧。"晓薇说。

　　"那怎么行，"老王提高了声音说，"今天我们是请谭先生夫妇，是贵客，当然要上等的好茶啰！"转对女侍："你店里最好的茶是什么？"

　　"云南普洱。"

　　"那就云南普洱吧。"

　　老王说着，眼睛偷觑了谭先生一眼，见他很满意的样子，便自安然了。老鲍看在眼里，气在心里，想你老王真的能搞，连这个茶水都要做文章讨谭先生夫妇的好。待会儿，还不知他要做出什么更阿谀奉承的事来呢！女侍拿了一本菜谱过来，老王接过来就递给了谭先生要他点，被客气地推辞了，老王便指着菜谱，一一报出菜名来：松鼠鳜鱼、霸王龙虾、咸蛋黄椒香蟹、素爆鳝丝、鲍鱼海参煲、酥脆鸡柳……晓薇一看菜谱价格，便叫了起来："服务员，你们家的菜，价格怎么这么高啊？"

女招待为难地说："这个……"

老杜立马解围道："晓薇，你就别为难人家小姑娘了，价格又不是她定的。再说了，我看，这不算贵的。"

"还不贵啊，你看，这个黑椒牛排开价要六十呢，天价了！"晓薇忿忿然地说。这一会儿，不知怎的，老鲍突然来了灵感，觉得这种场合，在价格上计较是愚蠢透顶的。一是这价格不会降的；二是，既然你想请客，又嫌贵了，还不让人觉得你寒碜，请不起啊。这会给谭先生夫妇多坏的印象！人说，穷也要穷大方，尤其是在这种场合。晓薇啊，你看老王、老杜都不在乎这个，你太傻了！想到这里，便不由自主地，冲口而出：

"今天请谭先生夫妇，当然要点最好的菜啰，价格就别计较了，咱不差这个钱！"

"就是，就是。"老王、老杜赶紧附和着说。

"你们客气了，"谭先生拱手作揖道，"这太破费了！"说着，眼角的余光还特意瞟了老鲍一下，显得很满意的样子。老鲍心里有些得意，觉得虽然自己很少参与这种场合，也不太谙于人情世故，可是，刚才这个表现，足可以见证高智商。一时乘兴的他，又向女招待道："今天我们请的是贵客，酒要最上等的，正宗的茅台，店里有没有？"

"有的，两个品种，差点的，949元一瓶，好的，2250元一瓶，先生要哪一种？"女招待笑着问。

"当然是要好的啦，来两瓶。"老鲍不假思索，毫不犹豫地说。

这下，众人脸色都变了，心头都不免发忧。乖乖，这两瓶酒就要五千多了，再加上这一桌丰盛的菜肴，岂不是要上万啊？老王点烟的手有点微颤，老杜眉头略皱，晓薇则翻着白眼半天没反应。老鲍心里想笑，你们不是争着要请客吗？那就不要吝啬啰！点好了酒菜，女招待出去了，众人品着茶，抽着烟，又聊开了。

谭太太道："鲍先生，你们夫妇什么情况，说一说吧？"

老鲍心里扑通一下，怎么说呢？他们几个，有的是做官的，有的是当老板的，有的即便自己不怎么样，可老公、妻子都有值得炫耀之处，怎么来说自己呢？说当过副厂长吗？那不过是个小厂，没啥效益，结果厂子倒掉了。说现在吗？给朋友帮忙在一家企业做，挣得几个辛苦钱。说夫人？那就更提不起了，她一直在超市做销售员。根本就比不上他们几个。但事已如此，也只得硬着头皮轻描淡写地说了个大概，末了，特意强调地说：

"……谭先生，谭太太，我们都是为儿女来牵线搭桥的，关键还是看他们是否互相中意，至于我们老两口，全力支持孩子，我们工作这么多年，也有了一笔不小的积蓄，准备给儿子结婚用的，这个，你们请放心。"

谭太太立刻接口道："是啊，是啊，关键是看孩子。我家女儿条件好，人品、长相、学历、才干都属上乘。她不在意男方有没有房啊，车啊的，她看中的是人，我们只是给她把个关。"

老杜抽了口烟，说："看人是主要的，但其他条件，也要综合考虑嘛!"

"我们家综合条件好,人有的我们也有,什么都不缺的。"晓薇赶紧说。

"是吗?"老杜语气带有调侃意思。

"你不信啊,"晓薇有些生气地说,"哪天你来我家看看,就知道我们的生活品位和档次了!老实说,现在,我也只有一个遗憾,就是我的干部身份认定,这个问题解决了,就锦上添花啦!"

老杜附和着笑,很有些勉强。

谭先生听着他们的话,始终没有开口,金丝眼镜后的眼睛转悠着,似乎在仔细辨别着、衡量着、比较着什么。老王看他一眼,似有会意,说:

"我们王家基因里就是从政的材料,我父亲从小就参加革命,在新四军干过支队政委,解放后任过市轻工局书记,到了我,也算是红二代了吧,在政府机关,做到处级,如今退了,不值得一提。不过,我儿子,红三代了,比我更有出息,他大学读的就是行政管理,博士毕业,科班出身,如今在政府做政策研究,才工作两年吧,就升科级了,今后前途肯定无量……"

"老王,"老杜道,"你家是世袭从政,官宦人家,我们家,有从政的,也有从商的,两不缺,要啥有啥。"说着,似乎挑衅地看了他一眼。

他们这番话一说,令晓薇嘟着嘴,半天都不知说什么好了。老王注意到了她,有意思地说:"晓薇,你还在想什么啊?你那个退休的干部身份认定的事吗?你放心,这个我放在心上,能帮忙一定帮忙!"

"谢了,谢了!"晓薇感激涕零地说。

谁都明白，老王刚才的话，是故意显示他的能耐，以示他强于其他。老鲍忒不是滋味，不免心里忿忿然：你老王不就是个处级干部吗，也退休了，人一走，茶就凉，什么权也没了，不和我一样，是个老百姓么？显什么摆啊？老杜说是有官有商，官商勾结啊？有什么好骄傲的？晓薇也无须说你家综合条件好了，家家都有难念的经，哪个是美如意的？说得越是天花乱坠，越是不堪一击。人，还是实在点好。谭先生夫妇要是聪明点，就不会被他们花言巧语所蒙蔽，而能从中辨出个真伪来。这么想着，女招待已将一盘盘菜肴端上桌来，老杜忙着拔塞开酒瓶，给谭先生满满斟上一杯，又招呼女招待拿果汁饮料来，给谭太太用，老王则逐一递烟，一面训斥女招待，说这个菜味道不行啊，说服务不规范啊，不能把菜送上来就完事了，还得侍立一旁，提供随喊随到的服务呀等等，说了一大通，女招待连连应诺着。

这茅台，乃地道地正宗，酒劲很足，老鲍饮了两杯，就脸红耳热，浑身出汗，有点晕乎了。偷眼看他们几个，尤其是谭先生，似乎一点儿都没什么，正谈笑风生。随着一次次的斟酒，瓶子里的水位线一点点落了下去，很快就要见底了。老鲍心里不免有些发慌，不知这两瓶够不，要是不够，再来一瓶，乖乖，费用就又要增加了，酒钱再加上菜钱，怕要过万了？想到这，身子赫然汗出。幸好，担心是多余的，喝了第二瓶，众人就都不胜酒力了。老王脸色微醉，用含混不清的声音喊着要再来一瓶，就被谭先生谢绝了。

"喝到这个程度，也差不多了，谢谢诸位盛情！"谭先生说。

"哪里，喝，就喝个够！"老王坚持着。

"就是啊。"老杜附和着说。

谭太太脸上红红的，她带笑着说："酒就喝到此吧，时间也差不多了，你瞧人家服务员还等着我们完了，收拾桌子下班呢！"

"你们要结账吗？"女招待问。

"你算一下，要多少钱？"老王望着她。

"酒4500块，菜3962块，计8462块钱。"

女招待脱口报出价格，众人都愣住了，面面相觑。

"你说什么？"晓薇忍不住说："要8462块，这也太吓人了吧？打个折吧。"

"不打折的，这是店里规定的统一价格。"女招待不容异议地用坚定的口吻说，然后望着众人："你们是哪位先生结账呢？"

短暂的沉默，似乎谁都犹豫了下，便一齐争着抢着要付款了。老王用手挡开老杜，说："我来，我来。"老杜说："还是我来吧。"两人推辞不下，晓薇叫起来："你们别争了，我来，这个钱我付得起。"老杜就说，"其他的是女士优先，这个嘛我们男人当仁不让啰。"他们推来推去，却谁也没有进一步行动，毕竟，要八千多块啊！

老鲍看着他们，心里想笑，你们不都一个个显能摆阔吗？怎么这个时刻就反了呢？还假惺惺互相争抢什么呀？分明是舍不得、或者说是拿不出吧。正这么想着，忽然发现，谭先生夫妇目光向他投射过来，那意思仿佛是，看他们在争着要付款，你老鲍就是来吃白食的么？哪能受得了这个羞辱呢，老鲍说时迟那时快，上前一手就夺了女招待手中的刷码机，一手持自己的手机对着刷了一下，8462块即付成功。

"餐费我已经付了，你们都别再争了！"

众人被这个突如其来的意外惊呆了，那种为难纠结之痛一扫而光，心情顿时释然舒缓下来，全都以感激的眼光望着老鲍。老王显得很尴尬，自我解嘲地说："哎呀，本来是我提出请谭先生夫妇的，怎么让你付了，也罢，下次，我再请诸位！"谭先生正想说什么，被谭太太抢了去，道："鲍先生，让你破费了！""哪里，哪里，小意思，不足一提！"老鲍客气地应酬着，脸上露出胜利者的神气和惬意的微笑。

散席的时候，晓薇指着桌上的剩菜齐惜地说："哎哟，还有这么多没吃的菜，老鲍你打包带回去吧！"

"不用，不用了！"老鲍摆手，显得不在乎地说。

"浪费了也怪可惜的！"

"那，你带回去吧。"

"好，那我就不客气了！"

晓薇一面说，一面赶紧叫女招待拿了食品盒来，将剩下的没怎么动的菜一一装进塑料盒里，连盘子里的汤汁都倒了进去。老王、老杜、老鲍簇拥着谭先生夫妇，说笑着走出了滨湖饭店门口。谭先生说，回去和女儿商量，决定后再给各位回话。老杜说他去取车，讨好地表示要送谭先生夫妇回家。谭太太说他家就在附近，不用了。老鲍本可以坐公交回去，但他还是特意破天荒地要了一部出租车，上车前，他忍不住回头一瞥，看见老王还没走，似乎正在和谭先生说着什么，意犹未尽。

坐出租车回家的路上，老鲍这才觉得人有些疲乏，便闭目养神。反正离家还有些时间，可以打个盹儿，但他却怎么也不能。他的心在扑通通地乱跳。刚才，大家都是在做戏，都在尽情表演自己，唯有他老鲍，才是真心实意，一下就慷慨解囊，花了八千多，这得他一个半月的工资啊，怎么不叫他心痛呢？但从另一个角度看，也并非不值，这会让谭先生看到，只有老鲍才是最真实的，最具实力的，他女儿唯有嫁给鲍家才是上选，才会有幸福。老王、老杜、晓薇，注定会让谭先生瞧不起的。这么想着，便也心情愉悦了。

回到家来，何萍急切地就问他今天收获，他简单说了下。她一听说他花了八千多请客，只觉得天旋地转，气得又是眼泪又是鼻涕的，尖叫着跟老鲍大吵了起来：

"你疯啦？这钱不是白花了吗？"

老鲍赔着脸，反反复复耐心地向她解释："谭先生在权衡，而我们拿什么和人家竞争？老王、老杜、晓薇都吹得天花乱坠，我口笨舌拙，再说了，我现在也没什么值得炫耀的，我这么做，肯定会博得谭先生好感嘛。"

"就怕，这钱掷到水里，连个声音也没有。他们吃过了，嘴一抹，谁还记得你啊？"何萍声音渐渐低了下来，她不无忧虑地说。

"等着吧，会有好消息的。"

老鲍嘴上这么说，心里到底还是不免有点发虚。

过了两日，不见动静。老鲍寝食难安，急得像热锅上的蚂蚁，终究是沉不住气了，避着何萍，偷偷给晓薇拨了个电话，询问情况。晓薇接了电话，说："老鲍啊，我正要跟你说呢。老王不是说要帮我忙吗，就是我的退休身份认定的事，昨天，我给他电话问这事，他说他正在帮我办。聊了半天，他话里有话说，要我们不要再去纠缠谭先生夫妇了，我就问他什么意思，他支支吾吾不肯说，最后被我问急了，才说谭先生女儿已经答应和他儿子谈了……""为什么看中了老王？"老鲍急切地问她，他要弄个明白。"你问我，我哪里知道？"晓薇的声音里带着沮丧。老鲍听了，喉咙像塞了一把胡椒面，一时间火辣辣地疼，竟什么话也说不出来了。这心里一急，谁知道，感觉一股血液就直往头脑中涌了上来，眼前一阵模糊，一阵眩晕，不知怎的，人摇摇晃晃地，就扑通跌倒了下来。

这会儿，何萍正在厨房做饭，听见声响，就惊呼着奔了过来，见倒在地上的老鲍，她的脸色煞白。此时，老鲍两眼紧闭，面色发灰，想说什么，却又说不出。何萍想起微信上说的，这个现象怕是中风了，事不宜迟，得赶紧送医院抢救，误了黄金时刻，怕就要没命了，她立刻拨了120叫救护车。接下来，是一连串的来不及思考的紧张的抢救过程，何萍手忙脚乱，直到医生从抢救室里出来，如释重负地告诉她，幸亏来得及时，人已经没事了，但还要在医院吊吊水，再住几天观察，如没什么问题，就可以出院了，何萍这才松了一口气，这才想起了志远，给他拨了个电话。

鲍志远匆匆赶到医院，一来就责怪何萍，怎么现在才通知他，要是有个三长两短的，他怕是再也见不到老爸了。何萍就将憋在心这么久的郁闷、火气一起发出来了："这还不都是为了你，你爸是为你急得呀……"就把这些日子以来发生的事情，一点不漏地向他说了，直说得鲍志远脸上红一块白一块地，越发地难堪了。

"爸，我对不起你！"鲍志远心疼地看着躺在病榻上的父亲，喉头一热，声音不觉哽咽了："我知道，这么多年来，你和老妈总是为我操心，付出太多太多，我是难以回报的……"

老鲍脸上露出凄楚的苦笑，嘴唇微微颤动着，却一句话都说不出。他把枯瘦的手颤巍巍伸过来，让儿子紧紧握住。

"儿子哎，你这才说的是个人话，"何萍心有慰藉，慨叹道，

"你能这么说，我和你爸就是为你再苦再累，也心甘情愿。我们不图你什么，就是希望你能成家立业，过上好日子。我和你爸还能活多久呢，总不能一直守着你啊。"

"妈，你别说了，这些我都懂。"鲍志远红着脸道。

"你懂？"何萍责怪道："那你还说我们欠你的，气我们？"

鲍志远抓抓头，惭怍地说："还不是你们整天怪我不能成家立业，我恼羞成怒了不是，就以攻为守，倒打一耙，堵你们的口吗？"

"你那些话，不要把我们气死？"何萍没好气地说。

鲍志远尴尬地赔着笑脸。

"你还好意思笑呢，"何萍白了他一眼，"这么大人了，还要你爸操心。"

"爸，"鲍志远看见老鲍脸上气色似乎回过来了，一边给他喂水，一边说，"我叫你不要为我的事操心，你偏不听！你要是怎么的，那不是我的罪过吗？我这一辈子都背负不起啊！再说了，都什么年代了，还用得着要您老亲自出马，为我做媒撮合？这不更显得我这个做儿子的无能吗？恋爱、结婚，是我自个的事，那是两情相合、水到渠成的事，你瞎掺和个什么？又不是你恋爱、结婚了？难不成，你老了，老了，还想再来个夕阳恋？"

这最后一句，惹得老鲍不快了，他脸显怒色，伸出手来，指着儿子，嘴里发出"你……"微弱的声音来。

"志远，你又在胡说八道了！"何萍嗔怪道："又要惹你爸生气啊？"

"嘿嘿"，鲍志远脸现邪邪的坏笑。

一位护士推着小车过来，一面给老鲍吊水，一面说："老伯伯，这是你儿子吧，媳妇怎么没来看你？"

何萍叹口气道："这辈子也别想有媳妇了。"

护士笑着说："你们儿子这么优秀，怎么会呢？"

"就是，"鲍志远接上话说，"护士姐姐你说对了，我这么优秀，还怕没媳妇吗？"

"你就吹吧。"何萍没好气地道，"你看你把你爸气的。"

鲍志远脸现尴尬，不好再说什么，只是赔着笑脸。护士离开病房，鲍志远轻轻合上门，折回过来，坐在病榻边，望着父亲，说：

"爸，你是因为白花了八千多块，事情没成，你心疼是不是？你真的没有必要为这个事生气，钱，我挣了还给你好了……"

老鲍摇了摇头，嘴唇嗫嚅着，想说又说不出来。

"爸，你不要说，听我讲，"鲍志远俯下身子说，"你知道为什么你很大方地花了这个钱，谭先生还是没看上你，反而看上了老王，执意要把他女儿撮合给王家公子？那，绝对是有他的道理。"

"什么道理？"老鲍眼睛里的意思似乎在问。

"就是我曾经给你们讲过的，这是个拼爹的时代嘛！他谭先生择婿，不是看未来的女婿怎么样，而是看其爹怎么样。你怎么竞争得过老王？他是个正处级，你什么级别？"鲍志远微笑着反问道。

"志远，你咋这么和你爸说话？"何萍见老鲍脸上显出愤懑神情，忙制止他说，"那个老王，有啥了不起的，他不也退休了吗？"

"是的，他退休了，你们以为人一走，茶就凉？那我告诉你们，他为官的那么些年，积累的资源还在，人际关系还在嘛，许多事，他轻而易举就能办成，而你们，是想都不敢想。这个，能和他比吗？"

老鲍脸色微微涨红，嘴唇嚅动了几下，发出一声叹息，喃喃自语地说："也是，那个晓薇退休干部身份认定的事，他还能帮忙。"

"就是嘛，"鲍志远接上说，"他能说这个话，可见他有底气。谭先生或许就是看中了这个也是说不定的。老爸，你不要生气，这就是现实，我们拼爹拼不过人家，这个我早就认啦，可你不信，非要去跟人家拼，还慷慨大方付了餐费，你以为，这么做就能让你脱颖而出，出奇制胜啊？"

老鲍不说话了，脸上红一阵白一阵的，竟像个学生受老师教训一样。何萍看着不过意，就狠狠白了儿子一眼，道："还不都是你惹的祸，你爸这个年纪了，还要为你的婚事忙活，受人家一肚子气。你就不能争口气，早点把婚事办了，也让我们早点抱孙子，享享天伦之乐？"

鲍志远讪讪地笑着，掏出手机，打开了微信。

"你还好意思笑？"何萍瞪他一眼道。

"爸，妈，"鲍志远站起来，说，"你们的心情我理解，可你们也不要逼我呀，整天的为成家呀立业呀在我耳边唠叨，烦不烦人呀？这不，我不是没在努力，可是事情不还得我一步步去做，然后，才能水到渠成嘛……"

"你是茶壶打掉了把子——就落了张嘴！"何萍恨铁不成钢地说。

"我保证，不会再让你们失望的！"鲍志远信誓旦旦地。

"你保证了多少回了，可哪回兑现了？"

"这回一定兑现。"

"是吗？"

"……"

两人正说着话儿，冷不丁病房的门被推开，一位模样俊俏的姑娘出现了。她手捧一束鲜花，清秀的脸庞上，眼眸清澈闪亮，嘴角含笑，径直朝病榻前走来。

"叔叔好，阿姨好！"

姑娘彬彬有礼，甜甜的一声招呼，令老鲍、何萍都傻了，这个突如其来的情况，是他们怎么也没料到的啊！他们满腹狐疑地看着眼前的姑娘。

"这是……"老鲍恍惚地问道。

"爸，妈，"鲍志远微笑着说，"是我的女朋友苗小蕾。"

"你有女朋友了，怎不早说呢？"何萍嗔怪地说。

"早说，你们能信吗？"鲍志远又以攻为守了。

何萍掩抑不住心里的喜悦，慌乱得有些手足无措了，又是搬椅子要姑娘坐，又是削苹果给她吃，又是问这个问那个的，不知怎么的才好。老鲍躺在病榻上，侧过脸来，审视地望着姑娘，似信非信，似乎要从中看出个什么端倪来。

苗小蕾赧红着脸儿，频频应酬着何萍的问话。鲍志远道："妈，小蕾还有事情呢，你就别再问她了。"这么一说，何萍不好意思了，"哎呀，那我也不留你了，志远，你送送姑娘吧"。

鲍志远、苗小蕾都舒了口气。走出了病区，是一条林荫小道，两旁树木葱郁，花草葳蕤，蜜蜂飞舞，芳香氤氲，天色碧蓝如洗。苗小蕾停住了脚步，凝视着鲍志远，轻轻地说："别送了，你回去吧，多花点时间，陪陪你爸妈。"

"嗯。"鲍志远有些感动地望着她。

"刚才我的角色，演得你满意吗？"她笑着问他。

"嗯"，他眼睛有点儿湿了。

"戏演完了，怎么办？"她盯着他的脸，"以后你怎么再跟你爸妈交代？"

"反正骗他们一时是一时，管它以后呢！"他有些沮丧地说。

苗小蕾欲说什么，又止住了。

"谢谢你帮了我"，他从心里说。

"跟我客气什么，"苗小蕾眨着晶莹的眼睛，说，"举手之劳嘛。"

"哪里，算我欠你的吧。"他再补充说。

"为什么？"她仰起头来问。

"耽搁了你半天的时间呀，时间就是金钱。"

"还有呢？"她的秀眉微蹙。

"还有，"他想了想，说，"刚才，你是被我所利用，让你又一次失去了自己！"他心里几乎绝望得要流泪了。

"是吗？"苗小蕾紧锁的眉毛舒展开来，嘴唇溢出一丝微笑，"可我怎么就觉得，这回的我倒才是我自己的，他们谁都没有干涉我、利用我的权利呢！"

鲍志远愣了下，霍地明白了过来，只觉得心里一阵热乎乎的，喉头像被什么哽塞着，想说什么，却惊喜得什么话也说不出来了。

老人河

　　这是一条美丽的河，从北新泾流至外白渡桥东侧汇入黄浦江，进入长江的尽头，然后就敞怀拥抱大海了。是的，这是苏州河，上海人骄傲的母亲河。她的两岸，是鳞次栉比的摩天高楼，缤纷炫目的霓虹闪烁，喧嚣不息的车流，摩肩接踵的游人。河水晃荡着，泛着变幻的神秘色彩，瞬间就被划破开了，舟船驰过，船尾泛起串串浪花，像是在舞蹈。几只白色的鸟儿，贴着水面扑棱棱地飞过，一下子就消失在不远的黄昏暮霭中了。

　　一个年轻的姑娘沿着河岸缓缓而来，走走停停，惬意地欣赏着两岸的风光，不时地举起胸前的尼康单反相机，摄取一个个机不可失的镜头。她可不是游客，对面前景物，绝无那种好奇和激动，早已习惯了。她是要从这之前熟视无睹的景致里，发掘出一种意外的美来，这是摄影艺术欣赏课上，聂教授所反复强调且布置的作业。她要拍摄一组苏州河作品，已经来过多次了，却没有一幅令她满意。现在，踯躅在河边的她，有些茫然、沮丧了。

　　她决定收工，打道回府。她解下背包，然而，就在将照相机放进去的一刹那间，不经意地抬头，发现河边一位凭栏远眺的耄耋老者，正侧过脸来，冲着她微笑呢。老人白发稀疏，肩胛瘦削，背有点驼，灰黄的脸上，满是褶皱和褐斑，眼窝深陷，凸起的鼻梁，笑意浸漫在眼梢鱼尾纹和嘴角边，是那种很安详、很温馨、很知足的笑容，她从未见过的。她几乎要从心里叫起来，下意识地举起了相机，毫不犹豫地就揿下了快门……

　　老人依然笑着看着她。她却有些不安了，一种负疚感袭了上来。多么不礼貌啊，你不打招呼，未经同意，就偷拍人家，不是侵犯人家的肖像权吗？她卑陬失色，红着脸走近老人，轻轻地说：

"老爷爷，对不起，我偷拍您了。"

老人似乎没听清，他有点耳背。

"对不起，"她凑到他耳边说，"我偷拍您了。"

这回倒是听清了，可老人却什么也没说。

她有点慌了，"您老要是不乐意，我现在就删掉它吧"。

"别，别，"老人摆了摆手，"姑娘，你要是愿意拍，那就拍吧，只是……"他显得有些不好意思了。

"只是……什么呢？"她疑惑地问他。

"我又老又丑，不值得你来拍我。"

"不，老爷爷，您很美，真的。"

"姑娘嘴巴真甜。"

"我说的可是心里话。"

"是吗？"老人望着她，有些难为情地说，"嗳，要是知道你拍我，我就换衣服了。"语气中带着几分遗憾。

姑娘这才注意，老人衣衫褴褛，脏污不堪。只见他说着，便弯下腰，从脚下包里取出一件很干净的深蓝色中山外套换上了。她明白了，他是要穿上这件体面的衣服，让她重新拍照呢。她慌忙举起了相机，调节镜头角度，一连又拍了好几张……

"老爷爷，照片明天才能印出来给您。"

"给我照片吗？"

"是的呀。"

"那……谢谢你了。"

"不用谢。您住哪里？我明天给您送过来。"

"我……"老人犹豫了下，"明天这个时候，我还会在这里。"

姑娘想老人是不肯告诉家里地址呢，就说："那，好吧，这里见！"

约好明天见面的时间，姑娘挥手，依依不舍地离去了。今天她太高兴了，觉得是意外收获，她甚至已经想好了作品的名字，就叫《老人河》吧，她不由得想起海明威的《老人与海》来，那是一个硬汉的宣言，而她镜头里的老人，却是在讲述一个平凡的故事。

她的家就在附近不远，一个老旧的石库门弄堂里。她兴奋地哼着歌儿，三脚并作两步，回到家里，刚一迈进门，就愣住了。狭窄的堂屋里，来了几个陌生人，一看就知道是中介又带客户来看房子。父母决意要卖掉这个房子，已经让人来看多次，只是价格没谈成。看来，今天又要如此了。待来人走后，她舒心地笑起来。

父亲对她幸灾乐祸有点恼火，瞪了瞪眼睛，没说什么。他焦虑的是，这边房子没卖掉，那边新房要付首付了。母亲主张再坚持一下，卖个最好价钱。虽说夫妻俩平时也有矛盾，但在要换现代化的公寓房这点上是极度一致。他们住够了这个没有绿化、煤卫设施不全、空间狭小的老旧石库门房，热烈憧憬着最现代化的公寓。反倒是女儿恋旧，舍不得离开这熟悉的老屋、老邻居。

"为啥一定要卖掉这房呢？"她忍不住地说，"石库门是老上海的记忆，有浓浓的海派地域风情……"

父亲很快打断了她，调侃地说："那你就跟着记忆和风情过日子吧！"

母亲接口道："我们也该享受一下新的生活了，不是吗？"

她无语了，房产本是父母的，卖也好，买也好，他们都有权处理。

晚饭桌上，大家都不再讨论这个话题。

饭后，她打开笔记本电脑，将相机里的照片做成一个文件夹，冠以《老人河》标题，然后，用邮箱给聂教授发了去。她想，他一定会赞赏的。

很快地，她的手机响了，她听到聂教授熟悉的声音：

"……你觉得这就是艺术？你以为只要处理好光、色、对比、匀称、和谐，就是艺术了？我和你们说过多次了，形式是为内容服务的！你看你，拍的是什么？一个乞丐，流浪汉，用摩天高楼的奢华做背景衬托，你什么意思啊？是想达到'朱门酒肉臭，路有冻死骨'的效果吗？这是教条，教条，毫无创意！"

一顿劈头盖脸的数落，她懵住了，慌乱得不知所措。她不知道聂教授何以会发那么大的火，她心慌意乱，怯怯地解释着：

"聂老师，我不是那个意思，我只是感觉，这个老人有故事。"

"故事，谁没有啊？可都有艺术价值吗？"

"我只是感觉这个老人……"

"感觉，你了解他吗？"

她不想再辩解了，聂教授的批评虽然她并不完全认同，不过，他最后一句诘问倒是提醒了她，她应该了解这位老人，或许这会使她的作品更富有艺术张力。她决定明天送照片时，顺便问问老人的情况，然后，再重新拍摄，赋予作品更具审美性的内涵。

第二天一大早，她就去附近一家相馆，将她拍的老人的照片洗印出来，还特意做了塑封。她盼着老地方与老人再见。可这一天，时间似乎特别漫长。等到傍晚她赶过来时，没想到老人已在此等候了。

"老爷爷，我来迟了。"

"不迟，不迟。"

"老爷爷，这是您的照片。"她从包里取出递给他。

老人枯涩的眼睛忽然放出亮光，笑容荡漾在脸上，双手不住地颤抖着接过照片。那是怎样的一双手啊，肤色深褐，枯瘦如柴，骨筋突出。她有些不忍看他，把头别了过去。

"姑娘，这要多少钱？我给你。"

她看见他在包里抖抖索索地掏出几张纸币来，慌忙就拒绝了他：

"老爷爷，不要钱的，我送给您。"

"那哪成？我哪能白要你的……"

他把钱塞给她，被她推了回去。她想说，您不是白要啊，您成了我的模特，按理，我该付钱给您才是啊，这是交易呢！但她没说，她知道，他不会接受的，他不是那样的人。

老人再次把钱递过来。

"您再这样，我可生气了。"她故意装着。

老人这才不再固执。

"老爷爷，您住哪里呢？"她想了解他。

"可远啦，贵州。"

"贵州路吗？那也不远啊，这里到北京东路，向前拐个弯就到贵州路了呀。"

"怎么不远？我从村里出来，要翻过两座大山，过三道河，才能到镇上，而后，又坐了班车，到贵阳，上了火车，两天两夜，才到你们大上海。"

她惊讶地睁大了眼睛，望着眼前的老人。

"您是贵州人啊？"

老人点点头。

"那您做什么的？"

"种田，一辈子种田。"

她"啊"了一声，"您来上海干吗呢？"

老人咧开嘴说："看看大上海啊。"

她"哦"了一声，"是旅游啊，那，有谁陪您来的吗？"

"没有。我是一个人来的。"

她怀疑自己是不是听错了，当确信他说的是真话后，不禁呆了："老爷爷，您说什么啊？您这么大年纪了，竟然一个人千里迢迢从贵州来上海？怎么不让家人陪着呢？"

老人脸上黯然下来，有些伤感地说，"要是老伴还活着，她会陪我来的。可她走了好多年啦！"

"那，您有子女么？"她继续问他。

"有啊。两个儿子，一个女儿。"

"他们怎么不陪您来呢？"

"大儿子那年去了湖北打工，运气不好，遇上车祸，死了，丢下的媳妇孙子，也改嫁随人了。女儿跟的人家不富裕，有三个孩子，日子过得不称心。她很少回来看我，从不说她的难处，我也帮不了她。小儿子呢，带着媳妇常年在外地打工，他们要脸啊，过年回来，尽在乡亲们面前摆阔气，不过我看得出来，他们其实也不容易，那些外地老板，说不要就辞退他们，换了好多地方了，现在他们在哪里干活，我也不知道呢……"老人絮絮叨叨地说着。

她不知道说什么好了，一种苦涩的滋味涌了上来。她想，这是个空巢老人，聂老师说得对，他就是一个流浪汉，他是怕我瞧不起他，才故意说是来旅游的。

"姑娘，"老人继续说着，"我种了一辈子田，从没走出过大山，小儿子说过要带我看看大上海，说这儿的楼房比咱大青山还要高，说地底下挖了地洞跑火车，说马路上车子数不清，到处是人，中国人，外国人……可他说了就没下文了，我也不怨他，他得给人打工，哪有这功夫带我游逛呢……想想，我这个年纪了，又是一身的病，说不定哪天呢，就走了，趁腿脚啊还行，就自个出来看看这大上海吧……"

"您来几天了？玩了哪些地方？"

"两天啦，下了火车，走了没多久，就走到这条河边来了，这叫什么河？"

"苏州河。"

"我就沿着这条河，走啊，瞧啊，怎么也瞧不够呢……"

老人喜滋滋地说着。

不知怎的，她心里一沉，有些难受起来。

"瞧，"老人兴奋地指着东方，浑浊的眼睛闪着亮光，"姑娘，你看，河对岸那楼房多高啊，都要戳到天上去了，再瞧那边，那圆圆的，像球一样的楼，那么高，能住人吗？"

她顺着他手指的方向看去，说："那是东方明珠塔，那不住人的，但可以上去游览，那上面可以鸟瞰整个大上海浦江两岸呢！"

"啊！"老人惊讶地张大了口。

"您去过外滩吗？去过豫园吗？去过静安寺吗？"

老人摇摇头，他不知道她说的是什么地方。

她很快就做出了判断，原来老人对上海一无所知，他来两天了，下了火车，只是顺着苏州河走走，上海好多地方，那些著名景点，他竟然一个也没去过呢！

"姑娘，多少年了，我就想看看你们大上海，现在，总算如愿啦。"老人说着，眼里流露出满足的神情。他捧着照片，左瞧右瞧，眉间眼梢，乐成了一条缝，"姑娘，谢谢你啊，瞧，你给我拍得多好！回到村里，我要给乡亲们看呐……"

"不用谢，您过奖了，"她想起聂老师对这几张照片的批评，本想和老人说再重新设计拍一次，但看到老人瞧着手上照片那种快乐的样子，便收住了念头，她不能说这个拍得不好啊，那会让老人扫兴，遗憾和失望的。

天色不早了，晚霞收住了它最后一束光焰，暮色愈加浓重了。

苏州河两岸，摩天接踵的高楼大厦霓虹闪烁，宛若迷人的童话世界。姑娘告辞了，沿着河边走了几步，又不觉回过头来。河边的路灯下，她看见老人骨瘦嶙峋的身子，蹒跚着缓缓向前移动。不远处，有座桥，桥墩下面的过道上，堆放着一个旧絮铺盖卷。老人走近，弯腰蹲下，解开了铺盖卷，然后，躺下了……她一下就明白了，原来，老人这两天是在这桥墩下露宿过夜的。可他为什么不去住旅馆呢，是住不起吗？一定是的。

她心里顿时沉重下来，徘徊着，犹豫着，但还是很快离开了。

晚上，躺在床上的她，怎么也睡不着。

父母又在说卖房的事了。今天中介又带来了一个买家，是个北京人，来看了房，二话没说，就敲定了。父母很满意卖了个最高价。就是说，很快地他们一家人就要搬到现代化的花园住宅去了。二老兴奋地说着，她却高兴不起来，她眼前又浮现出那个场景，那个孤单伶仃，孑然一身的老人，千里迢迢，为圆见识大上海的梦，却夜宿在桥墩下，蜷缩在冰冷的地上，心里便一阵涩涩的，有种说不出来的滋味。

次日，她去了学校，迎面碰到聂老师。她还没开口，他先说了：

"你这次作业不能通过！"

"为什么？"她问。

"那我告诉你，"他咄咄逼人，提高了声音："你拍的这组照片，只是机械的照相，它绝不是艺术！"

"为什么？"她又问。

他蹙了蹙眉头，反问她：

"你觉得，随便拍个人物肖像，那就是艺术吗？我很不明白啊，为什么苏州河那么多富有艺术灵魂的物象你不去撷取，偏偏要选择这个流浪汉，你以为他很美吗？"

她无语以对。她知道，聂教授是沪上著名文艺理论家，学术造诣深厚，你是无法否定他的。但这会儿，她心里多少有些不服了。艺术，它是什么呢？是那种束之高阁、虚无缥缈的想当然吗？难道不是物化对象中呈现的美吗？那个饱含沧桑、憔悴枯槁、心怀希冀的老人，从眼梢嘴角流出的安详、温馨、知足的笑意，难道不具有一种打动人心、激发无限想象力的艺术包蕴吗？难道不正是这些天来，她沿着苏州河苦苦寻求的美吗？

她不想再和他争辩了，心儿却早已飞向了老人。她深为昨晚仓促离开而懊悔，老人这一生多不容易啊，她怎么能让他在那个冰冷的桥墩下过夜呢？她应该送他去宾馆住啊，陪伴着他去游览静安寺、豫园、外滩，去黄河路餐厅美美吃一顿，然后，乘地铁——就是他说的地底下挖了地洞跑火车——去浦东，登上东方明珠，让他好好看看整个大上海，圆这辈子最后的梦想，不是吗？想到这，她激动起来，倏地转过身，快步走出校园。

出租车过来，被她拦住了。恨不得一下就到苏州河那个桥墩下，她怕老人离开了，这茫茫大上海，去哪儿找他呀。司机倒是很理解，抄了不堵车的近路，以最快的速度驰去。前面就是苏州河了，路口有很多车，围了很多人，交警在指挥着，疏散着车流人流。"出事了"，司机停了车说。她等不及了，打开车门就跳了下去。

前面的人群被分开了，一副担架被抬了过来，上面躺着一位老人。

"他怎么了？"

"死了。"

"怎么死的？"

"谁知道呢，是病死的吧。"

"他家人呢？"

"外地人，一个流浪汉。"

"……"

她三脚并作两步，拼命挤上去，一眼就看见担架上的那位老人，眼梢嘴角似乎还带着那份微笑，衣襟敞开处，掉落出几张照片来。

她眼前一阵模糊，泪水一下子就涌了上来，伤心地失声哭了。

"这老人是你什么人吗？"一个警察问她。

"不是……"她摇了摇头。

警察诧异地望着她。

今生无忧

他与她结婚，是他追求她的结果。那时候，她妙龄芬芳，容貌娇美，身姿婀娜，是那种回头率很高，引无数男人梦想的女人。她也就越发骄矜，但终究挡不住，他锲而不舍，持之以恒，终以十二万分的崇拜和虔诚打动了她的心。

他们终成眷属。与其说他是胜利者，还不如说是她恩宠给他的爱。

新婚燕尔，作为妻子，她的第一句话就是：

"把你的工资卡交给我，这个家经济我来管，从今往后，这些事，你就不用过问了。"

他可没料到，有些疑虑，有些忧心，"这个……"

"你犹豫什么？"她瞪起眼睛："交给你管，我能放心吗？你们这些男人，哪里晓得柴米油盐贵，给你当家，过了今日就没明日，全家人只能喝西北风！"

"那也不至于嘛，"他小声地咕哝了一句，就赶紧闭嘴了——因为他看见她怒目逼视、不容抗拒地向他伸出手来，便心自怯了，下意识地就从口袋中掏出工资卡来，一边想着，交就交吧，反正就这点工资，也玩不出个新天地；再说了，将来有了孩子，花销会越来越大，入不敷出的日子在后头呢，这个家还是别当的好，免得惹麻烦，既然她要逞能，那就让她管吧，我乐得个自在！

她接了工资卡，眉舒目展，向他约法三章：

"我管，就是我全权负责，衣食住行，分配支出，都是我说了算，你不得干涉。"

"那，"他凝视着她，疑虑地问，"我需要用钱呢？"

"你要用钱，尽管说，我会统筹安排的。"她拍着心口承诺。

他还是有点担心，想再说点什么，被她莞尔一笑感动了："你放心好了，家里的钱全交给我管，我可以保你——今生无忧！"

"怎么无忧呢？"他好奇地，猜疑地问。

"就是——从此你不会再为没钱发愁，任何时候，你需要用钱，都会有钱花！"

啊，这是多么美妙诱人的前景哦！

今生无忧，这不意味着从此再没有烦恼了吗？没了烦恼，也就没了痛苦，没了痛苦，就只剩下快乐，难道不是么？那不就是人人向往的幸福生活么？

今生无忧，必须要有个能干的女人。

她，当之无愧。看得出来，她很快就显示了当家理财的卓越才能。虽然他俩祖上都未留下什么资产，两人的薪金又低，又无任何其他收入来源，经济的拮据，并没有让她愁眉不展，她对未来充满希望、信心、勇气。她思路清楚，决策果断，合理预算，收支平衡，安排恰当，把个小日子过得红红火火像模像样。最让他惊讶的是，她有着天生的算数能力，每日的柴米油盐酱醋茶，每月的水电煤气网费电视电话费，包括其他各种开销，她根本不用记账，这些繁杂的金额数字，全都存在她头脑里，任何时候，她都能一一报出来，且分毫不差。她的脑袋，简直就是一台超级计算器。她尤其擅长消费，总能将钱花在刀口上，什么该用钱，什么不该用，该用多少，她都会恰到好处。而且，一份钱她能掰做两份用，让钱的价值得以充分发挥，最大限度地提升它的含金量。她常常自得地伸出五指并拢的双手给他看，以手指间没有缝隙为骄傲，自夸她能聚财。每次，她从菜场回来，都会眉开眼笑，向他炫耀她的收获：

"瞧，今天买了这么多菜，你猜猜，我用了多少钱？"

"至少要三十多块吧。"他估摸着说。

"要不了。"她笑了。

"二十多块。"

"也不要。"

"那……"他疑惑了。

"只要十二块六毛钱。"

他惊讶地张大了口："怎么可能呢？"

"要你买这些菜，怕四十块都打不下来！"她白了他一眼，自得地说："我是货比三家，讨价还价，既要钱少，又要货好。你看，只花了十二块六毛，就有鱼有肉，有荤有素，达到最佳的营养搭配。"

他从心里佩服不已了。

真的，跟这样聪明能干的女人过日子，你还有什么可忧虑的呢？

从此，他压根儿就不问家事，精力全花在工作上了，如今竞争激烈，得保住这个饭碗啊。至于家里，全不用他操心，他只要每月工资如数上交给她，便可以万事大吉——就等着她把一切都安排好——尽情享受今生无忧的幸福生活吧！

好在，他烟酒茶不沾，也无什么嗜好，除了一日三餐，也无其他消费。妻子看看人家老公，什么都要享受，花钱如水，就觉得自己丈夫有些亏，觉得也该满足他一下，当然，这得花钱。她不是舍不得花这个钱，也不是没这个钱花，除去日常生活开销，每月其实都有积存，只是这个钱她要瞒着他，存入自己小金库中，以防备用罢了。居安思危，天有不测风云，人有旦夕祸福，未雨绸缪嘛！不过，从中拿点出来，满足一下丈夫的消费欲求，也不是不可以的。于是，有一天，她诚心实意地对他说：

"亲爱的，你想要什么，别顾虑钱，需要的，我都可以给你满足。"

他一阵欣慰，心想，果然，她要兑现承诺，就有些想入非非，飘飘然了。

"我想，"他甜蜜地倾吐着心声，"买辆摩托车骑骑，上下班方便。"

"骑摩托，那个危险！"她立刻叫了起来，"现在路况不好，交通事故不断，尤其是上下班，前日电视新闻里不是还播报一个送孩子上学的家长，骑着摩托撞上了一辆汽车，孩子当场死亡的事么？"

"那照你这么说，没人骑摩托了。"他反诘道。

"人家能骑，就你不能骑！"她眼瞪着他。

"为什么？"他有些恼了。

她就指着他的脑袋，冲着他道："你小脑不发达，反应不灵活，骑摩托，迟早要出事的。"

"那，走路还要出事呢！"他揶揄地说。

"那个概率小得多了，能和骑摩托比吗？你只要走人行道，过马路走横道线，那能出什么事吗？"她的声音缓和了下来。

他无话可说了，只能叹了口气。

她看了他一眼，显然，有些歉意了，于是柔声地说："你还有什么其他想要的，尽管说。"

"周末体育场有场甲级足球赛，我想去看。"

"票价多少？"

"最差的座位，也要两百元吧。"

"两百元，就看场球？足够我们一周的菜钱了，不值得！"

"不能这么比较，那是不同的享受嘛。"他摇了摇头。

她的杏眼里的眼珠转了几下，道："不是有电视实况转播吗？那在家里看好了，电视镜头清楚，你去球场看，距离那么远，人都看不清，更别说球了。"

他眼里流露出绝望来，也不想再说什么了。

"这样吧，"她忽然讨好地，慷慨地说，"穿的，吃的，你想要的，尽管说。"

他想了一下，又萌生起一丝希望，说："眼看天就要凉了，我想买件流行的新外套。"

这回，她倒是爽快答应了。星期日，她陪他一同去步行街。他们逛了一家又一家服装店，累得精疲力竭，最后还是空手而归。他看中的，她都说不好，说还不如他的那件旧外套，说那件无论款式还是料子，再穿它几年都不会过时。他无力反驳她的意见，再要说，她就会说你看我身上穿的什么，不都是旧衣裳吗，他只好悻悻作罢。

他想，这就是她承诺的"你要用钱尽管说，我会统筹安排的"吗？

回家路上，她似乎也看出他脸色不太好，就说："今天你想吃什么，说吧。"

他不想说话，闷头走着。

她拉了他一下，"走，去菜市场看看。你想吃什么，是炸鸡，还是烤鸭？"

他苦笑了一下，说："我想吃河虾。"

"你的嘴倒蛮刁的嘛,你晓得这河虾现在有多贵吗?"

"嫌贵,那就算了吧。"

"怎么算了呢,你想吃,我还能不满足你吗?"

他感动了,望着她笑了笑,心想,她这是对我补偿吧。

他们走到水产一摊位前,她问了价,看了看虾子成色,走开了,又到另一个摊位,问价,看货,又走开,这样,竟看了不下四五家,她都没买成。他不耐烦了,就要回去,被她拉住,又折回到先前那家摊位。她却没有马上称虾,只是默默看着那小贩从活虾中拣出一只只萎靡不动的虾放入一个小竹篮里,待到有半篮子了,便指着说:"这些我要了。"

他拦住她:"这不都是死虾吗?你干嘛不买活的呢?"

她推开他:"活的太贵了,要60块一斤,这个只要18块呢。"

"死的,会吃坏肚子的。"他咕哝着。

"吃坏了我赔你,好不好?"她用委婉的语气说:"难道我会害你吗?这虾是缺氧窒息,刚断气,还保持着一定新鲜度,不是那种病死、污染中毒死的,那种虾,我是不会买给你吃的,这个营养价值和活虾一样,价格只有它的三分之一不到,性价比高,是最划算的嘛!"

"那,毕竟是死虾,不是活虾。"

"活的买回来,一烧不也死了,难道你是活的生吃啊?"

"你就是图便宜。"他嘀咕道。

"图便宜怎么啦?"她杏眼嗔怒,"不这样,能当好这个家?你又不是大款,我不算计着过,能行吗?"

他无言以对了,妻子说的句句在理啊!

真的,有这样一个精打细算女人当家理财,难道还不是前世修来的福吗?

啊，今生无忧，幸福的生活，在向他招手呢！

后来，他们有了孩子，家里开销越来越大，养育孩子的各种费用，几乎占到整个家庭支出的一半还多。虽说薪水逐年略有增长，但终究抵不过养育孩子的费用几何数级猛增，这给她带来巨大的压力和挑战。她只能更加勤俭持家，过着节衣缩食的日子。过度操劳，她的容颜日见其衰。这些，丈夫是看在眼里，愧疚在心里，想：她过得如此憋屈，不都是因为嫁给了我吗？我要是能挣大把钞票，让她尽情享受，她何至于青春芳华早逝呢？羞愧的他，于是更加努力工作，连双休日也不歇着，常常下了班还主动给他人代班，所得奖金加班费全都悉数上交。有次，他忍不住地对她说：

"你看你啊，这些年过得……我说，我们的收入又不是最差，该花的还是要花，不要舍不得嘛……"

她立刻打断了他的话："你什么意思啊？不满意我是吧？我亏待你啦？"

"我可没这么说，我是说，我们不要太省了，要提高生活品位和档次。"

"那你说，怎么提高啊？"

"你看隔壁老王家，收入和我们差不多，消费比我们高了去了，吃的穿的用的都比我们好，老王是烟酒茶样样来，媳妇还常常去做美容呢……"

"我们没那个命！我告诉你，人比人，气死人，还有比老王家更阔气的呢，天天山珍海味，那你去比呀？"

"我也不是要攀比。至少，要保证吃得好一点。"

"我们吃得差啦？那怎么才叫好，你说呀！"

"就是，"他踌躇了下，还是说了出来，"就是……今后，你不要再买那种壳破损的鸡蛋了，鱼要买活的，要买新上市的蔬菜，不新鲜的降价处理菜千万别买……"

"你说啥？我买了这么多年的菜，还要你来教我啊？那好啊，这个家我不当了！都交给你，好不好？"她委屈地几乎要哭着叫喊了起来。

他真是尴尬极了。

"就算我没说，好吧，你别闹了，好不好？"

他后悔了，苦苦地哀求着她。

"不行，今天你不说清楚，这个家我就不当了！"

她不依不饶了，继续闹着，非要他有个交代。

唉，今生无忧，幸福的生活，他想，难道就是这样的吗？

妻子闹归闹，毕竟不会就此放手不管。日子还要过，按她的计划过。随着金融危机，物价上涨，人民币开始贬值，一百元大钞，三下五除二，在手上还没捂热，没看到买什么，一下就没了，她更加心痛手中流失的钱。俗话说，开源节流，可他们都是凭死工资吃饭的，没任何其他收入，开不了源，那就只能从节流上用谋吧，为此，她煞费苦心。

这天，她看着煤气灶上的铁锅架，不由得眉头紧蹙，倏地眼珠转了转，便急急取下了它，上了趟街，找做钢窗师傅将这铁架支撑脚切割掉一截，拿回家来，放到灶上，搁上铁锅，见铁锅离灶面的高度比平日矮了许多，脸上不由露出灿烂笑容。

他惊讶不已："你这是做什么？"

"这你都不懂啊？"她得意地解释着，"原来这支架太高了，锅放上去，火要开很大才够得着，这不是浪费煤气吗？现在你看，开个小火就可以了。你不当家，你哪会考虑这个？我这是为了节省煤气！知道么？"

"你真想得出，人家这铁架尺寸是科学设计、精确计算好的，你怎么能擅自改动呢！"他哭笑不得。

"他们这么设计，就是要你多消费煤气，他们好赚钱！"

他苦笑了，还能说什么呢？就依着她，就这么过吧！

这天晚上，他从书房里出来，她又迁怒他了：

"你怎么不随手把灯关上？这可是你的家啊，不是住旅馆！"

他忙去关了灯。然后，他进了卫生间。方便后，他开龙头放水洗手。她伸进头一看，见龙头开着，水哗哗直流，他却在往手上缓缓抹肥皂。她心疼极了，尖声叫起来：

"哎哟，你把龙头就这么一直开着，这水不要钱啊，是免费送你的啊？"说着，她慌忙就冲过去，一下就关了龙头。

他摊开满是肥皂沫的两手，无可奈何地看着她。

"我还要洗手呀，你关龙头干什么？"

"你现在不是在擦肥皂么？不关，就让这水白白地流淌，这水不要钱啊？"

"我马上就要用水洗手，关了又要开，不麻烦啊？"

"你嫌麻烦，就让水哗哗流啊，这流的不都是我们的血汗钱吗？你家财万贯是吧？经得起你这么浪费吗？我看你是今天过了，明天就不过了是吧？"

她杏眼怒睁，声嘶力竭地冲他吼着，声音提高了八度，震得他耳畔轰鸣，头炸裂似的疼痛起来。

一波未平，一波又起，谁料，她又缠上他了：

"马桶你冲了吗？"

"冲了。"

"谁让你这么快就冲了？"

"及时冲，免得马桶有异味，这样卫生啊。"

"我跟你说多少遍了,叫你方便后不要马上冲,问一下我用不用,我要是现在用呢,等会一道冲,不就节约一桶水了吗?你怎么就不长点记性?"

"每次都要问你一下,不是很搞笑吗?"

"搞笑,我看你是要我哭吧?你这不是存心要败我们这个家吗?"

"我怎么就败家啦?你处处看我不顺眼,那我们就拉倒吧!"

"你不想好好过日子,那好啊,那就不过了!"

她尖声吼叫起来,很快地,就变成了神经质的眼泪和号哭。

他心惊肉跳,后悔不已,慌得手足无措,连连责己,小心翼翼地安慰她。

这下,他终于明白跟她过日子的行为准则了。从此,他变得吝啬起来,杜绝了任何"奢侈"念头。单位同事聚餐,他谢绝了;老同学结伴旅游,他推说有事;家里那台电视,用了多年了,屏幕小,画面分辨率低,想换台新的欲念刚冒出就戛然而止了,他耳畔似乎响起她尖厉的声音:"这个不能看吗?你阔气啦?你能挣几个臭钱啊?"罢了,脚上袜子,穿到脚趾露了出来,他也不再换一双,反正穿在鞋里面,别人看不见。只是有次去同事家,进门得脱鞋换拖鞋,让他丢了次脸,搞得狼狈不堪。他郁闷极了,闪过一丝要夺回经济掌控权、做回大当家的想法,可当他一碰着妻子那责怨的目光,就自觉蔫了,出口的话又咽回去了。他看见过度操劳、精疲力竭的妻子,已不见当年的青春美貌,如今的她,鬓发有了缕缕白丝,眼角现出浅浅皱纹,手背爆出弯曲的青筋,背脊也微微驼了……他实在没有勇气,没有任何理由去怨怼她,去解除她的职权。他只能细心呵护她,疼着她啊,不是吗?

难道，这就是今生无忧——她理解的幸福生活吗？

有次，他终于忍不住地问她："这样节俭地过日子，值得吗？"

"怎么不值呢？"她奇怪地看着他。

"可你，过得这样憔悴……"他哽咽了。

"我，很好啊。"她笑着说。

既然他说服不了她，那就算啦，日子就这么过吧。

时间流逝如白驹过隙，转眼间，他们都人到中年。儿子呢，也大学毕业有了工作，紧接着，就谈了恋爱。儿子爱上了一个女同学，那女孩长得非常漂亮，他对她一往情深。经历了多少曲折考验，终于到了谈婚论嫁的时候。女方家突然提出男方必须要有独立婚房，否则不嫁。儿子把这个意思告诉了他，这可大出他意外，他原准备将现在的住房腾出一间给儿子结婚用的。哪里料到女方家一定要独立婚房，还必须在市区环线内的呢？要知道，房价这几年飙涨，眼下市区一套住房至少得二百多万，哪有这么多钱购房呢？他试图说服儿子，说别着急，好姑娘多得很，实在不行，这个就算了，再找一个要价低的。偏偏儿子发誓说，非这个女孩不娶，否则，就一辈子打光棍，宁可断了香火，绝了后代！这可如何是好呢？他愁眉苦脸，无以应对了。

"你说，怎么办呢？"他忧心忡忡地对妻子说。

"别急啊，我来想办法。"她轻松地说。

"你有啥办法？二百多万啊，你能拿得出来？"

他几乎是哭丧着脸看着她。

她用手指点着他的鼻子："瞧你愁的，这钱，我有。"

"你有，开什么玩笑？"

"我没开玩笑呀，"她望着他，颇为得意地说，"实话告诉你吧，我小金库中存的，差不多达到这个数了。"

"什么？你说什么?!"他睁大了眼睛。

"没想到吧?"她咯咯咯地笑了："这么多年，我节约用钱，就是为了这个呀。"

"啊……"他大大地惊叹了。

"你不是问过我，这样节俭地过日子，值得吗?"

"……"

"现在，该是我问你了吧?"

"……"

"你说，值吗?"

"……"

初恋心理学

蒋俊生的精彩人生是自从有了女人缘开始的。

说来话长。刚读硕士的那会儿，他还是一个见到女生就脸红，就心跳不已的小男生，那般腼腆的模样，常惹得女生们耻笑，甚至遭到鄙夷。那时候，女生们崇拜的，要么，是那种富家纨绔，出行开轿车，吃喝进饭店，出手阔绰大方，送你个天价的CHANEL、HERMES①，眼都不眨，特潇洒的那种；要么，长得高大帅，有明星相，又极富性感，能疼你，宠你的那种男生。蒋俊生与这两者皆无缘。他没钱，父母都是那种靠死工资吃饭的，每月除了能给他一些基本生活费，是绝不会有多余的零花钱的。经济的拮据，已令他难堪极了，偏偏他又天生其貌不扬，是那种女生不屑的类型。别说要他去追，去疼，去宠她们了，他可是连这个机会都没有啊！

然而，他又心不甘。眼瞅着校园里成对恋人擦肩而过，他又羡慕又嫉妒，心如刀绞般的疼。他怨自己命不好，这不，上帝也太不公平了，竟如此这般地歧视他！也罢，既然生来与女色无缘，何苦再作非分妄想，不如潜下心来，专做学问，莫再浪费青春芳华。来日方长，等着瞧吧，看谁笑到最后，他悻悻地想，笑到最后那才是人生最大的赢家！这么一琢磨，心情自然也就好起来，自卑情绪也就没了。见到女生，反而很坦然了，再也不脸红了，更不心跳了，她不待见我，我还没正眼瞧她呢，他嘴里哼

---

① CHANEL、HERMES，世界顶级奢侈名牌包，价格昂贵，品质高雅。

着流行歌曲，扬长而去。这么着，不经意间，意想不到的事情发生了。

有个女生，叫何小蝶，长得蛾眉粉腮，细腰高挑，绝对是个美人胚子。追求她的人不计其数，男生不用说了，连单身教师也不惜放下师道尊严，涎涎地向她献殷勤。她只是笑笑，她晓得自己的价值，她不急。有位青年教师，姓杨，属于那种凤凰男型的吧，一直觊觎她的美色，可谓下足了工夫，做足了功课。那天，他约她放学后吃个饭，推着自行车在校门口等她。她倒是来了，他心怦怦直跳，忙迎了上去，结果，脸上顿时现出沮丧，简直是绝望——她连瞟一眼他都没有，径直就向停在路边的一辆宝马走去，车门开了，露出一个富态的老男人脸。有句话叫"宁在宝马车里哭，不在自行车上笑"，你推个自行车来接她，岂不是当众羞辱她吗？自然她要坐宝马了，尽管那已是个老男人。这件事，后来在校园里不胫而走，广为流传，有不同版本，还添枝加叶，衍生出许多情节来。结果，那个凤凰男羞愧得数日也抬不起头来。

想想吧，如此骄傲的女孩，怎会把一般男生放在眼里？同寝室闺蜜张依佳，嫉妒得要命，就试探着问她在众多仰慕她的崇拜者中看上谁了，她睥睨着眼睛，嘴角哼了一声，摇了摇头，那意思是都没缘。这让张依佳更好奇了，急迫地追问她为什么，她就说，这些男人，个个都是垂涎我美色，卑微猥琐龌龊之徒，没啥出息，看了就让人讨厌。闺蜜听了，也只能瞪着困惑不解的眼睛。

话扯远了，还是说说故事主人公吧。这些天来，每天一下课，蒋俊生就直奔图书馆，寻个僻静角落，埋头苦读。寝室里，他嫌太吵，诱惑太多，有打牌的，有上网游戏的，有交流去公司打工赚钱体会的，就是没有静静读书的。也难怪嘛，上了一天课，灌输了那么多知识，哪能再吃进？蒋俊生不，他考虑的可不是眼前，而是冥冥中的未来，他要留校，当大学教师。这个念头一诞生，他就精神气爽，眉宇飞扬了。这天，他从图书馆归来，正匆匆走在梧桐树林荫道上，此刻，饥肠响如鼓，他加快了步伐，似乎闻到了食堂饭菜飘香。谁知，冷不丁就撞到了一个人怀里，待他回过神来，不禁呆住了，被撞的不是别人，正是何小蝶。"对不起"，他头也不抬，轻轻说了声就想溜走，却让她拦住了——"你就这样一走了之？"她嗔怒地盯着他。"我道歉了呀。"他轻轻地说，有些愧疚的意思。"这样就行了吗？"她任性地挡在他面前，就是不让他走。"那你想怎样呢？"他也有点恼火了。

接下来的境遇对蒋俊生来说，要多尴尬有多尴尬！他正想脱身，却不料立时就围了许多看客来，往常有谁会多瞧他一眼呢，但这会儿，众人目光不约而同向他投来，有人开始起哄，幸灾乐祸，有人欲讨好何小蝶，竟要英雄救美欲对他动粗，他起先有点慌，但顷刻间便坦然了，眉宇间现出满不在乎的神气，那意思是我又不是故意撞你的，你想怎么着就怎么着吧，我就是无动于衷，你能把我怎么样？倒是何小蝶难堪了，还从未有人对她这么无礼，尤其在这众目睽睽之下，这让她自尊受到极大挑战，她欲发火，但他镇定的神气很快就让她软了下来。她脸上现出了和缓之色，语气也温柔了许多，她说："那你请我食堂吃个饭，我们的事就此了了。"这本是举手之劳的事，食堂饭菜花不了几个钱，可蒋俊生想，我干吗要请你，想着便拨开围观的众人，夺路而走，把个失望的她丢在后头。

这件事，蒋俊生很快就忘了，可是对何小蝶来说，却是心头一个绕不开的耻辱，太丢人了！这期间，有不少男生对她蠢蠢欲动，有给她送玫瑰花的，有请她看电影喝星巴克咖啡的，有开车邀她双休日去近郊古镇游玩的，她都一概拒绝，她只想蒋俊生对她当众表示忏悔，她必须挽回这个面子！但很快，她就失望了。蒋俊生每天生活都很规律，上下课匆匆，她几次主动招呼他，他也就礼貌地点点头便匆匆离去。她就去图书馆，愣是坐在他对面，用那双顾盼的目光注视着他，等着他开口。他头也不抬，照例读他的书，大有柳下惠坐怀不乱之志。燕雀安知鸿鹄之志，这会儿，他可没工夫与她纠缠，不能让这个美女乱了军心！可哪知道，他越是这样，她心里就越不平衡，就越是生出要征服他的意思。

有一次，蒋俊生独自坐在校园竹林深处僻静的一隅，背那本考级英语词典。猛然间，手中的书被人夺走，他吃了一吓，惊讶地抬起头，面前立着满脸怒色的何小蝶。"喂，你是白痴啊，我等你这么多天了，干吗还不向我道歉？你躲着我，是鄙视我，瞧不起我？你以为你是谁呀？有多了不起啊？"她瞪着眼睛指着他说。他低着头，忍着不搭理她。她愈发来气了，厉声地说："你清高，你自负，是吧？呸，你就是自卑，自贱的小人，你不敢看我，在我面前，你是自愧不如……"她一口气说下去，容不得他有任何辩白的机会。这下弄得蒋俊生火了，霍地站了起来，两手抓住她的肩头，怒目而视，咬牙切齿。她害怕了，有了恐惧感，想竭力挣脱却不能，便本能地尖叫起来，"放开我，你放开我！你混蛋，你流……""氓"字还没出声，就被热辣辣的厚嘴唇给吞没了——原来她这么一喊叫，惊慌的他无所适从，脑子一片空白，不由自主地就吻住了她的樱桃小口——他害怕有人听见，竟做出如此蠢举来。

这一强吻非同小可！可以想象，何小蝶会有何激烈反应，她会抽出手来，给他一记狠狠耳光，破口大骂，然后嚎啕大哭，直至闹到校方以流氓罪给他记过处分才算了结，如果是这样，那他蒋俊生这辈子就完了，还考什么博士噢！然而意外出现了，这一瞬间，何小蝶像是被电流突然击中似的，整个身子就酥软了下来，她闭上了眼睛，小鸟依人地就倒在了面前这个男生的怀中了。蒋俊生愣了一下，下意识地就紧搂住她不放了，反正是豁出去了，索性吻个痛快，不容她有片刻的喘息机会，她呢，也不反抗，一任他疯狂，足足好几分钟，然后，她挣脱出来，推开了他。这时候，他才从恍惚中醒了过来，额角沁出豆大汗珠，呼吸变得急促，身子不停地颤抖着。

何小蝶笑了，用手指点了一下他的鼻子，说："看你紧张的，怕我告你是吧？放心，我可不是那种小人。""为什么呀？"他睁着困惑的眼睛望着她，有些犯傻地问。"因为我印证了我的判断呀，原来，你也并非那种清高圣人君子，你也像那些猥琐的男人一样爱我，我没说错吧？"何小蝶捋了下凌乱的乌发，嘴角泛出一丝得意来。蒋俊生一听她把他归纳为猥琐男一类，觉得是受了奇耻大辱，激动得脸孔涨得通红，"我才不是像那些男人一样爱你呢！"他冲口而出，然后扭头就走。何小蝶听了，则不依不饶了，揪住他的衣角不放，大叫起来，"什么？你不爱我，那干吗要吻我？你是真耍流氓是吧？那我可不是好惹的，我绝不会饶过你！你想一走了事，是吧，你走哪里，我就跟你到哪里……"蒋俊生哭笑不得地望着她。这时候，他才明白自己犯了一个错误，惹出了大麻烦。因为，以她的个性，她是说到做到的。不过话既出口，也收不回来啊，蒋俊生到底是智商高，此刻的他，忽然就想起费玉清唱的那首《一剪梅》了，就哼了起来：

真情像草原广阔，层层风雨不能阻隔……

何小蝶听着，脸上由阴转晴，露出了会心的笑容。

俗话说，有心栽花花不发，无心插柳柳成荫，这话验证了蒋俊生的艳遇。这不，很快地，何小蝶就主动地挽着他的胳膊，双双频频出现在校园中了。这一下，引来不少猜测、羡慕、嫉妒的目光。凤凰男授课的时候，每看到他俩坐在一起耳鬓厮磨亲热样，就不由得妒火中烧，常常是走了神，忘了词，甚至张冠李戴，不知道自己在说什么了，他压根儿也想不透，这个令人垂涎的尤物，怎么就被这个不起眼的男生轻而易举地就俘获了。同学们也都好奇不已，纷纷打探，问蒋俊生，他总是缄口不语，嘴角露出得意的微笑。倒是何小蝶爽快，谁问她都会说，我就是喜欢他呗，他特别。闺蜜张依佳听到了她这么说，心想，你这是没说真话，他蒋俊生怕若不是深藏不露，有什么大背景，你何小蝶会爱上他？鬼才信呢！其实，蒋俊生也纳闷，自己要才没才，要貌没貌，要钱没钱，怎么眨眼间就来了桃花运呢？对了，一定是上帝特别眷顾他，恩宠他了。这些日子，他忽然感到自己的价值了，不是吗？曾经从没拿正眼瞧过他一眼的，现在都对他刮目相看了，那眼里是多少倾慕的目光哟！曾经没人搭理他，如今，与他点头招呼的，主动与他搭讪的，一夜间陡然陡增了。他沾沾自喜，一高兴，就又哼了起来：

真情像梅花开过，冷冷冰雪不能淹没……

然而，好景不长。这天，他约何小蝶在学校附近的星巴克喝咖啡，他去得早，等候她来。谁料，张依佳来了，竟与他相对而坐。"这位置是何小蝶的，我在等她。"他说。"我不可以坐吗？"她微笑着看着他。"啊，不……"他有些尴尬，正想说，她就笑了，"那我和她竞争嘛！"蒋俊生惊讶地张大了口，眼睛也不动了，他看见门口站着何小蝶，只见她头也不回地就往外走，他赶紧站起身，追了上去。他拉住她的手，"小蝶，你听我说，"他急切地说，"我也不知怎么回事，张依佳来了。""你不用解释了，"她愤怒地说，"你是脚踩两只船，对吧？我可不是你踩的船。我们，分手吧。"她狠狠地甩开拉她的手。她快步向前走去，他紧跟了上去。"你别缠着我，滚开呀！"她叫了起来，路人纷纷向他们投来惊讶的目光。他如芒刺在背，觉得羞辱，"你说要分手，好，那就分手！"说完，扭头就走。走了几步，停了下来，身后一只软软的手臂挽住了他，回头一看，竟是张依佳。

蒋俊生哪里知道，他和何小蝶好的这些日子，张依佳一直在密切关注着，做了种种猜测，认定他绝非凡人，以为他家庭背景显赫，只是平日不张扬，低调做人罢了。要不，何小蝶怎么会看上他？越这么想，越坚定了追求他的决心，自然也顾不得啥闺蜜情了。开始，蒋俊生也没当真，以为张依佳是说着玩的，直到确定了她真实意图后，他倒为难了，那边还未分手，这边又有新欢，是否不道德呢？管它呢，又不是我主动的，这么一想，也就释然了，来者不拒吧。事实证明，他的抉择是对的，因为，张依佳介入，竟然刺激了何小蝶，为他争风吃醋起来，还演绎了一场得月楼饭店两美女争抢着为他付饭钱的喜剧。巧就巧在，此景恰好又被齐艳红看见传了出去。齐艳红是学生会干部，认识人多，传播广，于是乎，一时间，他成了传奇人物，女生们纷纷向他示好，以与他结识为荣了。蒋俊生兴奋不已，他想，这之前他在女生面前，是何等自卑窝囊，现在，自己不就是大观园中被众女孩宠爱的贾宝玉吗？望着何小蝶俊秀的脸蛋，他心里止不住感激地说，小蝶呀，小蝶，你不就是那只能产生巨大蝴蝶效应^①的蝴蝶吗？不过，话说回来，若是没有那诱蝶的我蒋俊生，你那蝴蝶还会振动翅膀吗？蝶恋花，我就是那诱蝶的花。要不然，我怎么就这么有女人缘呢？

不过，何小蝶后来还是离开了他，离开的原因很复杂，多日的相处，感情上难割舍，但时间长了，神秘感已荡然无存，就有些厌倦了，而张依佳和其他女生的介入，更令她对他失望，你情不专一，我何必对你痴情呢？这都是后话了。但这不要紧，蒋俊生现在已经是不缺女人了，这不，齐艳红也粘上他了！任何时候，他身边都有美女伴陪，在她们面前，他谈笑风生，如鱼得水，游刃有余，根本无需担心，谁会离开他，仅凭他的个性魅力，就足以可以攫取女孩的心。有句话叫"旧的不去新的不来"，他是"新的来了不怕旧的去"，总是占主动。他还总结了一套不可言传、完全属于他自己独享的泡妞经验，较之网上传授的恋爱秘籍，要高明一万倍！当然，他不会把自己的经验告诉任何人。

这天，蒋俊生眉宇飞扬，挺着胸脯，迈着轻快的步子从教学大楼里出来，迎面碰见了裴教授。"裴教授好！"他喊了声，就想走开，却被叫住了，"你那篇毕业论文问题很多，不能通过……"他一听，就急了，这可是硕士毕业论文啊，已经改了数稿了，再不通过，今年就不得毕业，那可怎么办？这一急，额角就渗出汗珠。"裴教授，我……"他还想说什么，发现裴教授已经走远了。"狗日的，"他在心里愤怒地骂了起来，"你不就是故意刁难我

① 蝴蝶效应，The Butterfly Effect，美国气象学家爱德华·诺顿·洛伦兹（Edward Norton Lorenz）提出的，是指在一个动力系统中，初始条件下微小的变化能带动整个系统的长期的巨大的连锁反应，说明事物发展存在定数和变数。

吗？你这个老学阀，老混蛋！"骂了一会儿，心却虚了下来。他何尝不知，能否论文通过，全在裴教授一句话，他哪敢得罪他！再说了，自己生来就不是写论文的料，从小就缺乏逻辑思维能力，写作文连个起承转合、遣词造句都写不好，更别说有创见、有新意的科学论文了。这可是他最头疼、最要命的活儿呀！蒋俊生满脸沮丧，呆呆地立着，竟挪不开步子了。要不是何小蝶突然出现，真不知会有怎样的结局。何小蝶这段时间在校外实习，多日不见，蒋俊生差不多已忘了她。"俊生哥，你愣在这儿干吗呢？是不是又看上哪个美女了？"她讥讽地说。蒋俊生愁眉苦脸，如实道出原委。何小蝶一听，竟然有些同情了，就说，"瞧你，就这点儿出息，这样吧，改天我陪你去找裴教授，我替你求求他。"蒋俊生将信将疑地看着她，只能暗暗苦笑。

何小蝶自告奋勇帮忙说情，是觉得裴教授对她印象不错，想试一试。还有就是，她与蒋俊生分手，并不仅仅是因为他和张依佳好上了，而是她在裕华公司实习，看中了那位董事长，为这个，她自觉心里有愧，对不住蒋俊生，就想弥补一下。星期天，两人约好拜访裴教授。还别说，何小蝶出面还真灵了，裴教授见她陪蒋俊生来了，先是愣了一下，接着，脸上就露出了笑容，话也多了起来，很耐心地指点，提出修改建议，末了，指着论文道："你再修改一下吧。"蒋俊生揣摩他话里的意思，心里有些忐忑不安，脸色难看。何小蝶会意，忙赔着笑脸，道："裴教授，让他再改一下，您就给他通过吧！"裴教授似乎犹豫了下，经不住她那娇柔目光的恳求，还是点头："好吧，看在你面子上……就这样吧。"

出了裴教授家门，蒋俊生一把搂住了何小蝶，亲了她一口，激动地说，"谢你啊！"何小蝶轻轻推开他，"别这样，跟我还客气什么。""你真有魅力啊，"他冲口而出，"裴教授居然会听你的！"何小蝶嘴角泛出微微笑意，平静地说："其实，我只是试一试，也没这个把握的。"这话倒是实话，确实是试一试而已，她感觉裴教授曾经对她一直很好，很给面子，这次不过是再验证一次罢了。她哪里知道，这个平日一本正经、潜心学术的裴教授，见到年轻漂亮女孩就会不由自主地产生异样的好感呢，她只知道他是一个德高望重的资深教授。"裴教授人真好，"她说，"要谢，你就谢他吧！"蒋俊生脸色有些尴尬，心里真想说，"谢他个屁，他对我可是一直刁难得很啊！"可出口却道："是是，我改日去谢他。不过，现在，最要谢的是你，走，我们一起吃饭去，我请客！"不由分说，拉了何小蝶就走。

光阴如梭，很快地，毕业日子来临。何小蝶已经应聘校外裕华公司的公关部部长，当然，她的研究生学历是一个竞争职位的硬条件，但在公司员工看来，那是董事长对她青睐，特别的安排。因为，来应聘的不止她一个研究生学历，落聘的也不计其数。那些找不到好工作的，便选择考托福、GRE，出国留学。对蒋俊生来说，他既不想去公司应聘，也没打算去国外深造，鬼使神差地，怎么就一心想着要留校，将来做大学教授。他把这想法和父母商量，他们其实也拿不定主意，只是认为儿子的话不无道理。在父母面前，蒋俊生说了一大通理由，什么知识的殿堂，高层次领域，受人尊重的教授地位，等等。其实，他以为最重要的没敢说出来，那就是，一旦留校，我蒋俊生身边将永远都会围绕着年轻貌美的女学生，高校就是大观园，我就是人见人羡的贾宝玉呢！

主意既定，蒋俊生开始努力。他找到学校人事部门，得到的答复是，要学院报来。他又找学院，吴院长看了他半天，才冒出一句："推荐留校是有条件的，你看了校人事部的应聘细则了吗？"蒋俊生说："看了，我觉得我都符合。"吴院长蹙了蹙眉，"那你还找我干什么？"蒋俊生道："人事部说要学院推荐。"吴院长思忖道："我一人不能决定，你再找找院里其他领导，还有裴教授，他是学术委员会主任。"蒋俊生一听急了，"那，你同意吗？""这个……我可不好说。"蒋俊生立时沮丧着脸了，他何尝不知，这都是推脱之词啊！

闷闷不乐了几日，他只能死马当活马医，找了一遍各位领导，无果而终。回家和父母诉苦，父亲沉思了一会儿，说："你这样空手去找他咋行？一个好工作，人家就那么轻易送给你？你不付出点能成吗？"蒋俊生接口道："我也是这么想的，可我……"他眼里流露出期待的目光来。父亲叹了口气，"这样吧，你给吴院长送个红包。"一面说，一面就拿了一张银行卡来。母亲不满意了，瞪着眼睛叫起来："什么？你发财了是吧？"父亲说，"舍不得兔子打不到狼，你这是鼠目寸光！没有这个，人家肯帮忙吗？也不能太小气，给少了，怕就打水漂了！"母亲依然板着脸，蒋俊生见状，忙拍着胸脯信誓旦旦地说："妈，算是你们预支给我投资的，你放心好了，这钱我会给你成倍地赚回来的！只要我留校，日后发展起来，一定会挣大钱的！"母亲将信将疑，脸上释然。蒋俊生拿了卡就要走，父亲拦住他，说，"你们那个吴院长要是拒不收，怎么办？"

父亲的担心是多余的。当蒋俊生把银行卡递上后，不出他所料，吴院长先是生气了，顺手一推，说："这不可以，你想留校，用这来贿赂我啊。"他头脑灵活，忙赔笑脸，坦然地，诚恳地说："吴院长，您误会了，我是听说您儿子要结婚了，这是我表示祝贺的一点小意思，不成敬意呢！"这么一说，吴院长板着的脸色蓦然缓和了下来，"你怎么知道的？"蒋俊生不假思索地就回答道："您儿子在城市规划设计院工作，对吧？他有个同事我认识。"吴院长看着他，没有再问下去。蒋俊生松了一口气，老实说，他真怕他再问下去，其实，刚才他是撒了个谎，他根本没有什么城市规划设计院认识的人，他是不久前路过院里资料室，无意间听到院秘书张老师说起吴院长家儿子近期要结婚的事才知道的，他便记在心了。吴院长嘴唇动了下，似乎想说点什么，蒋俊生一看立刻就意识到该离开了，便随意说了个借口，就匆匆告辞了。再过了几日，遇见吴院长，他也没说什么，更无什么动静，这下，蒋俊生有点心慌了，又不敢再问，想这可怎么办？心里说，别急，再等等看，可怎么能不急呢，他真的怕是肉包子打狗，有去无回啊！这事要是泡汤了，怎么和父母交代？蒋俊生心烦意乱了。

过了几日，蒋俊生忽然想起何小蝶来。她在裕华公司任公关部长，搞人际公关她行啊。他就试探地拨了个电话给她，征询她的意见。她一听，就说这事最好是星期天晚上，邀上几位美女和吴院长共进晚餐，然后卡拉 OK 包房唱歌，乘兴头上再提留校的事。他一想是呢，心理学不是说吗，外在刺激（意识）能否被脑部吸收，人的情绪往往起到干预作用。就是说，当情绪不好的时候，别人说什么都听不进去。反之，当情绪愉悦时，很容易就认可平日绝不可能接受的事情。想想吧，一个年近花甲的老家伙，能在一个灯红酒绿、靡靡歌声的包房里，有几个青春妙龄美女相陪，那该是多么惬意啊！这个时候，你说什么他还能拒绝你吗？果然，当蒋俊生发出邀请，吴院长开始是推辞了一下，说没空啊，终究经不住蒋俊生再三蛊惑，说听说您能赏光，几位美女都要来陪，说她们都崇拜您呢，这么一说，吴院长欣然应允了。

蒋俊生于是邀了何小蝶、张依佳、齐艳红几个陪同，晚餐中，他让何小蝶、张依佳频频给吴院长敬酒；唱歌时，让齐艳红和吴院长对唱黄梅戏《夫妻双双把家还》，人家到底是艺术系的，唱得绝对投入，似有千般缠绵，万般柔情，令吴院长恍入仙境，沉浸在甜美的遐想中。这吴院长夫妻不和已多年，妻子不肯离婚，他是度日如年痛苦煎熬，眼下，忽然从天而降几个漂亮女孩，围着他，和他对酒唱歌，他怎么能不动容呢？蒋俊生趁机说了，他笑眯眯的眼睛早就合成一条缝了。接下来，顺理成章，蒋俊生留校了。吴院长决定留他，是看中了他机灵，投其所好，意欲要培养他为自己的人。裴教授不知这个缘故，说这个蒋俊生是硕士，而且学术水平不行，不能留校任教，吴院长就说，那就在院里先做行政吧，然后在职读博，就读你裴教授的博，等博士毕业再转教师岗位。吴院长这么一表态，裴教授也就不再吭声了，他心里清楚，吴院长是一把手，还不是他说了算。再说了，当年自己晋升正高，也多亏了他力挺，这个恩得报答，怎么能和他唱反调？也就不再作声了。

蒋俊生喜不自禁，但没得意忘形。他聪明就在，没把成功自诩为自己的能耐，他细细思考，觉得都是他人的帮助结果。首先，就应感谢父母，回到家，他动容地喊了声："爸，妈，我谢你们……"父亲诧异地看着他。"我知道家里困难，"他声音哽咽地，眼眶也湿润了，"你们平时省吃俭用，爸你连中华烟都舍不得抽，妈每天买小菜都要和菜贩子讨价还价，可为我……"母亲听着，眼圈儿就红了，说："你知道就好，我们也不图你什么，就希望你有个好工作，将来娶个好媳妇，我们死也就瞑目了！"父亲说："我们就你这一个儿子，希望都在你身上。"他紧咬着嘴唇，差点没哭出来，心里喊道："爸，妈，您二老放心，我一定会给你们争这口气的!"谢过了父母,他想,还得谢谢何小蝶、张依佳、齐艳红,若不是那晚她们配合得好,让吴院长玩得尽兴,这事哪里会有期望的结果。就约了她们,去了希尔顿酒店吃饭,当面表示感谢。何小蝶说:"不用谢了。"张依佳说:"小事一桩。"齐艳红说:"我们也玩得很开心啊,你还跟我们客气什么!"这次聚会,也算是毕业告别了。何小蝶说她已在裕华公司做了,张依佳说她正忙于出国之事,齐艳红不想工作,还想赖在家里做宠宝宝。她们对他留校,都不以为然,张依佳说:"当大学老师,收入不高。"他也没争辩,只是笑笑,心想,这纯系妇人之见。大学教师,那可是高知精英阶层,有哪朝哪代亏待小觑了?谢完了几位美女,他想,最要感谢的,最关键的人物,还是吴院长,若不是他的决定,谁能改变我的命运?对吴院长,我要感恩戴德,知恩图报,从今往后,我要加倍努力工作,决不辜负他对我的期望!

留校以后,蒋俊生一面做行政,一面读博,不知不觉,就过去了三年,博士也毕业了,从行政转为教师岗位。他忽然感到,这日子过得太快了。何以这么快,那是因为高兴呀!钱锺书不是说么,"'欢娱嫌夜短!'因为人在高兴的时候,活得太快,一到困苦无聊,愈觉得日脚像跛了似的,走得特别慢"。[①]这不就对了吗,这几年,他过得既紧张又充实,可谓他人生最快乐的时光。

有一天,他拿着教师和博士双证书兴冲冲地回家,心情特好,嘴里不住地哼着曲儿。不知怎的,母亲却忧心地望着他,也不说话。他感到奇怪,就问:"妈,你怎么了?你不高兴?"母亲叹了口气,说:"你整天就是读书,工作,可是,你也老大不小了,咋不见你带个女朋友回家来,你什么时候能够结婚

---

① 钱锺书(1910—1998),我国现代作家、文学研究家,此句见他的散文《论快乐》。

呢?""是为这个呀,"他笑了,"妈,这个你就不用担心了,我女朋友多得很呢!"母亲的脸色顿时沉了下来,"你这是什么话?女朋友多得很,那不是乱来吗?我问你,有没有确定的。"他涎着脸,说:"有啊,哪天我就带回来给你看看。"母亲将信将疑地看了看他:"那你就带回来我看看。""没问题!"他答应得脆绷绷的。

蒋俊生没有撒谎,过了没几天,他果然带了一个女孩回家。那女孩叫王妮,是一个本科生,人长得秀气,很活泼,是鼻子眼睛都会说话的那种,一进门就小嘴甜甜地喊"阿姨好!"母亲看了虽然欢喜,却又很担心,觉得这女孩才大二,要等到她毕业有了工作再结婚,就怕夜长梦多,到时候吹了,岂不是竹篮打水一场空?她哪里知道,儿子是随便带一个女生回家来搪塞她的,免得她唠叨。这女孩并不是他要结婚的那种,虽然他很喜欢她,平日在一起玩得很好,虽然她也很崇拜他,但他根本没有将来和她结婚的意思。他不想考虑,倒不是怕经受不了一场爱情的马拉松长跑,而是怕一旦与她确定了关系,他的女孩缘就要终结了,他最怕这个。他喜欢游离在众多女孩之间,若即若离,成为她们互相猜忌、嫉妒、竞争的对象,他要的就是这种感觉!他不怕有人说他作风问题,没结婚,他是自由的,与任何女孩交往,都在法律许可之下,要是结了婚,那就两样了。母亲不知情,心里权衡了好几天,还是忍不住说:"这个王妮不合适,还在读本科,我看,你还是找个马上能结婚的,早点把这人生大事办了吧。"他便耐心地劝道:"妈,这事你就别烦了。我现在工作压力大,还只是个小讲师,在高校,这个职称是站不住脚的,若评不上副教授,就会被解聘,丢了饭碗的!我现在必须集中精力,解决这个迫在眉睫的问题,结婚的事,等等再说吧。"母亲一听,愣住了。

一旁半天没吭声的父亲，开口了："俊生说的有道理，孰轻孰重，他清楚，我们就不要干涉他了。"他立马眼生笑意："还是老爸能理解我！"

其实，不想马上结婚，还有更深层的考虑，这个蒋俊生没有向父母说，他怕他们为他担忧。最近，院里实行考评制，对教师上岗严格要求。首当其冲的，就是那位凤凰男杨老师，说是教学考评不合格，就被解聘了。听到这个消息，蒋俊生直冒冷汗。兔死狐悲，他深知自己学术水平，在院里那也是末流，保不齐哪天，就成了凤凰男第二。后来，听人议论下来，他细细梳理，觉得凤凰男被解聘，主要原因还是不善与人交际，自我，清高，得不到领导赏识，吴院长很不喜欢他，裴教授也不看好他，这才是问题的关键。这么一厘清，他的心便宽慰了下来。想，还好，这几年，自己小心翼翼，没得罪哪个领导，还不时想方设法讨领导欢心，不是吗？那次，他把王妮介绍给吴院长，让她成为秘书，陪同去北京参加了一个学术会议。回来后，吴院长情绪特好，很快将学校的一个科研课题给了他。要知道，这个课题起码也得副教授才能做的呀，给他那是破格了。他思来想去，豁然明白，他手里的牌，就是那些和他要好的，有暧昧关系，能指挥得动，随喊随到，娇媚可爱的女孩子。假如现在结了婚，还能这么玩手里的牌吗？

日子一天天过去了，转眼间，蒋俊生已经三十出头了。到了这个年纪，还是个讲师，就是别人不说，自己也颇觉难为情。这个职称，只能维持最低收入，评上教授，那就两样了，可以有各种头衔，出席各种学术活动，享受各种待遇，收入也会随之大幅度上升。当然，君子固穷，可以不在乎待遇，关键是，学生势利眼看人，知道你还是个讲师，往往不买你的账。吴院长给他的那个课题，要做一个调查，找了几个学生，个个摇头，都说没时间，却这边回了他，那边就屁颠屁颠地跟着裴教授做活去了。"妈的，狗眼！"他差点没骂出声来，可骂又有什么用呢，这年头，谁不为自己考虑？最令他恼火的是，学期结束，教务处公布教学测评结果，其中一项是学生打分，有不少人竟给他打了最低分。"如果我是个副教授，他们也就不会这么蔑视我了。"这么一想，就觉得解决副高职称是迫在眉睫了。他便寻了个机会，找到吴院长，说："我想，申报副高。"吴院长看了他一眼，"你留校几年了？""五年了。"他回答。"五年了？可以评副高了。"吴院长说，"不过，你的条件还不够啊。"蒋俊生心想，什么条件不够，那还不在你们评审委员会的一句话么？去年院里张老师和罗老师同时申报副高，张老师发了五篇核心期刊，罗老师才发三篇，居然罗老师评上了，张老师被淘汰出局。张不服，去责问，得到的答复是，教学评分低。这不是说你行你就行，说你不行你就不行吗？不过，尽管吴院长这么说，蒋俊生也没灰心，他明白，吴院长这是让他觉得这事很难，得求他，领吴院长的大人情，于是立马说："我知道条件不够，这才来找您的嘛。"吴院长板着脸，公事公办的语气道："条件不够，找我也没用。"他怔住了，尴尬地半天说不出话来。吴院长看了他一眼，道："那个课题你做得怎样了？""快结项了。"他答道，心里却凉了半截。

离开吴院长，蒋俊生细细地梳理了谈话的整个过程，每个细节，觉得自己没什么不当，可问题出在哪儿呢，思来想去，都理不出个头绪来。忽然，想起吴院长最后那句询问课题的事，俗话说，说者无意，听者有心。这话倒成了，说者有意，听者无心了。不是吗？人家哪里是问你课题做得怎样，是问你得到的那八万元课题经费是怎么用的啊，他白白地送个课题给你，你就心安理得，自个儿独吞了？到时候，他不给你结项，你怎么办？吐出那八万不说，没有课题，还评什么副高职称？这么一想，他不禁打了个激灵，浑身觳觫，头冒冷汗。这八万元，做调查、买资料、付他人劳务，真正用了不到一半，余下四万，那是自己独赚了。吃水不忘挖井人，怎么就忘了吴院长呢？这岂不是贪小失大、徙宅忘妻，天大的失误么？所幸，项目的后期预算明细还未做出来，他决定重新调整，以各种名义给吴院长支付三万，自己留一万，以便早日结项。

不久，学校职评工作启动。蒋俊生将评审材料报上去，该有的都有了，仅核心期刊论文就六篇。那些论文，他是匆匆而就的，可谓摘摘抄抄，改头换面，稍加润色，毫无创见，写好连自己都不想再看它一眼。他知道，编辑也不会仔细看的，读者更无兴趣看这种枯燥乏味的文字。可还是发表了，而且还是核心期刊，这其中缘由很简单，是有人帮的忙，裴教授和期刊编辑关系不错，由他牵线，以每篇六千元版面费成交。有句话说得好，这年头，凡是钱能解决的问题都不是问题。不过，蒋俊生还是惶惶不安，一有空，就往院长办公室跑。吴院长似乎并不在意他的心情，只是说，初评还早，完了还要复评，有外校专家参与。这么一说，弄得他愈发焦虑了。看也问不出什么，就去找裴教授，他是校内专家组成员，有最直接的消息，他如是想。

下班后，蒋俊生约了裴教授，两人在鸿运楼共进晚餐，喝了点酒，几杯过后，裴教授有些醉意，"你找我是找对了"。蒋俊生又给他斟酒，他抿了一口，不紧不慢地说："吴院长特意关照，我当然不会为难你的，问题是外校专家，他们能否给你通过，就不好说了。"蒋俊生脸色惨白，心里叫苦不迭。外校专家，自己皆不认识，人家可是公事公办啊。裴教授道："不过，你也不用太担心，事在人为嘛，当然啦，关键时刻还是要看他们情绪，这心情一好，说不定就给你通过了。"蒋俊生听了这话，心里愈加发怵，头上冒出汗来，心想，要是他们心情不好，投了反对票，那我不就死定了？

离开酒店，夜色浓重，街上霓虹闪烁，人流熙攘。十字路口，蒋俊生心烦意乱，竟然误闯红灯，被交警拦了下来，狠训了一顿。一阵夜风吹来，他的头脑清醒了许多。也就在这时候，手机响了，话筒里传来熟悉声音，是多日不见的何小蝶。"嗳，你在干吗呢？"她柔情软语。"我……"他不知说什么了。"你呀，又和哪位学妹在泡吧？"她咯咯笑道。"你别胡说呀，"他苦笑，"我现在哪有心思泡妞，正烦着呢！""烦啥呢？""哎，不说我了，你呢，现在好吗？""我跳槽了，不在裕华公司了。""现在在哪里高就？""欢乐谷。"蒋俊生愣住了，欢乐谷，那不是一个高端私密会所吗？"什么时候，你带几个人来，我负责给你们提供最好的服务。"她直言不讳地，就做起了广告："我们每天在位有二十多名佳丽，都是严格挑选的，有胸模、腿模、足模、空姐、舞蹈演员、北影学生、法国混血儿等，客人喜欢什么类型的都可以安排，项目多种，有双凤游龙，鸳鸯戏水，制服空姐，学妹调教，比翼双飞，玉足缠身等等，您都可以选择……""你那种地方，我怎么能去？"他脸发热，感觉受了侮辱，一口拒绝了。"怎么，是怕消费不起啊，那我请客。"她像是猜透了他的心思，咄咄逼人地说。他本想回答说，你那是色情场所，我一个高校教师去，岂不玷污了我的清白，话到嘴边又咽回去了，他怕伤了她，正思忖着该怎么婉拒她，只听她又说："我知道，你是觉得来我们这儿玩有损你形象，你有这个顾虑，是吧？那我告诉你，来我们这儿消费的，都是有头有脸的人物，他们都不怕有损形象，你怕什么呀？刚才你不是说最近很烦吗，来玩玩，心情就好了。"他依然没吭声。"不肯赏光啊？算了，权当我没说。"她生气地挂了电话。

蒋俊生怔怔地立着，好半晌，才回过神来，嘴里喃喃自语："我真不该，不该，就这么拒绝了何小蝶，让她失望！她曾给我的爱，给我的帮助还少吗？这回，或许是老板让她拉客户，求我帮忙呢，我这么回拒她，不是太无情了吗？无情未必真豪杰，怜子如何不丈夫，正人君子也是有情有义的呀！"他掏出手机，想打个电话给何小蝶，说点道歉的话，但又犹豫起来。这时，耳边蓦然响起两个声音，一个是裴教授的："事在人为嘛，当然啦，关键时刻还是要看他们情绪，这心情一好，说不定就给你通过了。"另一个是何小蝶的："来玩玩，心情就好了。"他一拍脑袋，惊喜得几乎要叫出声来："我真傻，真傻，何不就此机会，答应了何小蝶，请那几位外校专家去欢乐谷玩玩？这可是两面讨好的事啊！即便专家无意去那个地方消遣，也不会怪我这番好意吧？"

这年十月里，天高气爽，桂花飘香，整个校园，沐浴在金色的沁香里。蒋俊生夹着手提包，神采奕奕，健步走在通往教学楼的林荫道上。"蒋教授好！"一群漂亮可爱的女生迎面而来，崇敬地向他致好。此刻的蒋俊生，已经评上副教授的他，脸露微笑，频频点头，有一种非常得意的满足感。可不是吗？有了这个职称，就意味着可带硕士，可参加各种学术会议，会有各种邀请，收入大幅度增加，那原来的投入，不都赚回来了吗？这么说，太俗气了，关键是，有了这个职称，再不会有人瞧不起他了不是？哈，他笑了起来，俗话说，男人三十三，太阳刚出山，如此年轻，我就坐上这个位置，还愁什么前程呢？就这么走下去，不出几年，再评个正教授，那还不是探囊取物，手到擒来吗？生活多么美好，看你如何创造。智慧人生，如鱼得水，更能锦上添花。蒋俊生情不自禁地，嘴里又忍不住哼起《一剪梅》来：

爱我所爱，无怨无悔，此情长留心间……

不知怎的，唱着，唱着，就下意识地想起何小蝶来。也真怪，她就像一个附身的影子，始终缠着他，这些年来，似乎自己的每一个成功，都与她分不开。不是么？想着，想着，不由得心里一阵热乎乎的。这天傍晚，他约了她在校门口的星巴克喝咖啡，选择这个地点，是想勾起她对校园往事的回忆，表达他对她的眷念之情。他们相对而坐，在弥散着咖啡浓香的雾气中，他望着她美丽的脸，"小蝶，"他忽然动容地说，"我一直没忘记当年我们的相爱……"何小蝶惊讶不已地看着他。"能否，再给我个机会……"他诚恳地说。"都过去了，"她平静地说，"回不去了。""不，我们的情还在！"他激动地喊道。她的眼睛湿润了，紧咬着嘴唇，没让眼泪落下来。"我想，和你结婚。"他坚定地说。"不可能了，"她摇了摇头，面无表情地说，"我已经不会再爱任何一个男人了。""为什么？"他绝望地叫起来。"我停不下来了，身不由己啦，"她的描过眉的眼睛里滚动着晶莹的泪光，"走到这一步，"她哽咽地说，"那还不都是因为……你！""你说什么？因为我？"他困惑地望着她。"你还不明白吗？"她几乎是带着哭腔说："自从你和张依佳好上了，我就不再相信有真情了……后来，你又屡次要我为你公关，使我误以为我的人生价值……嗨，你要我怎么说呢……要不是你，我又怎么会……走到如今这一步？……我恨你！恨你！"

蒋俊生的脸霎时变得苍白，两眼怔怔地望着她，嘴角抽搐着，什么话也说不出来了。

还魂草 ①

一

天还没亮，阎成汉就醒了。整个屋子里黑黢黢的，窗帘遮得严实，一丝光亮也不见。他悄悄坐起来，屏声息气地，抖索着手向床边椅子摸去，毛线衣，牛仔裤，还有外套，一件件地穿上它，然后，蹑手蹑脚地下床来，生怕弄出一点儿声响来会惊动了床上的沈淑芳。那是他的老伴儿，此刻，正酣睡着，发出轻微的呼吸声。她比他小两岁，六十多了，也老啦，可还是青春少女时那个德性，喜欢睡懒觉呢，那就让她多睡会吧。俗话说，男人靠胃，女人靠睡，她跟他几十年夫妻了，是啥福也没享，不就这点嗜好么，那还能不给她吗？这么想着，心里便涌起一股庄重的责任感来。这么多年了，都是他早起做饭，而她，都是醒来就享受一顿美美的早餐，她这个特权，是他给予她的，是他乐意的呀。

阎成汉进了厨房，薄如蝉翼的晨曦已从窗口浸漫了进来。灶台上，清清爽爽的，昨晚他就拾掇好了，锅碗瓢勺各就各位，用起来便当。他开始淘米，准备煮粥，这次，要放些红枣、黄芪、山药、莲子，这样搭配，有营养，健脾补血美容，利于身体调养。不过，他踌躇了下，又改变了主意。他忽然想起来，橱柜里还有藜麦，那是几天前刚买的，还没用过呢。据说，这藜麦营

① 卷柏，又名石柏 [Selaginella tamariscina（P. Beauv.）Spring]，俗名，还魂草，属蕨类多年生草本植物，耐干燥脱水性能极强，即使在裸露岩壁上，仍然能够顽强地生存。

养价值极高，有营养活性因子和优质高蛋白，煮粥、煲汤、做浆汁，都可以，还能调节血糖，防止心脏病，抑制消化道疾病，减肥，解毒等等。这对淑芳的身体调养太好了，她近来肠胃不好，他陪她去医院看过，做了肠镜，也没诊断出什么毛病。医生最后就说了要控制情绪、饮食调理的话。前些日子，他听楼上老薛说藜麦有助改善肠胃功能，就买了几袋。他取出一袋，仔细看了包装上的说明，按照米、水的比例掺和倒入砂锅，放置煤气灶上，不一会儿，就飘溢着藜麦粥的清香来。

沈淑芳还没起来，阎成汉便将煮沸的藜麦粥连同砂锅放进一只电焐煲里。这本是保温用的，可他意外发现，竟有特好的微火煲粥效果，它煲出来的粥是又糯软又黏滑可口。屋外开始有了鸟鸣声，清脆悦耳。黎明前的最后一抹黑暗已经褪去，一切都清晰起来了。阎成汉走至门边，从门后挂钩上摘下一只印有志愿者字样的红色袖章，恭恭敬敬地套在袖弯上。眯缝着眼睛，微笑着瞅了几下，看是否套歪斜了，又将褶皱的地方平捋了下。转了几步，他顺手拿了一只畚箕和一把笤帚，掩了门出去。

一阵清脆的鸟鸣声传来，空气里弥漫着花草树木的清香。阎成汉深吸了一口气，舒展了几下手臂。他的脸色黧黑，头发稀疏灰白，额头布满褶皱，背也有些驼了，真的是老啦，不过，唯有那双眼睛，还不时闪出明亮和生气来。这会儿，整个小区刚刚苏醒，已经有早起的人了，都是赶早的上班族，有的是去乘坐早班公交或地铁的，有的是去开私家轿车和助动车的，也此起彼伏地发动了马达。这是位于外环的一个偏僻小区，离市区太远了，到地铁终点站后还要乘几站公交。凡在市区里上班的，就不得不起个早。这时候，不时地有熟悉的面孔，从他面前匆匆走过，和他打着招呼："阎师傅，你早啊！"

"嗯，早，上班去啦？"阎成汉眼角溢出笑意，一面亲切地答应着，一面清扫着地上的垃圾。

"这不是张嫂的活么，怎么你来做了？"有人诧异地问他。

"她不做了，我是暂时顶替一下。"他简单地解释着，心里却在想，物业也是的，为着一个不肯让步的工资，就失去了张嫂。那是一个多好的清洁工啊，手脚勤快麻利，从不会偷懒，雇佣她的那些日子，小区里可是一尘不染。怪都怪，物业太吝啬，失去了张嫂，好几天了，都难聘继任的，人家都是嫌工资低了。张嫂在时，倒不觉得什么，以为整洁的环境，从来便如此。她一走，问题不就来了吗？这几天，小区人行道上有了树叶，也出现了随手乱扔的纸屑、香蕉皮。他去物业催了几次，见没结果，干脆就自告奋勇做志愿者，每日清晨清扫起来。

走了没几步，阎成汉的目光猛地顿住了，前面路面上有一堆垃圾，近前一看，是谁家倒掉的中草药渣，还渗出一大摊褐色水来。他摇了摇头，嘴角撇出一丝笑意，仿佛一下又回到了童年时代。那时候，他住的那个弄堂，常常见到这样风景，听母亲说，把药渣倒在路上，让人踩踏，病就好了。过去几十年了，想不到还有人信这个。这可是破坏了公共卫生啊，明摆着是不在理儿。可他此刻心里却矛盾得很，想到谁家的病人，便自然而然滋生起一种同情和希冀来。他走过去，将这一堆药渣扫进了畚箕。

小区面积不大，就那么几条道路，如果没有什么意外，再有十来分钟清扫，就可以打道回府了。老伴这刻也该起床了，等着他一块吃早餐呢。可是，他突然停住了脚步，因地上一堆黑褐色的粪便而恼怒了。那一看，就知道是坨狗便。一定是昨晚有人遛狗留下的，哼，没人看见，就不去清理它，这也太没道德了！他弯下腰，开始仔细地清理粪便，一面在心里忿忿地想，要是看见了是谁干的，他绝不会放过这只狗的主人。

回到家来，阎成汉心里还带着一丝不悦。沈淑芳见他的脸色不好，自是不解，就问他。他诉说了一下，她就顺着清明打柳枝，就势嗔怨他道："你呀，别多管闲事了。"

"每日进出，看见地上垃圾，你不难受，我可受不了。"他嘟哝着。

"那也不关你的事呀，你逞什么能呀。"她板起脸说。

他有些尴尬，便赔着笑脸，讪讪地说："不就这几天吗，物业会聘人来做的，再说了，我闲着也是闲着，人家还早锻炼呢，我这不正好活动活动身体吗……"

她哭笑不得，朝他瞪着眼："你要是真闲得无聊，有劲没处使呢，那你就去做好了，我可不拦你哦。"

还真是说对了，阎成汉确实闲得慌，整天就想找点事做。这不，吃了早餐，他又在门前小院子里忙碌起来。这个只有几平米的园地，被他拾掇得完美无瑕。竹篱笆墙上，爬满了点缀着黄绿色小花的凤藤；院内，月季、玫瑰、兰花、三色堇，争相斗艳；靠近篱笆处，还种着几株卷柏，虽不起眼，却也别具风姿，那浓绿色的厚实叶片，层层叠叠，展开像千佛手，卷缩起来又似拳。初次见到这种植物，曾让他惊讶不已。那是插队①那会儿，他在岩石缝里发现了它，他惊讶这石头上怎么会长出这样的植物来。乡下人告诉他，它叫还魂草，耐旱力极强，干时蜷曲，像似枯萎了，可一遇水就会舒展开来。它无需施肥，什么环境都好生长，砂砾上照样成活。回城后，几十年过去了，他一直记得它。跑了好几

---

① 插队，二十世纪六、七十年代简语，是指初高中学生到农村去安家落户，从事农业生产劳动。

家花鸟市场，都不曾寻见。今年春上，他和插队的战友一块重返旧地，特意弄来几棵移栽的。这，竟成了这个小院里他的最爱。

"老阎，楼上老薛昨天跟我说，想要盆还魂草，我忘了告诉你了。"沈淑芳看他在给植物松土，弯下腰凑到他耳边说。

"他也跟我说过了，"阎成汉头也没回地说，"我这就给他移植一盆送过去。"

他拿了一只砂盆，小心翼翼地移栽了进去，又浇了些水，然后，眯缝着眼瞅着，欣赏着他的杰作。

"老头子，老薛可羡慕咱这个小院了，"沈淑芳脸露喜色，压低声音说，"他现在后悔当初的决定啦。"

阎成汉嘴角露出笑意，心领神会。二十年前，他们在市区的棚户区动迁，他和老薛都被安置到这里，分配楼层时，大伙儿发生冲突，一楼和顶楼都没人要，只好抓阄。他很幸运，抓了个三楼。金三银四嘛，两口子自然喜得合不拢嘴了。老薛抓的是一楼，便缠着他，要和他调换。沈淑芳自然是不肯了，说一楼日照少，光线暗，白天都要开灯，又潮湿，蚊虫多。但他经不住老薛三番五次的恳求，碍于面子，还是自作主张答应了他。为此，夫妻闹了个很不愉快。不过，最终，他还是以老了上下楼不方便和一楼有个小院子种花而说服了她。

"怎么样，还是我当初决定英明吧。"

望着沈淑芳，他颇为得意地说，憨憨地笑了。

二

从楼上老薛家折回来，阎成汉又在小院里忙活起来了。

"我给宏斌他们也送一盆去吧。"他望着还魂草说。

沈淑芳听见了，立刻揶揄道："他才不稀罕这个呢！"

"那可不是——他家阳台上，放一盆这个，感觉就不一样了。"

阎成汉显得很自信的样子。宏斌是他儿子，已经结婚，有了孩子。早先也住在这个小区，嫌这里离市区太远，太冷清，跟乡下似的，就执意要搬走，去年贷款买了套位于中环的高档商品房。好在有车直达，来去也算是方便。

"今天是周日，他们在家的。"

"他们不来看你，你去看他们？"沈淑芳不满了。

"我这不是闲得慌吗？他们事情多，我去看他们，一样一样，好久没去了……"

"你心里有他们，他们可没想你啊！"

他脸上露出善意的笑，弯下腰来，准备再移栽一盆。

"这盆这么重，你怎么送过去？他们哪天来，让他们自己带回去好了。"沈淑芳心疼着他，执拗地不依地说。

他只好让步，"好吧，那我做些油炸土豆丸子，给他们送去，总可以吧？"

沈淑芳不再说什么了。她知道老阎的脾气，越老越犟了，认定的事，就非要做不可。年轻时，可不这样，他在她面前，就像只乖顺的小绵羊，总是讨她的好。现在，他执意要去看儿子、孙子，就是要找个借口嘛，你也挡不住。反正，在家里，他不也是不肯闲着，要不然，就去小区做志愿者。那次，他在社区门口维护交通，竟被一辆疾驰的摩托撞上，幸好只擦破了点皮而已，要不可就麻烦了。

阎成汉走进厨房，开始削土豆皮。要做的这道美食，是他的独创。退休后，他有的是时间，就琢磨起烹饪菜肴来。沈淑芳当然是求之不得，她乐得口福，频频夸赞他。有次，儿子媳妇孙子回家，他突发奇想，做了一道菜，是一盘油炸的圆溜溜黄灿灿香喷喷的土豆丸子，咬一口，又脆又酥又糯，入口即化，端上桌来，一下就被他们扫光了，小孙子嚷嚷还要吃呢！这个做起来可不容易，特别费工夫。先得削去土豆皮，将土豆蒸熟，捣碎碾成糊状，掺进五味调料，然后，将煮熟的咸蛋皮剥掉，取出蛋黄，揉成粉末，包在土豆泥里，搓成一只只圆球状，再放进油锅里炸，还得控制好火候……做一次，得花上好多时间呢。只要是他们爱吃，他就不怕麻烦，他愿意，他喜欢。

宏斌现在住的欣苑花园，是个高档小区。人车分流，地下车库，可视对讲，中心花园，现代化的设计，应有尽有。儿子媳妇以八百多万买下一套三室两厅，这个天文数字让阎成汉咋舌惊叹。他们还要贷款三十年啊，他觉得不能承受，沈淑芳更是反对，但儿子媳妇坚持要买，并迫不及待付了定金。儿子博士毕业自主创业，开了一家文化传媒公司，做数字媒体广告，媳妇吃皇粮，在公办学校做教师。他后来还是想通了，既然儿子媳妇能挣钱，那怎么消费都是他们的选择。老伴觉得他太宠儿子媳妇了，他就找了个理由，说宏斌有时要在家里谈生意接待客人，住我们这个外环偏僻的小区，实在没有面子。她说住同一小区互相有个照应，他想的是，儿子媳妇都在奋斗，太忙了，哪有工夫来照顾两个老的，倒是老的闲了，要多关心小的才是。住得远点，也不碍事，反正有公交，多花点时间去看看他们呗。她就赌气说，要看你去看，我不去。他就咧着嘴嘿嘿地笑了。

"我回来吃午饭的"，他临走时嘱咐道。

出了家门，得走十多分钟才能乘上公交。这段路，以前没感觉，现在就觉得长了，阎成汉提着一盒他的油炸土豆丸子，走不了几步，就感到有些吃力了，幸亏没有带上那盆还魂草，也许是一早起来的忙活，紧张了点吧。不过，最近以来，他总觉得体力有些不支了，常有疲乏感。步履也不似曾经的那么敏捷了，腿脚时有下坠沉重感。公交车过来，他差一点踏空了，还是旁边一个姑娘扶了他一把，才上了车。他有些惭恧，对那姑娘感激地笑了下。真是岁月不饶人，当年他活蹦乱跳，有的是力气。插队那会儿挑河泥，二百斤担子，扁担都压弯了，他胸脯挺直，面不改色，稳步向前。回城后，他在服装厂做机修工，随叫随到，每天下来，要跑几十里路，加班加点，浑身竟有使不完的劲。现在，动则有些乏力，气喘吁吁，真是老了。

进门的时候，最先迎来的是小孙子。"爷——爷！"好好蹦跳着跑过来，拉住了他的手。他眯起眼缝，慈爱的目光在孙子身上扫来扫去。哈，这小家伙，又长高了，更神气了。媳妇尤丽莎闻声从书房出来，她正在电脑前做课件，那是在为一个公开课做准备，有区里的教育专家最近要来听她的课呢。看样子，她还没来得及化妆，头发有些凌乱，一双眼睛却很明亮。见不速之客，她有点脸红，慌忙把耷拉耳侧的一缕头发向后捋了一下，招呼着他坐下。

"宏斌呢？"他坐下问。

"去接待一个外地客户了，"丽莎遗憾地说，"本来说好的，今天他带好好去野生动物园玩的，也只能下次了。"

"那爷爷带我去！"好好嚷着，缠着他不放。

丽莎推开好好："爷爷带不动你了。"

"爷爷给我讲故事吧，"好好忽闪着渴望的大眼睛："爸爸小时候，听了爷爷好多故事呢！"

"爷爷刚来，累了，你做作业去！"丽莎一面说，一面忙着沏茶。

他将手中那盒油炸土豆丸子放在桌上，"这是刚做的。"

"爸，"丽莎眼里溢出一丝感动来，"你也真是的，大老远特意来给我们送这个。"

"我要吃，我要吃！"好好奔过来，揭开盒盖，拿了一颗，就送入口中。

望着好好的馋样子，他开心地笑了，脸上的褶皱松弛开来。

"今日是周日，你们都还在忙啊？"

"爸，我们压力大了，不干可不行啊！前段时候，广告业下滑，宏斌生意不太好，银行贷款还是一分不少地要还……"

"我知道，你们也不容易。"

"爸，你借给我们买房的那五十万，过两年再还你，可以吗？"丽莎犹豫了一下，有些歉意地问他。

"不用还了，"他摆摆手，像是很不在乎地说，"我们退休金用不掉的。"

"那怎么行？那是你和妈的养老钱啊？"丽莎眼圈有点红了。

正说着话儿，宏斌回来了。他人长得很壮实，肚子也凸了出来，有点中年人的味道了，见到老爸在，有些不自然："爸，你来有事吗？"

"没事，就是看看你们，带点你们爱吃的土豆丸子来。"

宏斌的眉头微蹙，"就为这个，专程跑一趟？"

"我看你们喜欢吃这个……"

"喜欢吃的多哕，你都做好送过来？"

丽莎察觉不对劲，小声埋怨道，"宏斌，你怎么和爸说话呢？"

"我是说，"宏斌愣了下，有些歉疚地，"爸这么大年纪了，还跑来看我们。"

"我们好久没回家了，爸是想我们嘛。"丽莎说。

宏斌脸色有些尴尬，便点燃了一支烟，猛吸了几口，以掩饰心里的不悦。

"那我回去了。"阎成汉站起了身。儿子刚才的话，并没引起他的不快，他体谅儿子，一定是生意不顺了，心情不好，才会说话这么冲。

"吃了午饭再走吧，"丽莎挽留道。

"不啦，你们都忙呢，"他说的是真心话。

"那让宏斌开车送你回去。"丽莎拉了一下宏斌。

"我乘公交方便。"他婉言相拒。

丽莎送他到车站，回来就一个劲儿责怪起宏斌来：

"你今天是怎么啦？这个态度，爸肯定要伤心了。"

宏斌吐了口烟，神情烦躁地说："他就会这样，有什么用？又帮不了我什么大忙。"

"你要他帮你什么大忙？"

"他能帮什么忙？"宏斌板着面孔，样子难看。

丽莎望了他一眼，说："我刚才跟爸说了，那五十万过两年还他，他说不要还了。"

宏斌怔了一下，脸上表情复杂，嘴角动了几下，什么话也不说了。

三

公交车上人真多，挤得都透不过气来。阎成汉站在车厢门口，这个位置很尴尬，每逢到一站，就要被下车乘客挤下去。他想往里挪一挪，横竖都不成，也就放弃了这念头。五月的天气，还不太热，可车厢里温度竟让他出汗了。一个民工模样的小伙子使劲往前挤，粗壮的胳膊肘触碰了他的胸肋，瞬间一阵疼痛。他只觉得心乱跳，气喘吁吁，憋闷得要命。再忍耐一下吧，个把时辰不就到家了吗。

过了七八站光景，他终于寻了个空位坐下。望着窗外掠过去的街道，他的思绪飞到了几年前，那时候，宏斌还在读大学，他们一家住在市区的同仁里，那是个棚户区，生活不方便，后来市政规划，动员住户搬迁。人家都不肯走，想安置好的地段，多要点动迁款。他迫不及待答应接受了这外环的小区。他的想法很简单，分在这个小区，虽然远了点，但可以两套，宏斌念完书，要成家，要有独立婚房。再说了，在一个小区，还可以互相照顾。谁想到呢，媳妇倒没说什么，宏斌却很是不满，拿那些安置到好地段的钉子户来说事，一直在责怪他无用无能。这不，宏斌读了博，创了业，有了钱，就购置中环的高档住房了。缴首付款的时候，还缺五十万，他就给垫付了，以弥补心里的歉疚。

他知道宏斌瞧不起他。这么多年来，他一直忙忙碌碌，平平庸庸，从未有过值得骄傲、自豪的地方。在人群里，他是那么的不起眼，就像那被人遗忘在山崖背阴石缝间的还魂草，连乡下人都不会瞧上它一眼。可他见了这还魂草，却似有缘，情有独钟。今年春上他与插队战友返乡，就特意去挖了几棵千里迢迢带回城里来呢。潜意识中，他是想证明什么呢？他说不清。不过，面对宏斌，他就有一种难言的愧疚，觉得没能给他做出人生的榜样。记得，以前，每当他叮嘱儿子要好好学习，努力奋斗时，就会招来儿子一顿讥讽，"老爸，我看你是自己没前途了，才把希望都寄托在我身上吧？"这话让他难堪极了。儿子终究没辜负他，考上复旦大学，读了博士，毕业后又自主创业，做公司老总，足以表明是成功了，但他对自己的父亲，显得很不能理解，有时候，就会忍不住地轻蔑地说出来：

"老爸，我就真的不懂了，你怎么一辈子就混成这样？"

他的脸上就红一阵白一阵的了。倒是淑芳在一旁会给他解围，冲着儿子说："我们这代人哪能跟你们比，要读书时，统统下放农村了呀。"

宏斌哪里能被这话就唬住呢，反驳道："你们这代人，出息的人有的是，有做医生的，有做律师的，有做专家、教授的，还有做党和政府领导人的呢！"

偏偏淑芳还在为老伴辩白："你爸那不是没念大学吗？"

"高考恢复了，为什么不去考呢？"

宏斌这句话让淑芳闭口。阎成汉脸色难看极了，嘴唇嚅动着，想说什么，却什么话也说不出来。是的，为什么不去考呢？那年，大多数知青都回城了，唯独他还留在偏僻的山坳里，日出而作，日落而息，没有报纸，没有广播，什么信息也不知道，直到临考前几天，大队书记才匆忙来通知他，毫无准备，仓促上阵，考砸了，这硬是给耽搁了呀。回城后，他被分到服装厂，跟师傅学做机修工，这可是个技术性很强的活儿，他迷上了它。每天，他都在服装厂缝纫车间里来回奔忙，精心修理机器。也就是在这里，他认识了沈淑芳。那时候，她还是个小姑娘，记得她忽闪着一对大眼睛，笑起来两颊就会现出甜甜的小酒窝。她的头发是卷曲在白色的圆帽子里，有次，她摘下帽子，那一头乌发就像瀑布一样泼泼洒洒地倾泻下来。他惊叹不已，都不好意思拿正眼瞧她了。偏偏，她操作的机子老是出毛病，不是声音不对了，就是哪儿螺丝掉了，他只得三番五次地过来维修，就有了打情骂俏，眉来眼去。他一边干活，一边沉浸在快乐里。很自然地，就恋爱了，他心里只有她。很快地，就结婚生子。那时候，他三十多岁了，一边工作，一边还要照顾妻子，养育儿子，还要赡养年老力衰多病的父母，忙得晕头转向，哪有可能放下这一切，去读什么大学呢？现在，说这些，都是为自己辩解，宏斌自然是不会理解的。宏斌提起这事，他只能红着脸，抿着嘴苦笑。好在，淑芳却从未因此怪过他，这对他多少是个安慰，但他心里却是一直自责难言，惴惴不安。

还能说什么理由呢，只有遗憾罢了。阎成汉正这么想着，忽然腰腹部，也说不清具体位置，有一阵剧烈疼痛，整个身子像触电似的痉挛颤抖着，直疼得眼睛发花，额角渗出汗珠，脸色陡变，褶皱扭曲。公交车里，谁也没注意到他，都在低头看手机。他用手紧捂着疼痛处，轻轻揉着，试图缓解。幸好，到站了。他踉踉跄跄地下了车，一缕清风拂面而来，人才感觉好受了些。步履却变得异常沉重，吃力，十几分钟的路走了快半小时，好不容易捱到家，就靠在沙发上直喘气了。

淑芳已经把午饭做好了，正忙着端菜上桌。忽然瞥见他的脸色不好，就猜他定是受了儿子的什么气了，便直截了当地说：

"我说你呀，非要去看他们，没讨得好，反而不开心了吧？"

"没有，没有。"他慌忙否认道。

"还没有呢，你这个样子，都写在脸上啦！儿子的德性你还不知道啊，你去打搅他了，他不高兴了，准是又说那些难听话了吧？这个没良心的，以为念了博士就了不起啦，他小时候贪玩，学习不用功，要不是你对他抓得紧，他能有今天吗？"

"不要这么说，那是他的努力。"他费力地摆摆手。

"你不要有什么愧疚，你对得起他了。"淑芳语速极快地说。

他正想说什么，腰腹部又是一阵疼痛袭来了，他不由地捂着腹，紧咬着嘴唇。

淑芳注意到了，着急地问他是怎么了。"没事，没事，腰腹这儿有点痛，可能是受了点寒凉，要不就是乘公交闪了腰吧，热敷一下，找片膏药贴贴就好了。"他掩饰着说，支撑着站起身，走到橱柜前，摸摸索索地，从放药的抽屉里，取出一盒舒腹贴膏，这是他上个月腹疼特意去药房购的，他最怕上医院了，费工夫又费钱，这膏药活血化瘀、疏通经络，很管用的。

"身体是自己的，你不要不当回事啊。"淑芳嘱咐道。

"我知道，你放心好了，"他挤出一丝勉强的笑，抖索着两只手，将一贴膏药敷在腹部，还摁了摁下。然后，他故意地挺直了腹，以示没什么大碍。

"你也对得起他了，"淑芳继续唠唠叨叨，"凭良心讲，宏斌小时候，都是你管得多，他读书不用功，你操了多少心，我那时不是体质差嘛，胃不好，老犯头晕病，一犯起来，又是吐又是泄的，你就硬要送我去医院，还日夜陪护着我……"

"都是过去的事了，还提这做什么，"他摆摆手。

"不提就忘啦，人都是要讲良心的。"淑芳的眼圈有些湿润。

"我可不要你评功摆好。"他淡淡地笑了笑。

"我才不说你好呢。"淑芳撇着嘴说，"你呀，就是不听我的，我叫你别去看他们吧，你非要去，好了吧，闹得心情不快……你要实在想他们，打个电话，让他们回来一趟，不也一样吗？"

"他们忙啊，星期天都不闲着，哪有工夫来看我们？"他继续为他们辩解道。

淑芳摇了摇头，叹了口气。她知道她的老伴，这一生，总是为人着想，似乎在这个世界，都是他欠人的，他是来还债的。当年，他是个多么帅气的小伙啊，生得浓眉大眼，肩宽背阔，她一眼就爱上了他，以他英俊相貌而骄傲。几十年的操劳，现在，他头发稀疏了，满脸皱纹，背也驼了，手背上爆出的青筋，像是蠕动的蚯蚓，步履也显得蹒跚迟钝了。而她，除了身体稍微胖了点，有了几缕白丝，脸蛋儿还是那么圆润红扑的，腿脚还是那么利利索索。她的老姐妹们都羡慕死了，说她嫁给他，是前世修来的，终生不会后悔呢。

"成汉……"她眼圈儿红红的，还想说什么，立刻被他打住了：

"只顾说话了，肚子饿啦，咱们吃饭吧！"

四

过了没几天，小区清洁工应聘有了着落，是一个农民工阿姨，约莫四十来岁模样。阎成汉一见到她，就对她唠唠叨叨个不停，什么哪儿哪儿是卫生死角，哪儿哪儿要特别清扫，什么有人遛狗拉下的粪便要铲除干净，最好用水冲一下，免得日后干了留下黄色痕迹，物业主任在一旁笑着说，"阎师傅，人家王阿姨可是专业的保洁员啊，还用得着你这么交代吗？"这么一说，弄得他不好意思了，黧黑的脸膛泛出微红来。既然王阿姨来做了，他就不必再做志愿者了，这令他觉得多少有些失落。他乐意每天清扫小区路面，和认识或不认识的人聊上几句。他是个闲不住的人。本来，每天可以天未亮就起来做这件事，现在，这段时间，他只能眼睁睁躺在床上，慢慢挨到天明了。淑芳就说他贱，是劳碌的命，有福不晓得享呢。

确实的，这么多年来，他一直是忙忙碌碌的。退休后，还去私营企业干了好几年，直到人家嫌他年纪大了，婉言辞退了他。宏斌一家没搬走时，他每天都会去看看，为他们做点什么。现在，只能隔三岔五地去跑跑了。没事情可做，日子就觉得特别漫长。宏斌给他配了台电脑，他也上上网，看看书什么的，但空下来的时间还是很多，就觉得很无聊，就想找点事情做。小院子，种了许多花，这是他每天干的活。遗憾，只有几平方，要是能再大一点，他会种上菜，不用农药，比市场上的新鲜。他是热心人，谁家要是电器有了问题，停电啦，电灯不亮啦，疏通管道啦，墙上挂幅画啦，他都会主动去帮忙解决，人家过意不去，要给他工钱，他必定是谢绝，他可不在乎钱，他只图个好心情。

这天，他吃了早饭，正琢磨着找点什么事来打发，忽闻楼上传来一阵喧哗，噼里啪啦的摔东西声响，随即楼道里有急促的脚步声。他推开门一瞧，只见徐老师拎着旅行箱哭着向外冲去。他愣了下，上前就去拉徐老师，老薛在上面吼着："阎师傅，你别管，让她去，让她去！"他欲再去拉徐老师，却被老薛下来挡住了。他问老薛是怎么回事，才知道原委。前不久，老薛机关里的女同事，因为与丈夫感情破裂，屡屡向老薛诉苦，时间久了，竟然两人卿卿我我难分难舍，搞出感情来了，深夜都要通电话。这事徐老师自然是不依不饶，大吵一顿，一气之下摔门而出，要去她女儿家过了。

"老薛，这就是你的不是了，"他好言相劝道，"无论怎么说，这都是你的错，你就低个头，认个错，快去把徐老师请回来！"

"天天听她对我大叫大嚷，我受够了！我喜欢女人说话轻声细语，不想听她的吼叫！走了更好，她要离婚，我巴不得！"老薛愤愤然地。

"你们几十年夫妻了，"他继续笑着劝道，"怎么能说离婚就离婚了呢？"

"我受不了她啦，嫌她烦，厌啦！"

"怎么能这么说呢？"他语气里露出焦虑和责备。

"几十年，天天在一起，看她那张脸，听她唠叨，还能不厌？"

"老薛，你是说气话了吧。"他还想劝他。

"我说的就是心里话，"老薛望着他，忽然反问道："阎师傅，你厮守着你太太几十年，难道就一点儿不觉得厌吗？说不厌，那是虚伪吧！"

这话可让他有些恼了，"老薛，你太过分了！"

老薛变了脸色，扭头就回屋，把门砰的一声重重地关上了。

他怔怔地站在楼梯口，一时竟没了主意，直到淑芳闻声来拉他，才从尴尬中回过神来。

"我说你啊，是吃饱了撑的，你管他干嘛呀？"淑芳气得脸都涨红了。

他涎着脸，讪讪地说，"我不是为他好吗？"

"人家不领你这个情，知道不？你犯贱啊！"淑芳提高了嗓门。

"你不要对我大吼大叫好不好？"他皱起了眉头。

"我就叫了，怎么样？难道你也嫌弃我，也想来个婚外情啊？"她瞪起了大眼睛。

"哪能呢，我可没那个胆，"他耸耸肩，自我解嘲，心里却在想，刚才老薛说，夫妻在一起几十年就厌了，怎么会呢？能相守几十年，总是有感情的嘛，别说是夫妻了，就是养个小狗小猫，时间一长，也难分难舍的呀。因为说话不轻声细语就厌了，就要搞婚外情，就要不顾几十年的相守，而断然离婚了，这似乎怎么也说不过去呀。最激怒他的，是老薛刚才说的那句他虚伪的话。他可从来没讨厌过淑芳，从未想到要和她离婚呢，难道不是事实吗？

不过，也真是奇怪了，这么多年，淑芳不也经常对他大吼大叫么，他怎么一点儿都不生气呢？当然，淑芳跟他刚认识的时候可不是这样。她甜甜的脸蛋儿，总是爱笑，一双大眼睛忽闪忽闪的，还有那浅浅的笑酒窝，都让他好喜欢。有次，在车间里，他给她修理机子，她又笑起来，他瞧着她两颊的酒窝，情不自禁地用手指去搵了一下，不想就被她一个巴掌打过来，他的胳膊上立马现出红红的手指印来，她杏眼圆睁，怒气冲冲，可把他给吓蒙了——阎成汉，你不要动手动脚的，下不为例啊，她警告着说。这是他第一次见她发怒，听她大声喊叫，初见端倪。幸好，整个缝纫车间机器声震耳欲聋，别人听不见，要不然，他要多难看就多难看。他开始小心翼翼，不敢动手动脚越雷池半步。哪里料到，那次劳动节，他骑车带她去郊区公园，她坐在他身后，竟然毫不顾忌，双手伸过来，紧紧搂住他的腹，还把她的整个脸颊紧紧贴在他的后背上，弄得他心跳加快，脚蹬乱了方寸，差点儿控制不住自行车的把手了。

在服装厂，谁都知道，是沈淑芳主动追的阎成汉，但谁都不知道他怎么就束手被擒。这个，还真是难以启齿。那时，淑芳跟他说怀孕了，要他赶紧办理结婚手续。拿了结婚证，从民政局出来，她扑哧一声笑起来，说，你真傻，就相信了。他这才知道，他就像老舍笔下的骆驼祥子，竟然是被怀揣着个大枕头的虎妞给骗了。他惊呆了，说不出话来。淑芳慌了，忙说，你要是反悔，那就回去办离婚好了。他立刻伸开双臂，搂住了她，狠狠地亲了她。干嘛要反悔呢？求之不得嘛！说那是她的欺骗也好，狡诈也好，那都是她爱你呀，这不是你阎成汉前世修来的福气吗？他憨憨地笑了。

婚后的日子，他们过得并不像想象中的那么甜蜜，一大堆的麻烦事接踵而至：儿子的出世，带来了欢乐，但也带来不尽的烦恼。这孩子，从小就够折腾人的，吃什么吐什么，三天两头的发热啦，腹泻啦，得经常抱着他上医院。淑芳三班倒，长期的夜班，让她身虚体亏，红颜褪尽，面色蜡黄。她的父母又病屙已久，他得照顾小，又服侍老，忙得几乎喘不过气来。偏偏，又遇上服装厂倒闭，两人双双下岗，面临着生存的危机。他四处找工作，后来在公交公司，做了汽车维护修理工，她去了一家大超市，做了售货员，总算是有了口饭吃。她心情差，自然脾气越来越大，她动辄就要对他大嚷大叫，他也听惯了，通常是陪着脸讪笑。不过有时候，她的话激怒了他，他也忍不住了，就会一反常态，瞪着眼睛，像雄狮一样大吼起来，那瘆人的样子可怕极了，她就闭口了，脸上现出无限委屈的样子，眼泪扑簌簌地掉下来，他便也心软了。这就是夫妻。两人就像是在茫茫大海中的一叶扁舟上，随时都会遇上狂风暴雨的袭击、恶浪翻舟的凶险，得加倍的齐心勠力、同舟共济。这个道理，他懂，她也懂，这么多年来，虽有分歧，还是一致的多。他太了解她了，似乎不用她说出口，仅从她一个眼神，一个动作，他就知道她心里在想着什么。这就叫做心有灵犀吧。

这会儿，沈淑芳在凝视着他，这个与她厮守之久的男人。记得年轻时候，她喜欢看他的浓眉大眼，嘴唇上憨厚的笑容，偎依在他宽阔结实的胸脯上，听他讲他过去的事情。现在，他的眉毛也稀疏了，夹杂几缕白色，眼睛变小了，有些下垂，胸脯也松弛有皱了，背也有些驼了，但一点都不会减少他在她心中的位置。她离不开他，哪怕是他日渐其衰。有时，她呆呆地想，这不是太奇怪了吗？这个没什么成就，没什么能耐，连儿子都瞧不起的，极其平庸普通的人，怎么对她竟然有那么大的魅力呢？她想问他，于是，忍不住地轻声唤他：

"老阎，你说，你凭什么让我跟你一辈子？"

这突如其来的一问，令他感到惊讶，猜测着她的用意。

"你说呀，说呀，"她又有点咄咄逼人了。

"这个，这个……"他找不出理由。

她见他那个窘样子，不由得笑了："说不出来吧，那你就小心点，"她眨着狡黠的眼睛，故意吓唬他说："总有一天，我会跟你分手的。"

他没有搭理她，这话他听她说过多少回了，他根本不用担心的。他只是在想，刚才老薛的那些话，不免又皱起了眉头。

"我看你在生气吧，"她似乎看出来了，说："不值得啊，老薛说那种话，亏得他还是个读书人呢，我看，书都读到屁眼里去了！你好心来劝他，他还不领情，算啦，这种人，还是少沾他为好！"

"过两天，我想上楼去看看老薛。"他嘴里轻声叽咕着。

"你说什么，你还要热脸凑人家冷屁股啊？"她听见了，眉毛皱了起来。

"就这么互不理睬了，"他有些惋惜地说，"抬头不见低头见的，那多不好意思啊！"

"你觉得不好意思，是吧？"她两手叉腹，眼光逼人地说："我告诉你，人家就根本没把你当回事！"

"你别说了，我知道我该怎么做。"他固执地说。

沈淑芳从他的眼神里知道他意已决，只能无可奈何地看着他。

五

　　半个月前，几个老姐妹相约，要结伴去云南西双版纳旅游。她们都是发小，这么多年，时有来往，情谊不断。沈淑芳有些犹豫，她怕丢下老阎一人在家，总归有些不放心。近来，阎成汉的腹疼常犯，疼起来脸都变色了。她几次催他去医院，他怕麻烦，就是不肯。她说出担心他想放弃旅游的意思，立马就被他打断了。他竭力鼓动她去，要她千万不要扫了姐妹们兴致，说是人生短暂，姐妹一场，要珍惜云云，说了一大堆。最后，他拍着胸脯承诺，他没事的，一定听她的话，去医院看看腹疼病，她才答应了。

　　这天一大早，阎成汉就忙开了，煮五香茶叶蛋，做萝卜丝饼，这都是她最爱吃的。沈淑芳在卫生间洗漱的当儿，他在往一只大旅行箱里塞她的衣服。她要带的衣服多，可就这么一只箱子，他得精挑细选才行：换洗内衣、袜子，羊毛衫裤不可少，那件背心，冷了衬里御寒，热了可脱，春秋外套要带两件，对了，那件绿色风衣也别忘了，她穿起来特有气质，照相必备。至于，其他随身带的物件，都塞在双肩包里。他一边塞一边嘱咐，"淑芳你别忘了，这身份证呢，放在包里面最上面的拉链口袋里了，这塑料袋是洗漱化妆用品，手机充电器也放进去了，手机我已给你充满电了……"他不厌其烦，唠唠叨叨地一一交代着，沈淑芳望着他，眼里很快就溢出了一汪似水柔情来。

　　送她去机场与老姐妹汇合后，阎成汉忽然感到浑身像散了架似的，疲乏无力。这一早起来，忙得连个方便机会都没有，把尿也憋了。他寻了个厕所，方便了。出来的时候，突然觉得腰部，不，是腹部剧烈疼痛起来。最近以来，这种疼痛已经频发多次了，他慌了，感觉情况不妙，必须得看医生了。他最怕上医院，病人多，挂号难不说，哪怕是小毛小病，动辄就要抽血、验尿、B超、心电图、弄不好还得CT、核磁共振什么的一大堆检查，弄得精疲力衰，没病也有病了，而且，这费用高得吓人，医院也要经济效益嘛。平时，要是有个头疼脑热，他是绝不会去医院的。这会儿，他手捂着腹，忍着疼痛，脚下竟像是踩了空，踏了棉，跟跟跄跄，走不了几步，便难再抬脚了。他蹲了下来，以此压迫着腹部，以减少疼痛。他的脸上现出痛楚，背脊也渗出汗来，感觉内衬衫都粘了。路人过来，都匆忙走过，谁也没介意。倒是有个学生模样儿的女孩停了下来，询问了几句，他摆摆手。蓦然抬头，看见前面不远，就是仁爱医院，那可是全市最好的一家三甲医院啊。他的心里蓦然有了希望，努力支撑着站了起来。

医院门诊大厅里，人山人海。这个时候来看病，号是挂不上了。他沮丧地立着，抬头看着悬在上面的电子显示屏，脑子里是一片空白。那滚动的医生门诊信息，在他眼里不停地跳跃着更换着，倏忽，一个专家名字映入他的眼帘，他不由得呆住了——那上面分明显示着：陆家佑教授，内科主任，专治内科各种疑难杂症，今日门诊。这可是他的老同学呀，有次聚会，身为院长的陆家佑还特意对大家说，谁要有什么事尽可找他。那时他就想，最好别找他，找他那就倒霉了。现在，看来，真的要找他了。

陆医生的门诊室外，排队候诊的病人很多，他不好意思推门进去。也真是巧，适逢家佑出来了，一眼就看到了他，很热情地仔细问了他的情况后，脸上的笑容便消失了，变得忧虑起来，说他得做个全面检查。他可是一听就急了："你说什么？这么个小毛病，就要全面检查，小题大做了吧？"

"老同学，"家佑一脸认真地说："我是对你负责！"

他笑了，说："有那么严重吗？我觉得我身体还好啊，不会有什么大问题的。"

"凭我的预感，你的情况可能不太好。"家佑坚持着。

他掂量着他的话，还是不相信啊。

"要不这样，既来了，就先去做几项检查，"家佑不容分说地，就招呼门诊值班台护士："小田，我开个单子，你带这位先生去做检查。"

陆家佑的热情是真诚的，这个，阎成汉心里清楚，但他不信他会有什么大毛病。若不是腹痛最近频犯，贴膏药也无济于事，他也不会来医院。护士小田挺认真，一口一个老先生，带着他去做了CT、核磁共振、B超、血检、活检，折腾了整整大半天，等到把部分检查结果送来，陆医生的脸色刷地就变了，眼睛里现出忧心和同情来。

"我没事吧。"阎成汉问他。

家佑半晌没作声，他不知该怎么对他说。

"你说嘛，我究竟有事没事？"他问。

家佑犹豫着，还是没开口。

"家佑，"他直呼其名："你说嘛，我到底什么情况？"

"情况不太好……"家佑话还没说完，就被他打断了：

"哎呀，老同学，你别绕弯子好不好？我什么病，你就直说好了！"

"我初步判断，"家佑声音低沉地说："可能是胰腺癌。"

阎成汉呆了，他听说过这个病的凶险，这是最难对付的一种病。

"这只是我初步判断啊，还要等全部报告出来，才能最终确定……今天不行了，明天你再来一趟，别忘了啊！"陆家佑叮嘱着，语气里不乏热情和真诚。

阎成汉当然不相信。回家后，他在沙发里坐下来，想，不会这么倒霉吧。他沏了杯西湖龙井茶，抿了一口。这茶，是上次宏斌出差去杭州回来，特意带给他的。宏斌这小子，心肠还是有的，知道他爱喝茶，可就是嘴刻薄了些，好说那些戳他心窝的话。那些话，一直萦绕在他的耳畔——"不是我瞧不起你，我是说你们这代人，就是可悲！没有学到多少知识，极度的愚昧，早就被这个时代淘汰了，还特别的固执，自以为是，以你们那套陈旧的价值观来评判当今人和事，真的是又可笑又可怜！"每当儿子这么说的时候，他就没了底气。确实，他是被这个时代抛弃了，最起码的，他是力不从心。那些新的知识、新的技术，让他眼花缭乱，不知所措。那次，他为自己辩解几句，宏斌就反唇相讥道："你的老同学陆家佑，人家怎么就成了医学教授，成了仁爱医院院长了呢？"还故意模仿着电视小品中范伟的腔调，拖着长音说："不都是一代人吗，怎么差别就这么大咧？"尤丽莎在一旁，看不过去，就直对宏斌使眼色，要他住口。沈淑芳来气了，就冲着儿子道："你爸有你爸的情况，人与人哪能一样啊？"

淑芳说得对，陆家佑生性就和他迥异。读中学时候，他俩同桌，他太了解他了。家佑好胜心强，人精明，点子多。每次考试，家佑都会作弊，低声和他对答案，都是要他说，结果家佑做错的都得到及时改正，而他错的却得不到家佑提示，分数总是落后。高中毕业，他们一起上山下乡，插队落户到皖南山区。家佑羸瘦孱弱，而他身板结实，有的是力气，重活都是他抢着干。他们烧饭用的茅柴，要到青山坳去割。俗话说，望山跑死马，一点不错，虽说站在村口就能看见青山，可足足要走十几里路呢，况且，还要挑着百把多斤的茅柴，在那崎岖坑洼乱石荆棘中跋涉，真不是个轻松的活儿。他顾惜家佑，每次总是让他少挑点，自己却挑着沉甸甸的两大捆。他和家佑同年，却像是他的兄长，处处庇护着他。每次，队长分配各人任务包干，他手脚麻利，很快完成了，就会帮着家佑干。那时候，乡下日子可真难熬。春天，春耕忙，每日天不亮就起床（他早起的习惯，就是那时候养成的），月亮出来才收工，赤着脚耕地、耘田、插秧、薅草，做不完的活儿；夏天，烈日晒，蚊虫咬，双抢汗流浃背，累得直不起腰；秋天呢，割稻打稻，去镇上碾米站碾米；冬天，大雪封山，也不冬闲着，还得去济水河挑河泥兴修水利……春夏秋冬，一年又一年，就这么在无望和绝望中过去了。

他们热切盼着早日回城里去。那一年，忽然就有了喜讯，队长告诉说，公社下来一个推荐读工农兵大学的名额。他俩都沉默了。谁心里都清楚，这可是跳出苦海唯一机遇，失去了，意味着一辈子就在这穷山坳，埋葬在这黄土地了。队长问谁去，陆家佑嘴唇似动了几下，却没说出声音来，阎成汉看在眼里，思忖了下，对队长说："让家佑去吧。"至今回忆起来，他还记得那个决定他俩命运的那一刻，家佑一听他这么说，感动得几乎眼泪都要流出来了，慌不择言地说："那怎么行，那你怎么办……"他的回答，立刻让家佑心安理得了："我有的是力气干农活，倒是你不行，你是个读书的料，你的学习一直比我强呢！"就这么一个决定，他与家佑的命运从此就天壤之别了。家佑去了上海读复旦大学医学院，虽说是工农兵大学，渴望知识的他也没虚度，三年后，高考恢复，凭借他已读过本科条件，直接就报考了研究生，后来，又读了博，成了医学专家。而他，却在这闭塞的山坳里一直没上调的机会，也错过了高考。回城后，像大多数返城知青一样，他成了一名工人，又轮到下岗。假如，那次，他不让呢，或者让队长决定呢，勿用说，队长肯定会推荐他的。那现在的他俩，就会换个位置，或许他就是医学教授了，毋庸置疑。这就是命运开的一个大大的玩笑吧？

这件事，他从来没跟人说过，连淑芳都没说过，他是怕她知道这件事，万一口舌不紧传出来，弄得家佑尴尬。这事，宏斌自然也不知道，要是知道了，不骂他蠢才怪呢！可什么是聪明什么是愚蠢，这个也难说。人生许多事情，难有定论，就看你怎么看。俗话说："祸兮福所倚，福兮祸所伏。"说得一点不错，如果，他当年去读工农兵大学了，就不会有后来回城分到服装厂做机修工的机会，就不会认识沈淑芳，不会有他俩那么一段甜蜜的爱情，不会有他与她这几十年的相濡以沫、携手到老，那不更是遗憾吗？想到这儿，他憨憨地笑了。当然，这个意思，他是没法和宏斌说的，根本就说不通——儿子常常冷嘲热讽地，说他是阿Q式的"精神胜利法"，说他痴守着过时的价值观，沉浸在自欺欺人的虚伪里，不晓得现在是弱肉强食社会，要遵循着丛林法则——他知道这是儿子在商海中几番摔打得出的结论。但他还是不能苟同，他相信自己的为人处世。

晚上躺在床上，他想起了淑芳，到西双版纳了吧，一定玩得很愉快吧？还要叮嘱她点什么呢？出门在外，安全头等重要，这个年纪啦，可不能像姑娘家的疯啦，千万要当心，别大意崴了脚，折了骨，那就麻烦了。西双版纳温差大，早晚得多穿点，别受凉啊，还有蚊虫叮咬，别忘了抹风油精，这个管用的……他打开手机，却见淑芳微信早已发来了一大串照片，有在飞机上鸟瞰山川大地的，有下榻宾馆漂亮卧房的，有在植物丛中翘首弄姿势的，有在罗梭江边亲水嬉戏的，淑芳和她的老姐妹们，脸上全都笑开了花。他欣赏着，不禁眉开眼笑，眼睛都眯成一条缝了，忍不住发了三个大拇指点赞的表情图。很快就见淑芳发来文字：你一人在家，要照顾好自己啊，我给宏斌电话了，要他这两天去看看你。他立马回复：你放心，我没事的，别惦记着我，你就痛痛快快地玩吧。发出后，他满意地闭上了眼睛，不一会儿就进入了梦乡。

六

淑芳不在身边的日子，阎成汉觉得时间过得特别漫长。这也难怪，平时忙忙碌碌，多是因为她，他的耳畔，总会不时地响起她的呼唤声："老阎，我想去家乐福买点化妆品，你陪我去吧！""你看我今天出去，穿这双鞋好不好？""那件米黄色两用衫呢，你给我把它放哪里去了？""哎呀，我的手机怎么发不出微信了，你快给我弄好呀！"一连串的，几乎全都是她的诉求。当然，他都得及时满足她，他也乐意为她去做。她不在家的这几天，没有了她的絮叨，还真不适应呢，有些空了的感觉，就想找点什么事儿打发。要不，去楼上看看老薛吧，他那天情绪激动，这两天该冷静下来了吧，劝劝他，跟老伴和好，几十年的结发夫妻，可不能就这么一冲动，就散了伙呀。他上了楼，去敲门。

老薛很意外，诧异地看着他，猜测着他的来意。他没有开门见山，却绕了个弯子，说是来看看他送他的那盆还魂草长得怎样了。这招很快就缓解了尴尬，老薛脸露笑意，忙引他进屋到阳台边。窗外阳光射进来，映照还魂草上，金枝绿叶，蓬勃舒展，充满了生机。他松了下土，浇了点水，嘱咐了几句。然后，望着老薛，犹豫了一下，还是脱口而出：

"徐老师还没回家吧？我看，还是你主动去把她请回来吧，这事呢，我琢磨着，怎么说都是你错在前。徐老师有哪一点对不住你啦？不说别的，那年你遭车祸腿骨折了，躺在床上几个月，都是徐老师照顾你，服侍你……你可不要没良心，好不好？这年纪了，就别再折腾了，好不好？"

他一口气地，放连珠炮似的，把心里话都倒了出来。他可不怕他恼火翻脸，憋在心里多日的话，说完了也就痛快了。这时候，他看见老薛脸色骤变，一会儿红，一会儿白，眼里露出那种被羞辱、被激怒的神情来。他有点胆怯了，拔腿就狼狈逃窜，不想再和他发生冲突。反正，我话已说出口了，听不听由你了！

回到屋里，他的心儿还在扑通扑通，好一会儿，才稍稍平静。想起刚才的情景，他就觉得好笑，"我逃什么呢，难道还怕了他不成？"他喃喃自语，揶揄道。沙发上，扔了一堆衣服，那是淑芳换下来的，得马上洗了，趁今天天气不错，有太阳好晒呢。他一件件地捡起来，没有一股脑儿全扔进洗衣机里，而是把衬衣的领口、袖口先用肥皂搓揉去了污垢油迹后，再投放进去。淑芳曾笑他多此一举，他强调说这样才洗得干净。淑芳说，你怎么就像个女人似的，心这么细呢？这话说的倒是没错，他素来心细，那是做机修工养成的习惯，机子上的任何小毛病，哪怕一个小螺丝有点松动，都逃不出他的眼睛。洗好衣服，在小院里晒了。他的目光又不由自主地落到篱笆墙边那盆移栽好的还魂草来。那天，淑芳不让他给送宏斌家去，说是让他们自己来取。他们最近可忙啊，宏斌公司要开展新的业务，丽莎要准备公开课，还要带好好，哪有闲暇为此特意过来呢？不成，还是我给送去吧，他们家阳台上有玫瑰、百合、郁金香，姹紫嫣红，不就是缺少这盆绿色的植物吗？他正想着呢，手机响了，是宏斌的声音：

"老爸，妈要我这两天回来一趟，拿什么还魂草，当我是闲啊？"

"你不用回来，我给你送去好了"，他赶紧说。

"真拿你没辙，"宏斌语气中似有不满，"那不就一盆野草么，当个稀罕宝贝似的，我可不需要。"

"哎，你别小看了它，楼上老薛，人家可是有知识、有文化的人吧，都看中这还魂草，向我索要呢！"他竭力解释着。

"那他是占小便宜。"宏斌讥讽地说。

"话可不能这么说，"他赶忙制止，以免儿子说出更难听的话来。"人家老薛欣赏的，是一种品位，一种雅趣……"正想说下去，就被宏斌打断了：

"老爸，我知道你要怎么说了，这还魂草虽然没有玫瑰的浓艳，没有百合的芳香，没有郁金香的高贵，但是它朴实，平凡，不屈，不挠，默默无闻，有顽强的生命力，要求人的少，给予人的多……是吧？这都是你们这一代人的习惯思维，好笑不好笑啊？"

宏斌的语气里不乏调侃，他只得苦笑。口舌笨拙的他，说不过儿子。但他却固执地认为，家里放上一盆还魂草会别有生趣，便笑着又说了一遍：

"我知道你忙，那我给你送去好了。"

话音刚落，就听到宏斌的声音："老爸，值得你亲自来送吗？我说，你是闲得无聊吧？怎么不做点有出息的事呢？"

他的头脑"嘭"的一下，像被炸开了似的，尖啸声音乱糟糟地响。宏斌跟他说话，一向口无遮拦，他也习惯了。可是，这怨他没出息的话，却像锥子猛扎他的心。他有些恼羞，却又先自萎了，没了底气。他能辩解吗？跟儿子比吗？比不了啰，他们这一代，赶上好时光，得到了最好的教育，有知识有文化，掌握高科技；那和同龄人比吧，也惭愧噢，虽然都曾被耽搁，但不也有赶上最后一班车，读了大学，出类拔萃的嘛，而他，鼠目寸光，得过且过，平平淡淡，一晃就过了这大半生，进入桑榆衰暮了。他什么话也说不出来了。

"爸，"手机里突然变成丽莎温婉的声音："宏斌说话没轻没重的，您可别生气啊。他就是这样的人，不晓得说点好听的，常常也说得我心里受不了，您就原谅他吧！妈来电话要我们回来看您，其实妈不说，我们也要回来的。这不，这几天特别忙吗，宏斌要出差广东，洽谈一个生意，我这两天呐，在准备一个公开课，区教育局领导要来听课呢……"

"你们忙，不用来看我，真的，我很好。"他体谅地说。

"爸，我们再忙，还是要回来的，好好想你啊！"丽莎说着，招呼着："好好，过来过来，跟爷爷说话。"

他很快就听到好好那清脆稚气的童音："爷爷，爷爷，我好想你啊！"

"爸，好好成长多亏你。好好总是说，爷爷对他最好，他最喜欢爷爷了。"

丽莎说话就是讨人喜欢，他心里的阴霾很快消匿，变得舒坦多了。他相信，丽莎不是要故意讨好他才这么说的。好好从小就是他带大的。那时候，宏斌在读博士，丽莎又刚应聘，他恰好退休下来，有的是时间，整日里就陪着好好，和他游戏，教他学习，好好进了幼儿园，上了小学，他负责每日接送，淑芳分管衣食，忙得不亦乐乎。辛苦是辛苦，可也尝到含饴弄孙的快乐呀，为这个，还得好好感谢宏斌和丽莎呢！当然，这话他可没说出口，只是在心里这么想的。

"丽莎，你们忙，就不用回来了，"他固执地强调说："那盆还魂草，我明天抽空给你们送去……"

手机没电了，他赶紧充电。其实，他的电话联系不多，社交圈子也很简单，不是他人缘不好，确实是退休后，他的价值渐渐失去，人家也没啥事要找他。但手机还是要开着，不能断电，万一远在云南的淑芳打电话来呢？他不能及时接，那不要让她着急，玩都要惦着他而不开心吗？这会儿，他在屋里转了几下，看看什么事可做。油烟脱排多日没清洗，结满了油垢，还有玻璃窗，也积了许多灰尘，得让它亮堂堂的，还有，天气预报下周北方有股寒流来袭，淑芳的那张床铺，得垫上一床棉絮，睡着暖和，舒服……总之，要让淑芳回家有个新鲜感觉。他找来螺丝刀，开始拆油烟脱排，这个是他拿手活儿，很快地，不消几分钟，整个烟罩就完全拆下来了，他开始洗擦。做完了这些活儿，这才蓦然想起陆家佑的预约，嗨，差点儿就把这事给忘了。

他来到医院，依然人山人海。这是全市顶级医院，来看病的人自然多。这也意味着，这里看不好的，那就没希望了。他先去门诊，不见陆家佑，又去病房，还是没找见，最后在院长办公室见了。"成汉，报告全部出来了，我跟你讲，百分之百的确定，你这个是胰腺癌，而且，情况很差……必须马上住院！"家佑一脸严肃地说。

"你可别吓唬我啊，"他笑着说，"我不会有事的。"

"你是医生，还是我是医生？"家佑手指敲着桌子说："都这样了，你还不当回事？你不要对自己不负责！"家佑大声地说。

"有那么严重吗？"他不相信地说。

"还用问吗？我的话你难道不信？"家佑火了："你呀，怎么这么不把自己当回事？到现在才来找我？……迟啦！"

他不再吭声了，脸色倏地凝重起来。

"你来住院吧，"家佑语气缓和了下来，"我会动用我的一切权力，给你安排最好的医疗，主治医生是院里最好的肿瘤专家……"

这话，他是相信。去年老同学聚会，家佑见到他，还说起当年他让给他上调读工农兵大学的事儿，说没有他的相让，令他离开乡下获得学习机会，就不会有他家佑的今天，两人命运就会因此翻转，这个情，他家佑是铭刻在心，永世不忘了，说有机会一定要报答他。

"你告诉我，能治得好么？"他抬起头问。

"这怎么说呢……"家佑吞吞吐吐地。

"你要真心待我，就直说，"他迎着他的目光，"我受得住。"

陆家佑犹豫了下，只能将实情禀告，尽管说得很委婉，谨慎地用辞，但他还是听出来了，他已经是晚期了。就是说，一切治疗，手术，化疗，也只能是期望延缓生存时间，改善生存质量，少受点痛苦罢了。"当然，只要是有一线希望，我们是不会放弃的，"家佑同情地安慰地说。

阎成汉呆了，怔怔地望着家佑，脑子里一片空白。好一会儿，才恢复过来，他努力地控制着自己，不让看出他的惊恐惶悚，嘴角硬是挤出一丝笑。

"我不想住院，"他声音微弱，却不容相劝地说，"我想在家里。"

"那怎么行？"家佑急切地说："难道你要放弃治疗？"

"你能起死回生么？"他反问道。

陆家佑沉默不语了。

"既然不能，我住院，占你医院资源不说，我还得付上高昂的医药费，让家人累得筋疲力尽，最后的结果还是一样，这又何必呢？"阎成汉面色舒缓下来，眼睛里现出自慰的神情。

"成汉，你知道，我是欠你的，"家佑十分诚恳地说，"你总得给我一个机会，让我为你做点什么吧。"

"你真这么想的？"

"是的。"

"那好，我只求你一件事。"

"什么事，你说。"

"求你给我保密，别告诉我家淑芳，她身体也不好，经受不住的，你就让我开开心心在自己家里，走完这最后的人生路程吧……"

他说了这几句，就看见陆家佑眼眶里有些湿漉漉的了。

七

"是这里疼，你怎么搞的，心不在焉啊？"

沈淑芳皱着眉头，撇着嘴唇，尖声嗔怪道，那模样儿，就像当年做姑娘时一样，娇气媚态十足呢。阎成汉的双手一面小心翼翼地在她身体上缓缓地游走着，一面心里这么想着。淑芳从云南回来几天了，一直说浑身酸疼，撒娇地（在他面前，她总是这样）要他给她做按摩。他的手上有很厚的老茧，皮肤粗糙，纵横的褶皱，可也奇怪了，当他的手在她皮肤上来回滑动摩挲时，她却感觉他那双手既温热，又滑腻，又柔软。

他按摩得很专业，先轻后重，由浅入深，循序渐进，时以双手掌面夹住身体搓，时将手掌和手指贴在穴位上腕关节有节律的抚摩运动，时而紧捏肌肉或肌腱提拉放开，时而又指压某个部位，再横向拨动，时而环旋转动，令她全身血脉疏通，气血流畅，获得舒服的满足感。这个手艺，还是他自己琢磨来的。刚退休那会儿，他闲来无聊，恰好那天淑芳说她身体酸疼，他就主动给她按摩，还真当一回事儿，学起这门手艺来了。

大约是累了，他感到有些吃力，双手不由自主地停了下来。此刻，他的腹部似乎又开始隐痛，额上渗出汗珠，呼吸急促。"你怎么啦？"沈淑芳见他脸色不好，有些奇怪了，急问他。"没什么"，他掩饰着。她自然不信，猜测地望着他，忽然想起昨天丽莎给她的电话，就想是宏斌的话又让他生气了，"我听丽莎说了，宏斌的话，你权当他是放屁好了！他说你没出息，你就没出息啦？在我眼里，你可是这世上啊，最棒的男人呐！"她竖起大拇指。

他嘴唇露出笑意，眼里现出感激神情。

"你忠厚善良，吃苦耐劳，"淑芳继续说，"在我们厂那会儿，谁不夸你的为人，你干的活儿那是没法挑剔的，要不，几千人的厂子里，怎么年年你都被评为劳动模范？那可不是容易得的啊？"

"又怎么样呢？"他轻描淡写地说了句。他何尝不清楚，自己这一生很平凡，就像一片树叶，一只蚂蚁，不会引人注意的。但他不是树叶，也不是蚂蚁，他是人啊，那么，活着，就该像个人样儿。小时候，母亲总是嘱咐他，要做好自己的事，不要亏待别人，这成了他为人处世的信条。这一辈子，无论是做学生，还是做知青下乡当农民，回城做工人，他都会把它干好；对身边的人，是毫无芥蒂，真心相待，问心无愧，难道不是吗？要说他是最棒的男人，那是谬夸了，这个他有自知之明。她所以那么赞他，显然是她的偏爱。当年，他们相识的时候，她是个孤女，母亲在她很小的时候，就跟个野汉子跑了，是父亲把她一手拉扯大。那年，她父亲突发脑溢血身亡，她被顶职进了服装厂。他的出现，让她感受到除了青年异性的爱，还有父亲般的爱。而他，有时候也真把她当女儿般的宠了。她撒娇，赌气，发脾气，他总是小心翼翼，陪伴她，呵护她，讨好她，让她开心。一晃几十年，就这么过来了，现在，他和她都老啦。

至于，宏斌说他没出息，这话虽然听得他不快，但他也不否认。老同学聚会的时候，那些眉飞色舞的，都是混得不错的，虽说，不是佩紫怀黄，身居高位，但也有职有权，过着中上流生活了。那些不太活跃，沉默寡语的，多半是境况不如人的，他就是其中一个。且不说别的，就住房而言，他住在外环，那么老远的地方，谁会来登门呢，人家住市中心门庭若市，他是门可罗雀。不过，人家再好，他也不羡慕，人是人，我是我，怎么能一样呢，他明白这个道理。

"宏斌的话，你别放在心上！"淑芳翻转过身体，又叮咛一句。

他继续给她按摩，两只手用力均匀地在她腿上来回摩挲着，嘴里默叨着出息两字。那么，啥叫出息呢？我没出息吗？他不觉想四十多年前，高中毕业的他下放到乡下，那时，他还是个腼腆的学生模样，不过很快地，他就跟乡下人一样了：日出而作，日落而息，头戴草帽，脚穿草鞋，皮肤晒得黧黑，结实的身板，一两百斤的担子，挑起来就走，几十里路，都心不跳，气不喘。记得学过的古文"天将降大任于是人也，必将先苦其心志，劳其筋骨"，想曾几何时，他也是雄心勃勃，要做出英雄壮举。可现在才知道，每日劳作，不过是为了有个好收成，能吃饱穿暖而已。为了这，他是什么活儿都做，春日耕耘，播种，夏日薅草，浇灌，秋日收割，打稻，一年忙到头，冬日农闲也不歇着，还要参加县里组织的会战，去三十里外的济水河挑土筑堤防汛。那时候，他年轻啊，浑身有使不完的劲。谁想到呢，过了几年，城里开始招工，大学开始招生，是那种推荐的，可名额有限，他让陆家佑走了，后来，相继有人走了。他在乡下整整待了八年，最后一批离开，回城后进了服装厂，已经三十多了。三十而立，得抓紧成家立业啊！也算是老天不负有心人，他很快就和淑芳谈了恋爱，然后结婚生子，过上了像大多数人一样的庸碌生活。难道这就是他的出息吗？

他让她翻转身体，用手掌按着腰背处用力均匀地转动，思绪继续飞翔着。是啊，他这一生确实没什么大出息，婚后几十年，是琐碎又平凡——服装厂倒闭，他与她双双下岗，失去了铁饭碗，去找工作，然后，宏斌出生了，自己的父母又病重，相继去世，服侍二老送终，得养育儿子，照顾妻子……这么一晃，人就老啦。有什么值得他骄傲、自豪的事情呢？没有，确实没有，确实没有吗？他开始努力地，费力地回忆着，搜寻着，试图要在这平凡的一生里发掘出一丝光彩来。

他的思绪不觉飞到那个冬天，一场罕见的大雪覆盖了整个山坳，乡民们都闭户不出。那天，他要给胡村女知青送茅柴，前些日子他去过她们那儿，知道她们茅柴不够了。陆家佑怪他多事，他坚持要送去。那雪，下得好猛啊，纷纷扬扬，模糊了双眼。他挑着一担沉沉的茅柴，迎着漫天飞舞的雪花，艰难地走在崎岖陡峭的山道上。这条道，走过多次了，可是这一次，分不清哪是路，哪是坎，哪是沟了。他一脚踩下去落了个空，就连人带茅柴，一起滚落到山崖里了……当他送去的时候，几个女知青感动得都要哭了。这件事，他绘声绘色地向淑芳说过，她竟然毫无反应，而对他来说，却像一个电影镜头，深深镌刻在心里了。

真要细想起来，他这一生也不乏有得意的事。他可不是那种什么都落人后的怂蛋，他不也有出类拔萃的时候吗？当年，服装厂资不抵债，急需结构重组，出台了下岗政策。起初，工友们都不愿意，不是他带头第一个签约下岗的么？那年，他住的棚户区改造动迁，当居民们都在为动迁费和安置房争执不休而不肯迁走，不又是他带头第一个签了动迁协议，并答应分到外环安置房去的么？他做成了两次第一，令人刮目相看。这事过去了多年了，当年的厂长，还有动迁办主任，只要一见到他，就会提起这事，说他推动了改革，要感谢他不尽呢？

有件事，他可是从未对任何人提起过。那是他下岗后，应聘到公交公司做汽修工。他本是做缝纫机机修的，对汽车机修是隔行如隔山。为了这，他苦读汽修原理资料，还五次三番去汽配厂学技术。他是干一行，爱一行，精一行。每天早上，他第一个来上班，检查车辆，每晚，又是最后一个下班，乐此不疲。有次，他听见一辆刚点火的发动机声音不对，忙大叫着让驾驶员吴师傅关了。他钻到车下，忙了好一会儿，才出来叫放行。吴师傅怪他多此一举，耽搁了出车时间，他微笑不语，也不辩解，心里却想，幸亏他及时清除了刹车总泵里的杂质和密封不严问题，否则出车后万一不能刹车，那就要闯大祸了。这公交车安全，关系到一车人性命啊，防患于未然，这个怎么能马虎呢……

还有，宏斌考上大学，读了硕士、博士，成为成功人士，自然是儿子自己努力的结果，但他怎么能忘记，他为之成长而付出的辛劳呢。宏斌从小就难带，喜好哭闹，他就给他讲故事。为了这，他挤出点滴时间读书，起先是读《安徒生童话》，读《天方夜谭》，读《上下五千年》，读古今中外各种文学的，历史的，科学的名著。他不厌其烦，一遍遍地给儿子讲书中故事，却想不到，儿子的思维和语言能力突飞猛进，从小就显示出智力的超常了。下岗那会儿，淑芳心情不好，差点儿要得抑郁症了，他想着法子给她散心，照着书给她讲《红楼梦》，还真把她给深深吸引住了，只要一瞅到空儿，她就缠着他，要他继续讲，后来电视剧出来，和姐妹们在一起议论，她侃侃而谈，让她们对她刮目相看呢……不过，他还是有些失望——那些让他值得回忆的事情，他自以为得意，可在别人看来，恐怕都是微不足道，这一点，他很清楚呢。

"成汉，这边儿，你给我多揉揉呀。"

淑芳的一声提醒，打断了他的思绪。他将按摩的手掌重又移至她的侧腰处，轻轻地揉搓起来。望着淑芳侧躺的面容，他不觉又想起了当年，在服装厂那会儿，淑芳是三班倒，他是正常白班。轮到她做夜班时候，虽说两人只是短暂分别，他却觉得他在家中那一夜特别漫长，特别难熬，就盼着黑夜快快过去，盼着天亮，等她下班回家。他横竖睡不着，便早早起来，把饭菜都做好，然后去厂里上班。通常是，淑芳回来会睡上个大半天，起来把他做好的饭菜热热就可以吃了。这也养成了她不会做饭菜，完全依赖于他的习惯。没办法，他就是要宠着她，呵护着她。而她，啥事都要依靠他。俗话说，物极必反，过度的依赖，令淑芳智能退化。有一回，陆家佑来看他，他陪着在客厅喝茶聊天，她破天荒地要主动做饭菜，一道青椒干子炒肉丝，就让她乱了方寸，在厨房里直叫他："成汉，放几只青椒啊？"陆家佑一听，就忍不住地笑了出来。真是啊，炒个菜，连放几只青椒都要问他，可见……看看吧，他宠她，不就是这种结果嘛？后来，他每想起这事，就觉得特别好笑。

"成汉，放几只青椒啊？"

他停下按摩的双手，突然冒出这句话来，还故意模仿着她尖脆声音。

沈淑芳脸上蓦然飞起红晕，万般羞赧的样子，"这还成了你话把子了，几十年了，你就是不忘人家这句话！"她撅起了嘴唇。

他笑了，笑得很开心，他喜欢看她这又羞又恼的样子。

"我是把你给宠坏啦！"他轻轻地叹道。

她瞪起眼睛："我又没要你宠，那是你贱呗！"

"我那不是看你可怜吗？"他微笑着说，"初次见到你，就知道你是个孤女，没爹没娘的，没有亲情，需要有人关爱嘛。"

"你是不怀好意"，她抢白他道。

"呵呵，你说是，就是吧，"他也不争辩，却咧开嘴唇笑了，"你知道吗？你是上帝送给我最好的礼物，麦琪的礼物①。"

她抡起拳头，羞涩地捶了他一下。

八

这年秋天，仿佛时间过得特别长。小区里的桂树花开此起彼伏，空气里始终弥漫着沁人肺腑的馨香。谁都不想寒冬到来，都希望能尽情享受秋日的这份怡人和温馨。阎成汉觉得有很多事，要赶在这个秋季完成：家里的房子虽说装潢已久了，但保养得还好，不必大兴土木重装，可做点局部的锦上添花，比如，厨房装个小厨宝，以后，淑芳用热水洗方便；卫生间墙上装个扶手，淑芳腰不太好，以后扶着起坐安全；塑料窗纱日久发脆，露出窟窿

---

① 源自美国作家欧·亨利小说《麦琪的礼物》，这里借用，指她是上帝送给他的最心爱的人。

了，得换换新，这底层楼蚊子多，淑芳最怕蚊咬了。小院子栽培的花卉还要重新设计，得去趟花鸟市场，买点绿萝，芦荟，这些不娇贵，最好再选几个月季品种，像彩蝶、罗衣，既好看，又都是多季节开花，观赏时间长，而且抗病性好，好养活，淑芳不会弄花。他想他的日子恐怕不会多了，要考虑他不在的时候，给淑芳方便，别添麻烦。

前些日子，阎成汉感觉不好，除了时有的腹痛外，食欲也开始下降，吃点东西就觉得恶心，呕吐、腹泻了好几次，人也陡然消瘦了下来，疲倦，没有力气，走路脚似千斤般沉，挪动几步就直喘气。那天，他去小院里浇花，走了没几步，手中的水桶就提不住而落了下来。淑芳看见了，发现他的异常，就有些慌了，急忙问他，他却像是没事似的，三言两语就敷衍了过去。可过了没几天，他又呕吐、腹泻了，淑芳急了，坚持要他去看医生。他还说没事，就是吃东西吃坏了。淑芳自然不信，俩人吃的不是一样的伙食吗？恰好这时候，陆家佑来电话，询问他的近况。淑芳趁机就把他手中的手机夺了过来，心急火燎地要陆家佑督促他去医院。幸好，家佑没对她说出更多，约了他来医院。他没让淑芳陪他去，要她在家里做饭。那天，他一到医院，各项检查就跟上了，家佑特意请来了内外科几位顶级专家会诊。结果，专家们都摇头，面显难色。他问家佑还有多少时间，从来说话畅快的家佑，这会儿却吞吞吐吐，不吭声儿了，好半晌，才为难地告诉他，三个月吧。他听了，原先忐忑不安的心反而镇静了下来。临走时，他再次叮嘱家佑，千万别把这事告诉淑芳。

回到家里，天已经很晚了，淑芳已把饭菜做好，就等着他回来吃了。平日，都是他做的饭，现在，吃她做的，就觉得有些歉意。他刚坐下，淑芳就急着问他："医生看了怎么说的？要紧吗？"

"吃了饭再说吧，"他端起碗。

淑芳更急了："你告诉我，要紧不？"

"没事的，检查下来，就是肠胃功能紊乱，吃点药就好了。"他故意笑了下，轻描淡写地说。

"没事就好，我就怕你有什么事，你要是有了什么，那我怎么办啊？"淑芳说着，眼圈儿就红了。

"嗨，你想到哪儿去了，我怎么能有事呢？"他安慰她道，"吃饭吧，看看你今天做的菜怎么样，嗯，不错，色香味俱全，这青菜炒得脆而爽口。"

"你当我是白痴啊，"淑芳白了他一眼。

"才表扬你，你就翘了，"他挟了一块红烧肉，咬了一口，说，"这个你酱油放多了，色太重，都发黑了；还有，要文火煨炖，时间长点好，这样，肉质才又酥又嫩……"

"哎呀呀，这个我不要听，本来就是你当大厨，你烧嘛！"她笑着说。

"那你也要学会烧"，他轻声地说。

"为什么啊？"她眼睛睁得好大。

"有一天，我不在了呢？"他喉头有些哽塞。

"你这什么意思啊？"她有点警觉起来，眉毛紧蹙。

"我是说，我比你年长啊，总会先你一步离开，我不在了，到那时候，你还不会做菜，那怎么行，现在该学点了。"他解释着说。

淑芳凝视着他，揣摩着他话里的意思。她好像是第一次，才这么仔细地看他，惊讶地发现，面前的他，真的是老了。他的整个身子萎缩着，变得矮小多了，头发也稀脱，露出光亮的秀顶了，瘦削的脸颊，更显得颧骨突出，眼睛也小了许多，眼角的鱼尾纹，密密匝匝，手背像是干躁的树皮，凸起的黛色血管，扭曲地蠕动着。她像是猛然意识到了什么，一丝不安的神情从脸上掠过。

"你不要老是说'我不在了'，这话多不吉利，"她噘着嘴，挺不高兴地说："你不在了，那我怎么办啊？你考虑我了吗？"

他赔着笑，哄着她："好好好，我不说了。我只是说，今后，你不要什么都依赖我，我也有不中用的时候嘛，那时，不都得靠你了。"

"你什么意思啊？"她瞪起眼睛看着他。

"没什么，没什么，"他敷衍着。

淑芳没有多想，以为他是没话找话说。

过了些日子，阎成汉竟然自觉好多了，心里不免窃喜，想这陆家佑的话也未必是真，就又忙活开了。但他还是将计划里所要做的事情，一件件地去落实。他想电饭煲太老旧了，煮的饭有时半生不熟的，便换了只最新产品。买回来后，照着说明书，他从水和不同品种米的用量，到如何使用功能设置、烹调时间、预约、保温，不厌其烦地逐一向淑芳介绍。他又琢磨着将坐便器换了个智能的，装上后，设置了中档座温。这让淑芳好高兴，往年一到天冷，她就要抱怨坐坐便器坐上去冰凉屁股痛，现在舒服了。她满意地看着老阎，感觉这些天来，他好像特别忙活，而且他所做的事情，似乎都是冲着她来的，为她考虑的，还特别的唠唠叨叨，左叮嘱右叮嘱，反复强调要她注意的事项。这让素来粗心的她心里也生出些许疑惑来，但也没朝这方面继续多想。

冬至快到的时候，阎成汉又去菜市场买了几十斤新鲜猪肉来腌制。他腌的猪肉，淑芳最爱吃。所以要腌这么多，是准备还给宏斌、对门、楼上下每家都送点，品尝他的手艺。他自信他的腌肉，绝对是上等美味。他采用独创的配方和工序，比如，在肉上抹一层白酒和花椒香料，放在瓷土罐内密封，这样，腌的肉油而不腻，细嫩爽滑，清香不绝，味道特好。他将揉了盐抹了酒撒了香料的肉往罐子里揣。淑芳就站在一旁看着他，猛然发现，面前的老公，这个朝夕相处的老伴，现在真的是衰老了。曾经，他是多么棒啊，英俊帅气，身材魁伟，结实硬朗，像一棵顶天立地的大树，为她遮风避雨。现在，他个也矮了，背也驼了，手脚迟缓，行动蹒跚，还不时喘息着气，就像只老乌龟——这不都是为了她，为了这个家，他太辛苦、太操劳的么——当她意识到这一点时，心里便生出许多感动，眼眶就热乎乎的了。

"等腌透了，就给他们送过去"，他把罐子口封好，站起身说，却发现淑芳早已不在身边。他微微一笑，知道她是去小区老年活动室打麻将去了，每周六下午半天时间，她可是雷打不动，从不缺席的，这是她的爱好。他在屋里转了几下，觉得无什么事可做，就又去了小院子，给刚栽下去的绿萝、芦荟、彩蝶、罗衣松了松土，浇了点水。忙完了这些事，他忽然想起楼上的老薛，好几天没见他了，心里犹豫了一下，还是扶着楼梯上去了。

这个老薛，脾气倔，自打徐老师生气出走后，他横竖是不肯低头，他抹不下这个面子，可见到阎成汉，他就心里发虚了，因为阎成汉每次与他撞见，都会直言不讳地提起这个事，要跟他理论，弄得他十分尴尬。不过，事后他也反思，现在的人，都是见怪不怪，别说你夫妻出轨，就是出了人命案，也躲得远远的，生怕沾了麻烦。唯独这个阎师傅，还真就缠上他了，这不是多管闲事，犯傻吗？不，人家不顾忌你反感，也不怕你翻脸，图的什么？那是真心为你夫妻好呢……豁然间，他似乎有些许想通了。

"阎师傅，你不用再劝我了，"老薛不等他开口，就抢先一步说，"我打算最近就去请我老伴回来，这总可以了吧。"

阎成汉立刻眉舒眼笑，黧黑的脸上也泛出了红光。这么多日，他一直念挂的事，终于解决了，就像心里的一块石头落了地，倍觉轻松。

"那，你最好今天就去，免得夜长梦多。"他仍不放心，紧盯着说。

"好好好，我这就去。"老薛摇头，直拱手。

"你早就该这样啦。"他笑着说。

这天晚上，阎成汉心情特别好。他满面喜色，开了瓶五粮液，就要和淑芳对饮。这让淑芳很奇怪，问他怎么啦，他就伸出食指朝楼上指着，只是咧着嘴笑，也不说话。好半天，淑芳才明白过来，脸上也生了喜色，但还是嗔怪他多事了，便用手指着他，很不屑地大声说：

"你以为他们破镜重圆，是你的功劳啊？我跟你讲，老薛那是心里头有愧了，要低头，又怕丢了面子，你这一催促他，他不是就个台阶下吗？"

阎成汉愣了下，随即回过神来，想想也是啊，便呵呵地笑了。

九

星期日，阎成汉打算去趟欣苑，看看孙子，顺便将腌肉送去。他挑了两块，一块是五花肉，一块是二刀肉，用食品袋装好封了口。刚要动身，一阵腹痛，就感觉人不行了，眼前发黑，浑身直冒汗，有说不出的难受，绵软无力地摇晃欲坠，幸好他是一手扶住了门框，否则，整个人就要栽倒下来。淑芳一旁看见了，急得什么似的，问他怎么了，要不要打电话喊120，被他制止住了。他说他可能是累了，躺一下就好的。淑芳把他扶到床上躺下，就给宏斌拨了个电话，那边无人接，老是嘟嘟嘟地响个不停，她就又拨了丽莎的。

丽莎过来的时候，躺在床上的阎成汉脸色依然难看，淑芳坐在一旁丢魂失魄的样子，眼里是那种恐惧无助。丽莎靠近床前，俯下身子，担忧地问："爸，你没事吧？"

"没什么，"阎成汉翕动着嘴唇，歉意地说："你忙，就不要特意来了。你妈这人呀，也真是的……宏斌、好好呢？"

"宏斌出差了，好好在英语班。"

阎成汉"哦"了一声，想起什么，说："给你们腌的肉，本想给你们送去，你带回去吧。"

"爸，我们想吃，可以去买呀。"尤丽莎有些责怪意思。

"那可不一样啊，"他自信地说，"我腌制的，味道特别好。"

尤丽莎摇了摇头，怜惜地看着他："爸，你也该享福了，别再忙，别再为我们操心了。"

老人感到一阵暖意，心里想，这丽莎心细，善解人意，宏斌多亏娶了她，只是身在福中不知福。想到宏斌，他的心不免又紧缩了起来。

"你们还好吧？"他轻声地问。

"还好，"她脸红了，"宏斌还是整天不归家，在外忙挣钱。"

"我要跟宏斌……好好聊聊，"他轻轻地叹了口气，声音显得低沉，断断续续地说，"他也该多多关心……你和好好，人的欲望是……无止境的，挣钱也……没有个头，要是人一生……都为了这，那岂不是……白活了？也还得留……一些时间，给自己身边的……亲人嘛。人生就是与……身边人的……一场相逢，过去了就没了……"顿了下，又语重心长地说，"过日子……需要钱，但人不是……跟钱过日子，是跟人……过日子呀，不是这个……理么？"

"爸，你说的是。"她附和着，她知道他说这话，是对儿子不满，更多是出于对她和好好的关爱，不是吗？很快地，她就又听到他说：

"丽莎，我说你……不容易啊，又要工作，又要带好好……现在学校教育竞争厉害，学生负担重，你要抓好好学习……宏斌呢，在商海里闯，大起大落的，成天让你……提心吊胆，他不晓得关心人，……任性、脾气又坏，唉，这都是从小我们……把他惯得，真的对不住……你啊，委屈了你那……"

"爸，您别这么说。"她喉咙发热了。

"我说的，都是实话，"他的语气里充满着感激，"宏斌和好好……多亏了你，这些年，你为这个家……做的奉献，我都是……看在眼里的……"

"爸，这没什么。"她声音哽咽了，迎着老人那歉疚的、感铭的、慈爱的目光，她几乎差点儿就想把头靠在他的脸颊上了。她抑制住了自己，没让感情泄露，转身去沏茶，以掩饰自己的失常。

他可没有察觉，继续说："我老啦，不中用了，也帮不了……你们什么忙了，一切，都得靠……你们自己了……"

她似乎听出弦外之音，不安地看着他。

"我是说，"他声音轻得必须她凑近了耳朵才能听得见："宏斌总是……叫人放心不下，你妈呢，头脑又简单，遇到啥事情……就没了主见，能力差，身体也不好啦……这个家，今后，还要靠你……多担待了！"

"爸，这个你放心。"她的泪眼迷蒙了。

老人热切、信任地注视着她，眼里露出温暖、慈爱来，他的目光似乎在抚摸她的脸，愉快地瞧在她的脸上。"谢谢你。"他伸出手来，颤抖着，欲去握她的手，却怎么也够不着。她紧紧握住了它，那是一只枯槁的、历经风霜的、满是皱褶的手。真的是累啦，一会儿，他的眼皮就支撑不住，耷拉了下来，他合上了眼睛。她怕他着凉，就拿了床毛巾被，轻轻给他盖上。她没有立刻走开，依然呆呆地站在那儿，默默地凝视着面前的老人。往事，竟像潮水般地迅疾涌了过来：过去的日子，她和宏斌常吵架，爸总是维护着她；宏斌生意亏钱，是爸说服妈拿出一生的积蓄来支持他；她和宏斌忙于工作，没时间带孩子，也都是爸帮忙，从幼儿园到小学，每日的接送，给好好讲故事，从未听过爸一句的抱怨……一种异样的感情，在她心里复活了。她感到在这个世界上，最爱她的人，不是自己的父母，也不是丈夫，而是阎成汉。他给予的爱，是实实在在的——不是挂在嘴上，没有任何要求和回报，纯粹是属于他的，与生俱来的，一种本能——他的这种爱，不仅仅是对家人，对周围所有人，他都乐于施舍。她想不明白，感到迷惑，爸为什么会是这样，似乎爱他人成了他特殊的、远胜于人的一种品性。而在宏斌眼里，爸不就是属于那种曾被洗脑的、愚昧的、被淘汰的、可悲的一代人么。因为这个，他们有过多次分歧、争执，有段时间，她差不多都要被宏斌说服了。可现在，她才真正地发现，宏斌那才是可悲的呢——他根本就不懂得他爸，爸心里装的，和他截然不同，那不是无穷无尽的世俗欲望，而是一种充满着人性的温柔和情爱……

在这一刹那间，丽莎心里热乎乎的了。她仿佛一下子就领悟了整个人生的真谛。她激动地就想很快见到宏斌，把这个发现告诉他。这个情景，后来成了她最刻骨铭心的人生记忆。当然，她怎么也没想到，还没有等她有机会跟宏斌好好谈谈这个话题呢，过了没几天，就接到妈妈哭哭啼啼的电话了。

阎成汉走的那天，天上飘起了雪花。在昏迷前的一刻，他的眼前又浮现了那个大雪纷飞冬天，他挑着一担沉甸甸的茅柴，艰难走在被大雪覆盖的崎岖山道上了，一脚踩空，连人带茅柴一起跌落山崖下去……他用含糊不清的口齿，断断续续跟旁边泪眼模糊的淑芳说了这个意思。后来，宏斌一再向妈追问爸临终前说了什么，淑芳就流着泪反复说这件事，宏斌不明白，就直瞪着困惑不解的眼睛。

那天，是老薛把他抬上灵柩车的，徐老师扶着哭得恸天憾地的淑芳，眼里的泪珠儿止不住地流。淑芳边哭边捶胸跺足地诉说，这老头子，一辈子，都没对她撒过谎，恨不得把心都掏出来了给了她，可就是这一次，欺骗了她，她恨死他了，她要骂他，咒他，可他永远听不见了……她这才恍然明白过来，前些日子，他婆婆妈妈的，叮嘱她这个那个，原来是知道自己要走了，对她不放心啊。

好多天过去了，淑芳都没能从悲痛中走出来。她常常会忍不住地哭泣。对着成汉的遗像，她会一面啜泣着，一面数落着他的这一生的点点滴滴，骂他为什么要这么傻。遗像中的他，眼睛闪着温暖、慈爱的光，似乎又在抚摸着她的脸，愉快地瞧在她的脸上了。她更加伤心地痛哭了起来。

阎宏斌常常会盯着家里阳台上那盆还魂草发呆。如果不仔细地观察，一点儿也看不出它有什么特别之处，它只是一种普通的蕨类植物，没有任何撩人吸睛之处。他曾经一度好笑，不解爸为什么坚持着要把这盆颜色单调、形态平庸的植物送过来，他喜欢的可是妖娆艳丽、赏心悦目的高贵花卉，像郁金香、百合之类的。他觉得那是爸的固执。现在，他似乎隐隐约约领悟出一点儿什么来了。

老薛常常会站在窗前，凝视着楼下小院子的花草陷入沉思，这时候，徐老师就会过来，万般柔情地偎依在他的身上。

归　宿

　　我的婚姻完全是出乎意料的归宿。那天晚上，我开着车漫无目的地在霓虹闪烁的魔都街上荡着，觉得愈发无聊，见不远处有家星巴克咖啡馆，就在门前停了车，进去寻个偏僻座位。刚刚坐下，忽然有个轻柔的声音在我耳畔响起："对不起，你坐到我的包上了。"一个很清秀的女孩，站在我面前。我忙移开屁股，低头一瞅，可不是么，座位上有只手提包，被我坐瘪了。遇到这种尴尬事，就是再笨钝木讷的人，都会很歉疚，觉得理亏，至少要说声对不起之类的话；而精明灵活的人，说不定要将功补过，大方地请对方喝咖啡，趁机献点殷勤什么的，讨好一下对方了，况且，面前的这个，还是个颜值不错的女孩，虽说不那么惊艳，但也是越看越耐看的那种。这么说吧，我只是瞟了她几眼，立马就能感觉到她有一种特别的美，有别于我任何前女友。凭这，我也不能失去君子风度。我拿起那只包，恭恭敬敬递到她手上，装作很愧疚的样子，连声道歉，很自然地邀请她坐下。

　　我即刻起身，去吧台点了两份咖啡，端了过来。见她在看手机，我坐下后说："你好，认识你很高兴，"我真诚地说。这样的开场白，以前我用过多次，效果特好，这其实是一种心理暗示，诱导对方接口说"我也是"，这就为继续交流打开了通道。果然，她微笑着说了句"我也是。"她一面说着，一面就站起身，我想她是要去吧台点餐，就指着桌上的咖啡说："这份是为你点的。"女孩很诧异地看着我，"怎么能要你付钱呢，我又不认识你。""现在不已经认识了吗？"我狡黠地说："刚才我说'认识你很高兴'，你不是说'我也是'么，这不就承认我们认识了么？"这么一说，令她忍俊不禁了，"你真坏！"我立刻严肃了面容，一本正经地说："我可是个好人啦！"。

"谁知道呢！"她柔声地说，咖啡氤氲的雾气里，浮现出她秀气的脸庞，晶亮的眼睛，挺直的鼻梁，嘴角浅浅的微笑。我避开她投射过来的目光，低下头只盯着她那白皙纤巧的小手看。这倒不是我心虚胆怯，没这么近距离见过美女。老实说，我的恋爱经历也有十几年了，接触的女朋友连我自己都数不清，只是没有一个能走到成婚的终点而已。为这，我的老爸老妈操够了心，说我三十多岁老大不小了，要我赶紧成家，几乎是天天催，日日逼，搞得我心烦意乱。岂止是说说而已，他们动辄就要给我介绍对象，也不知道哪来的那么多资源，不时就给我说个女孩来，如何如何美貌大方，温婉端庄，贤惠孝顺，听得我都腻了。我一概拒绝。二老的择偶标准与我隔着天然鸿沟，再说了，我何时身边缺美女了，这么多年下来，我也积累了丰富的泡妞经验，还用得着二老忙活吗？不过，话虽这么说，但心里终究还是缺了底气，眼见我的老同学，到了年龄，一个个都喜结良缘，养儿育女了，我还在过着单身流浪狗的生活，也真够他妈的讽刺了。最令我难堪的是，老爸经常阴阳怪气地说：

"能否娶上好老婆，这反映了一个男人综合素质的优劣，我看你呀，也只能是打一辈子光棍了！"

言下之意，不就是讥讽我是最劣等的男人么？怎么说，我都想不通。我各方面条件都不错，也非恋爱用情不专，可以说，每次，我都是与前女友分手后，才开始接触新女友，可谓抱柱信不灭。每次，我都会很虔诚很热情地做出种种努力。有几次，眼看就要走到婚姻的殿堂，最终还是被无情地关在了门外。不说远的，就去年秋天，我在朋友聚会上认识的那个珊珊吧，她长得绝对漂亮，是走到哪，都会让人眼睛一亮，回头率特高的那种。这么一个骄傲的女孩，偏偏就是看上了我，而且主动向我示意。这自然要归于我的泡妞技艺。那次见面，我有意晃了下腕上那块表，以此炫耀我的身价，识货的一定知道，那是块瑞士浪琴名表，然后，我便说这是在美国留学买的，将话题转入美国，接下来，我就会大谈美国的优越，说将来我有了女友结了婚，一定带她去美国生孩子，让孩子入美国籍，享受最佳的待遇。珊珊眼里立刻流露出向往的兴奋神情。第二次，我们单独见面，我请她吃了晚餐，然后，看了一场冯小刚执导的《芳华》电影，黑黢黢的影院里，我情不自禁地握住了她的手，散场的时候，我已经搂着她融进了夜色中了。这次恋爱，上了高速公路，短短不到一周时间，我俩就如胶似漆，难分难舍了。到了年底，我提出结婚，我之所以敢提出来，是因为我早就做好了准备，我有独立婚房，有宝马车，谁料最后一刻，因为她坚持要我们家出高彩礼而分道扬镳。老爸气得对我直嚷：

"你不是说，有了房、车，就能娶上老婆吗？还要高彩礼？高价卖啊？"

"现在婚姻市场价涨了。"我俗气地说。

"我们单位老陈家儿子，无独立婚房，无车，不也结了婚么？"

"那是什么质量的婚姻？那样的女人能要么？一定是家境差、长得丑，嫁不出去的贱卖了！"

"你！"老爸怒气中烧，眼睛直瞪着我，像是要把我吃掉。然后，他颓然低下了头，几乎是哀求地说："你就不能降低条件，把婚姻大事办了吗？"

"老爸，你不要搞错了，不是我降低条件，是人家不肯啊！"

"那你就找个要求低的嘛……"

"你是说，"我打断了老爸的话，火气冒冒地说："要我找个劣等的，我不爱的人吗？我怎么跟她生孩子？"

老爸无言了，老妈直叹气。我虽这么说，心里也挺矛盾，降低要求吧，可往后带个丑老婆怎么出入各种社交场，岂不是要让人耻笑么？我的面子往哪里搁？

我正心烦意乱地想着，一个轻柔甜美声音唤醒了我："咖啡都快凉了，你在想什么呢？有什么烦恼吗？"对面的女孩嗔笑着对我说。我心一惊，乖乖，这女孩眼睛真蛮厉害，居然看出我有心事了。当然，我哪能承认这个，就说："你这是杞人忧天了，我快活得很！""是吗？"她哼了一声。"信不信由你，"我一面说，一面拿眼审视她，觉得眼前这个女孩，定是个单身，要不，怎么独自在此喝咖啡？千万不能放过这个机会。有个著名作家李敖，就是公交车站邂逅一位妙龄女孩，厚着脸皮迎上去搭讪，最终与她喜结良缘。他的名言是，错过了也许一辈子无缘，后悔一辈子。这么想着，我就来了精神，决定向她展开攻势。我先说我有了独立婚房，不久又买了宝马车，说着，又故意晃了晃腕上的 Longines 瑞士表，然后，说这是在美国留学期间买的，说将来我要是有了女友结了婚，一定带她去美国生孩子，让孩子入美国籍，享受最佳的待遇。以我以往的经验，这些都是最能打动女孩心的。偏偏这回不灵了，对面的女孩斜睨着我，似乎很不屑似的，从鼻子里发出"嗯哼"的嘲谑声，然后，她站了起来，将一张钞票放在桌上，"我的咖啡钱。""我说过请你的客呀，"我献殷勤地说。"你不要自作多情。"她微笑着回应我，然后，转身离去，撇下了瞠目结舌的我这个大傻瓜。

其实，我要真是有意于她，还可挽回局面，我可以跟出去，热情对她说开车送她，等她上了我的宝马车，那就不一样了，车里就是我们两人的近距离世界。即便她是个矜持的女孩，坚决推辞，那也不要紧，至少，她不会反感我的殷勤，会给她个好印象，说不定她会给我留下个联系方式，也不至于连她姓名都不知道就这么彻底消失了吧。我之所以没有这么做，是我当时犹豫了一下，就错失了良机。待我追出门外，夜色中早就没有了她的身影。我懊恼不已。说不定和这个女孩有戏的，也好填补了我目前女友的断档，免得父母又要张罗给我介绍女友。我最怕老爸和我谈到这个话题，因为只要一谈，我们就会开始一场永远无法达成共识的激烈争执。这不，这些日子，老爸又居高临下地教导我了：

"吴亮，你给我听好了，你结不了婚，我看，是婚姻观有问题！你把婚姻当成交易，以金钱物质来诱惑，是绝对错了！当年，我家很穷，你妈不是看上我了吗？为什么？那是因为有爱情，婚姻是建立在爱情基础上的……"

"爸你别老拿你们那时来说事，现在时代不一样了，"我冷笑着说，"现在你要是个穷光蛋，谁会爱你，跟你过苦日子，那不是有毛病啊？"

"那她爱的是钱，不是你这个人！"

"这个不能截然分开，"我说，"我谈了这么多女朋友，不都是因为看我花费大方，以为我有钱吗？"

"那你怎么最终一个都没成？"老爸乜斜着眼看我。

"还不是我无法继续满足她们更高要求嘛。"我气虚地说。

"这不就是了，咱不是大款，充其量，"老爸嘲谑地说："你就是一个穷人家的富二代，你摆不了阔。所以，你应变换一种择偶思路，找那种重感情，心里阳光，有理想，有道德，积极向上的女孩，这个可靠，成功可能性大。"

"老爸你又在晃点我，给我吃迷魂药了。"我苦着脸说。

"你……"老爸气得说不出话来了。

类似的这种争论有过多次了，人说隔代如隔山，夏虫不可语冰，我真不想就此议题再与老爸交流。可老妈在一旁又开始喋喋不休了，说我高不成低不就，结不了婚，没有后代，将来老了可怎么办啊？边说，边哽哽咽咽起来，搞得我心烦透了。想想也是，我都三十好几了，父母怎能不着急？干脆降低条件，随便找个肯嫁我的，把这事办了吧。可这么多年，我苦苦追求，那么多投入成本不都是白费了吗？我必须坚持，决不降低条件，宁为玉碎，不为瓦全。可这事一天不解决，二老就会唠叨一天，弄得我一刻都不得安宁，心里便又增加了几份沉重。

离开父母，耳边会清净许多，但也免不了世俗舆论。亲朋好友不时会跟我说这个话题。单位的卢大姐主动给我介绍好几个了，我都回拒了，她不灰心，依然锲而不舍地给我牵线搭桥。这回又说个姑娘，说绝对符合我的择偶标准，既年轻又漂亮，长得像电影《山楂树之恋》中那个叫周冬雨的女主角，有一种清水出芙蓉的美，说她大学毕业自主创业，现在是一家电子企业的总经理，问我要不要跟她见个面。我本想拒绝，但又一想，这段时间我女友空挡，有个女孩谈谈，也好应付老爸的焦虑，就说可以见，卢大姐高兴极了，答应尽快让我们见面。可不知怎的，好多天了，一点动静也没有，弄得我火气冒冒，这女孩也太不诚心了，太傲了，是看不上我？哼，我还没眼瞧她呢！我也不再主动问卢大姐，去她的球吧！

过了些日子，卢大姐面带笑地对我说，那个叫董茹的女孩，现在回话了，约周末晚上星巴克咖啡店见。卢大姐要不说，我还真忘了这事，老实说，我并不看中这事，只是碍于卢大姐热情，不好推辞罢了。更何况，对方不定是个丑女呢，还故意装什么害羞，搞得千呼万唤始出来，犹抱琵琶半遮面似的。卢大姐似乎察觉了什么，忙解释道，是因为她前段时间工作忙，没时间与我约会。我一听就知道这是借口，什么忙不忙的，若不是脚踩两只船还有男朋友纠缠暂时脱不了身，就是高不成低不就犹豫再三，现在怕是山穷水尽了，才屈就答应与我相约的吧。不过，碍于卢大姐的热情，我还是答应了。可接下来，意料不到的事情发生了。

我按约准时到了星巴克，等了半天也没见相亲女出现，我不耐烦了，正要起身离开，随即我惊讶地就张大了嘴——我面前竟然出现了似曾相识的面孔，我努力地回忆着在哪儿见过她——几乎同时，她也愣住了。"怎么是你？"我疑惑地问道："你叫董茹？是卢大姐介绍来的？""对呀。那你叫吴亮了？"她也惊讶地问。这个场面，要多尴尬就多尴尬！我怎么也没想到，这个来相亲的姑娘，竟然是前不久就在这里邂逅的，我竭力讨好她，却被她羞辱，弄得我很没面子的那个女孩。我的脸开始隐隐发烧，不知说什么好了：

"原来是你啊，看来，我们是有缘来相会啰？"

"我也没想到，卢大姐介绍的人，竟然是你！"

董茹眼里表情复杂。听她那语气，似乎对我很失望似的，这弄得我老大不快了。她这语气，第一回合，就明显处于优势。我可不能弄得丢人现眼，得变被动为主动，采取先发制人的攻势。

"我想，你是诚心诚意来相亲的啰？"我进攻性地问。

"难道你不是吗？"她没正面回答我，却反问道："不是你托卢大姐的吗？"

董茹的意思是，她没有托卢大姐，又占据上风了，岂不是有意捉弄我吗？我火气上来了。"你不要自作多情了，"我想起她上次说我的这句话，现在我把它又还给她，辩白地说："我可没托卢大姐，是她热心多事罢了。"

　　"是吗？"董茹用不信的眼神看着我。

　　我继续说："实话告诉你吧，我忙得很，所以来与你见面，一是不好拒绝卢大姐热心，二是出于好奇心，你呢？"

　　"听说你条件不错呀！"董茹微笑着说。

　　"啊哈，我就知道，你是冲着我条件来的，"我冷笑道，"以前我交的女友，都是觊觎我的条件。遗憾的是，我让她们失望了。我也坦率地、负责任地告诉你，我的条件其实也不怎么的，虽然我有婚房，但产权是我父母的，我有宝马车，那是贷款买的，还得还二十年。还有，别看我为女孩子肯花钱，那是装阔绰，其实，我就是个月光族。你知道，我老爸怎么说我的吗？说我充其量是个穷人家的富二代！哦，对了，我们上次在这儿见面，我曾和你说，结婚后要带女朋友去美国生孩子，那都是哄骗你的鬼话，实话告诉你吧，我也不打算结婚了，我拿不出高彩礼来……你也就别痴心妄想了。我这么说，你明白吗？"

　　我一气说出这些话，感觉有一种从未有过的痛快。只见董茹脸上红一阵白一阵，眼里溢出晶亮的泪珠儿，嘴唇也在抖索着，像是要哭的样子。这下，我慌了，有些后悔起来，我知道，我刚才的话很有戏弄和侮辱她的意思，令她难堪了。我的心不由得软了下来，语气缓和地说："我刚才说的，可都是实话，你别在意啊。"

　　"没什么，"董茹脸色渐渐释然，淡淡地一笑，说："既然，你没托卢大姐，那我们就当没这回事吧，再见！"她一面说，一面就站了起来。我也没挽留她。

这次相亲就这么可悲的结束了。

卢大姐可生气了，有好多天都不理我。后来，老爸知道了，也一个劲儿地数落我，说我不该那样对待人家。我反驳说，我只是说了实话，这更证明了我的婚恋观正确，结婚就是一场交易，没钱不会有女孩爱你。老爸你说的要找那种重感情，心里阳光，有理想，有道德，积极向上的女孩，就是天方夜谭。老爸不再和我争辩了。

对这次际遇，我不会放在心上。不过，要说不后悔，那也不是真的。这个董茹，是我从未见过的女孩，有一种清纯脱俗的美，是我从前的女友都不曾有的。虽然只见过两次，但她的谈吐，举手投足，一颦一笑，都那么令我难忘。当然，要说后悔，也迟了。再说了，人家听我道出真情，还肯将终生托付给我么？

天渐渐凉了下来，我的心也降到了冰点。这天晚上，我开车经过幽静的祁州河路，车行得很慢，忽然听到一阵婴儿的哭泣声。我猛刹车，打开车门一看，吓了我一跳，车轮前地面上有个破絮包裹着的婴儿，真险那，要不是我急刹车，怕成冤魂了。无疑，这是一个被遗弃的婴儿，我急忙抱起来一看，小家伙蛮可爱的，小嘴一噘一噘地，微睁了下眼，又大哭起来。这一刻，我手足无措了，扔下吧，有点于心不忍，不扔吧，难不成我做他爹了？其实，我完全可以打110，让他们来处理。可不知怎么，竟然鬼使神差般地，抱着他就钻进了车里。我想起老妈的话，她不是担心我不结婚没后代，将来老了怎么办吗？嗨，我这不就不费吹灰之力有了后代了吗？

回到家里，老爸老妈见我臂弯中的婴儿，惊得目瞪口呆，问清了事情的来由，老爸说：“难道你想给人家养孩子？”老妈说：

"等你把他养大了，他亲生父母要是寻来，你不就白养了！"老爸说："你怎么不长脑子，做出这种荒唐事来啊！"我看着老爸，不服气地说："结婚不就是为了生儿育女吗？我有了这个孩子，还要结婚做什么？再说了，还可以为你们省下谈女朋友、操办婚宴、送彩礼的巨额费用，这不是一件很划算的事么？"老爸瞪着眼，仿佛要把我吃了似的："你这是什么混账话？你必须把他送走！""这么晚了，往哪儿送？"我说。"送派出所去！"老爸不由分说几乎是下命令了。我犹豫了下，说："这孩子饿了，得赶紧给他弄点儿吃的，要是饿死了，我们都逃不了干系！"老妈一听也慌了，赶忙拿了糖水喂他。小家伙吃了几口，咧着小嘴笑了，老妈不忍地说："这孩子，蛮叫人心疼的。"

　　第二天早上，我正打算送派出所，这孩子突然呼吸急促，面色发绀，把我们都吓坏了，赶忙送去医院，诊断下来，说是先天性心脏病，动脉导管闭塞，要到 2 岁后才能手术治疗。难怪孩子的父母要把他遗弃了！至此，我才明白我做了一件多么傻的事，别说高昂的医药费了，若我真做了养父，这孩子岂不要拖累我一辈子么？越想，越害怕，就越生起孩子父母的气来，我便在日报上登了一则寻父母广告，内容是我于近日在祁州河路捡到一个被遗弃的患病的男婴，现已送医治疗中，望其父母恢复人性，速来领取，并留下我的姓名和电话号码。做完这事，我便急切地等待着。

　　过了几日，毫无消息。看来，孩子亲生父母是不会要他的了。这世上，就是这么不公平，有的孩子从小就受父母宠爱，娇生惯养，有的生来就成了孤儿。这孩子父母为什么要如此狠心？我和老爸议论起这事，老爸就说，这有很多可能：父母有病，家里穷，怕养不活；母亲偷情，做小三，产下的私生子；母亲遭人强奸，又不敢告，只有遗弃了事，等等。老妈叹息道："这孩子是命不好！"我说："我不相信命，这只能说是他爹娘心黑。这孩子遇到了我，也许会改变命运。"老爸立刻用眼瞪我，说："你什么意思？难道你要养他一辈子？"我无言以对。

这天，我在医院，看着躺在病床上的婴儿，心里千遍万遍地诅咒着他的父母。在我近乎绝望的时候，电话响了，竟是董茹的声音："你是吴亮吗？我马上来领孩子。"我傻了，难道董茹是孩子的妈？她有孩子了，那干吗还和我相亲？这个女骗子！我顿时感到受到了奇耻大辱，对着电话，吼道："天下哪有你这种做母亲的，你如此狠心，还算是个人吗？"对方也不辩白，只是一再问我孩子在何处，我告诉她孩子正在儿童医院就医，她说马上就过来。我想，我倒是要看看，她怎么有脸来见我。

病床上的小家伙又哭了，我忙拿了奶瓶喂他，当我喂完转身，董茹进来了。一见她，我毫不客气地说："看你长得人倒蛮漂亮，居然做出这种事来，这孩子要不是我捡了回来，怕早就没命了！"她面色有些尴尬，似乎想说什么，又不说了。这时候，病房里有些陪孩子的家长，纷纷拿眼瞟着她，投以不屑的鄙夷的目光。查房医生过来，看了一眼我们，责怪地说："你们怎么做父母的，孩子都病成这样了，早就该送来治疗了！"董茹脸立刻红了，我倒很坦然，说："我可不是孩子爸，我是见义勇为，她是孩子妈。"医生疑惑不解地看了我们一下，走开了。"孩子交给我吧，你可以走了，"董茹轻声地说，"哦，对了，你已经付了多少医药费，这个我给你。"不知怎的，忽然间，我有种失落的感觉，就这么走了，把孩子交给她？那她是孩子妈吗？有凭据么，现在，冒领拐卖孩子的不是大有人在么？果然，当我提出要她提供母子证据时，她穿帮露相了，红着脸说："实话告诉你吧，我不是孩子妈，我是做慈善工作的，从报上看到你发的广告，想来领养这个孩子，这是我的工作，更是我的责任。"鬼才信呢，"我冷笑说："这孩子，我是决不会交给你的。"她还想说什么，我不耐烦了，只是挥了挥手。

董茹走了，过了一会儿，她又回来了。"你怎么又来了？"我用眼瞪着她。"刚才，我去看了孩子医药费，一共用了四千三百八十二元四角整。这个，我给你。"她微笑着说。"你什么意思啊，是觉得我穷吗？"我狼狈地说。"是这样的，我们慈善基金会有这笔经费，专款专用的。"她依旧微笑着，"你垫付的这笔医药费，我必须给你。当然啦，你如果愿意，给我们基金会捐助，我们也欢迎。"她这么一说，我还能说不吗？况且，病房里好几位病人家属都在看着我呢，我能丢这个脸吗？便拍着胸脯说："那好，就算是我捐助的吧！"

"我已经和祁州河路派出所联系了，他们表示会尽快找到孩子父母。"董茹柔声地说，"警方说，他们将调出这一代城区所有监控录像，仔细查找线索，估计，很快就会有结果的。"

真想不到，一个女孩儿家，她的动作比我快多了，办事如此果断从容，我不禁深深地佩服起她来了。

董茹凑近婴儿，轻轻拭去小嘴边的奶沫，然后，她直起身，捋了下耳边的鬓发，嫣然一笑，对我说："现在，你放心了吧，孩子交给我好了，你可以走了。"

不知怎的，这一刻，我竟如着了魔，入了定似的，挪不开脚步了。有好几秒钟，我呆呆地站着，这才发现，她长得很美，苗条的身材，鹅蛋儿脸，两眼宛若秋水，似寒星，晶莹闪亮，挺直的鼻梁，殷红的小嘴，笑起来绝对的勾魂。我痴痴地看着她，要不是她再次提醒，我真的怕要傻了。忽然间，我想起那次相亲对她的毫无顾忌、极端放肆的种种所为，心里便直叫个后悔不及了。

回到家来，我将这事告诉了老爸，算是个交代，免得他为这事烦恼。不料，老爸似乎并没有显得多高兴，反而半天沉默不语，我急问老爸怎么了，老爸说："这个叫董茹的姑娘看来人不错，心地善良，你那次相亲出语不恭，对她太无礼了，什么时候该向她道个歉才是。"其实，这也正中我下怀，我何尝不为当初的失策而悔恨呢，不过，若真要我专为这个事向她道歉，那不丢死我的面子么？我吴亮，什么时候向女孩低声下气的呢？

人要是有了心事，做什么都没劲儿。上班时候，我总打不起精神。卢大姐似乎也感觉出了，但她始终没问我。面对着办公桌上的电脑屏幕，真怪了，怎么眼前老是跳动着董茹的面容呢？我还从未有过这种情况呢，看来，八成我是单恋上她了。瞎想什么呀，也许人家心里早就把我彻底抹去了。凭我的智商和情商，我坚信我的判断不会错。好几天过去了，董茹就像是人间蒸发，再无音讯。我心里空荡荡的，百无聊赖的感觉又来了。我想我该做点什么，对，问问董茹，那孩子情况怎样了，父母找到了没有。我打开手机，铃声响了："吴亮，告诉你一个好消息，警方将孩子的父母找到了。""是吗？那太好了！"我高兴地叫起来。"你别兴奋，孩子父母找到了，可是……""可是什么，你说呀。""我这会儿正忙着，等有空了，再向你汇报吧。""你现在在哪里？我马上过来。"

迫不及待地要和董茹见面，毫无疑问，这是我人生中一个最明智的决策。后来董茹说，你要是那天不来，恐怕我们就此无缘了。这话不假。她经营着公司，每天忙得要命，还业余做慈善，哪有工夫恋爱，卢大姐给她介绍，那回相亲我表现恶劣，她怎么还会再与我纠缠？我去找她，自然借口是询问孩子的情况。她告诉我，孩子父母是从贫困乡下来魔都打工的，家中留下有病的老人和几个未成年兄妹，本想挣点钱回家给老人治病，却不料生下这个孩子，他们无力抚养，只能选择遗弃。"遗弃婴儿，是犯罪行为，现在不是谴责，是要帮助他们，我的意思，你明白么？"董茹望着我说。我还能说什么呢，难道连这个道理都不明白吗？我立刻表示要慷慨解囊，从我储蓄中拿出二万元作为慈善基金捐助他们，这一刻，我看见董茹微笑了，眼里流出赞许来。

　　我说不清是一时冲动还是深思熟虑，怎么会断然做出这个决定。老爸知道后，脸色陡然变了，冲着我道："你这是搞得哪一出戏？二万块钱！你一个月工资，也才不过六千块呢！"老妈一听，更是急了，捶胸顿足道："儿子啊，你这是发疯了吧？捐二万块，你图个啥呀！"倒是老妈这一说，老爸像是恍然明白了什么，眼里射出试探的目光："小子，我看你这是项庄舞剑，意在沛公；醉翁之意，不在酒吧？"我暗想，这姜还是老的辣，我这深藏不露的韬光之略，竟然被他一语点破了呢！"老爸你别瞎猜，我就是看那孩子可怜要支助他，别无他求呢！"我嘴上虽这么说，心里却自觉没那么有底气，脸颊不由地发热了。

　　老爸的话，还真的提醒了我，该下一步行动了。恰好过了几天，董茹约我见面，说是要给我捐款的发票，她是公事公办，我也想就此机会当面与她表白，就约好依然在星巴克咖啡馆见面，那是我们初次邂逅，二次相亲的，具有特别意义的地方。坐下后，董茹说："我代表所有受捐助的人谢谢你！"

　　我说："你别谢我，今天来，应是我向你表示歉意！"

　　董茹疑惑不解地看着我："你说什么，我不明白。"

　　我啜了一口咖啡，很有诚意地说："前两次，就在这里，我胡说妄语，行为放肆，表现得很拙劣，有些伤害你了，就为这，我该向你道歉！"

董茹听了，不由地怔了一下，像从恍惚中醒了过来，眼里掠过一丝欣慰的光，但很快就恢复了平静，"这没什么，我不介意啊。"

"你要是不介意，那就说明，你对我根本没感觉，我会更伤心了。"我苦着脸说。

"是吗？"董茹嫣然、笑，说："如果是这样，那我就实话告诉你，前两次在这里，我确实对你讨厌，我真的以为，你要么就是那种穷人家的富二代，要么就是不知天高地厚的纨绔子弟！"

我急急辩白道："我是穷人家的，但不是富二代；我是子弟，但不纨绔。"

"连起来就是，你是穷人家的子弟，是吗？"董茹微笑着。
"就是。"我坦坦荡荡地说。

真是怪了，说完了这话，就觉得心里一直有的那种压抑感瞬间消失了。我也总算是明白了，曾经，我处心积虑伪装自己，包装成有钱的假象，以此企图博取女孩欢心，还自以为得意，实在是愚蠢至极，费那个心思，还不如实话实说。再见到董茹的时候，我谈笑风生，毫无顾忌，轻松多了。我们的走动逐渐频繁起来。这期间，慈善基金会有许多工作，董茹有时忙不过来，便让我来帮忙。有一次，令我意外的是，她竟然主动提出要到我家，见见我父母。来到我家，进门她就喊"叔叔阿姨好"，老爸老妈惊喜地瞅着她，乐得合不拢嘴。

一个风和日丽、春光明媚的日子，我俩结婚了。婚庆典礼那天，趁她应酬着亲朋好友的当儿，老爸悄悄把我拉到一边，眯着眼睛笑着说："小子哎，还是老爸的话有道理吧。"我困惑不解地看着老爸。不明白他要说什么。老爸拍了拍我的肩，咧开嘴，得意地说：

　　"我说，你只要改变择偶观，找那种重感情，心里阳光，有理想，有道德，积极向上的女孩，就能结成姻缘，这话没错吧？"

裸　聊

　　春天的鸠湖公园，姹紫嫣红，美不胜收。满园的月季花、杜鹃花、康乃馨、郁金香、风信子、鸢尾花，一丛丛，一簇簇，迎风摇曳，恣肆绽放，花香混合着泥土的气息，扑鼻而来，沁入心扉。绿柳垂地，草木葳蕤，鸟儿婉转啼鸣。湖水里，金鱼儿欢快地游弋觅食，几只天鹅，扑楞楞振翅欲飞。正是周末，园中游客多了起来，耄耋老者、年轻夫妇、稚气儿童，皆面带笑意，或悠闲散步，或窃窃私语，或跳舞晨练，或一展歌喉，或追逐游戏，真是好一派祥和的感觉。

　　湖边凉亭里，总是有人闲聊。他们多是互不相识，临时聚集，聊完即走，不再牵连。故心无芥蒂，口无遮拦，放言妄议，袒露隐私，亦毫不在意，就图个口头放浪不羁之乐也。至于议题，可谓包罗万象，天下大事，小道新闻，古今中外，邻里纠纷，家务琐碎，皆可入围，纯粹看众人心情了。

　　"各位，"一位又矮又胖的男人压低了声音，很有些神秘地说："证券所内部消息，最近股市行情不错，现在买进，准赚。"

　　"什么内部消息？别逗了，连你都知道了那还叫内部？"立刻有人讥讽道。

　　"不信就算了，难怪你发不了财。"矮胖子戏谑地说。

　　"那你发财了？发了多少？"那人紧接着问。

　　"这……"矮胖子支吾着。

　　"这不是明摆着吗？"那人提高了声音，"他们放出这信息，就是在操控股市，你买准后悔，我劝你，千万不要把钱投进去！"

"这位大哥说得有理，现在经济总势不乐观，好多产业都面临困境，现在买，准套牢。"一位抹着口红，耳戴坠钻，穿着时髦的阿姨助阵说。

"信不信由你，反正我买了。"矮胖子红着脸说。

"你就别做那个发财梦了，"说话的，是位戴着眼镜的老者，他慢悠悠地，调侃道，"你我都不是这个命，经不起这个风险！炒股，那就是赌博，弄不好啊，就让你倾家荡产！无欲则安，别想入非非了，还是老老实实过日子吧……"

"张老的话说得有理，咱平头百姓，还是安稳点为好。"吴叔附和着。

"话也不能这么说嘛，"时髦阿姨面对张老，语速极快地说："照你这么说，股市是赌场了？那你不是在污蔑我们国家的证券市场吗？"

张老有点恼怒了，斜睨了她一眼，用不客气的语气说："你别给我扣帽子好不好，你要赌就赌，我不拦你，赢了，是你幸运；输了，那是活该！"

"你……"时髦阿姨说不出话来了。

这时候，有个年轻小伙子跑步过来，进了凉亭，休息一下。听见他们议论，忍不住插话了："张老，你是跟不上这个时代了。为什么你我就不能有发财梦？有梦才有追求嘛！现在是最好的时代，机会到处有，就看你能否抓得住！风险和机遇共存，敢冒风险，才有机遇，才能赚大钱嘛！"

时髦阿姨靠近小伙子，以为有了知音。

张老侧过头，看了他一眼，讥诮地说："赚大钱，我看你蛮贪婪啊！"

"对，"小伙子头一扬，自信地说："你知道巴菲特吗？他是亿万富翁，他的第二原理是，别人贪婪我恐惧，别人恐惧我贪婪。请问张老，你是要恐惧呢，还是要贪婪？难道你甘愿一直在恐惧中？"

"小伙子，"张老冷笑着说，"你是在搞非此即彼啊？那我跟你说，我既不贪婪，也不恐惧，我活得逍遥自在。"

"没钱，怎么逍遥自在？"矮胖子叽咕道。

"逍遥自在，全在心态。"张老摇头，睥睨地看他一眼，说："这个跟你说你也不懂，因为你心里只有钱！"

"站着说话不腰疼！"时髦阿姨话有所指地说。

张老眼瞪着她，"你说谁呢？"

"谁站着说话，就说谁！"时髦阿姨哼了一声，"心态是钱决定的，没钱，心态哪能好？"她转过脸来，"小伙子，你的话我爱听。你有出息，在哪工作呀？"

小伙子："我大学刚毕业，正在准备应聘，还没上班。"

张老笑着调侃道："听你刚才口气，是要赚大钱的。"

小伙子不示弱，"至少，要有这个目标。"

张老试探地问："你的目标是什么？"

"做老总、董事长、投资商。"

"你就没想过做个普通的员工吗？"

"没想过。"

"那，普通员工谁做呢？"

"当然是那些没有智商、缺乏才能的人去做啦。"

张老看看他，摇了摇头，不知说什么好了。

吴叔半天没开口，插不上话儿，便点了一支烟，猛抽了两口。时髦阿姨推了他一把，"去去去，到一边吸去，你吸烟图快活，吐出来的尼古丁害我们！"

"我抽烟是为国家增长 GDP 做贡献嘛，"吴叔笑着说，"你看，厂家明知道吸烟有害，污染环境，却又不禁烟草生产，这个不就是既当婊子又立牌坊吗？"故意往时髦阿姨瞅了一眼。

"你什么意思啊，望着我干嘛？"时髦阿姨生气了，上来就拧他的耳朵。

"哎，我没那个意思，"吴叔讨饶的可怜相。

时髦阿姨又笑了，"谅你不敢。瞧你这副怂样！我们家那头货，烟酒茶倒是不沾，见人笑嘻嘻，你以为他是个老好人吧，才不呢，他对我脾气坏得很呢！"

"是吗？"吴叔凑上前，涎着脸，"那你看我怎么样，要么，换一下？"

"去你的！"时髦阿姨狠狠地白了他一眼。

众人都笑了。

"你老公那是表里不一的两面人，这种人最难对付了"，吴叔挑逗地说。

时髦阿姨生气了："我老公好坏，由不得你来说！"

"哟，还这么护你老公啊，"吴叔嬉皮笑脸地说，"其实，我是夸你老公呢，表里不一，那才是高人，叫人一眼看透的，肯定是智商低下。"

"此话怎讲？"矮胖子问。

吴叔道："深藏不露，以假乱真，这才是做人的高手。"

张老白了他一眼，说，"为人，我看还是真实点好，作假，总有穿帮的时候。"

"不抬杠，张老说的有道理。"吴叔来了个大转弯。

矮胖子正在看手机，这会儿，抬起头，又传播消息了："刚看到的，微信新闻：市里又抓了一个大老虎。这家伙在任时，逢会必说'当干部就不能发财，想发财就不要从政。当了干部，就得付出，就要牺牲，接受约束，这是一条铁律'，话说得多好听啊，可他竟然涉案金额高达 6.18 亿，这回，东窗事发了。"

张老从鼻子里哼了一声，鄙夷地说："这叫'机关里算尽太聪明，反误了卿卿性命'，伪装得再好，终究也要露相。"

"不过，我觉得，"吴叔眨着眼睛说："他栽了，倒不是因为说假话，而是因为运气不好，有疏漏而已。话说回来，他要不说那些漂亮的假话，怎么能得到上下级信任，一步步晋升，官位越来越高？"

时髦阿姨立刻反诘道："照你这么说，人要说假话了？"

吴叔微笑着说："那要看你怎么理解了。在我看来，人只要能达到目的，可以不惜一切手段，一切代价，说点假话，又怎么啦？"

"就是啊，"小伙子兴奋地接口说："有时候，说假话比说真话好。鲁迅先生写过一篇杂文，就讲到一家生了个孩子，前来贺喜的人说了一大通奉承的话，说这孩子将来要发财，要做官，就得到主人感谢恭维，有人说这个孩子要死的，却遭到大家一顿痛打。说发财做官那倒不一定，说要死的倒是必然。可见，有时候说真话不如说假话。"

吴叔呵呵笑了："到底是大学生，引经据典，证明我说的没错了。"

"听你们这么说，还真有道理呢，"时髦阿姨说，"想起来了，有句话叫什么三分七分……"

"逢人且说三分话，未可全抛一片心，是不是这句？"吴叔望着她。

"对对对，就是这句，瞧我这记性！"时髦阿姨脸红了。

张老一面听着，一面将手中保温杯打开，呷了一口茶，说："那么，你们刚才都在讲假话了？如果是这样，那我立马走人！"旋上保温杯盖，抬脚欲走。

"张老别走！我说的可都是真话，心里话呢！"吴叔赶紧挽住了他。

"还望张老多指教！"矮胖子诚恳地说。

"张老，你要是走了，我们也就散了。"时髦阿姨也挽留。

张老笑了，"说真话，咱们就聊，说假话，请走人。刚才小伙子说的那个鲁迅的意思，不是说小孩要死的那句真话说错了，而是说不要在那个场合说。这不足以证明就不该说真话。还有，"面向吴叔，道："你说的那个落马老虎，靠作假升官，你以为这也是值得炫耀的？"

"至少，他在位时，高官厚禄，荣华富贵，前呼后拥，该享受的，都享受到了，总比你我老百姓快活多了。"吴叔欲辩地说。

"他不是最终受到法律严惩，坐牢了么？"

"坐牢，也值呀，"吴叔眼珠转了转，笑嘻嘻地说，"你想啊，他风光过了，最后坐几年牢，管吃管住，等于进敬老院。不是么？"

"典型的自愚！"张老鄙夷地。

"坐牢哪能和敬老院比？"时髦阿姨说，"我就搞不懂了，那些做官的，干嘛要那么贪，明知道要受党纪国法惩罚，还要贪污？"

吴叔道："这个好理解呀。常在河边去，哪能不湿鞋？再说了，侥幸心理啊，反正又不是我一个，贪的官多了去了，总不能全部都制裁吧？那不成了无官的政府了？撞上枪口，那怪你倒霉。"

"说的倒也是啊,"时髦阿姨直点头。

矮胖子道:"还是不要当官得好。"

时髦阿姨白他一眼:"你当得了啊?"

矮胖子尴尬地哂笑,一会儿,又埋头看他的手机了。

"胖子,又有什么新闻?"吴叔凑近前问道。

矮胖子两眼放光,指着手机屏幕说:"你看这条新闻,这个大老板,对记者说,他这一生泡妞达到五位数,有三个子女,都是血缘关系,却一生从未结过婚……乖乖隆地咚,一生泡妞五位数,这是什么概念啊,那不就是上万了吗?他泡得过来吗?"

"这个好理解啊,"吴叔眨着狡黠的眼睛说,"我算了下,他一天泡一个妞,一年就三百六十五个,十年就三千六百五十个,一万个妞二十八年不到就完成任务了。"

"你蛮会算的。"时髦阿姨道:"那他没结过婚,怎么有子女呢?"

"这个也好理解啊,抱养的啊!"

"不是抱养的,明明说的是有血缘关系。"

"这个……容我想想,哈,一定是他的情妇生下的,换句话说,他只跟女人做爱,让女人生子,不肯跟女人结婚。"

"为什么呢?"

"结了婚,不是自套枷锁,自找麻烦吗?要是离婚,还要分一半财产。高人才不会这么傻呢!这个大佬活得潇洒、滋润、风流,快活一辈子!人这样活着,那才不愧对这一生!"吴叔羡慕地嚷道。

"嘿嘿,"张老冷笑了一声,"我看,也未必。"

"你是吃不到葡萄,就说葡萄酸吧,"吴叔望着张老,讥诮地说："不是我看不起你，我想你这一生泡过的女人，顶多几个吧？"

"只有一个，我们是白头偕老。"张老自得地说。

"哈哈哈，这也值得炫耀啊？"吴叔笑起来，"这是奇耻大辱。"

张老脸上一阵发白，嘴唇哆嗦了一下，时髦阿姨推了吴叔一把，"你怎么能这么跟张老说话？我看，你就不是好东西，乱搞女人不以为耻还以为荣啊？"

"守着一个老婆过日子，那才叫没出息呢！"吴叔笑着说。

张老不屑地看了吴叔一眼，说："你挺羡慕这个大老板是吧？"

"那是当然，"吴叔翘起拇指说，"能过上这种奢侈生活，私人资产至少有几十亿，几十亿那，这就是他的人生价值！"

"在我看来，这个老板就是个大资产阶级，是靠剥削劳动人民起家的！"

张老脸色严肃，从牙缝里一字一顿地迸出这几个字来。

吴叔一下子就愣住了，不知说什么好了。时髦阿姨欲言又止，眼里露出困惑来。矮胖子似有所思，有些异样地看着张老。短暂的沉默，气氛显得尴尬。倒是小伙子按捺不住了，用一种轻蔑的语气，对着张老说：

"张老，恕我直言，我觉得你呢，还是活在几十年前，抱着陈腐老调不放。现在都什么时代了，还什么阶级阶级的，难不成还要搞阶级斗争啊？现在不存在剥削了，只有市场交换、契约……你是落伍了，已经跟不上这个时代，被淘汰了……"

小伙子一顿抢白，张老脸上一阵红一阵白，他觉得很没面子，却又不好发作。这种场合，跟一个乳臭未干的小青年争论起来，那才丢人呢，不如显出自己的包容豁达、坦荡大气。于是，他微笑着说："小伙子，我倒是想听听你的高见。"

"我觉得，这个大老板绝对是个成功者，是人生的大赢家，是我们的目标、榜样、崇拜对象。对他的指责，其实都是出于一种嫉妒而已。"

"这只是你的个人看法吗？"张老问道。

"不，可以说，是我们这代人的看法。"

"张老，你看不懂了吧？这就叫代沟……"吴叔凑近张老，调逗着说。

时髦阿姨接口道："现在小青年，心都大得很。我家姑娘，都二十八了，还没结婚，挑挑拣拣，要求可高着呢，我为她着急啊。"

矮胖子眨着眼睛："哎，眼前这小伙子不错啊，介绍给你姑娘。"

小伙子的脸微红，时髦阿姨也有点儿窘。正尴尬着，忽然，一阵娇滴滴的叫声飘过来，众人的眼睛不觉追随望去，却见不远的湖边上，一个男孩追上一女孩欲强行搂抱她，女孩竭力挣扎，男孩紧搂不放，迅速吻住了她的嘴唇，旋即，两只手就在女孩的背脊和臀部上急切地、疯狂地乱摸起来，女的娇声喘叫着，在这光天化日之下，竟然毫无顾忌，一点儿也不避嫌。张老看了，蹙了蹙眉，直摇头：

"世风日下，这世道变了！"

"又看不懂了吧？"吴叔笑着。

"我是老朽了！"

"不理解没关系，顺变就是了。"

"……"

"……"

他俩说话的当儿，这边，矮胖子又缠上了时髦阿姨，重启刚才话题："我说，阿姨，就把这位小伙子介绍给你姑娘吧？我看，挺般配的。"

吴叔听见了，拍了一下矮胖子肩，"你想做媒啊，也不先问问人家小伙子有女朋友没？有你这么冒失的？"

矮胖子挠挠头，不好意思地转过身来，与此同时，众人的目光全都齐刷刷地投向了面前的这位小伙子。

这时候，矮胖子才觉得他不该多这件事。小伙子脸色由红变紫又变白，胸腹一起一伏，呼吸急促，显得有些激动起来。

"失恋了？被女友甩了？"

众人的猜测很快得到证实。小伙子似乎一下子就找到了知己，面对着这几位素昧平生的年长者，竟然敞开心扉，讲述了他相恋四年的大学女友，毕业后如何抛弃了他而甘愿做一个老总的情妇之事。听着，听着，时髦阿姨愤愤不平了：

"你这女朋友，还接受过高等教育呢，就这么不值价？做人家小三，那不是把自己贱卖了吗？这种女孩，你们分了也好！"

矮胖子也推波助澜："你这个前女友，就是他妈的贱货！"

"你可不要因为她生气，塞翁失马焉知非福，你会找到满意的！"吴叔拍了拍他的肩膀，鼓励地说。

张老也想安慰他一下，就试探地说："小伙子，这事过去了，就当是个人生教训，千万别耿耿于怀啊……"却见小伙子早就恢复了平静，脸上露出一种出奇的镇静来，就像刚才是在叙述一件别人的事情，与他毫不相干似的。这令众人都感到惊讶了。

"我没觉得她不好，她选择那个老总很正常。人家能给她一套别墅，给她安排了个秘书工作，我能给他什么？她要是跟我，只能是一块儿吃苦、奋斗，而跟老总，那是一步到位。优胜劣汰，<u>丛林法则</u>嘛，我认了……"

小伙子话音未落，吴叔就双手鼓掌，以示赞同。

"这个还正常？"张老直摇头。

"这种事，见怪不怪了，"吴叔笑着说，"张老你还是传统观念，你不知道现在的人，多么现实。小伙子看得很清楚，所以他不痛苦，你也就别担心了。"

"她成了那个老总包养的情妇，这个也正常？天理道德何在？"张老似乎有点生气了，眼睛逼视着吴叔说。

"怎么不正常？你想想啊，那个老总得到的是年轻女孩的姿色和肉欲享受，但是，他也付出了呀，他把他的资源给了她，这是公平的等价的交换嘛……"吴叔摊开两手，作天平平衡状。

"这就是现在社会的契约精神。"小伙子又补充了一句。

矮胖子趁机调侃道："张老，你要是有这个资源啊，别看你都七旬老翁了，你也能得到年轻貌美女孩的享受啊！"

"你……"张老这回真的生气了，面孔涨得通红。

时髦阿姨看不过去，就给张老解围："你们也真是的，竟拿张老开玩笑，没大没小的！快给张老道个歉！"

谁也没想到，张老的脸色已趋于平缓，他挥了挥手，说："算了，算了，我细细一想呢，你们刚才说的话，也不全无道理……眼下，就是这么回事了，你们其实也没说错，又何须道歉呢？"

众人一起愕然。然后，都笑了起来。

一群顽皮的小孩子从湖边追逐着、打闹着跑过来，冲进亭子里，他们嚷着，叫着，又奔了下去，在草地上打滚，躺着，叫着。蓝天里，一只风筝在翱翔，那是一个大男孩在放飞，很快地，就把小孩子全都吸引过去了。小孩子围着大男孩转，仰着脖子遥望那只越飞越高的风筝。空气里，弥漫着春天的氤氲芳香气息，浮荡着孩童银铃般的欢声笑语，像似给人以无限的遐想和希望……

伤心的披萨

妈妈总是说，天上不会掉馅饼。这话，奚晓雅听了就嫌烦，虽然，她生在小县城，家境一般，但她总觉得她该命好。也是，她生来就受宠爱。父母结婚多年不育，四处求医问药，年复一年，望眼欲穿。临近中年，意外得子，欢喜得不得了，把她视若珍宝，疼爱有加，真是捧在手上怕摔了，含在嘴里怕化了。打小，她就娇气十足。母亲忍不住说她几句，父亲就护着她，她是他的小棉袄。读书了，她被送去最好的学校，又请了最好的家教，补习功课，高中毕业，她幸运地考上了省城高校。送她上车走后，爸爸突然晕倒在地，妈妈扑上去，撕心裂肺地呼唤，好心人叫来救护车，送去医院，算是保住了性命。这个情况，他们后来一直没敢告诉女儿，是怕她读书分心。爸爸的病是苦出来，累出来的，那些年月，他给人打工，什么重活、脏活都做。没法子啊，上有老下有小，全得靠他挣钱养活，尤其是，视若掌上明珠的女儿，可不能让她有一点儿委屈，他得给她最好生活享受，最好的教育培养。他借了一屁股的债，必须卖命地干活。可这一切，女儿哪里知道呢？

入学后，每次通话，爸爸总要感慨道：晓雅，你已经长大了！那潜台词是：你该独立了，不要再依赖我们了，我们已经尽到责任了，往后，只能靠自己努力奋斗了。奚晓雅却没听出来，也没多少介意。爸妈依然提供她生活、学习费用，虽不算多，但也还勉强能对付。可渐渐地，就不行了，不是给她少了，而是物价上涨了，这点钱明显就不够开销了。倘若去看场明星音乐剧，请同学吃顿餐馆，或者来次结伴旅游，那就是超额开销了，哪怕只一次，就能让她捉襟见肘。她常常为此而烦恼，这种场合，回避吧，别人会说你不合群；去吧，又囊中羞涩，自讨侮辱。有次消费，还是 AA 制呢，她钱不够，丢死人了，真恨不得有个地缝钻进去，当时，要不是闺蜜黄曼妮代她垫付了，想跳楼的念头都有了。

她羡慕黄曼妮，人家那才叫潇洒呢，穿得是金蝶茜妮、歌力思，提的是 LV 包，手机换了一部又一部，刷卡付费时看都不看一眼，那神情绝对贵妇人做派。这一切，她都没有，她只能抱怨父母吝啬，给的钱太少。于是，她反反复复地诉苦，细数必须支出的项目，屡次三番地向他们索要。有次，她又要他们汇款来，说是要买一台全进口笔记本电脑，那是刚上市的 MacBook Pro，售价一万四千多元，这个天文数字，令爸妈目瞪口呆，没有答应她。居然，她在电话里就赌气地说，你们不给我钱，那我就认别人做爸妈了。这话，让电话那头的爸爸沉默了，妈妈激动地说，你这个不懂事的丫头，我们含辛茹苦，好不容易把你拉扯大，培养成大学生，你竟然说出这种没良心的话。你知道吗？为了你，你爸起早摸黑的为人打工，早就累出病来，天价的医疗费，已让咱家负债累累，我们一直瞒着你，是怕你学习分心哪……说着，说着，妈妈哽咽起来。

奚晓雅这才如梦初醒。她明白了，原来她是灰姑娘，不是娇公主。她再也不能像以前那样受爸妈宠爱了。现在，怎么再好意思开口向他们要钱呢？家里欠了那么多债要还，她得自己挣钱养活自己。可到哪儿去挣呢？有一天，黄曼妮告诉她，学院要做个宣传片，涂老师在物色配音，是有报酬的。她一听，顿生希望，觉得自己普通话不错，可以一试。幸运的是，她竟然就被涂老师看中了。活做下来，她得到了第一笔自己挣来的辛苦钱。可是，这样的机会，毕竟少啊。她开始逢人便打听，有无勤工俭学的活可做。幸运的是，这个时代充满了机遇。高校，再不是读书人的清静之地、追求知识的世外桃源了，它其实就是个小社会，校园外的形形色色，都会无孔不入地渗透进来。每天，进出校门的保时捷、奔驰、宝马络绎不绝；宣传栏上，贴满了琳琅满目的各种诱人的商业广告，有企业招聘的，有资质考级的，有提供服务的，简直令人眼花缭乱；校园里，销售员时隐时现，卖力地向师生推销产品；教师一下课就杳无踪影，忙于校外的第二职业去了；学生自然更待不住了，纷纷外出，寻找生机，挣零花钱。

很快地，奚晓雅从漫天广告中，找到一份家教工作。报酬不菲，每月二千元，足够她基本开销了。当然，这钱也不是轻松拿的，得付出辛苦。孩子父亲，是个清廉不贪的机关干部，自己月收入也不过就万把，肯拿出这个数目付她，可见望子成龙心切，因而，对她要求也特别高：语文、数学、英语全方位辅导，每次不得迟到早退，视孩子成绩而奖惩。诱惑和压力并存，白天，她完成学校的功课，放了学，又匆匆去家教，几乎没有一点儿属于自己自由支配的时间。在激动、兴奋、辛苦、劳累的周而复始循环中，她度过了一天又一天。

如果没有意外，奚晓雅不会再有更多的想法。

有次，孩子全家要去外地旅游，就放了她的假。黄曼妮知道了，兴致勃勃邀她去 KTV 唱歌。灯光闪烁的包间里，音乐飘浮在空中。她们进去时，沙发里早坐满了人，有男有女。女的都是大学生，男的都是中年人。黄曼妮对一个脖颈戴着项链、胖胖的男人说，陈总，这是我闺蜜奚晓雅，今天你和她来个对唱怎么样？

好啊，陈总爽快地站了起来，拿起麦克风，嬉笑着说，不知奚小姐肯赏脸么？

奚晓雅有些不好意思，但又无法拒绝，正犹豫着，陈总已将另一只麦克风递给她了，鼓励说，奚小姐喜欢唱什么歌？红歌，还是民歌？

黄曼妮说，你俩唱当然是对歌啦，唱《纤夫的爱》吧！

包间里立刻响起一片掌声。

陈总扯开嗓门唱起来。热烈的气氛，强烈的感染，让奚晓雅心动了，就与他对唱起来。两人此曲唱毕，又唱了一首《敖包相会》，再来一首《康定情歌》，陈总意犹未尽，要不是黄曼妮夺过麦克风，他还要再唱下去。奚晓雅显得格外兴奋，此刻，她彻底放松，把这么多日子以来的辛苦、疲劳全都排遣、释放出去了。她的不拒绝、配合如此和谐，自然令陈总特别高兴，就殷勤地开了瓶红酒要与她对酌。大家拍手助兴，她不喝酒，实在拗不过，就啜了一小口，脸儿立马就红了，两颊热乎乎的。

陈总也不再劝，靠近了坐在她旁边，聊起天来，问她业余时间做什么，她说了在做家教，陈总就问报酬多少，她说每月二千，陈总直摇头，说，就这么点儿，别干了！可我需要钱。她低声说。陈总说，这样吧，你来我公司做，我给你每月六千，怎么样？你满意？

什么？她睁大了眼睛。

这只是试用工资，干得好，还会增加，陈总补充道。

她的眼睛不动了。那，要我做什么呢？她问。

做我秘书。这个，你不用每天来上班，也不影响你学校功课，只用你的业余时间。陈总微笑地看着她的脸蛋儿。

是吗？有这样的好事，她真的是开心极了。

陈总拍着胸脯说，我可不是骗你，我说话算数，不过，丑话说在前头，你得让我满意。给你一周时间考虑，不急，等你决定了，再给我回话。

她激动得差点就要呼之欲出了，感激涕零地，在心里呼喊着：陈总，你真是好人，我愿意，只要能去你公司上班，我一定不让你失望！

她哪里等得及哟，第二天，就抑制不住，迫不及待地给了他电话。

果然，一个月后，奚晓雅的银行卡上就进了六千。实际上，她只工作了几次，一次是陈总带她出席一个企业家会议，一次是陈总请香港客户吃饭让她陪同，一次是陈总休闲度假去东郊高尔夫打球她随行，就这么几次，也没什么专业技术性，这钱挣得也太容易了！她这才恍然大悟，为何黄曼妮能那么奢侈阔绰了，原来她是遇上了财神爷。有句话说，跟着富豪挣百万，跟着乞丐去讨饭，只要你跟对了人，你的前程就会光辉灿烂。次月，卡上又进了一万，她简直不敢相信，怀疑是不是弄错了。于是，她电话问陈总，回答是没错呀。她惊喜得合不拢嘴了，庆幸自己命好。她想起小时候，妈妈总爱说，天上不会掉馅饼，一切得靠自己努力。现在，再次验证，也有例外呢。对她而言，上帝就是偏心，就是特别眷顾。不是么？不过，虽是这么想，冷静下来，却也觉得受之有愧，自己带家教，那么辛苦，每月才两千，现在就陪陈总几次，轻轻松松就拿一万，怎么能这样？见到陈总，她就很有些不好意思。忍不住主动提出要减薪，陈总闻言，似乎没反应过来，愣了片刻，然后，又不相信地看着她，确信她说的是真心话后，便笑了起来，说，人家都是嫌薪金低，哪有嫌高的，你可是我遇到的奇葩！

她不好意思地说，我可没干多少活，就拿这么高的薪水。

你不用顾虑，给你这个报酬，那是你的付出值啊！

我的付出值吗？她摇了摇头，怎么也想不通。

怎么不呢？你知道吗，有你在我身边，我的情绪特好，思维特别活跃，提升了我谈生意的效率，赢得更多的利润，这不是物有所值吗？

陈总微笑着说着，眼里有种令人捉摸不透的光。

奚晓雅怎么也想不明白。

有次，她和黄曼妮说起这事。没想到人家毫不惊讶，冷笑道，陈总给你多少，你都拿着，你不要跟他客气，不要觉得有任何愧疚，不拿白不拿。她有些发愣，想她何以这么说呢。黄曼妮从包里取出一盒化妆品，说，这盒多少钱，你知道么？八千八百八十八，我付这个钱用它，它值呀。陈总给你多少，那都是你值，这么说吧，他是商人，鬼精着啦，他不会做赔本的买卖，他要不在你身上赚一笔，就是客气你了。

奚晓雅摇头不信，说，他赚我什么呀？

黄曼妮眼里闪着狡黠的光，意味深长笑了笑，说，陈总那个你了吧？

奚晓雅困惑不解地望着她。

黄曼妮说，要是那个了，这报酬就低了，要是还没那个，还差不多。

奚晓雅这才隐隐听出那个的意思，脸儿蓦地就红了，急忙辩白道，你别瞎猜啊，陈总和我是正常关系。

黄曼妮笑道，你别和我撇清，我知道你需要钱，不过我可要提醒你，陈总这种人，很能赢得女人的心，你和他相处，得保持点距离，不要陷得太深哟……

奚晓雅听不进去了，只觉得脸儿发烧，心儿扑通扑通跳个不停。她想辩解一下，却发现黄曼妮已经离去了。她心里一阵纷扰烦乱，想，曼妮怎么这么说呢，把我当那种轻浮的、毫无廉耻的女孩子了？我怎么能这么随便就委身他人呢？再说了，陈总也没那个意思啊？他有妻室女儿，夫妻感情不错，只不过他是富豪，不在乎给我的那点罢了，且我又不是白拿他的，就算我没干什么活，那陪他也花了我时间，不是说，时间就是金钱吗？这么一想，也就心安理得了。

不过，黄曼妮的话，确实也提醒了她。这以后，每次接触陈总，她都要留个心眼，保持个距离，以免过度亲热。有回在KTV唱歌，陈总偎依在她身上，她敏感地避闪了一下，陈总立马意识到了，就说，对不起。她倒不好意思了，后悔自己太多心了。陈总呢，似乎并不在意，依然情绪热烈唱着歌。她愈发为刚才自己的举动懊恼。唱完歌，大家散去，陈总开车，要把她送回学校。车在地下车库，进了车里，陈总没有马上发动，侧过头来问她，这工作现在适应了吗？她点点头，陈总说，适应就好。她有些内疚，想说，陈总，我有什么做得不到位的地方，你尽管批评，谁料，他似乎早就猜着她心里话了，微笑着说，你这段时间工作不错，希望你再接再厉。听他这么一说，她便释然了，就转过脸来，感激地望着他。恰好，他也侧过头来，两人目光相对，近的几乎闻到鼻息，听到呼吸心跳。她有点儿慌，要不是他开了音乐，就尴尬了。

轻柔的旋律，在车厢里环绕。陈总忽然说，你家里还好吗？声音里带着温馨。

她感动了，想起爸妈这么多年对她的抚育，点点滴滴，想起父亲的病，家境的窘迫，眼睛湿润了。她开始诉说起来，从小时候爸妈结婚多年不育说起，说得到她这个宝贝，爸妈如何疼爱她，什么都满足她，他们省吃俭用，辛苦操劳，爸爸的病，家中的欠债，她毫不顾忌地，就像见到久别的亲人一样，一股脑儿地都倾吐了出来。

陈总脸上现出同情，关切地望着她，和蔼地说，你怎么不和我早说呢？你家境这么惨，怎么能安心读书？这样吧，他思忖了一下，从随身包里取出一张银行卡，递了过来，说，这卡里有六万块钱，明天，你就给你家里汇过去，给你爸治病要紧。

她完全没有意料到，惊慌不已地推辞，不，不，这钱我不能要。

陈总却不容分说地，固执地硬往她手中塞，她竭力推辞，他一把捉住她的手，紧紧地摁住，摁住，久久地，久久地，不放。

就算是我扶贫助教吧，他恳切地望着她说，要不，就是提前付你工资，这总可以了吧？

她听了，眼睛湿润了，泪水就扑簌簌地流了下来。

他忙拿了餐巾纸给她拭泪，然后，毫不犹豫地，就搂住了她。

奇怪了，她竟然没有丝毫躲闪，一任他紧搂着。她仿佛又回到童年，重温在爸爸怀里撒娇的情景。这个男人的体温，让她感到了温暖。陈总低下头来，小心地吻着她的发际，闻着她少女特有的芳香，有些陶醉了，他的手不由自主地，在她背脊上温柔地抚摸着。她察觉了，像触电似的，身体猛烈抖动了一下。别哭了，他忽然松开她，安慰道，只要你跟我好好干，你会挣很多钱，让你和你爸妈都过上好日子的。她感激地望着他。他踩了油门，车子开了出去。夜色中，街上灯火闪烁，人流熙攘，弥漫着喧嚣和诱惑。车厢内，她有些困乏，迷迷糊糊中，车终于停了，他推醒了她。你们学校到了，他偎在她耳畔说，把那张卡塞进她的包里。

奚晓雅下了车，伫立夜色中，望着陈总的车远去，眼睛又湿漉漉地了。此刻的她，真是又惊又喜又悲又叹。惊的是，陈总如此大方，出手就给她六万；喜的是，有了这笔钱，解了燃眉之急；悲的是，毕竟是接受人家施舍，有种乞丐的感觉；叹的是，何日能不再为钱而愁，过上那种一劳永逸的富足生活？一时间，她心里五味杂陈，百感交集，思绪纷纷。

夜风吹来，她头脑清醒了许多。刚才发生的一切，让她很快就有了明确的判断：她是遇到好人了，陈总就是个大善人，听说她家里困难，慷慨解囊，那是他心地善良，富有爱心，他压根儿就没什么卑鄙企图。曼妮说他那个了，完全是以小人之心度君子之腹，他对她毫无欲念。刚才在车厢里，就他们俩，他都搂着她了，要怎么她，不是轻而易举么？可他，没对她做出任何越轨行为，不是吗？这还不足以证明吗？想到这里，她忽然觉得曼妮好笑，莫不是她早就被人那个了，也以已遭遇来揣度他人了。要知道，这世界上，人与人是不一样的，要不，怎么有高贵和卑贱之分呢？回头，有机会再和她说。

次日，奚晓雅去了银行，将四万元汇给了家里，留下二万元自己用。她兴致勃勃去了趟电脑城，买了一台心仪已久的MacBook Pro，然后，又去了巴黎春天商场，买了进口护肤化妆品，她选了 Estee Lauder[1]，黄曼妮就用这个，说这个品牌要

---

[1] 雅诗兰黛，美国护肤品牌，高品质的化妆品。

比 Lancome^① 好得多。确实，那香味飘过来，有着一种沁人肺腑、沉迷陶醉的感觉。返回学校的路上，她喜滋滋地和家里通了电话。

妈，我给你们汇去四万块钱，是给爸治病用的。

什么？你说什么？四万块钱，从哪来的这笔钱？妈妈吃惊的声音。

妈，是我挣得呀。她颇为得意地说。

你挣的？怎么挣的？你不还是个学生吗？妈妈疑惑。

她笑了，妈，我应聘做老总秘书呢，干了两个月，都是业余时间，不影响学校功课的。

晓雅，你才干两个月，就挣这么多钱？这不对啊，你没有做什么对不起我们的事吧？妈妈急切地，声音里带忧心和焦虑。

奚晓雅听了，就有些不高兴了，说，妈，你都想了些什么呀？我好心挣钱支持家里，你还这么对我不信任，你让我心里多难受呀！

妈妈沉默了，她不知说什么才好。爸爸接过电话，说，晓雅，你妈也是不放心你嘛，只要你没事，一切都好，就行。不过，我可要告诉你，钱多，咱就多用点，钱少，咱就少用点，不要只顾挣钱，耽搁了学业，咱家能让你读上大学，实在不容易啊……

爸爸如此这般，千叮咛万嘱咐，女儿听得可不耐烦，就挂了电话。

奚晓雅心里有点乱，她实在想不通，自己挣钱给家里，爸妈连个表扬都没有，还要说上那一大通猜忌她的话，真是好心难

---

① 兰蔻，法国知名美妆品牌。

报。自己的女儿，还这么不信任？他们是怀疑陈总了？好像有钱人都心怀不轨，都是声色犬马之徒，都是十恶不赦之坏人，那绝对是偏见，是仇富心里作崇嘛。她想起教哲学的葛老师说的话：当今这个时代，富人代表了先进的生产力，他们与时俱进，有眼光，有智慧，有魄力，积极进取，充满创造活力。就在那次课上，班上有个男生对此不认同，站起来说，富人只认钱，缺乏爱心。葛老师看了看他，就反驳说，爱心，何以体现？爱是一门艺术，它的本质是主动的给予，而不是被动的接受。给予什么？给予自己的生命力、给予自己的爱的能力①。当你面对一个因为付不起昂贵的医药费得不到治疗就要失去生命的人，你怎么体现你的爱心？你不能，因为你无能为力。富人则可以，他可以为他付高昂的医药费，送他进最好的医院，请最好的医生给他治疗，挽救他的生命。所以说嘛，从这个意义上说，富人才是最有爱心，最能施舍爱的人。葛老师说得对极了，陈总不就是这样么？他才是有能力的乐善好施的大好人嘛！

回到学校，进了寝室，奚晓雅取出 Estee Lauder，对着小镜子，抹着唇膏，黄曼妮迎了过来，看了她一眼，又盯着她书桌上的 MacBook Pro，心领神会地笑了一下。

陈总这个人……她闪烁其词，欲言又止。

奚晓雅心里嘀咕，怎么她话只说了半句，又不说了呢。

我说，陈总这个人，比鬼还要精，他送你好处，绝不会白送的。黄曼妮冷笑着说。

你什么意思？

---

① 这是美国哲学家、教育家埃里希·弗洛姆（Erich Fromm）在他的《爱的艺术》一书中提出的观点，他认为爱是艺术，是给予的能力，需要知识和学习。

什么意思，还用我直说吗？

奚晓雅脸色涨得通红，冲动地说，曼妮，我告诉你，陈总不像你说的，他不是那种人，你也别把我想成那样的人，我为他工作，只是为了挣点钱。

黄曼妮冷笑道，谁信呢？

你再这么说，我不理你了！奚晓雅脸色难看。

好好，我不说了。黄曼妮见她真生气了，慌忙改口，我只是提醒你啊，没什么就好。以我对陈总的了解……我看，他给你的酬金不会超过这个数……十万，差不多吧？

奚晓雅惊讶地睁大了眼睛，心想，这黄曼妮真是神奇了，怎么就说得这么准呢？一定是陈总告诉她了。

我说的不错吧？

奚晓雅直点头。

你在想是陈总告诉我的，对吧？那我可以负责任地说，他根本没对我说，这个数目，完全是我猜的。黄曼妮看着她，笑着说。

那，你是怎么猜出来的？她惊讶了。

我了解陈总啊。他是个商人，一切都是交换，付你多少钱，都是按值论价，不会少给，但也绝不会多给。在他眼里，你现阶段的价值就值这个。黄曼妮意味深长地说。

是吗？奚晓雅喜形于色。

黄曼妮"哼"了一声，说，你还真以为，你凭你目前工作，就能得到这个报酬啊？你知道陈总公司一般员工每月工资多少吗？才不过三四千，每天至少工作八小时啊，而你呢，才两个月，做了不到几次，就给你这个数，你不觉得不可思议吗？

你的意思是……奚晓雅惶惑了。

我还是那句话，陈总舍得在你身上花费，自有他的企图。你记住，天上不会掉馅饼，上帝不会特别眷顾你……

奚晓雅听着，忽然想起来，这话妈妈也经常说，现在，黄曼妮也这么说，这，似乎成了许多人的共识。可是，发生在自己身上的事，则打破了这个共识，不是么？陈总慷慨解囊，出手就给了她六万元，还不足以说明吗？人家陈总完全是出于慈善心，给她及时的支助。看来，共识未必就正确，人世间的事，总会有例外，她奚晓雅就遇到了。这会儿，她不想反驳她，只是对着镜子，抿着嘴唇，继续涂抹唇膏。

黄曼妮看她一眼，摇了摇头，离开了。

奚晓雅头也没抬，她开始抹面乳，随着两手掌轻轻地揉摸，干涸的皮肤顷刻间就湿润开来，舒服极了，一阵清香从她身体上散发开来，弥漫在整个寝室空间。到底是进口名牌，这 Estee Lauder 化妆品牌果然名不虚传。以前，她哪敢用这个，梦里也不敢想。现在，一夜间就成了现实。这不是天上掉下来的馅饼，上帝的特别眷顾，又是什么？这都是陈总给她的，她得好好感谢他，为他好好工作。

奇怪的是，这以后好多天，陈总一个电话也没给她。她电话问他，回答是，这周没事。奚晓雅觉得很不好意思，拿了人家那么多钱，却没干什么活，就自觉得有愧。于是，三番五次电话问陈总，问有什么工作要做，回答都是说，最近没事，有事了，一定叫你。这么一来，她更觉得不安了，有次，电话里她竟然说，陈总，你是不是不要我做了。陈总似乎很能理解她的心情，哈哈地笑了起来，安慰她说，我是考虑到你最近学习忙，再说你爸的病，你是否应该回趟老家，看看你爸。这么一说，奚晓雅感动的眼泪忍不住就要滚落下来了。

不觉时令已入秋，蔚蓝的天空飘浮着朵朵白云，随风吹过，变幻着各种姿态，让人无限遐想。天高气爽，心情也格外舒畅。随着国庆节临近，奚晓雅萌生了许多打算，或者回趟老家，看看爸妈，或者和同学结伴外出旅游，至于花费，不成问题，现在囊中有钱了……就在这时候，她接到陈总电话。

晓雅，国庆几天，你有安排吗？

她本想说，有啊，可话到嘴边又缩回去了，改口说，陈总，你有什么事吗？

陈总停了下，有些犹豫，说，国庆小长假，本不想打搅你，可是，我们这工作就是这样，越是节假日越忙，有趟差需要你陪我一起去……

她想都没想，就说，陈总，我没问题，你安排吧。

那好，你准备一下，我们去美国。

奚晓雅愣住了，觉得既突然，又兴奋，又不安。突然是，她根本来不及准备，这趟差要做什么，她该做哪些准备，对此行一无所知；兴奋是，从未跨出国门的她，第一次就让她去美国，这个令她朝思暮想的极度诱惑的国家；不安是，陈总要她随行是做什么呢？做英语翻译吗？自己的口译能力又不行，怎么办？不想陈总像是早就猜透了她心思似的，说，你不用担心的，跟着我去就是了。

真是做梦也想不到，转眼间，奚晓雅就飞往了美国。随之而来的，是一连串的意外：原以为从上海出发，往东经过太平洋直飞，上了飞机才知道此趟航班向东北，然后穿过白令海峡，才抵达美国纽约；出了肯尼迪机场，坐上一辆接送轿车，司机竟然是华人；下榻的宾馆，是一个姓唐的福建人开的，原来陈总和他早就相识，两人一见面就热烈地聊上了，把她冷落了一边，要不是服务生过来帮着拿行李箱，他们还要聊下去。一个豪华套房，两人各自一间。他们进去后，陈总轻轻合上门，偌大的套房间，只有他们俩，他就站在她面前，彼此是这么近，似乎都听到对方呼吸和心跳，一种异样的感觉猛然窜了上来，她有些惊慌，感到从未有过的孤独，一条大洋，将她与生她长她的土地隔开了，将她与她的亲人分离了，她就像一只离群折翼的小鸟跌落到海中一个孤岛上，显得那样的无助。她有些害怕了，有些渴望。此时，一只男性的手搭在了她肩上，她就像被触电似的，身体抖索起来，陈总似乎察觉了，很自然地缩回手，说，乘了十几个小时的飞机，你一定累了，先去冲个淋浴吧，然后你休息一下。我去和唐老板谈点事情。回头，我来叫你，咱们用餐。说完，就出去了。

奚晓雅掩上门，回过身来，看着房内的一切，觉得是那么的舒适，碧绿色的地毯，灰蓝色的沙发，与乳白色的窗帘协调成趣，家具的造型、纹路、雕饰，更有种怀旧、浪漫的风味。这才是我该住的，她想起学校拥挤不堪的寝室，苦笑了下。她走进盥洗间，脱光了衣服，镜子里立刻现出她的胴体，长这么大，她还是第一次对镜看见自己全裸体，各部位的匀称，凸凹有致的曲线，白皙透红的肌肤，绰约动人。她有些羞涩，忙拿了条毛巾遮住了身体。然后，她进了淋浴区，一任花洒蓬头的恒温水徐徐倾泻，冲击着揉弄着她疲乏的身体……后来，她扑倒在席梦思床上，仰面躺下，很快，就睡着了。

恍恍惚惚间，她仿佛又回到了童年，躺在爸爸怀抱里，任他那双手在她小脸蛋上抚摸着，她觉得好舒服，好惬意，那种被搂着、被呵护的真切感觉又复活了……她醒了，发现陈总赤身偎依在她身边，两手紧紧搂抱着她，当她明白了发生了什么，且一切都已经无法挽回了，她惊恐万分，她竭力挣脱，使足力气，愤怒地推开了他，呜呜地哭了。

陈总有些束手无措，尴尬看着她。这么多日子来他在她心目中被敬重、欲感恩的形象，顷刻间荡然无存。他惋惜的不是这个，他是怕她由此而大哭大闹起来，一口咬定他强暴了她，这就麻烦了。这可是在美国啊，人家法律无情得很，只认事实，决不是你用钱或者找关系斡旋，就能化灾为夷的。这一瞬间，他感到了恐惧。他压根儿没想到她会这样，以往的女孩，都是顺从的多，有的竟然主动委身，而这个女孩不同，似乎太天真，太单纯。望着她泪流哽咽的模样儿，他忽然有种心痛尤怜的感觉，他有些愧疚了。晓雅你别哭了，他惭恶地说，这是我不好，我不该这么做。可我，你知道吗，打第一次见到你，我的魂就被你勾去了，我朝思暮想得到你，真的，我是打心里喜欢你，我爱你，爱你呀……他一面说着，一面又试图靠近她。

她厌恶地转过脸去。此刻，下体的隐隐疼痛，让她感到一阵恶心，她闭着眼睛，不想再看他，她想离开他，现在就回国。她穿好衣服，拎起拉杆箱，他忽然明白了她要做什么，慌忙就拦住了她。你别走，别走，你走了，我怎么办？他几乎要跪了下来，晓雅，你听我说，我会对你负责任的，我会离婚的，然后，我一定娶你，请你相信我，相信我，好不好？

他大声地表白道，她却像是没听见似的，依旧要走。

晓雅，你要是走了，我也不想活了，就从这窗上跳下去死了算了！说着，他真的就向窗前冲了过去，拉开了窗帘。

她愣住了，惊骇地睁大眼睛，她犹豫了，手松开了拉杆箱。

晓雅，我会对你好的，我会关心你，我会把我的一切都给你，回去，我就给你涨工资，你爸的病，需要钱治疗，这都包在我身上，这些，只有我能给你，给你幸福。我知道，你是需要我的……

他一面说着，一面将她的拉杆箱放回原处，然后，动容地望着她。她的泪珠儿就止不住从眼眶里扑簌簌地落了下来。

这一刻，对一个玩弄成性的男人来说，是驾轻就熟的，他上前毫不犹豫就搂住了她，用那结实有力的臂膀将她拥入怀中，紧紧地，紧紧地，不放。她就像一只可怜兮兮的小鸟，被极富经验的猎人擒获，赏玩于股掌之间。她不再挣扎，她知道，人生的这一页永远抹不去了，她离不开他了，便顺从地伏在他胸脯里抽泣起来。他俯下头，用满是胡茬的厚嘴唇轻吻她的发际，然后，捧着她的脸蛋，轻轻吮吸她脸颊上的泪珠儿，吻住了她的嘴唇……

一周里，他带着她游览了景色怡人的中央公园，散步在热闹繁华的时代广场，去了海边，伏在栏杆上，远眺海岛上肃穆凝重的自由女神像，来到恢弘壮观的布鲁克林大桥，又登上巍峨高傲的帝国大厦鸟瞰全纽约城……一路上，邂逅的，都是各种肤色的国际友人，虽说也有黄皮肤的中国人，可都是陌生人，他俩不必有任何顾虑，光天化日下，他尽可以明目张胆地搂着她，亲吻她，摄下一张张亲昵的合影。擦肩而过的路人，谁会怀疑他们呢！他们是自由的，在这异国的土地上，他们可以纵情放任。

不过，对奚晓雅来说，心情是很矛盾的。眼下，她还无法接受与他现在的这种关系。当他那只不安分的手肆无忌惮地在她身上乱摸，带着胡茬的厚嘴唇任意吻她时，她总是一阵惊悚，浑身止不住地颤抖，皮肤像是起鸡皮疙瘩似地难受。她试图逃避，他依然这样，她只好任之。为使她开心，他带她去了曼哈顿购物中心，任她挑选，说只要是她想要的，无论多昂贵的价格，他都愿为她慷慨支付。她买了一只路易威登的包，她知道这是奢侈品牌包中数一数二的，是上流社会的象征；她还买了一只浪琴女士金表，24K 纯金的，这些都很贵，她就要这些，他不是信誓旦旦许诺她，只要她看中的，想要的，他都给她买么？当然，她还买了几套四季服装，都是著名品牌的，有香奈儿，有阿玛尼的，她一看就喜欢的。当他为她提着大包小包回到宾馆时，她的脸上像微风吹过的一池春水般地荡漾开来，露出了嫣然的笑意。他自然不会放过这个时机，一把拉她入怀，疯狂亲吻着她，滚到了席梦思上……

　　她推开他，坐了起来，有些怔怔地发呆。不知怎的，脑海中蓦地浮现出黄曼妮来，似乎她的话又在耳畔响起：陈总舍得在你身上花费，自有他的企图。你记住，天上不会掉馅饼，上帝也不会特别眷顾你……现在，她突然明白了，黄曼妮说的一点没错，这个男人，不是达到他的目的了吗？他轻而易举地就占有了她，从此，她不再是纯洁女孩了。她忽然感到有种失落，有种绝望，有种恐惧来。

　　你怎么了？他猜疑地看着她。

　　我该怎么办啊，她带着哭腔说，你真的会娶我吗？

　　当然啦，我说话算数的。

　　要是你老婆不同意，那怎么办？

　　我通过诉讼离婚呀。

　　她似信非信，质疑地望着他。

　　你还不信啊，他拍着胸脯，那我跟你赌个咒……

　　不要，她用手慌忙掩住了他的嘴。

　　奚晓雅只能相信。她不敢想象还会有其他的结局。她已经委身于他了，那就是他的人了，只要他离了婚，她从此就可以过上衣食无忧的生活了。他答应她，他会满足她一切，因为他是成功人士，他有这个能力。她不想等大学毕业，有了工作，再找个男孩恋爱，然后，两人再一起吃苦，奋斗，那日子简直不堪想象。现在，有了这个捷径，何乐而不为呢？

她期待着，将来，他能给她一个完美的婚姻。

假期结束了，奚晓雅回到学校。她虽然没和同学说什么，但从她穿着打扮，举手投足，细心的人也就察觉出了点什么来。这一切，自然逃不过黄曼妮的锐利的眼睛，寝室里没人的时候，就忍不住问她，晓雅，陈总和你那个了？她说得很露骨，简直是直奔主题。不是你想象的那个样子，奚晓雅脸红了，躲闪着她投射过来的逼视的目光，低声地说，你不要瞎猜疑。黄曼妮笑了，说，干嘛呢，那个就那个了，你和我说，我也不会传出去的。我只是问你，除了给你买的这些东西，他另给你多少钱了？有这个数吗？一面说，一面就伸出两个指头，二十万？奚晓雅摇了摇头。黄曼妮差不多叫起来，啊，买这些东西，你就让他那个啦？那，就太亏了。你怎么轻易就答应他了呢？这可是我们女人最后一道防线啊！你真傻，我说你是犯贱啊？

奚晓雅被她说得脸上红一阵白一阵，既难堪又懊恼，她不知该说什么好了。黄曼妮知道刚才的话说重了，于是，叹了口气，道，你呀你呀，就是不听我的警告，这不，吃亏了吧。她的这番话语，让奚晓雅有些感动，眼圈儿不由地就红了，说，曼妮，你说，我该怎么办啊？黄曼妮又叹了口气，说，要我怎么说你呢，现在，主动权掌握在他手里了。怎么办？那你找他要钱啊，至少六十万！这叫青春损失赔偿费，他不在乎这点钱。万一他不给，那你就闹，威胁他，找他老婆。奚晓雅骇然地看着她，说，这个，我做不到。我也不想这么做。我已经是他的人了，我想和他结婚。黄曼妮的目光在她身上上下扫了个遍，冷笑道，你们结婚，这不可能吧？奚晓雅道，他已经答应了。是吗？黄曼妮冷笑了一声，说，他的话能当真？就算他真的愿意，他老婆肯吗？你也太天真了，从不怀疑谎言。奚晓雅自信地说，他说他老婆不同意，他会诉讼离婚。黄曼妮听了便直摇头，冷笑道，那你就等着他走法律程序吧。

　　寝室门口响起了脚步声，她俩就此打住。黄曼妮坐在床头，对着镜子，开始梳妆打扮起来，她晚上有个饭局，是新结识的一个做地产的老板请的。老板要她再邀几个女生，她就问她，有没有兴趣去。奚晓雅哪有这个心情，她在想刚才曼妮的话，从心里讲，她虽有些看不惯她，但还是佩服她，她家境很不好，可始终不缺钱花，过得潇洒。她能轻松自如地周旋于几个社会老男人之间，这就证明，她的智商绝非一般。那么，她的警告，定不是无中生有。这么一想，她稍有平静的情绪又波动起来，她有些害怕了，甚至有些绝望，倘若真如曼妮所言，那她可怎么办呢？

　　次日，她就电话给陈总，要他再次承诺。陈总愣了一下，似乎显得不耐烦，说我在工作，现在不要说这个。她听出来他话里有推卸意思，就急了，声音也颤抖了，几乎是带着哭音地说，陈总你不管我啦，你说过的话不算数啊。陈总很快就调整了情绪，婉言相劝道，你不要多想嘛，我说过的，怎么能翻脸不认呢？你放心好啦，只是这事不能急，得有个过程要走。她听了，半信半疑，又无可奈何。过了几日，陈总开车来学校，把她接到西郊一个小区，他刚买了套别墅。她惊讶极了，进了房间，就有了主人的感觉。他说，这将是她的新居。她彻底放松了，心情好舒畅，唱着歌儿，东瞧瞧，西望望，小心翼翼地摸着家具摆设，走进盥洗间，看见智能坐便器，她兴奋得叫了起来，然后，她去冲了个

伤心的披萨

浴。当她裹着浴巾走出来，冷不丁就被一双大手搂住，随即，她的嘴唇就被吻住了，陈总直喘着气，把她整个儿的抱进了卧房的席梦思上……

好多天，奚晓雅都沉浸在甜蜜的憧憬里，她朝思暮想的，就是那一天，她和他走向婚姻的殿堂，这也是他每每搂着她，亲着她，抚摸着她光洁的身体时，他的许诺。她本可以相信他，不再催他。哪里料到呢，天算不如人算，她突然发现怀孕了。她就告诉他，催他离婚的事。陈总一听，脸色就变了，眉头也紧锁起来，沉默了半天，说，这样吧，去医院打掉，你要多少钱，我一次性付给你。她一听这话，就急了，几乎哭出来，你什么意思？你不要我了？你不是说要和我结婚吗？陈总沉默了，这会儿，他心里非常矛盾。眼前的女孩，比他小三十岁呢，鲜嫩无比，如花似玉，每搂着她的柔软的身体，那种娇娜妩媚，都让他销魂，而他老婆，就像根干瘪枯槁的丝瓜，早就没了胃口。但他不能离，他所以有今天，全都是靠了她。当年，他在商海里打拼，几近绝望，一个偶然机会，认识了她，她的家庭背景显赫，让他欣喜万分。他们结婚后，他就从她舅舅管理的银行里获得一笔数额巨大的贷款，拿下了市中心一块风水宝地，公司很快起死回生，迅速发展。他不能过河拆桥，倒不是他良心所在，他是清楚，他的发迹，是与她们家有密不可断的联系。只要他提出离婚，他的一切就都全完蛋了！不用犹豫了，他决定向奚晓雅摊牌，却不敢面对着她，避开她渴求的眼睛，说，和你结婚，哪有那么容易？我不可能与我老婆离婚的。奚晓雅头脑轰地一声，炸裂地疼痛起来，叫道，你说什么？你反悔了？你骗我，你不是人！陈总沉默了一会，说，这么说吧，我的一切，都是我老婆带来的，没有她，我和我的公司，就不会有今天。你听明白了吗？我考虑，给你一笔钱，我们结束。这也是你最好的选择了。奚晓雅呆了，晃了晃头，她怎么也不敢相信他会背弃承诺。她怔怔地望着他，一句话也说不出来，当她终于确信这是事实时，她哭了。我不会打掉肚中孩子的，她边哭边说，陈总无可奈何地看着他，说，你只能打掉，我会付你一切费用的。

奚晓雅终于明白了，这件事，现在已经不能一厢情愿了。如果她现在不及时打掉孩子，肚子会一天天隆起，怎么向老师同学解释？退学吗？岂不是太愚蠢吗？如果因此而退学，爸妈知道了，那不会把他们气死。再有一年就要毕业了，怎么说也要熬过去，顺利毕业，然后找个工作。她本想和黄曼妮商量，但怕她笑话她，又怕她传出去，就独自去了医院，做了引流手术。医疗费用自然是陈总来付，然后又给了她二十万，算是一次性了结。她嫌少了，陈总就摆脸说，趁我还没改变主意，你拿去我们两清。你要是不肯，这个钱你就要不到了。

学期结束，奚晓雅带着凄楚的心情回了家。刚进门，见了爸爸，她就吓了一跳，父亲面色蜡黄，骨瘦嶙峋，躺在床上，颤巍巍地坐起来，剧烈咳喘起来。她急忙问怎么了，妈妈就说你爸的肺气肿病严重了。她一听就责怪妈，说怎么不去医院。妈说医药费太贵，家里钱都用完了。她说妈你怎么不告诉我呢，我这里有钱，说着，就从包里取出一张银行卡，这里有二十万，给爸治病够吧。妈妈张大了口，惊讶地看着女儿，说，你这哪来的这么多钱呀？她就说，妈你别问了，这钱是我挣的，又不是偷的，你尽管用好了。妈妈疑惑地看着她，用不信任的眼光逼视着自己的女儿，仿佛要从她的脸上读出什么来。她心里有点儿虚了，就说，妈，你这么看着我干什么？床上的爸爸又剧烈咳嗽起来，直喘着气。妈妈赶紧拿了条手巾，给他擦拭着嘴角流出来的血痰。奚晓雅一时慌得六神无主，不知道怎么办才好。爸爸的病怎么这么严重了，她想着，心里害怕起来，就说，妈快送爸去医院吧。妈妈回过头来，目光再次盯着她，什么话也没说。

爸爸不再咳嗽了。妈妈把女儿拉到一边，悄声地问，晓雅，你实话告诉我，这二十万你哪来的？给老板打工，能挣这么多钱吗？是不是你干那个见不得人的事了？要是你做了，你就不是我女儿！这个钱脏，我们不能要！妈妈为何这么说，原来前不久她听邻居张姨说，现在不少女孩子在城里做二奶，做妓女，靠这个挣大钱呢。现在一看女儿拿了二十万，自然就怀疑了。奚晓雅心里虚，眼泪几乎要夺眶而出，她紧咬着嘴唇，努力地不让它流下来。她不能让妈看出任何破绽，要是妈知道了，她会气死的。她得将这事永远的隐瞒下去，反正做了引流手术，只要自己不说，谁会知道？看着妈妈怀疑的眼睛，她装作被冤枉的万分委屈样子，冲着妈说，妈，你都说什么呀，我辛辛苦苦挣钱，给爸治病，你却说我这钱来得不干净，我冤不冤啊……说着，说着，情绪激动，眼泪掉了下来。妈妈一看也慌了，像犯了错的孩子，忙道歉道，晓雅，那妈是错怪你了，妈向你赔不是，妈只是担心啊，没别的意思。

对奚晓雅来说，这个寒假，显得特别漫长。爸爸送去了医院。妈妈和她轮流着去陪护，住院才没几天，就付了院方各种医疗费用十多万，唯一值得安慰的，就是爸爸的情况好些了。可是，每当触碰到妈妈的眼光，她就像芒刺在背般地难受。她多么想向妈妈说，可她什么也不能说，妈会受不了。她下意识地躲避着什么，不过，她的细微变化，还是让妈妈怀疑了。她面色苍白，时而会头晕，身体显得虚弱，也不再像往常那样有说有笑，这些妈妈看在眼里，似乎有些明白，有些惶惑，也不便开口再问。她就想这个寒假快快过去，逃回到学校去。过了年没几日，她就订了车票。收拾行李的时候，妈妈看着她，忍不住开口了，你这就要走吗？怎么不多住几天呢？

学校有事啊，她没敢正视妈妈的目光。

还没开学呢，也不在乎这几天嘛。妈妈责怪地说。

妈，她脱口而出，我着急啊。

你急什么呢？妈妈眼睛盯着她，就不能再陪我们几日？

她张口结舌，不知该怎么说才好。她心乱如麻，想起爸妈从小把她抚养大，为她付出了那么多，理应多陪陪他们，可是，她不能再待下去了，她愧对爸妈。

妈，她突然情绪激动，大声地说，我对不起你和爸，我都成人了，不能让你们再操心。我得早点回去，有许多事情等着我去做，我很快就要毕业了，我要在省城留下来，找个好工作，挣大钱。我知道，爸的病，需要钱。我会挣很多钱，来孝敬你们……

妈妈吃惊地看着女儿，不知道究竟是喜还是忧。

大学生涯的最后一学期，既紧张又心烦，奚晓雅一边要通过毕业论文答辩，一边又要赶紧找工作。这期间，陈总相邀了几次，都被她拒绝，尽管他答应她毕业了可以去他公司继续做，给她高于一般员工的薪水，她还是一口就拒绝了他，她不想再与他有任何瓜葛。她怀揣着各种证书，去用人单位应聘。走了一圈下来，都没中意的，不是工种不理想，就是工资太低，一般每月才二三千块，还不够租个稍微像样点的房子呢！有家房地产咨询公司，她去试了，每天，一大早上班，晚上干到天黑，不停地打电话拉客户，联系房东带客户看房，忙得连饭都顾不上吃，累得筋疲力尽，也就每月四千。干了几月，她就辞掉了。她感到生存的危机。

　　春季应聘会上，有一位 IT 行业的上市公司李老板盯着她看了几下，问了几个问题，立刻就定下来，要她去办手续，答应给她月薪六千。除去三千房租，剩下三千，仅够维持最低开销，她虽然觉得不满意，但还是做了下来。一次，有个快递小伙给她送来网购的优衣库女装，在拆封的时候，她随意问了下他，月收入多少，小伙说有多有少，平均下来，月工资八千。她听了脸上立刻露出万分惊讶。心想，快递这种苦力，没有任何知识文化含量的操作性劳动，就每月八千了，而我一个本科生，还不如他，这也太不公平了吧。没多久，她就向李老板提出要涨工资的要求。

　　李老板是个聪明人，似乎早就料到她要说这个事，笑着看着她，等她开口。她鼓足了勇气说了出来，李老板沉默了下，故意蹙着眉说，这个不好办呀，你刚来还没为公司做多少贡献，就给你涨工资，那别人会怎么说？见老板拒绝，她依然不死心，喋喋不休诉说种种理由。李老板像在听，又像是没在听，站了起来，说，我也知道，你家里困难，需要钱，但要高薪，这怕不能。要不这样吧，你适当加点班，我也好对他人有个交代。她想加点班没问题，就一口答应了。隔了几日，快下班的时候，李老板给她电话，说是晚上要她加个班，去鸿庆楼饭店陪一下香港来的客户。她说她不会喝酒，李老板说，不要你喝酒，只要你陪陪吃个饭，就可以了。她想，怎么这些老板，都是这么做的，陈总也让她陪客户吃饭，然后，就发生后来的事。这么一想，就顾虑重重，想不答应吧，可是，每月工资涨到一万，这个对她来说，无疑有着极大的诱惑力。

　　这天晚宴，奚晓雅其实也没喝多少酒，确切地说，只喝了几口，就脸红耳热，几分醉意了。后来是什么时候结束的，她都不知道了。凉飕飕的夜风中，她才似乎有了隐约感觉，有谁扶着她进了轿车，再后来，她被扶着进了房间，躺在床上。她只觉得胸口好热，嘴唇发干，她想动，却四肢无力，她的意志控制不了自己。迷迷糊糊中，她闻到一种恶心的口臭味，她努力睁开眼，看见上衣已被拉开，裸露出自己的胸脯，李老板的嘴唇正向她凑过来，她一阵惊骇，冷汗渗出，全身抽搐，不！她尖声高叫道，使出全部力气，奋力推开了他，冲了出去。李老板尴尬地望着她，摇了摇头，没敢再有任何动作。

她回到出租屋，关上门，坐在床上，哭了，一边哭，一边狠抽自己的耳光，在心里喊道，奚晓雅，奚晓雅，难道你在人家眼里，就是个婊子、荡妇吗？除此之外，你就没有任何价值吗？怎么说，你也是个有知识有文化的本科生啊，难道只能靠出卖肉体来换取生存吗？这不公平！可是，不公平，你又能怎么样呢？

她坚决辞去了这份工作，不想再见到李老板。对她来说，是又一次遭受侮辱与摧残！她受不了，几乎要崩溃了！没有做任何解释，她就离开了。于是，又开始了应聘。天无绝人之路，她被一家健美俱乐部聘用，负责前台管理工作，主要是接待客户，收发、编辑、处理各种信息资料，活儿很轻松，也很体面，就是工资不高，但她想不能两全其美，再说老板是个女的，不会对她有什么企图，斟酌再三，她决定做了下来。

这是家极高档的健美场馆，富丽堂皇，设施一流。来健身的，均非等闲之辈，男的，多是西装革履成功人士，女的，也是穿金戴银的太太小姐。她满意这环境，每天上班，感觉自己也高贵了许多。可毕竟是服务行业，得小心翼翼，对顾客不能有丝毫怠慢，老板很会算计，付了你工资，不会让你白吃饭，稍有空闲时间，就叫你去外面马路上散发广告，招揽顾客，一天下来，忙得昏头转向，只是下了班，走进杂乱无章的街道，回到那间自己住的又暗又湿的宿舍，才恍然清醒过来，知道自己不过是个打工妹而已，甚至还不如那些送快递的。

前台有空的时候，偶尔她会去健身房看看，她看那些健身男女，满头大汗、气喘吁吁地疾步走在跑步机上，上下来回举着哑铃面红耳赤青筋直暴的怂样子，就觉得好笑，想这些人，有钱没处花了，这不是买罪受么，干嘛要这么自找苦吃呢？继而，又嫉妒起来，想他们真是钱多了没处花，自己什么时候也能像他们一样，过着这种衣食无忧的高消费日子呢？

有天下班，回宿舍的路上，她看见一个女人，正向一辆红色的轿车走去。近了，差不多她要叫出来，原来是黄曼妮。毕业离校后，她们一直没联系，多日不见，曼妮还是那个样子，那种自信、得意的笑容依然荡漾在脸上，只是身体比先前显得更丰润了，更有种雍容富贵的样子。曼妮开口就说她结婚了，老公是个商人，听那口气，她是过着上流社会的日子啦。她猜疑着，正想问，曼妮便指着身旁停着的保时捷，说，这车是老公送我的结婚礼物。你猜猜，价值多少？她哪里猜得出来，就直摇头。曼妮就笑了，眉眼间流露出一种抑制不住的得意来。我告诉你，这辆车售价六十万，你看，我老公大方吧，他还给我买了终身保险呢，嗨，我这辈子呀，不愁没钱花啰！晓雅，我现在才真正体会到，你再怎么努力奋斗，也不如嫁个好老公。嫁对了人，你就会幸福一辈子。说着，曼妮从 LV 包里取出车钥匙，遥控打开车门，热情地说，你去哪儿，要不要我送你一下？她哪能告诉她回宿舍呢？那个地方，就是个贫民窟，杂乱无章的街道，狭窄拥挤的小巷，车都开不进去呢。就说，不用了，我去对面的超市买点东西，再见吧。

黄曼妮开着保时捷风驰电掣般地去了，仿佛在她心上重重地轧过，她只觉得胸口一阵窒息。在校的时候，她对黄曼妮就是既羡慕又嫉妒。现在，这种感觉更强烈了。对她而言，曼妮始终走在她前面，追求着、享受着最前卫的生活。她怎么也想不到，毕业才不到一年，曼妮就选择婚嫁了，而且，是跨国婚姻，嫁给了一个美国人！不由得不让她佩服得五体投地。可以想象，曼妮将会过着怎样的无忧无虑的幸福生活了，这不都是她嫁了人，嫁对了人才带来的吗？

　　嫁人，这个念头一下子就跳了出来。

　　是啊，为什么不嫁人呢？迟早不都要走这一步吗？

　　她想，这些日子以来，自己努力过，奋斗过，没日没夜，废寝忘食地干活，可到头来，得到了什么呢？仅够维持最低水平生活。上个月多买了套秋冬衣服和床上用品，开销超了点，房租没来得及付，房东就一个劲儿地催了，还扬言要终止租赁合同，赶她走呢。这是个高消费的大都市，她挣的钱，入不敷出。那么，回到父母身边，回到那个偏远的小县城，凭她的学历，找份工作，或许日子能过。可，人往高处走，水往低处流，回到家乡，岂不让人笑话？她必须留在这个大都市里，追求富有品位的上流生活！现在，她豁然明白了，凭一己之力，就想改变命运，那是太傻了。她现在唯一的捷径，就是嫁个好老公，他是她幸福的港湾，会给她倍加关爱呵护，他就是她天上掉下来的馅饼！

　　奚晓雅只想早点结婚。听说市中心公园有个相亲角，逢双休日，热闹得不得了，她去了一趟，只见林荫道两边树上挂满了纸片，上面写着征婚人的情况和择偶条件。她的目光被一个银行任高管的吸引了，她便照着上面写的电话号联系了下。首次见面，那人出手就很阔绰，在裕隆大厦餐厅请她吃饭。她却倒了胃口，对方满脸皱纹，皮肤松弛，已是结过婚，离了，且有一女儿的中年人了，说起话来，嘴里不时吐出一股难闻的臭气，偏偏他又靠她很近，躲避都来不及。这事黄曼妮知道了，就说你怎么去那种地方，相亲角都是剩男剩女，高不成低不就的，凭你这相貌，要嫁人还不容易吗，就热心地要给她介绍。可是给她推荐了几个，也都没成，对方几乎都是一见倾心，被她的年轻美貌勾魂摄魄，有的甚至三番五次缠着她，给她好多许诺，她都没心动，曼妮就奇怪了，问她为什么这样，她说没有缘分。显然，这是托辞。其实，她根本就没做好婚嫁的准备。她得嫁个她喜欢的、她爱的、有品位的、能给她终生带来幸福的男人，她必须慎重择偶，决不能这么草率了事，免得日后会后悔莫及。黄曼妮就说，这事犹豫不得，看中了就抓住，过了这个村就没那个店了，她自然也表示赞同。

有天，她正在前台对着电脑做资料，一个穿着风衣的男子进来了。

小姐，你好，我交会费，他很有风度地说，声音磁性的，暖暖的。

奚晓雅抬头，见是张很帅气的男性的脸，眉宇很有神的那种。他说他叫张正义，这名字一下就把她逗乐了，问了下他的职业，她就不笑了，听他说他是个律师，她便用不屑的眼光看了他一眼，想说，来这儿健身的，都是有钱的大款，你消费得起这个？但她很快就闭了嘴，他递上一张卡，说卡里有钱，会费要缴多少，尽管刷就是了。连价都不问，他就这么牛。

张正义每次来，总要在前台和她搭讪，有话没话地聊几句，开始，她也没在意，来的都是客，人一走茶就凉。不过，让她惊讶的是，这个人缴纳了高昂的会费，来健身却是三天打鱼两天晒网，似乎根本就不在意付出的损失。有天，她忍不住了，就问他，你真是钱多了，缴了费，又不来健身，把它浪费掉。他不屑地说，我忙啊，我这工作没有定时的，这么说吧，没案子呢成天闲着，有案子觉都别想睡，我这不也是有空就来吗？她想，这人是白送钱给我们老板，怎么这么不心疼钱呢？就奚落他道，就凭你，能挣几个钱啊？莫不是在挥霍你父母的家业吧？她这么一说，张正义可拉脸了，你太小看人了吧，我再怎么着，也不会坑爹啊，我的消费，都是我挣来的。你不信，那我告诉你，我办的案子，都是标的高的大案，按照千分之三收费，一个上亿的案子，我拿多少，你会算吗？她果然心算了下，不禁张大了口。

她不说话了，心里却像煮沸的水，翻腾得厉害。

她想，如今的男人，年轻的没钱，有钱的年长，唯独这个张正义，既年轻，人又帅，才三十出头，就事业有成，有超高的收入，他不正是自己要终生托付的人吗？

此刻，张正义也在偷窥着她，眉清目秀的瓜子脸儿，挺直的鼻梁，微启的嘴唇，有忍不住欲亲一口的冲动来，他惊叹了，想何以这么美貌，却在这个岗位上做呢？她结婚了吗？有男朋友了吗？有没有，试探一下就知道了。于是他请她吃饭。

他是开着一辆黑色的宾利轿车来接她去饭店的，坐在车上，她就感觉这车具有那种尊贵、典雅、精细的高贵品质，正如广告里宣传的那样。这车是他的，什么时候我也能有呢？她想。吃了饭，他邀她去他家玩。车子开进市区锦绣路荣福府，这是高档豪华住宅区，一幢幢小别墅，掩映在绿荫丛中。进了门，她都来不及惊叹了：那明亮宽敞的空间，富丽堂皇的装饰，高贵典雅的家具，一个可以尽情撒泼打滚，沉迷陶醉的天堂，甭说了，能宅在这样的家里，还要什么呢？

这一刹那，她简直出了神，入了定，俨然感觉自己就是这里的主人了。她真的不想再回到那个满是霉味狭窄逼仄的出租屋去了。她笑了，但很快，心里倏忽掠过一丝不安来，她想到了那个曾经糟蹋过她的陈总，想到因为他自己被怀孕打胎，脸上的笑容顷刻间化为乌有。她害怕面前的他知道了不能接受，她差不多想要哭出来。她要走。

他却一把拉住她，认真地说，你别走，我要你。

她犹豫，嗫嚅地，说，我，曾经……你就不想知道？

他捂住了她的嘴，你别说了，我不在乎你的曾经，我只需要你的现在。

她有些疑惑不信地看着他。

他不容分说，蛮横地搂住她，急切地亲吻她。

他们双双倒在了席梦思上，她一任他的疯狂，一任他的随心所欲。她在心里盘算好了，她只希望快快地种下他的种子，然后在她的土壤中生根，发芽，开花，结果。她要有孩子。有了孩子，就有了婚姻，有了幸福的保障。

他手忙脚乱地解她的衣襟，她故意挡住他，问，你会和我结婚吗？

会的呀，他不耐烦地回答，继续解她的衣襟。

要是怀孕了，我是不可能打掉的，她不放心，又补充了一句。

我也想要个孩子呢，他满口答应，他等不及了。

他都说这话了，我还顾虑什么呢？他就是我终生托付的人！奚晓雅紧紧抱住了他，头发凌乱，衣襟敞开露胸，狼狈不堪，也顾不得了，此刻，她生怕他会改变主意，松开手，撇下她。她不能让他离开，他是她的。

奚晓雅为这个决断由衷赞叹。好长一段时间，她都得意不已。幸运的是，她很快就怀孕了，医院检查，胚胎一切正常，看到那份妊娠诊断报告，她激动的手都在发抖，迫不及待地告诉了张正义。她说，你就要当爸爸了，接下来，有一系列事情要赶紧做，告知双方父母，办理结婚证书，举办婚礼，去一家最好的妇幼保健院建立生育档案，定期做妊娠体检……一个既紧张又快乐既忙碌又充实的日子就要来临啦，当然，她是要辞去现在的这份工作的，她不想上班了，太辛苦了，她要去读硕士研究生，重过浪漫学生时代，提升修养品位，孩子由保姆带，她要和老公一起去世界旅行……她对未来，充满了喜悦和幻想。

她喜形于色，兴奋地说着。张正义却显得沉静，半晌没开口，她急了，问，你怎么啦？怎么不说话？他心情复杂地，前言不搭后语地，说，啊，真没想到，你这么快就怀上了，我还以为……真是出乎我意外，既然如此，那就，只好生下他（她）吧……

只好生下他（她），你什么意思？好像不情愿是吧？她听出他话里有话，冲动地说，我可跟你说过，怀上孩子我是决不会打掉的，我肯定要生下来的！

我知道，不过，这婚姻大事，事先得有个商量嘛。他话中有话地说。

还要商量什么？难道你不愿结婚？她差点叫了起来。

不是，我是说，先要明确我们各自的权利和义务，婚后以什么形式生活……

她不耐烦地打断了他的话，说，你怎么这么啰嗦呢，婚后的事婚后再说吧，现在赶紧把结婚证领了，明天我们就去……她不容分说地。

好吧，婚后的事婚后再说，这可是你说的啊。他强调了一下。

次日，两人就去拍了结婚照，然后去民政局领了结婚证。

奚晓雅悬着的心终于放了下来，她眉开眼笑，喜不自禁，趁张正义去停车场取车，她这才想起将这件大事告诉家里，就拨了手机。没想到，爸爸接了，一听就急了，就吼起来，晓雅，你把婚姻当儿戏啊？这么个大事，你怎么能这么草率？事先也不和我商量，你就先斩后奏、奉子成婚啦，你还把老爸放在眼里吗？一旁的妈妈也气得不得了，捶胸顿足地叫道，晓雅，你索性不要告诉我们好了，你就权当没我们，你爱怎么就怎么吧？她压根儿就没想到爸妈会发那么大火，愣了下，就说，爸，妈，是我不好，没事先征求你们意见，不过，你们放心，我看中的人没错的，我跟他结婚，有的是福享，不会受苦受罪的。妈，我知道你又要说，天上不会掉馅饼，一切要靠自己努力，可是，如今，靠自己多难啊，就这点工资，怎么够花，我在这里，连个自己的住房都没有，一套房子要上百万，靠我自己，哪买得起啊，你们又不能帮我，我找个老公，你们还对我说三道四，要我怎么办啊……她说得很委屈，爸妈那边也就不再作声了。确实，女大当嫁，做父母的无啥能耐，也不能养她一辈子啊，只能随了她。她清楚父母也只是说说，不能把她怎么样。这会儿，她从民政局出来，心里一阵欢畅，好了，婚姻大事总算完成了，从此将衣食无忧了，这都是自己聪明选择的结果，不是说智慧人生吗？马上，张正义把车开来，他们回家，她就永远告别了那个充满霉味狭窄的出租屋，再不用过那种居无定所，借房栖宿的不安定生活了，她将在这个大都市里，有了自己的可以尽情撒泼打滚、自我陶醉的住房，过着上等品位的夫妻生活了！

车来了，她开门坐了进去，张正义问，你去哪？

回家啊，她笑着说。

张正义侧过脸来，望着她，还是送你去你的出租屋吧。

你说什么？她惊讶地睁大眼睛，我们不住一起？我们不是结婚了吗？

是啊，他镇定地说，结婚并不等于非要住一起啊，我们依然可以各过各的。

你这是什么话？哪有这样做夫妻的？她惊叫了起来。

没什么奇怪的，他依然镇定地，不紧不慢地说，现代社会，夫妻生活方式多样化：可以住一起，也可分居，可以平时不见，逢双休日、节日见……这都可以啊！

你什么意思？不让我住你的房子，是吧？

他点点头。

那你怎么不早说？你骗我啊？她愤怒了。

我本来，他脸色尴尬地说，我本来是要说的，可你不想听，催我领结婚证，说婚后的事婚后再说。现在，领了证，我再说，也不能算是骗你吧？

奚晓雅愣了一下，很快地，就歇斯底里地爆发了，你就是个骗子，骗子！张正义却是出奇的冷静，一点儿也不动容，等她又哭又闹停下来之后，他只是冷冷说了句，你要是不答应，我也不勉强你，那我们可以现在就离婚。她呆了，神经质地拼命摇头，怎么也不敢相信，怀疑是不是听错了，他又说了一遍，这才如梦方醒。她气极了，离就离，她不甘示弱地叫道。然而，很快地，她的声音就弱了下去，这会儿，是腹中的胎儿提醒了她，她珍惜地抚摸着腹部，流着泪说，不，我不离婚，我要这个孩子，我要这个家！

等她情绪平息下来，他们去了鑫兴大酒店，他为她叫了几个她平日很少问津的高档菜，仅那一只大龙虾吧，就要八百多块。她哪有胃口，她吃不下去，眼角溢出眼泪。他给她递上纸巾，说，领了证，是取得合法关系，接下来，我们再举办个婚礼，就大事告成了。你放心，孩子生下来，我会负起做父亲的责任的。她说，我们不住一起，怎么共同照顾孩子？他说，你没听说吗？现在兴起一种新的婚姻形式，叫什么来着，哦，叫两头婚[①]，就是夫妻两头走，结婚后依旧与双方原生家庭保持一定黏性，各住各家。她困惑不解地直摇头。他继续说，就是说，还是各过各的，至于抚养孩子，我们可以生两个，各带一个。她目瞪口呆地望着他，说，那怎么行，一个人怎么带？他笑了一下，我这边有我父母帮着带啊，至于你怎么带，你自己考虑。她思考了一下，说，我父母在外地，父亲又有病，即便是能过来，住哪里？我那间出租屋太小，即便是他们肯住，我也不好意思让他们住这个屋啊。他说，那你就为父母再租一间，要不，你们家干脆在这里买套住房啊。她的心像被毒蝎狠螫了一下，钻心般地疼痛起来，她面色苍白，弱弱地说，我们没有这个经济实力。他无动于衷地看了她一眼，说，那是你的事了，这个我可管不了。以后经济上，我们实行 AA 制，谁也不占谁的便宜。不过今天，是我请你客，你放心，再贵，都是我付钱。他一面说着，一面讨好地给她夹了一块粉蒸肉。她哪有心情吃得下去呢，满桌珍馐菜肴，瞬时成了模糊的泪影。

[①] 两头婚，是 20 世纪末江浙一带兴起的一种新的婚姻模式，既不属于男娶女嫁，也不属于女招男入赘，男女结婚后，依然依赖各自父母和原生家庭，优点是双方平等，缺点是会造成夫妻关系生疏，没有家庭归属感。

出租屋里，狭窄得几乎连下脚的地方都没有，到处堆满了杂物，有许多纸箱，那都是快递送来的网上购买的物品，有的连封条还没拆。一张小床，一个小桌，挤在几平方米空间里，有个洗漱间，使用很久的洁具，满是黄渍尿垢，发出难闻气味，就像街巷那些没人管理的茅厕一样。房东不肯重新装修，只能这样对付着。原以为结婚了，她将与这出租屋永远告别了，没想到，她还得住这里。这是为什么？这究竟是为什么？奚晓雅委屈地在心里喊着，木然地望着眼前的一切，眼圈儿红了，泪水又顺着脸颊不由自主地滚落下来。

她走进洗漱间，在台盆前用凉水冲了下脸，洗去了脸颊上的泪痕，感觉头脑清醒了许多。现在，她多少有些明白了：结婚，并不意味着改变。先前，她有过许多美丽的梦幻：结婚了，她将辞去工作，再不用打拼了，她会成为荣福府别墅的女主人，做全职太太，常坐在老公的宾利轿车里，和他双双出入社交场合，进酒吧，入会所，享受上流社会贵妇人生活，要是在家实在闲得无聊，那就花钱去读个硕士，反正，钱有得花……可谁知道呢，这不过是个南柯一梦，一切又回到了原点，就像《渔夫和金鱼的故事》里的那个贪得无厌的老太婆，最后又回到了从前一样。她还得住在这个出租屋里，过着拮据的下等人生活。这怨谁呢？怨他吗？又有什么用呢？是自己太急于嫁人，太草率了，嫁错人了。这事，千万不能告诉爸妈，他们要是知道了，该有多伤心啊。跟谁说呢？她又想到了黄曼妮。

黄曼妮一听，情绪激动起来，在手机里直冲她嚷，晓雅，你怎么这么没用呀，你都给他怀上孩子领了证了，他还这样对你？这也太不公平了，你不要就这样认怂。她哽咽着说，没用的，我现在才知道，他这个人很犟，说一不二的。黄曼妮说，那你就打掉孩子，跟他离婚。她摇头说，我不想离。黄曼妮说，那你就死缠着他，跟他闹呀，把事情闹大，去妇联、媒体、法院告他，他总要考虑自己的名声，要在这个社会混吧？要不，我陪你一起去找他？奚晓雅知道，黄曼妮有副热心肠，为朋友真敢两肋插刀，可她不想让曼妮插手这事，她怕事情弄砸了，适得其反，就说，谢谢，不用你出面，我自会和他理论的。她打定了主意，要和张正义好好谈谈。

一连几日，她都没联系上他。先是说出差了，到外地去办个案子，回来后，又说忙，一再推辞。她想他是故意不肯见，就有些耐不住了，这天，逢她轮休，就径直去了锦绣路荣福府小区，在他那幢别墅台阶前站住了，揿了门铃，他开了门，蹙着眉头看着她。

你……怎么来了，搞突然袭击啊？他很不高兴地说。

你让我进去说，这是我的家，我为什么不能住在这里？她理直气壮地，一面说，一面就大踏步地迈进来，一屁股坐在客厅的沙发里。

是你的家，你当然能住这里，可是，问题是，这不是你的家，你能不能住这里，那得要看这个房子的主人是否同意，你明白吗？他双手抱在胸前，用不屑的口吻说。

怎么不是我的家？这就是我的家，我想住就住！她从沙发里蹦起来。

他冷笑一声，你想住就住，没那么简单吧？

张正义，我告诉你，这房子，你能住，我就能住！她高声叫着。

是吗？他鄙夷地看着她说，你知道这房子现在价值多少吗？市场挂牌价 800 万，我能住这个房子，那是因为我买下了这房子，是我这么多年拼命挣钱，努力奋斗的结果，当然，还有我父母这一辈子的含辛茹苦的付出。我问你，你凭什么就可以享受这个房子呢？

我们结婚了呀，她瞪着眼睛。

哼，他讥诮地说，结婚了，就要占我的住房，享受我奋斗获得的一切，结婚，是打土豪、分田地啊？

我是你老婆，我有权利住！她尖声地叫着。

你是我老婆，就要住这个房子，假如我没有这个房子，那你就不愿做我老婆了？他眼睛里闪着狡黠的光，挑衅地问她。

她愣住了，她没想到他会这么说。

是吗？你说实话。他望着她。

你要没房子，我瞎了眼才会嫁你！她也不顾忌了，直截了当地说。

哈哈，我知道了，他自嘲地说，你嫁我，不是冲我这个人，是我的经济条件，是觊觎、企图侵占我的财产，坐享其成，说白了，你是压根儿就不打算自己努力奋斗，与我来创建美好的家庭生活，你是属于那种不耕地，不浇水，就想摘桃子吃的人。那，你觉得我有这个义务一定要满足你吗？

我不想听，不想听！她捂着耳朵，然后高声地尖叫起来，张正义，我告诉你，你要是不让我住进来，我就找妇联、找电视媒体、法院，告你不道德，虐待妻子，你会身败名裂的，你给我听好了，我是说到做到，勿谓我言之不预！

那好啊，那我就等着你去啊，他微笑着，胸有成竹地说，你以为他们会像你一样指责我是吧？他们才不会愚蠢到你这个水平呢！莫说清官难断家务事，即便妇联、媒体真有为你说话的，说我不让你住我的房子是不道德，那我倒要问他们了，他们家的事都道德吗？把他们家的事都翻出来，我来评评，看有没有不道德的。我还要问他们，难道他们鼓励不要做任何努力，不要付出任何辛劳，就可以不劳而获，得到他人的房产和享受优越的生活条件吗？我可以负责任地告诉你，他们是不会赞同的。至于，你要找法院，那好啊，可你别忘了，我是个专业律师，在法律方面，我比你的常识要多的多吧，我可以告诉你，现行的《婚姻法》条款，我烂熟于心，能倒背如流，你呢？

奚晓雅呆了，忽然间，她明白了，面前的这个男人，是一个与众不同的、有着深邃心机与强大能量的、很难对付的男人，或许他早就机关算尽、未雨绸缪，精心策划了这场只赚不亏的婚姻，他什么钱也没花，什么许诺也没有，轻而易举地就得到了一个妻子还有她腹中的孩子。这个男人，真的是太狡猾，太可怕，太可恶了！瞧他那得意的样子，她气得两眼冒火，他却一点儿不觉得，反而冲了杯咖啡，不失风度地微笑着递过来，问她要不要喝。她恨不得一手打翻在地，但她还是忍住了，她怕一时冲动起来，失去控制，后果不堪设想。

好了，就这样吧，张正义站起身，两手一摊，说，你看，今天我在家做案件资料，你一来就把我的工作给耽搁了，这可是我挣钱的活啊，我不努力地干，将来还拿什么养我们的孩子呢？那意思是下逐客令了。奚晓雅不是呆子，哪里听不出来，再赖在这儿，那就真的一点自尊心都没有了，毕竟还未沦落到这种地步，她脸色涨红，瞳孔放大，心跳加快。

那，我们离婚吧，她冲着他说，孩子我也不要了。

他怔住了，有些惊慌，有些尴尬。晓雅，他歉意地说，我不是撵你走，确是我忙得很，现在不能陪你，改日再见面吧。既然我们结婚了，作为丈夫，我会对你负责，也会对孩子负责，这个，你放心好了。

负责，你还好意思说你负责？她几乎要哭出来，我跟你结婚，得到什么好处了？人家黄曼妮老公还送她一辆保时捷，你给我什么了？什么也没有！我是昏了头要跟你！

他看着她，说，晓雅，与你结婚，我错在太急于求成，只想快点把这事办了，没有对你了解，也没跟你深入交流，达成共识。现在看来，我们对婚姻，存在很大认知差距。你把改变自身命运，寄托于婚姻，而我却认为，改变命运只能靠自己努力奋斗，你明白我的意思吗？

她直摇头，眼睛直愣愣地。

晓雅，你现在去哪儿，要不要我开车送你？

他这一声提醒，让她从恍惚中醒了过来。

不用了！她径直向门外走去，把他抛在了后面。

出了荣福府别墅小区，是一条具有法国风情的街道，两旁多半是咖啡馆、酒楼、奢侈品商店。她来张正义家有好多次了，却很少在这条路上徜徉，通常都是坐在车里一晃而过，只能从车窗里望它一眼，他的车就直接开进小区入地下车库。在她印象中，这是一条极有品位的街。只有一次，看完电影他们回家，很晚了，他兴致勃勃拉她去了这街上一家玻璃门上写有 Pizza Marzano[①] 字样的餐馆，她惊讶的是，服务小姐竟然都是欧洲人，幸好他是一口流利的英语，与她们交流毫无障碍，这让她深感愧不如他。那天，她吃了意式烟肉罗勒意面、松露流心蛋披萨、暖心芝式火锅，喝了法国的香槟……那一刻，她俨然觉得自己属于

---

① 披萨玛尚诺，一家由英国人经营的西餐厅，有意式披萨和各种美食佳肴。

这个城市的上流了。这是令她印象最深刻的一次，可惜，也只有这么一次，让她满足，让她回忆。他再也没有带她来过，他总是忙，很少见她。她多么希望，他能每天带她，就在这风情街徜徉，随便进那家餐馆就餐，然后，在星巴克享受浪漫，她好喜欢闻那咖啡浓郁香味，与他共度良宵……然而，现在，这一切，都只能是痴心妄想了。

一阵浓郁的香气飘逸过来，几个穿着时髦的女子擦肩而过，发出清脆的笑声。她却想哭。迎面有个妙龄女孩，偎依着一个老男人，缓缓走来。不用说，就看出是情侣关系了。女孩突然双手搂住老男人脖子，旁若无人地亲吻他，手腕上那只浪琴表，闪着耀眼的光来。奚晓雅羡慕、嫉妒地看着那女孩，不知怎的，心里忽然冒出曾经读过的《荷塘月色》中"热闹是它们的，我什么也没有"的句子来。仿佛是被什么狠狠螫了一下，心疼痛得痉挛起来。

现在，该到哪儿去呢？

前面就是十字路口，红灯亮了，她止住了脚步。她不知道等过了这个路口，将去何方。在这瞬间，她思绪纷乱如麻。去医院，去做流产手术吗？不，她害怕，她知道，反复做流产手术的严重危害性，那会导致子宫内膜损伤、炎症，宫颈粘连，月经不调，不孕乃至绝育啊！她要这个孩子，要保住这个婚姻。可是，婚姻，又能改变什么呢？她不还得住在那个阴暗潮湿狭窄的出租屋里，每天去辛苦做活，凭借自己每月那么点可怜的工资，过着捉襟见肘的寒碜日子，而她的丈夫，却独住在高档的别墅里，拿着高薪，开着宾利轿车，这太不公平了！可你又能怎样他呢？离婚，重新找人，这不是开玩笑嘛？怎么对爸妈交代？说刚结了就要离吗，爸妈知道了，不要气死才怪呢！千万不能告诉他们！那么，和谁说呢？和黄曼妮说，又能怎样呢？她除了会怂恿我和他斗，还能帮我解决什么呢？想着，想着，她的眼泪又不知不觉地流出来了。

走啊，怎么不走啊，还愣着干嘛？

后面行人催促起来，奚晓雅这才发现绿灯亮了。她一面用餐巾纸擦拭了眼角的泪花，一面随着匆匆的人流走了过去。马路前面不远处，有辆清洁车，一个扎着头巾，皮肤黝黑的大妈正在低头清扫路面。近前，看见大妈正将铁锹上的垃圾往车厢里倒。她走过去，却被大妈拦住了。姑娘，你手上的纸巾别乱扔，请放垃圾箱吧，大妈仰起脸儿，满面笑容地说。阳光洒在她的脸上，发出灿烂光辉，那是张充满活力的脸。姑娘，她唠叨着说，瞧你，长得多俊俏啊，谁要娶你做媳妇，那真有福气……奚晓雅听着，猛然触动了心弦，眼泪又不由自主流了出来。大妈一看可慌了神儿，急切地说，姑娘，你这是怎么啦？遇到啥不顺心的事啦？有啥难处吗？哎，桥到船头自然直，这世上，就没有过不去的坎儿。你不信？那你瞧我吧，在乡下有三个孩子，孩他爹去年遇车祸，命保了，可人瘫痪了，医药费得自理，那真是叫天天不应，叫地地不灵啊，可日子不还照样要过吗？我来城里做清洁工，每天，清扫马路，还有附近三个小区卫生，我都全包了，从早干到晚，挣了好几份工资呢！这不，付了孩他爹医药费，孩子学费，家里生活开销，还能结余存款呢。这叫天无啥来着？她面含笑意地望着奚晓雅。天无绝人之路，奚晓雅脱口而出。对对对，天无绝人之路，只要你不懒，肯干活，就不愁没活路！大妈朗声笑着说。

奚晓雅一面听着，一面直点头，堵塞的心渐渐舒展开来。她抬起头，挺直了胸，向前走去。公交车擦肩而过，她不想再挤下班车，她怕她肚里的孩子被拥挤的人群碰到，她得小心翼翼地护着这个小生命。有谁说过，生命是喜悦，生命是希望，生命是未来，是呢，有了肚中的孩子，她就不是一无所有。她得尽快去健美馆上班，跟老板说她不辞职了，她要做下去，今天，虽然是她轮休的日子，但不要紧，她可以再做份额外的工作，站在街头给老板散发广告，招揽更多客户，这个是有提成的，多劳多得……这么想着，脚下的步子便迈得更急了。

问君几多愁

一

陈黎民回到家，仰靠在客厅沙发上。这会儿，他的脸色难看，眉头紧蹙，眼神呆滞，嘴唇嗫嚅着，似乎想说什么，却又什么也没说，只是长长地叹了口气。

"你怎么啦？"凌丽华从厨房出来，见状关切地问他。

他又叹了口气，还是什么话也没说。

"你哪儿不舒服？"

"我……累了。"

"那你就歇会儿吧，先喝杯水。"

妻子温婉轻语，一面说着，一面就要给他泡茶。

"我……"他望着她，声音有些颤抖，欲说还休。

她回过神来，着急地望着丈夫。

"到底怎么啦？你说呀！"她是急性子，受不了他的吞吞吐吐。

"今天……穆局……好像对我……很不满……"

陈黎民踌躇着，终于说出了憋在心里整整一天的郁闷。

"为什么呀？是你工作没做好？"

"不是。"

"是你有什么地方得罪了他？"

"也没有。"

"那就奇怪了，"凌丽华说，"我看，是你多心了吧。"

"要那样就好了，"陈黎民几乎要带着哭腔说："可确实是，穆局不满我啦！早上在走廊里相遇，我主动向他打招呼，他根本就没理睬我……"

"嗨，就这个呀，"她笑了，"可能是他没看见你。"

"不，他看见我了。"

"就算是看见你了，他不理你，也很正常啊。"

"不对，以前他不这样，"他痛苦地说，"这两天，我明显感觉，他对我态度变了，一定是对我不满了！"

"你太敏感了吧，"凌丽华一面向厨房走去，一面说，"别胡思乱想了，吃饭吧，看看今天我给你们做了什么好吃的。"

晚餐桌上，都是他和女儿爱吃的，有油爆虾，青椒肉丝，番茄炒蛋，还有鸽子汤，可是，他竟一点儿食欲都没有了，吃了几口，就不想吃了。他心神不宁，打开了电视，是新闻联播，这是他每晚必看的节目，从中可以得到最新的高层精神、政策方针、观念方法，毋庸置疑，这对他太重要了。他必须及时得到、消化、领悟这些信息，才能更准确地领会上面的意图，把握时势的大方向，做好自己的工作。每次看完新闻联播，他都要细细梳理，看有哪些收获。但是这回，眼前的电视屏幕上，全是模模糊糊晃动的人影，他什么也没有听进去，头脑一片茫然。

"穆局不满意我啦！"他又咕噜了一句。

凌丽华皱着眉头，有些抱怨地说："跟你说没事嘛，你还有完没完啊！"

陈黎民不再作声了，默默地洗漱，然后，上床睡觉。

二

夜深了，妻子已入梦乡，发出均匀呼吸声。陈黎民辗转反侧，根本无法入眠，他的脑海里反复浮现今早的情景：穆局不是没看见他，而是对他不屑一顾，一种冷淡、蔑视的目光，甚至含有的是厌恶、怨怒。细想起来，这种表情，似乎昨天就有了，对，昨天他去局长室递交一份他起草的汇报材料，往常，穆局若有空，总会审阅一下，然后说几点意见，让他修改；若没空看，至少也会给他一个微笑。这次，穆局一反常态，板着面孔，接过材料，看都没看，就一扔，冷冰冰地挥手示意他出去。是穆局心情不好？显然不是。他刚要离开，办公室秘书郑婕进来，穆局脸上立马乌云消逝，面露微笑，还对郑婕说了句幽默的玩笑话，以致他离开局长室，还听到里面他俩的说笑声……这不很明显，穆局是对我不满吗？想到这里，他顿时冷汗渗出，浑身哆嗦起来。怎么会是这样呢？难道真是我做错了什么吗？

陈黎民开始回忆这几天的言行，企图从中理出点头绪来。思来想去，不得其解。在局里，谁都知道，他不是个低智商的人，怎么说也是个管理学博士，顺利通过公务员考试，应聘到教育局机关工作，凭着他人缘不错，左右逢源，精明能干，办事勤快，富有效率，不出几年，就从一个普通职员晋升为局长助理，成为众人羡慕的对象。自从有了他，穆局感到轻松多了，本来要事必躬亲，上传下达，报告讲话，检查督促，现在有些就交给他代办了。日常事务工作，只要简单交代几句，甚至不用多说，只须一个眼神，他就能深谙其意，迅即照办，而且，未雨绸缪，周密细致，这令穆局很是满意。全局干部大会上，穆局也数次表扬他。这些，大家都看在眼里，以为他是穆局心腹，都亲热地喊他陈助。这都是有目共睹的事实。再说了，自己这些年来一直低调做人、小心翼翼、兢兢业业、努力工作，有什么过错呢？

"是不是我太多心了？"

这个念头刚冒头，一丝苦笑就从陈黎民嘴边溢出。凭着第六感觉，他完全可以肯定穆局不满他了。不是么？两年前，局长助理吴成被解职，他就看到过穆局类似的表情，那天，他去送材料，恰好吴成也在场，他就看到穆局那种不屑一顾、冷淡、漠视的目光。显然，穆局不是冲着他，而是冲着吴成来的。因为他进去后，穆局脸上的表情瞬间就变化了，显得温文尔雅起来，就像昨日郑婕进来一样，此情此景，何其相似乃尔。历史总是惊人的相似，这句话不知是谁说的，太精辟了。这是说，历史在周期的运动中，必然有着某种恒定的东西，始终保持不变。这怕就是冥冥之中的规律吧。吴成后来被调到下面学校，说得好听，是为支援学校教育，其实谁都知道，这是得罪了穆局的下场。"历史又要重演了？我会重蹈吴成覆辙？"陈黎民想着，恍恍惚惚中，忽然听见何家瑞叫了他一声："陈助，穆局叫你去一下！"他心里一惊，满腹狐疑地望着何家瑞："你知道什么事吗？"何家瑞眨着诡谲的眼睛说："我哪知道，你别问我，去了你不就知道了吗？"他忐忑不安地穿过走廊，只觉脚下犹如千斤般沉重，进了局长室，怯怯地喊了声："穆局长，您找我有事？"穆局没搭理他，皱着眉头，瞋目怒视，敲着桌子道："你知道同事们对你的反应吗？对你意见大得很呢！我有心提携你，可你尽给我丢脸！我看你是狂妄自大、有恃无恐！这个局助你是不能再做下去了，局里也不能呆了……"这一顿劈头盖脸的训斥，弄得他顿时惊呆了，"穆局长，你的意思是解聘我了？"他骇恐地，怯怯地问。穆局余怒未消："你是聪明人，还用得着再问我吗？"陈黎民脸色煞白，心惊肉跳，头像爆炸一般，倏地两眼一黑，就扑通栽倒在地上……过了好久，好久，他的眼前似乎出现了一丝亮光，睁开眼一看，原来刚才自己做了个噩梦。

三

　　天已经亮了，一缕晨曦从窗外钻进来。厨房里响起了锅碗瓢勺的声音，妻子在忙活早餐了。陈黎民头脑昏昏沉沉的，隐隐作疼。他爬起来，进了卫生间，用凉水冲了一下脸，还是不觉得好，头晕目眩，浑身不舒服，心口一阵隐疼。女儿醒了，在喊"妈妈"。妻子过去给她穿衣打扮，待会儿，还得送她去幼儿园。有时候是他送，在这个问题上，两人从不推诿，他们都很爱女儿。在女儿的培育上，夫妻配合很默契，她管女儿生活，他管教育。女儿今年幼儿园大班毕业，秋天就要进小学了。引为自豪的是，他给女儿的学前教育非常成功，现在，女儿已认识两千汉字、背诵两百多首古诗、熟记三百多个英语单词，有超越同龄孩子的特好的语言表达能力，且还通过了钢琴六级考级。女儿聪明伶俐，人见人爱。当然，也有妻子的功劳，女儿的生活管理，她全包了，没让他烦一点儿神。早饭后，他要送女儿去幼儿园，妻子拦住他，说："今天我来送婧婧吧。"

　　"好吧，"他心里感激："那就有劳你了。"

　　"婧婧今年读小学，你得把她弄进育红。"她提醒说。

　　"知道，这话你说了好多遍了。"他不耐烦地说。

　　"你整天忙，怕你忘了，不早活动，到时进不了怎么办？"

　　妻子担心不是没有道理。育红是久负盛名的市重点小学，贵族学校，软硬件都是一流，能进这个学校，真比考大学还难，孩子不仅要优秀，还得看家长的地位和实力。每年，因招生名额有限，连本校教师的孩子想进都很难。普通人家只能是望洋兴叹了。不过，对陈黎明来说，应该不是问题，他心里有这个把握。上周，局里开小教工作会议，他见到育红小学徐校长，就顺便提了一下，徐校长满脸堆笑，一口答应了。这徐校长，见过大世面，结识的都是市里有头有脸的人物，因而也傲得很，一般人他根本不放在眼里，所以这么爽快就答应了，陈黎民心里明白，那还不是自己是深得穆局欣赏的局助，年轻有为，有着未来仕途的无限风光吗？他是局长的人，徐校长怎么会连这个面子都不给呢？

"这个你就不用担心啦。"他安慰她说。

"那我多操心了，"她笑着说，"也是啊，一个堂堂教育局局长的大助理，女儿进不了育红，岂不是让人笑话？"

陈黎民无言以对，望着妻子心无城府的笑靥，不知怎的，像被什么狠蜇了一下，心口一阵疼痛。昨夜的思绪，以致那个噩梦，又在他脑海里复活了。他的脸色陡地变了，只觉得嘴里苦涩，像有口痰堵在嗓子眼，说不出话来。是啊，局长助理女儿进重点小学，那应该是顺理成章的事。可是，谁又能理解他的处境呢？俗话说，天有不测风云，人有旦夕祸福。别看今日你在台风光，不定哪天就一枕黄粱。抹掉你这个局助，让他人代替你，那是瞬息骤变的事，甚至没有任何预兆。不是么，这两天，穆局不是突然就变脸，明显地表露出对他的极度不满了吗？倘若是这样（他越来越觉得自己感觉正确），那么，不会很久，或许下学期，下个月，下周，明天，穆局就不用他了。那他就是一个普通的小科员，那么，徐校长还会看得起他，一如既往兑现承诺，让他女儿进育红吗？想都别想，你就做梦吧！

"爸爸再见！"婧婧摇着小手，蹦跳着，跟妈妈出了门。

陈黎民面无表情，竟忘记了回应女儿，只是怔怔地呆立着。半晌，他才从恍惚中醒了过来，一看腕上的表，慌忙拿起包，出了门，三脚并作两步，就挤上了附近车站的一辆公交车。

四

上班高峰时间，车上人特别多，过道里站满了人，前胸贴后背的，透不过气来。陈黎民索性松开了扶手，一任被拥挤的人流推搡着，不用担心会跌倒下来。公共交通是这个城市大问题，虽然有了地铁分流，但公交车超负荷运行还是有增无减，尤其是上下班时间。陈黎民曾动过买私家轿车的念头，不是没这个经济实力，实在觉得没必要。从家里到局里，乘公交不过就两站路，眨眼工夫，且公交站就在家门口，就是不乘车，走走也无妨，也是个锻炼。可凌丽华则不这么想，吵着要他买车，说有了私家车，出行方便，节假日好全家乘车去郊外野游。他就反驳，说了一大通理由，什么每月要有几千块开销养车啦，什么出车祸不安全啦，甚至连"如今坐车的是大爷、开车的是穷人"都说出来了。却有个意思没有道出口，他不想摆阔，搞得太招摇。在局里才工作了几年，得夹着尾巴，低调做人。

本来两站路，怎么说也不会迟到的。偏偏不巧，前面一辆卡车出了车祸，造成拥堵，交警来后，处理了事故，疏散了车流。等他赶到教育局，已迟到半个钟头。走廊里迎面碰见郑婕，她手上拿着一叠公文，要去文印室。他正欲打招呼，郑婕先开口了："陈助，你怎么才来呀，穆局找你呢！"他一听这话，心就怦怦直跳，有些吃惊，揣测地看着她，仿佛要从她眼里读出什么秘密来。郑婕说："你看我干什么，还不快去！"他这才缓过神来，可还没迈出几步，脚下就已经软了。

走廊各部门办公室，一溜儿门挨着门，宛若街上商店，逢到来办事的人多，进进出出，热闹得像逛街。局长室在走廊最东头、最隐蔽的里间，静悄悄地，给人幽深、肃穆感。尽管已是局助，来局长室多次了，每次来，越往里走，越有种敬畏的感觉。陈黎民进了局长室，只见穆局正在低头看文件，就轻轻地喊了声："穆局长，您找我？"穆局猛抬起头，一种令人捉摸不透的眼光在他身上扫了一下，然后，面无表情地（该死，又是这样），挥挥手说："没你的事了，我让何家瑞办了！"陈黎民听了，心儿一下就凉了半截。

回到秘书办公室，何家瑞、老罗和他打招呼，他勉强挤出点笑容，他本想问何家瑞穆局让他办什么事，见他没主动说，似乎有回避他的意思，他也就不再问了，坐了下来，怔怔地出神。穆局说没我的事了，什么意思呢？是暗示不再用我了吗？让何家瑞去办了，是要他替代我吗？何家瑞刚才怎么不跟我说呢？他一定是知道穆局对我有意见了，为什么他不肯告诉我，对我保密？太不厚道了！平日我对他都是以诚相待，毫不避讳，有什么信息都会告诉他，他怎么能这样对我呢？真是知人知面不知心！正想着，郑婕笑嘻嘻地进来了，坐下就从抽屉里拿出一支口红，对着小镜子在嘴唇上抹了几下。他想和她说几句，却不知说什么好，倒是她先开口了：

"穆局那儿你去了吗？他找你什么事啊？"

"去了，没找我什么事。"

"那就奇怪了，穆局明明是找你，很急的样子。"

"也许是让别人做了吧。"他轻轻地说。

何家瑞依然没有作声，陈黎民有些恼了，心想，我都点出来了，你还三缄其口，装着什么也没发生似的，真有心机啊！他发现，最近何家瑞与穆局走动多了，他是从下面学校调来的，传言说有背景，故言行较随意，不像他那么低调做人。办公室里，两人虽然表面客气，协作还不错，但还是有些隔膜和戒备。不定什么时候，何家瑞就会取代他成为局长助理呢！所以，保持某种距离，是他的基本策略。倒是郑婕，他与她会更亲近些，她单纯，热情，坦直，对人不设防，对他没有任何竞争威胁。他喜欢和她交流，心里有什么事，总会和她说。何家瑞或许知道穆局对我不满，他肯定不会说，何不问问郑婕，兴许她听到了些什么呢。

五

　　一个上午，陈黎民都坐立不安，就这么胡思乱想着。好不容易挨到中午，众人都去局食堂用餐，那是大饭厅，嘈杂得很，不便谈事情。若有要事边吃边聊，都会选择附近耀华路上的酒店或咖啡吧。他给郑婕递了个眼色，悄声地说"小郑，中午我请你客，在老地方。"郑婕会意："好呀，陈助请我，我能不赏光吗？"于是，他在新海酒店楼上包了一小间，点了好几个菜，还要了果汁饮料。郑婕见他如此慎重，心下就明白了，开门见山问：

　　"陈助请我，一定有什么事吧？"

　　陈黎民有些尴尬，不知如何开这个口了，只能掩饰着说："没什么事，就是请你吃个饭，聊聊天，"他压低了声音，心事重重地，"顺便想问你一下，近来，你可听到大家对我有什么不好的反映。"

　　"没有啊，"郑婕莞尔一笑："都说陈助为人不错，精明能干，穆局离不开你呢！"

　　"不要尽说好听的，实事求是点。"他说。

　　郑婕疑惑地看着他："什么意思啊？"

　　"我是说，有人对我有意见，你没告诉我。"

"不会不会的，我真的没听到什么。"

他叹了口气，望着她说："我对你怎么样？"

"很好啊。"

"那你就不要隐瞒，照实说。"

她睁大了眼睛："陈助，你越说我越糊涂了，我隐瞒你什么了啊？"

"穆局对我不满，你知道吧？"他索性说出来。

"我不知道呀，"她很自然地，"前不久穆局不还在会上表扬过你吗？"

"此一时，彼一时。最近，他对我态度变了。"他忧郁地说。

"是吗？"她惊愕地问。

"我不是无中生有，"陈黎民苦着脸说。

郑婕望着他，忽然觉得，凭他的智商，判断不会错，也就认真起来，努力帮他回忆着，试图寻找出什么依据来，想起今天早上，他破天荒地迟到了，穆局找他半天不见，当时脸有愠色，就把这个感觉告诉了他。"如果是因为这个穆局对你不满，你也不必太介意，你也是偶尔迟到嘛，"她软语安慰，声音里透出女性的温柔。

陈黎民摇摇头，却不这么认为，他觉得，穆局在郑婕面前表露出对他的责怨，这就等于公开化了，情况已经升级了，很严重了。怎么能不介意呢？之所以会发展到这一步，是量变质变的结果，积羽沉舟啊！怪都怪自己太大意，忘乎所以，自以为无可厚非，深得穆局赏识，却不知早已危机四伏了。

"小郑，你觉得……我的问题出在哪里呢？"他期待地问。

"我看呀，"她用手指着脑袋，"问题出在这里，你想得太多了！"

"丽华也说我想多了，"他红着脸说。

"就是嘛，"她笑了，"我可以负责任地告诉你，大家对你的印象都很好，穆局对你很满意，要不，他怎么会要你做局助？想做这个的人多呢！"

"你不要安慰我。"他固执地说。

"我是如实说，"她叹了口气，又摇了摇头，"你怎么还不信呢？你要是还不放心，那以后我听到关于你的什么言论，我保证一定及时向你汇报，这总可以了吧……"

望着她清澈的眼睛，他不再说了。

郑婕的话，像一泓春水，将陈黎民的心冰释消融。女人，总是及时能给以抚慰。往常，他遇到工作不顺的事，第一个总是向妻子说，在她面前，他可以像个童言无忌的孩子，将心里话一股脑儿倾吐出来，他的苦恼、委屈、颓丧、抱怨，她都能体谅他，耐心地听，默默承受，但她无法帮他，她根本不理解他处境的复杂性。而这，只有郑婕能给他，和她每次聊天，都能得到某种启示。在他心里，她是个心无芥蒂的姑娘，给人印象是不设防，她对人都很坦诚，尤其是对他，但她又绝顶聪明，对局里人事判断很准确，意见很中肯。这两个女人，可谓他最亲的知音。在她们面前，他有种彻底放松、自由惬意的感觉。不像与男人交往，诸多烦恼，须处处设防，活得很累。就说何家瑞吧，平日对他总是占上风，有贬损他的意思，连饭局都不放过。有次何家瑞存心要灌醉他，遭谢绝后，便趁机羞辱他，说他这么没酒量，就不是个男人，弄得他脸红耳热，难堪极了，又不好发作，幸亏郑婕给解了窘，说了句陈助办事干净利落，有阳刚之气，是男人的风范，不像你何家瑞，办事拖拖拉拉。他心里一面感激郑婕，一面对何家瑞滋生出愤恚来。他何尝不知，这是借调侃他没酒量，达到当众贬低他的目的。其实，他早就感觉到，只要有机会，何家瑞就会不放过他，处心积虑让他难看，他不知究竟什么地方得罪了他。而那个老罗呢，表面上和他客客气气，可暗下里就另当别论了，从不和他吐心声，倒是与何家瑞更亲密，两人结党营私，攻守同盟。譬如年终评优，他俩总是率先互相提名，互相吹捧，将他冷落一边，郑婕关键时候投他一票，并例举他的辛苦，贡献。望着郑婕那清澈的眼睛，他忽然想起《红楼梦》中贾宝玉说的这句话来："女儿是水做的骨肉，男人是泥做的骨肉。我见了女儿便清爽；见了男子，便觉浊臭逼人。"他觉得这话不啻说到他心里去了，用"清爽"和"浊臭"来将女人与男人品性对照，也真是太天才了！这几日郁积心中的纠结，自然不能和何家瑞、老罗诉说，他们不看你笑话就不错了，只能向妻子和郑婕说，虽然，妻子太单纯，不知世故，但她能以女性的柔情给他以慰藉，这就足够了，而郑婕的意见，极有参考价值，既然她肯定地说穆局没有对他不满意，是他想多了，那他还忧虑什么呢？一颗紧张的心于是渐渐放松了下来。

六

吃了午饭，回到办公室，陈黎民打开桌上电脑，对着屏幕出神，思绪有点不集中，不知想要做些什么。那边，何家瑞烟瘾犯了，习惯地掏出香烟，恰好郑婕进来，不由眉头紧蹙，指着墙上贴的写有"No Smoking"警示，瞪着眼说，你又不自觉了，要抽出去抽啊。何家瑞涎着脸，收了香烟。郑婕坐下来，从包里取出小镜子，对镜捋了下头发，又抹了点口红。何家瑞也不放过她了，说了句郑小姐何须打扮啊，你不就是一个"清水出芙蓉，天然去雕饰"的美人胚子吗？郑婕没有理睬他，继续抹着口红。

陈黎民没有在意他们的对话，他的眼光无意间落在窗台几盆绿萝上，这会儿，那碧绿的叶子正蓬蓬松松、随意地舒展开来，偶尔窗口一阵微风吹过，满盆枝叶摇曳飘逸，似舞女袅娜的身姿，绰约动人，给肃穆的气氛徒然增添了活泼生气和赏心悦目的景观。细心的陈黎民忽然发现，有一盆叶子似乎蔫软耷拉了下来，颜色也有些暗淡发黄了，一定是缺水了！是呢，他忽然想起，上次他浇水时，唯独这盆忘了浇了，不想才几日，就这般模样了。这植物，得好生服侍，勤浇水施肥，才长得好，花木尚且如此，更何况人呢，人与人之间的情感、信任、满意，不也如此吗？你不小心谨慎，精心培育，怎能如愿以偿？如果说，穆局对我真有不满，那会不会是近来我懈怠了，没有多多主动向穆局请示、汇报，有些疏远了呢？这么一想，陈黎民心里就有些发怵了。是啊，前段时间，琐事特别多。父亲突发中风住院，他忙前忙后服侍了半个月。又恰逢结婚十周年纪念日，凌丽华死活要举办喜宴，为讨她欢心，精心地策划筹备，邀请亲朋好友，关门过节，一点也不能马虎。待忙完了这场，大学同学又要聚会，他本想推辞，因为那天下班局办陆主任请穆局吃饭，要秘书办几个人参加，他左右为难，最后还是向陆主任请了假赴了同学会。跟老同学在一起，自然彻底放松，心情舒畅，可以无话不谈。其中，混得最好的，是一个叫耿霞的女生，她已从某公司总裁秘书升为副总了，大家都问她何以爬得这么快，她坦诚直言："做老总秘书，你不能只是八小时，你得时刻为老总着想，每天得二十四小时全方位地服务。"这话一出口，众人都会意地笑了，她也感到失口，脸上一阵绯红，慌忙解释道："我说的可不是那个意思啊!"众人更是笑个不止。陈黎民没有笑,他从耿霞的话中,遽然领悟一个真理,付出与收获成正比。耿霞二十四小时心系老总,我有几小时念着穆局呢?为了赴老同学聚会,竟然连与穆局在一起吃饭的机会都放弃了!仅此表现,穆局能不与我心生芥蒂吗?大意了,太大意了!

办公室里静悄悄的,大家都在各自忙碌着。何家瑞转过脸来,望了一眼陈黎民,欲言又止。陈黎民眼睛只顾盯着电脑屏幕,手中的鼠标移来移去,最终落到一个文件上,那是一个会议程序安排,已经修改数次了,他始终觉得不满意。年底,将隆重召开穆局教育思想研讨会,区里重要领导莅临,市教育界专家来指导。他负责筹备工作,此任非他莫属,作为局助,他与穆局联系最密切,最能深刻领悟其意思,又熟悉各部门人事,筹办过多次会议,富有经验,业务熟悉。这会儿,他正思考着会议程序安排还有什么不妥的地方,桌上的电话响了,是局办陆主任的声音:

"陈黎民,研讨会筹备工作你交给何家瑞吧。"

"什么,您说什么?"他惊讶了。

陆主任又重复了一遍。

"为什么呀?"他急切地问。

"穆局说你另有安排。"

陈黎民愣住了,这太突然了,根本来不及思考。怎么会呢?这工作他筹备大半年了,为让会议取得圆满成功,让穆局满意,他可是殚精竭虑,呕心沥血,策划了最佳方案和实施计划,做了多少功课,事无巨细,都考虑了,都做了,眼看这果子就要成熟了,怎么就突然撤换了他呢?这也不合逻辑啊?他正想再问什么,那边电话挂了。

"这种琐碎的事务性工作，我做更合适，"何家瑞微笑着说，"早上穆局就和我说了。"

"你早就知道了，怎么不告诉我？"陈黎民显然失态了，面孔涨得通红，"你也真够阴险的，"可这话终于没有勇气说出口，只能在心里诅咒着。

何家瑞有点吃惊，解释说："领导不宣布，我怎么好先说？"

陈黎民无语了。早上，穆局见我也没提，而要陆主任转告，是不好意思跟我说吗？难道他不清楚为了筹备这个研讨会，我花了多少心血，是别人难以替代的吗？现在撤换了我，完全没有理由，不是么？人说过河拆桥，卸磨杀驴，这河还没过，磨还没卸，就迫不及待要拆桥、杀驴了？怎么会这样呢？是何家瑞用心争取，赢得了局长信任？是陆主任向穆局的建议？还是有人向穆局说了我的什么坏话？不管怎么说，有一点可以肯定，穆局是不满意我任这个职了，换人一定是他的意思，陆主任做不了这个主。现在看来，他们其实早就预谋了，串通好了，唯有我还蒙在鼓里……

"你把研讨会的所有资料，都发给我吧。"

何家瑞一句提醒，陈黎民心冰凉。要知道，这些资料可是他半年来的辛苦付出，也不知向穆局汇报了多少次，跑了多少基层单位，采访了多少相关人员，熬了多少不眠之夜，调研论证，收集撰稿，策划安排，甚至每一个细节，都反复考察掂量，设计得完美无缺了，现在，这一切，就拱手让给何家瑞了吗？他实在不甘。本来，工作上的人事变动，习以为常，也犯不着如此悲催，但问题是，此事发生在他身上，就不可思议了。可以说，这项工作没有任何人能取代他。因为，穆局教育思想整个完整体系，都是在他的反复研究、拼接、组合、论证、创造下演绎形成的。他曾经向教研室专家征求过意见，他们除了阿谀奉承，根本说不出个所以然。毫无疑问，这个重要工作非他莫属。而现在，轻率地就撤了他，一定是穆局对他严重不满，误会极深了！

陈黎民如坐针毡，他起身出去，想去局办陆主任问个究竟。他在走廊里踟蹰徘徊着，又觉得不妥。陆主任会怎么说呢？难道会说穆局不满意他了？会说他有哪些失误了？不会的。他了解陆主任，那是个谨小慎言、守口如瓶的人，从他口中甭想得到任何隐秘。他推开局办的门，想缩回去已来不及了，陆主任诧异地看着他："你找我？"

"我……"他突然觉得口笨舌拙了。

陆主任是个何等聪明人，一下就猜到他的意思，便直截了当地说："让何家瑞接手你的这项工作，我只是传达，为什么这样安排，你还是去问穆局吧……"

他应了声，转身出去。走廊尽头向左拐是局长室，这条廊道太熟悉了，走过不知多少遍了，平时三脚两步就到了，今天却觉得特别漫长，他的脚下似有千斤般重，就在要左拐的那一刹那，他猝然改变了主意，又折了回来。去问穆局，这不是太弱智了吗？且不说，这是不信任陆主任，就算他不见怪，又会有什么好的结果呢？直接问穆局，怎么开这个口？会是什么结果？是让穆局知道我是对他的安排质疑、不满吗？真是昏了头了……

下班铃声响了，陈黎民依然呆坐着，心里像塞了团乱麻，怎么也理不出头绪来。

郑婕扭过头来看着他，说："陈助，你怎么啦？还不走？"

他这才从恍惚中苏醒，木木地站起身来。

郑婕见他有些异样，关心地问："你在想什么呀？"

"哦，没，没什么。"他欲言又止。

"你好像不高兴？"

"没有，我很好啊。"他凄楚地一笑，显然是在掩饰，他不想再和郑婕说什么了。跟她说又有什么用呢？只能再添烦恼。她能帮他改变这个局面吗？他被何家瑞替代了，这是铁板上钉钉，不容改变的事实。

出了局办公大楼，他浑身难受，步履踉跄。一辆公交车停在站台，他却怎么也抬不起脚，眼睁睁地看着这辆车驰去。他伫立着，呆呆望着暮色中的街景，川流不息的车辆，熙熙攘攘的人流。那些来去匆匆的行人，谁不在为自己的生计奔波？他也不例外，只是更加辛苦罢了。这些年来，从读硕读博，到毕业后考公务员，从科员到局助，晋升为副科级，这一路走来，他容易么？现在，他已经四十了，正是上有老、下有小负担最重的时候，一大堆的家务琐事，他都得处理，已经感到心力不支，而工作则更不能有丝毫懈怠，在这个局机关，人事复杂，各有背景，哪怕是一个你以为最不起眼的，可能都是非等闲人物，背后都有着你意想不到的人际关系，你都得罪不得，他们都可能是你致命的威胁。他明白，毫无根基的他只是一个靠自我奋斗的凤凰男罢了，他必须要比别人付出更多的努力，必须夹着尾巴做人——这是在毕业前，导师语重心长地告诫他的。他铭记在心，一直身体力行，亦步亦趋，这才取得了局里同事们的信任，特别是穆局的青睐。谁知道天有不测风云，人有旦夕祸福呢，顷刻间，他怎么就从天上落到地上了？穆局不满意他了，厌他了，抛弃他了……天啦，这也太不公平了！他眼前模糊起来，心口倏地一阵疼痛，浑身直冒冷汗。这时候，又一辆公交车驰过来，他不由自主地就被拥挤的人流推上了车。

七

"我被替代了!"

连续几天,陈黎明反反复复说这句话。凌丽华是个没有多少主见的女人,善良有余,智慧不足。她根本不能理解人心的复杂,往往把事情想得太简单。听丈夫说了这事,便笑着说:"领导安排别人来做,这很正常啊!"

"你知道个啥呀?"他叹了口气。

"我知道,"她还是笑着,"多一事不如少一事,这年头,不干事没事,一干事就惹事,不要你做这个工作,你不轻松了吗?看你成天忙得那样,我更心疼。"

"不是你想的那么简单,"他悲哀地说,"你不知道这项工作对我多么重要,不是穆局信任的人,能交给他做吗?不让我做,就意味着穆局不信任我了,从此往后,我在局里日子不好过了。"

"啊!"她脸上笑容消失了,担心起来,"不会吧?"

"怎么不会?"他差不多要哭了,"以前,大家看得起我,还不是因为穆局看好我?现在穆局对我这个态度,别人还会对我有好眼色吗?今后在局里,我会成为一个无足轻重的多余人,最终被淘汰出局……"

她这才感到事情的严重性,有些慌了:"那怎么办呢?要不,你去问问穆局长?"

问穆局,那不是自讨没趣吗?唉,跟妻子说这些干嘛呢?除了给她增添烦恼,还能怎样呢?陈黎民双手抱着头,脑袋就像要爆炸似地,放射性的疼痛起来。他这个样子,妻子愈发担忧了,焦急地问他:

"黎民,是不是你工作上有什么失误?没有做好?"

他没回答，只是摇了摇头。

"那是不是你什么没注意，惹得穆局不高兴了？"

他还是摇头。这下，妻子可急了：

"你再想想啊，是不是你犯了什么错，自己都不知道呢？"

这么一提醒，倒让陈黎民思绪集中起来。是啊，一定是自己犯了什么错，至今都不知道，而这恰恰是致命的！这会儿，他的心怦怦乱跳。犯了什么错呢？他冥思苦想着，将自己最近及前些日子的言行，像倒放视频一样，在脑海中重现出来，哪怕是一个微小的细节，都不放过。这样反复数次，都没找出什么症结来。真是，还别说，若论工作，他是无可挑剔，你想到的，他做了，你没想到的，他也做了。而且，细致到锱铢必较。为人处事呢，他更是小心翼翼，言谈举止，分寸适当。他与人为善，从不树敌，获得众口好评。对穆局，他仰视，尊敬，顺从，关键的是，他能懂得领导的心理，所作所为，能让领导满意，要不，局里那么多人才，穆局怎么就看中他了呢？但再聪明的人，也有犯傻的时候，可究竟自己是哪里失误了呢？他低下头，眉头紧锁，两手不由地深深插进头发里……

他终于想起一件事来。上周一局办公会议，他是作为局助参加的，担任记录工作。会上，穆局谈到教育教学问题，特别强调应加强政治思想教育。这是无可置疑的，但他在具体阐述时，提高嗓门，说了这么一段话："政治思想教育要贯穿教学的全过程中，落实到每节课，每个教学环节，每个教学细节中去。"当时，在座的皆点头称是，谁会在这个问题上表示异议呢？偏偏穆局又偏过头来，特意对他说了句："你得把我这个意思，写进我的那份讲话稿中去。"他说的讲话稿，是周五在全区校长工作会议上的报告，是由他——陈黎民，起草的。其实，他本应当说"好的"，或者什么也不说，点点头，那就什么事也没有了。偏偏，他认真起来了，竟然说了句："贯穿教学全过程、落实到每节课是没问题的，但落实到每个教学环节、每个教学细节中去，这个提法是不是要再斟酌……"他很想再说，"任何一个细节都要落实，是不是太牵强附会了，"话到嘴边就打住了，他看到在座的面面相觑，没人吭声，陆主任似乎还白了他一眼。穆局显然有些尴尬，眼里似乎流露出一丝不满，嘴上却说："那你再考虑一下，看看怎么提更合适。"事后，他就后悔了，觉得无论如何，不该在那个场合那样说，如果私下里直接和穆局交流，效果会更好。当众人面说，不是显得你高明，让穆局难堪吗？会不会是这件事，引得穆局对他不满意了呢？很有可能，他悲哀地想——这不是直接挑战穆局的权威吗？那种场合，各位领导都没说话，轮得到你对穆局的讲话评三道四吗？不是忘乎所以、利令智昏又是什么呢？你忘了要夹着尾巴做人啦？不过，很快地，他又从心里否定了。如果穆局对这件事耿耿于怀，不会第二天，就让他将那份讲话稿再斟酌修改，并且采纳了他的意见。如果不是因为这个，那又是什么导致他失宠了呢？他百思不得其解，烦躁不安地在书房里来回走着。

蓦然，他的目光落到一摞刚刚拆包的，还散发着油墨浓郁香味的新书上。他走过去，顺手拿了一本。这是穆局的专著，书名是《穆承望论教育》，是为配合即将召开的研讨会出版的。前段时间，他夜以继日地在为这本书出版忙碌着。他翻阅着书，目睹着那熟悉的文字，不禁露出惬意的微笑来。这可谓他最得意之作，全书体系完整、立论新颖、逻辑严密，洋洋洒洒，三十万字，皆出自于他一人之手。当然，署名不是他，他是特意为穆局撰写的。去年，他在接手筹备研讨会工作时，发现现有的材料都是穆局的教育工作业绩，及各方面对他的评价，恰恰缺了穆局个人的学术专著，这自然不能怪穆局，他这么多年都忙于实践了，哪有功夫坐下来咬文嚼字？但缺少了这块，研讨会的品位和档次就上不去。于是，他向穆局建议，并自告奋勇要为穆局赶写这本书。穆局嘴上说不必了，却没执意反对。他花了整整半年时间，字斟句酌爬格子，完成全书撰写。上星期四，出版社寄来首版新书，他拿给穆局审阅，他看见他手捂着咧开的嘴唇，眉宇间却掩饰不住笑意了，他就知道，这是他做得最漂亮的、最令穆局高兴的一件事了。这样的事情，在局里，除了他，谁还能做呢？这本书发到大家手上，赢得了一片惊讶、赞叹、崇敬，谁也没有怀疑这本书不是穆局所著，而是他陈黎明的代笔。毫无疑问，这是他和穆局之间的秘密，他必须守住这个秘密。他知道，一旦泄露出去，那自己岂不是好心办了坏事，功亏一篑不说，那不是坑了穆局吗？他怎么对上对下交代？这绝对是个秘密，除了他和穆局，决不能让任何人知道……会不会是这事泄露了，搞得穆局难堪，他迁怒于我了呢？

他害怕起来。这事，妻子是知道的，那些日子，他每天晚上挑灯夜战，赶写这本书，妻子睡不着，来书房问他，他只能道出实情，但特意叮嘱她不要向任何人说。会不会那次他们结婚十周年宴会，来了许多人，其中有他平时关系不错的同事，妻子和他们聊天，无意中说漏了嘴，把这事传给他们了？而他们又在局里传开了呢？

"丽华，你有没有对人说这本书是我写的？"他急着问她。

"我才不会呢，"妻子看着他，"倒是你不要一得意，就说出去了。"

他的心一惊。是啊，会不会是我自己泄露了呢？他开始回忆起来，记得书快递到局里来的那一天，他将书分发给办公室各位，郑婕眼里是惊喜的光，啧啧地赞叹，说穆局长有水平，没想到他出学术专著了。他自然很得意，就这本书的内容，对她说了许多话，究竟说了什么，现在记不清了，有没有流露了是他亲自撰写、抑或给她以暗示了呢？有这种可能。人在得意时候，头脑一发热，就会晕晕乎乎，不能控制，怕是说什么可能连自己都不知道了。如果他真的对郑婕说了，她知道了，再传出去，那就惨了。人言可畏，一传十，十传百，最后肯定会传到穆局那里，那他就死定了。他究竟有没有对郑婕说呢？她有没有再传给他人呢？倏地，他想起来了，有一天在办公室，何家瑞捧着这本书，翻了几页，就说："穆局的文风，我怎么看有点像是你老兄的啊？你看，这种长句式，这种排比句，与你的如出一辙。"一面说，一面还意味深长地看了他一眼。当时，他就有点心虚了，忙说："家瑞你不要胡说啊，穆局独特文风，我望尘莫及。"他心虚地搪塞着，看见何家瑞诡谲的眼睛，逼视过来，令他有些不寒而栗。莫非何家瑞知道了，那就糟糕透了，他能不抓住这个机会，置我于死地么，他一定会别有用心地把这个秘密散布出去……这么一想，陈黎民脸上骤然变了色，魂魄俱飞，身体剧烈颤抖起来。

妻子看着他："黎民，你怎么啦？"

"坏啦！可能我说出去了……"他额角渗出了汗珠儿。

"啊，这可怎么办哟……"妻子急得声音都变了。

"我得问问郑婕，"他自言自语地，拨通了电话。

这时候，天已经很晚了，郑婕正准备就寝，一看是陈黎民打来的，就接了。她丈夫抱怨道："你这个同事神经病啊，这么晚了还打电话，有什么事不好明日上班谈啊？"郑婕白了丈夫一眼，话筒里传来陈黎民断断续续的声音，她听了半天，也听不出他究竟要想说什么，就觉得很是奇怪。陈黎民哪能直截了当问她这事呢，如果他根本就没有向她透露过，这一问不就反而泄露天机了么？他只能绕着弯子，吞吞吐吐，东扯西拉，最后连自己都觉得不好意思了，连连表示歉意。挂了电话，他坐在沙发上，呆呆地发愣，不知所措。妻子双眉颦蹙，嗔怪地说："你怎么电话里又不问啦？"他缄默不语。不知可否的妻子，只能温婉安慰地说："既然你不问她，那你就不要瞎想了，睡觉吧，明天还得上班。"

不要瞎想，睡觉吧，可他哪睡得着哟。毫无疑问，为穆局写书的事泄露了，而且，极有可能，传到他耳朵里了，导致穆局异常震怒了！要不然，怎么突然就将他负责的研讨会工作给撤了呢？这只是第一步，接下来，还不知会有怎样更严厉的惩处动作！在局里，这屡有先例，前任局助吴成，不是被调走去了下面学校吗？他对他还算客气的，总务科小戴就悲催了，不知犯了什么错，高科长一直找他谈话，要他打报告申请离职，最终他没留下来。陈黎民不由自主地想起这些，猝然感到一阵剧烈心疼，浑身痉挛不已，他忙用手捂住胸口，反复地深吸和喘气……

这天夜里，陈黎民又失眠了。

八

老实说，像这样连续失眠，陈黎民还是首次。以往，遇到不顺心的事，很快就会过去，绝不可能像这次这样一直闷在心里。可见，这次问题的严重性了。连日来，他感到了自己事业上的危机。按说，他是清华毕业的博士，又是高分通过公务员考试受聘的，在局里，像他这样可谓凤毛麟角，是青年干部中的翘楚了，能赢得穆局青睐，自有他的道理。但这只是表面上的，就像附近那家超市，开张以来，一直生意兴隆，谁也没有料到，上个月突然就关门停业，原因是经营不善，入不敷出，负债累累。他目前不也要面临同样的境遇么？

陈黎民的敏感不是没有道理的。在局里，你要想知道领导对你是否满意，从周围人对你的态度变化就能知晓，这几天，他明显感到了不同往日。郑婕对他依然是客气，总是笑脸相对，但有时候，眼里不经意也逸出一丝特别的意思，是什么呢，同情？怜悯？忧心？说不清。总之，她不像以往那样对他热情，那样亲密了。私下里，他和她说到何家瑞代替他的事，她竟然毫不在意地说："这没什么，正常啊，领导的安排，自有他的考虑吧。"他有些失望了，脸上很有些压抑。郑婕凝视着他，见他低头不语，便又安慰说："你也不要为这个想太多，我估计，领导可能要安排你其他重要工作，不然，这个时候把你撤下来，让何家瑞接手，没有道理。"郑婕嫣然一笑。陈黎民却怎么也笑不出来，他在想，你这不是忽悠我么？谁信呢？领导对我真的要有安排，不早就跟我说了？很显然嘛，就是剥夺了我的这份权利，这只是开了个头，就等着将我一撸到底吧！

郑婕如此，何家瑞更不用说了。他平时对他虽说心不和，但表面上还是做得可以，要是喝茶，总是先给他泡一杯，倘若起草文件，也总不忘拿给他看看，征求他的意见，显出很恭敬，很谦虚的样子，但最近，何家瑞就像换了个人，根本不在乎他了，不给他泡茶了，对他有一种不屑，甚至有点颐指气使，要指挥他了。"黎民，那本素质教育成果画册，你还得跑印刷厂督促质量，对了，展会上的那些照片配的说明文字，还是你来写哦……"他听了心里很不是滋味，想，你不是接手了研讨会筹备工作了么？

怎么这些事还要我来做？这话他还没说出口，何家瑞就直视着他，高声说："我知道你想说什么？你不要以为，这工作我接手了，就没你事了。有些事还得你来完成，你知道不？"嘴里一股难闻的气息，直冲着他来。一旁的老罗呢，会时不时用斜睨的眼光瞟他一眼，那意思是，你这个局助，曾几何时，是春风得意，踌躇满志，现在好了吧，这一切，都要化为乌有了，一副幸灾乐祸的样子。

他很清楚，往常，也有人嫉妒他，不待见他，但那都不碍大局，那只是个别人小肚鸡肠，这些，他都可以忍受。俗话说，小不忍则乱大谋，多年的媳妇才能熬成婆，他才是个副科级，他得不懈努力，正科级、副处级、处级、副局级，一步步攀援上去啊！可是，现在不是这个问题了，是他面临着致命的打击，他的灾难来临了。

这天，一连发生两件事，让陈黎民彻底地绝望了。

上班的时候，他在走廊里遇见了育红小学徐校长，以往，他们总要打个招呼，说上几句，即便没什么说，也都会笑脸示意。这回，徐校长走来时，脸上依然微笑着，陈黎民下意识地就迎上去，打了个招呼，忽然想起婧婧今秋进育红的事情，就停住脚步，顺便问了一句。徐校长停住了脚步，上下打量了他一眼，似乎不认识似地重新审视着他，愣怔了好一会儿，说："你女儿的事，恐怕不好办了。"

"什么情况？"陈黎民急了。

徐校长摊开两手，显得无可奈何的样子："不是我不帮你这个忙，今年招收名额有限，入学条件又加码了，多少人递条子，打招呼，我都一概拒绝，没办法，实在是，真是力不从心啊！"

陈黎民的心扑通一下，就像掉进了冰窟里。他只能苦笑着，还能说什么呢？莫不是徐校长也听到什么风言风语，知道他陈黎民不再得宠了，就不在乎他了？这势利眼，怎么就这么赤裸裸的呢？

徐校长走开了，他还呆呆地立在那里，不知所措。

这时候，他口袋里的手机响了，打开一接，那是一个从国外留学刚归来的老同学打来的，要和他叙旧情，他怕影响别人，就走到走廊西头一个偏僻角落聊了起来，也不过十来分钟吧，这边局办陆主任找他，没见着，便不高兴了，见了他，陆主任竟然摆了脸，不客气地说："你到哪里去了？以后，没事不要乱跑。"语气里有着明显的鄙薄和责怨。他想解释一下，陆主任摆摆手，意思是你别说了。他茫然地看着陆主任，想他今天怎么这么不给他面子，这对他来说，可是从未有过的。这是一个强烈的信号，如果知道穆局还信任着他，陆主任怎么会以这样态度对他呢？俗话说，打狗还得看主人嘛。现在，很清楚了，陆主任知道他已经得罪了穆局，不再是穆局的红人了，所以，今天一反常态，就对他不再像往常那样亲切，而是毫不客气，直接就摆脸色给他看了。

完了，他，陈黎民，从此仕途终结，一蹶不振了！

像是一阵飓风吹过，他几乎要跌倒在地。刹那间，委屈、郁闷、痛苦情绪，犹如波涛翻滚，汹涌激荡掩过来，淹没了他整个身体，他感到透不过气来，要窒息死了！倘若不是在局里，他会挣扎，会仰天大吼，要不，就痛哭一场。现在，他什么都不能做，只是可怜兮兮地站在那里，好半天都未能挪步。他压根也没想到，这么多年的努力，小心做人，认真做事，战战兢兢，如履薄冰，就因这一失误，给彻底泡汤了！曾几何时，他都觉得自己无论是智商还是情商都属上乘。事业和家庭，他都是周密地设想和规划，脚踏实地去实施。不久前，他还对妻子说，他想再生个孩子，最好是个男孩，这样就不遗憾了。妻子说，再生个你养得起吗？他满怀信心地夸下海口，说他不久会晋升的，收入待遇会更高。现在，这动人的诺言，就像调皮淘气的童稚嘴里吹出的五彩缤纷的肥皂泡一样，顷刻间就他妈的消失了！怎么再面对妻子呢？想到妻子，他忽然觉得愧疚起来。这些年，妻子很辛苦，家务活、带女儿，都一手包了，她要支持他的事业，她主动承担，从不计较这些。有句话说，一个成功的男人，背后必定有个贤惠的女人。无疑，丽华是个贤惠的女人，可是他却不是成功的男人了，他自毁了锦绣前程！

这天下班，陈黎民没有像往常那样要急匆匆回家，公交车来了一班又一班，他都没有上去，他不想现在就回家，他实在没有勇气见丽华，见到她怎么说呢？说女儿进不了育红小学了吗？说他不再被领导信任了，可能职务将被一撸到底，成为普通科员，而后有可能被淘汰出局吗？说他是个可怜的失败者吗？跟父母说吗？二老为他辛苦了一辈子，现在需要安度晚年，还能再为他操心吗？跟老同学、同事说，换来的除了廉价的同情，还有什么呢？人家不鄙视他、耻笑他，就是谢天谢地了……

他孤零零地站着，眼里充满了痛苦和焦虑，像是在期待着什么。这会儿，一个老人走过来，约莫六、七十岁，慈眉善目，却显得精神矍铄。老人见这个年轻人站在那里发愣，不禁对他相视一笑，是那种很亲切的笑容。老人走了过去，他竟然鬼使神差地，不由自主就跟了上去。

九

不远的地方，有个临街公园，虽然不大，却也鸟语花香，曲径通幽。老人走了进去，沿着小湖边散着步，走着走着，感觉后面有人一直跟着，便停了脚步，回头望了望，见是刚才见过的人，便再次善意地对他笑了笑。但这次他的眼里露出惊讶来了，因为他发现，面前的这个年轻人神情痛苦，脸色苍白，身体颤抖着，摇摇欲倒样子，他慌忙上前扶住了他。

"你没事吧？"

陈黎民说不出话，只能勉强地苦笑。

"你脸色不好，要紧吗？"老人显然有点急了。

"我没事的，"他努力地从喉咙里挤出来。

老人唠叨着说："小伙子，身体要当心，不要只顾了挣钱了，钱，够用了就好，不要为了钱，委屈了自己，要爱惜自己啊！"

"我……"望着老人慈爱的面孔，像是遇到久盼的亲人，一股暖流瞬间漫过了心里，陈黎民眼里溢出点点泪光。

老人惊骇地看着他，揣测地说："你怎么啦？有什么想不开的事吗？"

"我……太没用啦……我算是完了……"他自言自语地，几乎要哭了出来。

老人像是明白了什么，劝慰着："小伙子，可不能这么灰心啊！你还很年轻，只要努力了，就会有很好的未来。"

"未来……我还有吗？"他悲悯地说着，索性放开，向这位陌生的老人，倾诉着，说个痛快了："我是每况愈下啦……再也不能回到以前啦……你知道吗……我一直很努力……我几乎是超负荷地工作……可是到头来呢……我这个人……其实很傻……真的，我很傻……我满以为，凭着我低调做人，踏实工作，做出成绩，就能得到大家的认可啦……可没想到，在他人眼里，我只不过……是个棋子，任人摆布，任人丢弃罢了……任我怎么努力，都不能改变我与生俱来的命运……"他似乎要一口气,把憋在心里的委屈全都倒出来。

老人深切地望着他:"我不知道你究竟发生了什么,不过,在我看来,你说的那些根本就不是个事,不要在乎它,这不是站着说话不腰疼。有句话说得好,走自己的路,任他人说去吧!只要不昧良心,做好你自己,就行了。太在意别人认可,这样活着,会觉得很累的。"

"你不知道,现在,即便是我在意,也没用了,迟啦!"陈黎民悲哀地,绝望地,几乎带着哭腔地说:"他们不喜欢我了,不相信我了,不需要我啦……"

老人凝视着他,说:"你不是为他们活着的,你明白吗?"

"你的意思是?"他问。

"记住,你是为你自己,活着!"老人大声地说。

是吗?为自己活着?从今往后,不要再看别人眼色了?不要再唯唯诺诺,瞻头顾尾,如履薄冰,小心翼翼做人了?不要委屈自己,违心行事了?我行我素,想说的就说,想做的就做,痛痛快快,潇潇洒洒地做个人,做回真正的自己了?猛然间,陈黎民像是醒悟了过来。老人说的话,既熟悉,又陌生;既遥远,又亲近。这些年,有谁这样跟他说过呢?连最亲密的人,自己的妻子,不都是一而再,再而三地叮嘱他,要多顾忌别人的感受么?现在,面前这位老人,居然这么跟他说,他说的,难道没有道理么?

公园的中央有个小湖,陈黎民的眼睛下意识地向湖面瞥去。几只黑天鹅,一会儿拍打着翅膀,一会儿把头钻进水里啄食,悠闲地游弋着。它们多么快活啊,这一方水面,就是它们自由自在、恣意率性的世界。那么,我呢,难道我还不如它们吗?我干嘛要活得这么憋屈，这么作茧自缚，这么顾虑重重，这么窝囊呢？我该堂堂正正，为自己活一把，做个顶天立地的大写的人，难道不是么？想着，他心里不由地一阵激动，他好想感谢这位素昧平生的老人，他有许多心里话好想对这位老人诉说，可当他转过身来，却发现老人早已走开了。

十

第二天早上，蔚蓝色的天空升起一轮朝阳，金色的阳光沐浴着整个城市。陈黎民充满自信地走进局机关大楼。在走廊里，他逢人便点头，微笑，说上几句，像什么事也没发生似的。是的，他已经不再顾忌别人看他的神情了，哪怕有人会向他投以鄙夷的，怜悯的，嘲弄的目光，这都没什么关系，他在乎的，是做一回真正的自己。他已经想好了，即便局助不要他做了，从此也不会晋升了，那也没什么，就做个普通科员呗，局里这么多科员，不都安逸地过着各自的日子么？那个势利的徐校长，不肯帮忙让他女儿进育红小学，那又有什么呢？难道进不了育红就成不了才吗？他会用业余时间给女儿最好的教育。至于妻子，他会耐心说服她的，相信，她会满意的……他迈着大步，信心满满地，就在要进办公室那一刹那，何家瑞挡住了他：

"陈黎民，陆主任找你！"

"找我，有什么事情吗？"他吃惊地问。

"你去就知道了。"何家瑞眼里眨着诡谲的光，似乎不怀好意地笑着说。

陈黎民身子颤动了一下，他分明听出何家瑞的声音里有明显的幸灾乐祸。会是什么情况呢？他已做好了最坏的打算，无非是穆局要陆主任向他正式宣布，他这个局助被撤了，由何家瑞替代了。这个，已在他预料之中了，他早有心理准备，能承受得起。大不了从此往后，不再有任何升迁机会，就这么平平淡淡地过吧。还会是什么呢？总不会是穆局对他异常恼怒了，要将他剔除局机关，让他这么多年努力白费、好不容易考上的公务员的饭碗砸碎了吧？不，不会的，真不会吗？要知道，现在这社会，什么不可思议的事情，都有可能发生啊！他们只需一个借口，什么提高行政机关效率，简化臃肿机构，裁减富余人员，就可以让你走人，不是么？你还能赖着不走吗？若真是这样，那怎么回去跟丽华交代呢……这么想着，他的心猛烈地狂跳起来……

忐忑不安的陈黎民，这会儿，脚步变得沉重起来，踯躅地向陆主任办公室走去，虽说只有几步路，却像走过了漫长的一个世纪。推开门，他心情复杂地说：

"陆主任，您找我……"

"是啊，下周起，你不用在局里上班了。"

陈黎民眼前一黑，几乎晕倒下来，他艰难地支撑着，发出愤懑的诘责声：

"为什么？"

陆主任诧异地看着他，然后似有恍悟，微笑着说："局里决定让你参加市委组织部的青干班学习，为期一年，下周就去报到，你准备一下，将手头工作交接给何家瑞。这是穆局看重你，组织上特意培养你啊，你可不要辜负我们大家的一片心意哦！"

"什么，您说什么？"陈黎明愣住了，不相信地睁大了眼睛，以为这是在梦中。当终于明白过来，心花怒放的他，不由得喜极而泣，两行热泪倏地夺眶而出。

在长不大的日子里

"你长不大！"这些年来，每当父亲不满我时，就会脱口而出这句话。

我真想立马回敬他："有你在，我自然长不大！"

当然，这话都跳到嗓子眼了，又哧溜地滑下去了，我愣是没敢说。

我又不是傻子，我何尝不知道我若说了这话带来的严重后果，那就是，敏感的父亲会瞪着眼睛怒怼我："你是什么意思？是不是说我死了，你就长大了？"

若是到了这一步，我就是纵有一万张口也辩解不了了。

每逢这时候，我都会忍耐缄默，以显示我有涵养。

没有办法，要知道，我只能这样选择。

别以为我多么隐忍，多么温顺，多么懂事。老实说，我是不想惹这个麻烦，为这事争执起来，实在没有必要。除了惹得父亲动怒以外，对我毫无益处。他是永远不会改变他的观点，永远不会向我道歉的。我的争辩，只能激起他的异常恼怒。况且，父亲老年时身患多种疾病，恶劣的情绪对他，无疑是毁灭性的打击。我很害怕，倘若有哪一次，因我的不受遏制任性的顶撞，激怒了他而酿成大祸，弄得一个不孝的罪名，那时，我就是跳进黄河也洗不清了。不如就百依百顺了他，反正这对我毫发无损。

这是已近中年的我才恍然大悟的道理。

在这之前，我可不是这样。打小我就天性叛逆，喜欢我行我素。我最讨厌大人的管束，怕听大人的训诫。念小学后，自然也不对老师唯命是从，常惹得老师生气，街坊邻居也对我无好印象，频频来家里告状。这多半是母亲对我溺爱的缘故。我有一个姐姐，一个妹妹，就我这么一个男孩，母亲能不宠吗？况且，那时候，父亲又远在西南三线厂①工作，很少回来探亲，对我，他是鞭长莫及。若来信问我的情况，母亲怕他担心，回信一律是报喜不报忧。这就更助长了我肆无忌惮的顽性。

母亲的放纵，使毫无约束的我屡屡犯错，都是顽皮孩童的恶作剧：把女生长辫子绕在椅背上啦，捉只癞蛤蟆放在老师讲台抽屉里啦，偷偷窜到人背后突然大叫一声"哇"惊骇他啦……凡此种种，我便成了令学校师生讨厌，左邻右舍嫌弃的坏孩子，但却给了我最大的收获，那就是，在一个毫不压抑、随心所欲、恣意逞性的游戏中，获得了童年无忌的快乐。从这点上说，我还真得感谢母亲。我觉得这一生里，唯有她最理解我，是我避风躲雨的港湾。

然而，好景不长，随着父亲从三线厂调回来，我的港湾瞬间倾覆了。我的命运，也因此而彻底改变。父亲对我，那是严加管教，从不留情。他身材魁伟，说话粗声大气，是那种硬铁汉子形象。他在柴油机厂工作，是全国先进劳模。那个年月，尊奉工人阶级领导一切，这个家自然毫无例外归他领导了，母亲听他的，唯他是从，我更是必须时刻听从他的教诲。就是说，我的好日子从此结束了。

"小子哎，你给我听着，"父亲回来没几天，就指着我的鼻子说，"我不在家，你妈宠坏了你。现在我回来了，从今天起，我

---

① 二十世纪六七十年代政府在我国中西部地区进行的一场以备战为指导思想的大规模的国防、科技、工业和交通基本设施建设，军工企业统称三线厂。

要给你约法三章，做不到甭怪我对你不客气!"

父亲说这话的时候，为显示是认真的，竟然板着面孔，一点儿笑容都没有，就约法内容做了具体阐释，直听得我头皮发麻。他那些规定，对我而言，不啻就是上天揽月下洋捉鳖，根本难以企及。就说好好学习这一条吧，要我每门课达到九十分以上，那不是天方夜谭，做他的白日大头梦吗?

任性撒野惯了的我，哪里在意这个，根本就没把他这话当真。问题是，工人阶级硬骨头，我与他对抗，就是以卵击石。他做了一条戒尺，悬挂在墙壁醒目处，意思是向我警告。我以为那只是装模作样吓唬我一下，岂不料还真的就对我用上了。期中，我考了几个不及格回来，他竟然要我自己脱了裤子，露出光腚，趴在桌子上，好家伙，对我屁股一顿猛抽，疼得我哇哇大叫，母亲含着泪冲过来护我，被他粗暴地一把推开:

"就是你宠的，再不管教，这孽障就无法无天了!"

母亲柔弱地乞怜地望着父亲，祈祷着他手下留情。

吃了这一顿揍，我乖了不少，俗话说，好汉不吃眼前亏。再说了，我其实并不笨，就是贪玩，学习不用心，一旦我克服了这毛病，那成绩绝不会倒数。我开始收敛了许多，上课注意听讲了，老师布置的作业也做了，成绩自然也就上去了。说实话，是我畏惧父亲的暴力，但更是因为看到母亲为我担惊受怕伤心欲绝的样子而不忍。父亲说什么，我只得表面上顺从应付，心里却把他恨得要死。

当然，父亲对我提出来的一系列要求，那都是无比正确，无可指责的。比如，要我尊老爱幼，团结友爱，这错了吗? 要我遵守纪律，听老师话，这错了吗? 要我见义勇为，舍己为人，这错了吗? 要我爱护公物，拾金不昧，这错了吗? 要我养成良好习惯，从小事做起，点点滴滴不放过，这又错了吗？可以说，他提的每项要求，说的每句话，都是天经地义、毋庸置疑、无可辩驳、颠扑不破的真理。我只能顺应，不可违背。这就是说，他是绝对正确的，我必须不折不扣地按他的要求去做，成为一个他所期望的，所塑造的，完全失去了我自己本色的人。这，在我心里吧，就觉得很别扭，很不自在，很不心甘。

为什么总是他对我错，难道就不能是他错，而我对一回吗？

——为此，我时刻算计，伺机而动，以便能侥幸地捉住他的短处，抓住他的把柄，这样，也好使得这个总是居高临下，对我颐指气使的蛮横霸道的老爷子，也能向我认个输，道个错，赔个礼，让我挺直腰板，出口怨气，舒畅快乐一下子。但不幸得很，这种机遇就像铁树开花，千载难逢一样，我就是望穿了眼睛，也捉不住他的丝毫把柄。

有天放学回家的路上，我一面走，一面踢着脚下的石子。倏忽间，一个圆圆的东西在我眼前闪了过去，啪的一声落到不远处地上。近前拾起一看，是一枚圆圆的铸币，锈迹斑斑，我用衣角擦了擦，正面现出个光头老人侧面像，有"中华民国三年"六个字，背面刻有"壹元"字样，凭我的聪明劲，立刻判断这是一枚钱币，而且，还是一块钱，我知道那个壹是个繁体字，就是"一"的意思。这一下，我喜不自禁了。乖乖，一块钱，可以买好多东西啊：一对乒乓球拍，一架飞机模型，一把仿真火药枪……沉浸在欣喜若狂中的我，差点就忘记父亲给我的拾金不昧训诫了。但父亲的影子毕竟挥之不去，在那一刻间，我似乎感到父亲严厉的目光正注视着我，我心动摇了。"我在马路边，捡到一分钱，把它交到警察叔叔手里边……"那年月流行的儿歌蓦然在我心里响起来，我的脚步不由自主地就向十字路口的岗亭走去。

如果警察当时在场，此可谓圆满结局。问题是，那天，岗亭没人，天晚了，警察叔叔下班了。我只能揣着这壹元钱币回家。像往常一样，父亲照例是板着面孔，问我在学校一天的表现。我一面回答着，一面手紧捂着口袋，有些心猿意马，惴惴不安的样子。很快，就引起了父亲的怀疑。他的目光终于落到我那捂紧口袋的手上，便一把挪开我的手，从我口袋里掏出那枚钱币来。他仔细瞅了瞅，脸色立刻变得严肃起来：

"怎么回事？哪来的？"他厉声问道。

"路上捡到的。"我怯怯地回答。

"捡到的，怎么不交给警察叔叔？"

"警察叔叔下班了。"

父亲看了一下钱币，眉头紧蹙，额角青筋凸起。

"这个东西能拿回家吗？你知道这是什么吗？这是袁大头，旧社会的银元！现在还保留这个，那就是留念旧社会！就是反动，你知道不？我们家没这个东西，你不该把这个东西带回家！你赶紧给我交给警察，说明一下，是在路上捡到的。"父亲怒不可遏地说。

"现在晚了，路上没警察了。"我低声地说。

"那，现在就去街道派出所。"父亲一面说，一面拧着我的耳朵，强行拉我出去，母亲惊骇无助地看着我，不知道如何是好了。

一听说是去派出所，我浑身就止不住地打颤，我知道，那是犯罪分子常被带去的地方，父亲拽着我去，岂不是我也是罪犯了？一想到这，我腿就瘫软了。"我不去，不去……"我恐惧地叫着，父亲哪管这个，硬是将我连拖带拉到派出所。

一位威武的警官接过钱币，看了我们父子俩一眼。他的样子令我感到很害怕，我想，父亲是令我来投案自首的，说不定，我会被拘留，就是警官饶了我，回到家也逃不过父亲的一顿惩罚。然而，戏剧性的一幕出现了，警官仔细瞅了瞅钱币，又拿到耳朵边听了听，在手里边掂了掂，释然一笑，说：

"这个东西是假的，不值钱的！"

父亲还有点不相信，警官笑道："我一看就知道，这是仿真品。不过，你们能交公，也算是拾金不昧吧，应该表扬。"

我终于松了口气，先前的那种紧张害怕顷刻间荡然消逝了，有种反败为胜的感觉。

路上，我越发轻松，嘲弄地说："爸，我们根本就不该来派出所。"

当然，接下来的话我没说，说了怕他难堪，说不定他会恼羞成怒——你不是说我保留这个是留念旧社会，是反动么？还义无反顾、大义灭亲地把我押送到派出所投案自首吗？结果好咪，人家警官根本就没把这当一回事，认定这个东西是假的，既然是假的，又怎么能作为证据来证明我的错呢？既然我没错，那你不就错了吗？你该向我道歉呀！

别看父亲是工人阶级老大粗，他倒是很敏感，似乎警觉出我的潜台词了，脸色有点儿微红，不过，很快地，就恢复了正常，正言厉色地冲着我说：

"小子哎，算你走运，这个是假货。但我要告诉你，凡是捡到的东西，不论真的假的，都要缴公，不得窃为私有！刚才，警官不是还肯定了你拾金不昧了吗？"

还是他正确，我错了！一时间，我憋屈得差点儿眼泪要掉下来。我还能说什么呢？在他面前，我永远是犯了错而不断地听他管教的孩子！

这件事后，我一直在琢磨，既然那个假币父亲都看不出来，这就证明，他不是什么都清楚，他也有糊涂的时候。那么，就会有犯错，就不会是绝对正确。这个道理应成立，只是，至今为止，我还没抓到一件足以让他无可抵赖、有口难辩、出乖露丑的事。我必须留心观察他的一言一行，哪怕是鸡蛋里挑骨头，也要抓住他的不是，狠将一军，让他自惭形秽，明白他也有错的时候。从此，他就别想再居高临下对我发号施令啦，他得与我平起平坐，凡事都得与我好好协商了。

于是，我等待这个机遇。然而，我又一再因此而沮丧。父亲以厂为家，每天下班后，还要在厂里加班加点，很迟回来，我几乎很难有与他相处时间。再说了，他常常会很自豪地不时地带回一些奖状、奖品之类的东西，那都是厂里、局里、市里、甚至全国总工会颁发的。他以获得的劳动模范、积极分子、先进代表、活学活用等称号为骄傲，总是向我炫耀。他越是这样，我还就越发留意了。我相信，金无足赤，人无完人，谁个没有错误呢？我非要抓他一次，让他在我面前威风扫地不可。

老天不负有心人，我终于发现了一个秘密——这么多年来我忽视的，不以为然的小事情。父亲每天上下班都是骑车的，那是辆永久牌的车，用了好多年了，车架、钢圈、齿盘、链条还铮铮发亮，就像新的一样。看得出，他很爱惜这辆车，一有工夫就蹲下来擦洗。那时候，还没有金属擦亮膏，他就用一团棉纱头沾了酒精或汽油小心翼翼地擦拭。这天轮休，父亲要去厂里加班，时间来得及，他又开始整理他的爱车了。他先是清除了轮胎凹缝中的小石子和淤泥，然后，给齿轮盘加了润滑油，接着，又用棉纱头沾了汽油擦拭车轮框来。我的目光随着他的手上的棉纱团移来移去，猛然间，一个发现令我惊喜不已，就像是哥伦布发现了新大陆一样，我几乎忍不住要叫起来。我略微镇定一下，然后，用一种坚决的、不容拒绝的声音对父亲说：

"爸爸，你手上的这团棉纱头不是家里的吧？"

父亲只顾低头擦着车，没回答我。

我又重重地说了一遍。

父亲这回听清了，头也没抬，顺口就说，"厂里的呀。"

"这润滑油，汽油，也是厂里的吧？"

我紧跟着再问了一句。

"是啊"，父亲随口答道，这回，却抬起头，瞟觑了我一眼。

"既然是厂里的，你拿回来自己用，那不是盗窃公家财物吗？"我鼓足了勇气，眼睛盯着他，用不容置疑的语气责问道。

父亲愣住了，手中的棉纱头落到地上。

我不依不饶地说："你还叫我拾金不昧，捡了东西要缴公，可你呢？盗窃公家财物，你这就对吗？你不对，有什么权利教训我？"

"这个……"父亲有点尴尬了，一时语塞了，怔怔地望着我，脸上的表情在急剧地变化着，不过，很快地，就趋于了平静。他站起身，挺直腰板，说：

"小子哎，我告诉你，咱工人阶级当家做主，你爸以厂为家，工厂就是你爸的家，家里的东西，你爸自然能拿来用。你听明白了么？"

我懵了，我无语，我点头。要知道，那时候我不过是个毛头童孩啊，哪里辨得清父亲这般看似严密逻辑推理的荒谬呢，我只能是甘拜下风啦。

从此的我，更加唯父命是从。因为，墨索里尼总是有理。①

---

① 这句话出自二十世纪六、七十年代热映的阿尔巴尼亚电影《宁死不屈》中一句讽刺性的台词，意思是说墨索里尼总是为侵略找出各种理由。

挣　脱

　　这是一个美好的早晨，端木康从梦中醒了过来。他并不急于起来——躺在床上一动不动，嘴角露出微笑，努力地回味着梦中的甜蜜——生怕一动这幸福就消逝了，再也捉不回来了——直至兰玉英的呼唤声响起，他才不情愿地起床，拉开了窗帘，一缕白亮的晨曦立刻洒进了屋来。他睁开惺忪的睡眼，鸟瞰窗外，整个城市最精华的部分立刻生动起来：近处，是高低错落的楼房，纵横交接的街道，绵延不绝的车流，像蚂蚁一样的行人；远处，是耸入云端的电视塔、巍峨超高的金融大厦，还有那条环绕迤逦东去的母亲河，全都沐浴在金色的朝辉里，发出灿烂的光彩，仿佛一个美妙的童话世界，正展现出那份神奇的、不可思议的、令人沉醉的魔力；又如一位温婉可人的含羞少妇，露出娇艳的笑靥，抚触着你的心灵，唤醒着你的欲望，触动你无限遐想。端木康伫立窗前，不由地精骛八极、心游万仞，完全沉浸在一种极其愉快的情绪体验中了。

　　应该说，端木康该满足了，能住在这个市中心高楼里，俯瞰着整个城市，该是怎样的一种骄傲与自豪啊！亲朋好友来家里做客，但凡走近窗前，都会不约而同地惊呼起来，眼里迸发出羡慕和嫉妒的光芒。这是个极高档的住宅小区，现代化的建筑设计，智能化的物业管理，且不说宽阔的车道、碧绿的草坪、葱郁树木、鸟鸣花香了，单就中心花园那个偌大的翡翠湖，在这个寸土黄金的魔都中心地带，那就绝对是凤毛麟角、独一无二的了。确实，能住在这个小区里，毋庸置疑，是一种高贵身份的标志。端木康嘴上虽不说，心里却时时涌动着一种成功感，一种得意，一种炫耀的意思。当然，能住进这个小区，也不全是他的能耐，当初，这个楼盘火爆，可面对着这每平方米四万的高房价，他犹豫不决，倘若没有妻子的眼光和魄力，毫不迟疑卖掉原住房，办了按揭贷款，快速抢单，买下了这套位于小区中央的十八楼南北通透的三房二厅，哪怕稍迟一刻，就不能如愿以偿了。因为，年底，这房价每平方米就飙升至六万，只能望洋兴叹了。

"端木，大清早的，你就站在窗前呆愣着干吗？就等着我给你做早饭啊？我也给你做了一辈子老妈子了，还要我服侍你呀？"

带有苏北音的尖利的怨声在耳畔响起，兰玉英两手叉腰，满面怨怒站在他面前。端木康尴尬地对她笑了下，他习惯了妻子的这种声音，晓得她是刀子嘴，豆腐心。他走进餐厅，见桌上已摆好早餐，有小米莲子粥、五香茶叶蛋、生煎包子、什锦酱菜，很是丰盛，这都是她做的。他们相守这么多年，每天，他都是饭来张口，他从心里感谢她。他只顾自己的工作，而她要工作又要包家务，比他辛苦得多。自然，累了，她免不了总是对他抱怨，但那也只是说归说，做归做，她就是这么个人。知道他的老同学、老同事，都很羡慕他娶了这么个贤惠善良的女人，说他有福气，夸赞他们夫妻几十年恩爱如初，情同梁孟，相濡以沫，琴瑟和谐。自然，端木康不止一次地得意过。是啊，能有一个时刻把你放在心上、甘愿为你奉献一切、与你厮守终生的伴侣，你还有什么不满意呢？

吃早饭的时候，兰玉英坐在端木康对面，两眼直瞅着他，那眼光，有种探究的意思，似乎要从他脸上神情读出什么秘密来。多年了，她常常这么瞅着他，每逢这时，他就感到浑身不自在。

然后，她会提出一些问题——多半是围绕着他的、令她所担心的——在他看来都是一些不足挂齿的问题，有些则是她的一厢情愿的猜测，荒唐推导出来的误会而已。于是，他总是不得不耐心地向她解释，以充足的理由打消她的疑虑。要是他嫌烦了，就免不了会有点争执，弄得面红耳赤，郁郁不欢来，他可不愿意这么个结果。"哎，端木，我问你，今天一早起来你就在窗前想什么呀？"她再次地问他这个问题。"没有想什么啊。"他回答道。"没想什么，那你站在窗前足足有刻把钟，是发神经啊？"她嘲讽地说。端木康不置可否地笑了下，没说话，又埋下头喝了口粥，夹了一筷酱菜想往嘴里送，猛不丁被她"啪"地一下，打掉落在碟子里了。她瞪着眼睛，吃惊地嚷起来："你疯啦，我跟你说了多少遍了，你就是没记性，这酱菜太咸，你高血压，要控盐，控盐，你是不要命啦？这酱菜这么咸，只能是调个味口，你真的当饭吃啦？你再这样，从今往后，我不会再给你吃酱菜了！"一面说着，一面干脆将那碟酱菜给端走了。

端木康摇头，无可奈何地苦笑。说什么呢？他知道，她这是为他好，是关心他，爱护他。自己高血压多年了，是她每天督促他按时服药，血压才得到控制，可不能功亏一篑啊！但他还是有怨，为了控盐，她把菜都做得淡而无味，难以下咽。他的理解是，控盐是指每日每月进盐的总量，而不是某一餐或某一个菜甚至某一筷菜的盐量嘛！他曾试图和她说过这个道理，但她哪里听得进去？她认定的事，就是天理，没有讨价还价的余地。年轻时，他倒是很有点牛脾气，争强好胜，可是只要与她发生争执，结果总是他向她屈服，以向她赔礼认错而告终。因为她任性起来，定会不依不饶，他可是个要面子的人，他不想让左邻右舍、亲朋好友知道他们夫妻不和，聪明之举当然是息事宁人，向她服软道歉。有句话说，永远不要和你的女人讲理，可谓至理名言，极富哲理。须知，较之男人，女人要承受更多，她们有太多的重负和委屈，可不是么？男人还有什么理由不让她们三分呢？再说了，人生的大半辈子他和她都这么过下来了，这会儿，还会就少吃这一筷子酱菜硬要和她争个脸红脖子粗，有那个必要么？

　　不让吃，那就不吃吧。尽管，这酱菜是他最爱，只要一闻着那咸中带酸的味儿，就会勾起他小时候的回忆，引起强烈的食欲来——但他还是忍了。何必为这种微不足道的小事弄得不欢呢？端木康喝完最后一口粥，想，现在，该是最快乐的时光了。夫妻俩都已退休啦，工作的压力、人事的烦恼、经济的重负，统统没有了。女儿大学毕业去美国留学，嫁了个华盛顿男人，生有一对活泼可爱的卷发碧眼的双胞胎，过得非常美满，根本不用他们操心，他们完全可以彻底放松、无忧无虑、自由自在地过余下的日子了。这不，从学校刚退下来的那阵儿，对于以后的生活，他有过许多美好期望：读书——书橱里那么多的书，平时因为工作忙，来不及细读，现在，可以泡上壶茶，静下心来，悠悠地，一本本地品读了；旅游——趁现在身体不错，腿脚灵活，周游世界列国，玩遍名山大川，揽尽古迹胜地，也不白来这个世界一趟；聚友——曾经因为工作、家务，在琐碎中忙忙碌碌，疏远了儿时的发小，怠慢了昔日的老同学、老朋友，退下来，就有了更多的闲暇时光，可以相聚叙旧，重建亲密了；还有许多量身打造的美妙计划……多么美好的未来，他的心情激荡起来，甚至迫不及待地，就要去践行了。谁知道呢，退休一晃就过去两年了，他可是什么愿望也没实现，只是每天和妻子朝夕相伴、形影不离，过着那种一成不变、波澜不惊、单调乏味的生活——没有诗意，更没有远方——他只能在心里长长哀叹着。

"吃好了没？好了，去洗碗！待会儿我去菜场，你跟我一道。"在卫生间梳妆的兰玉英声音传了出来。

"又要我陪你？"端木康不满地嘀咕道。

"怎么，不肯啊？"兰玉英提高了声音："今儿我买的菜多，提不动，你帮我一下，不可以吗？"

"那你就不能少买点儿？"他小声地。

"今天有客人来。"她声高八度。

端木康不说了，他知道她所说的客人，一定是刚结识的那几个舞伴，最近她迷上了广场舞，说人家很热情地教她，她得感谢她们，要表示一下，这自然符合人情常理。

"要你陪我去买菜，"兰玉英瞪着眼睛："是让你多动动，整天待在家里不动，你要得老年痴呆的！知道不？你看你，退休才几年啊，你就老得不成样子了！"

端木康心里像被什么狠螫了一下，隐隐作痛起来。是啊，自己不过六十二岁，却已显得老态龙钟了，头发现出缕缕银丝，额角也爬上了皱纹，面庞上有了点点浅灰褐色的斑块，背也有点儿驼了，走路的速度慢了许多。有天，他在卫生间浴盆前洗手，抬头从浴镜中看见自己的模样，不禁吓了一跳。再瞧瞧自己的双手，虽然还是那么白净、细瘦，可手背上也爬上几道像蚯蚓似的凸起的弯曲的青筋。这些迹象，无一不表明，自己真的是老了。也难怪，这么多年，为了这个家，自己一直在努力奋斗着，吃了不知多少的苦，很少有享受的时候。身体日渐衰竭，精神气也磨灭了。这令他很觉得悲哀。而她，比他只不过小四岁，却显得比他年轻得多了，她的头发乌乌的，眼睛亮亮的，脸庞红红的，话还是那么多，声音清脆，说起来没个完，令他整天耳畔都得不到清净。他就有点奇怪，究竟是什么支撑着她，让她还保持着那旺盛不息的精神气呢？

　　洗好碗，他和她去了附近的菜场。这是个很大的菜场，蔬菜海鲜鸡鸭鱼肉生冷活杀应有尽有，恰逢周日，顾客特别多，人头攒动，喧哗嘈杂。老实说，他真不情愿和她一起去菜场，每次买菜，她在菜场都会反复地兜来兜去，买不了几个菜，却至少要花上个把小时，真的很浪费时间。每次，在菜场转下来，他都会感到很吃力，也很后悔，觉得浪费了这宝贵的时间。而她，则把这当成一种享受，只要一听他抱怨，就会抢白他说，退休了不就是混时间吗？你还想干什么呀？他无话可说了。他知道，只有她独自去买菜，或者跳广场舞这段不在家的时间，他才可以有片刻的宁静，能一个人安安静静地，读一读书橱里那些以前来不及看的书，或者，不受外界任何干扰地独自思考，沉浸在个人的隐秘世界里。每天，他都渴望这个时机的到来，这成了他不可言说的隐秘。这当然是不能对任何人说的，说了，人家会怎么看他，说他嫌弃、厌恶自己的糟糠之妻吗？当然，更不能在妻子面前有所流露，她要是知道了，还不气得要死？多年的夫妻了，恩爱一场，相濡以沫，酸甜苦辣，历经磨砺，一路都走过来了，到老了，老了，难道还会横生意外、感情出轨了？恐怕这怎么也说不过去吧？再说了，这么多年，她可是恪守妇道，兢兢业业，相夫教子，履行做妻子的责任，里外辛苦操劳，俗话说，没有功劳也有苦劳嘛！她何曾亏待过自己呢？没有，没有啊。怎么，现在，自己总是想着要离开她，哪怕只有片刻都好，难道，真的就那么讨厌和她在一起吗？

　　这个念头一出来，立刻就打住了。他心虚地抬眼，发觉她已经不在身边。他双目环顾，发现她在前面的鱼虾摊位前与摊主讨价还价，手上捉着一条活鲤鱼。看样子，摊主不肯让价，欲从她手中夺回那条活鲤鱼，她不肯放手，还在和摊主争论着什么。这种拉锯战很浪费时间，反正她不在乎，只要能杀价。他只能默默地站在一旁等她，每逢这个时候，他就觉得很难熬。他有一种奇怪的感觉，仿佛时间刹那间被凝固了。他不由地想起南美洲的森林里，一只三趾树懒①栖息在树上，已经饥饿了很久了，但它依然一动也不动地趴着，偶尔，向前移动了下，动作极其缓慢。蓦然间，他有种奇妙的幻觉，自己竟变成了这只三趾树懒。他苦笑了下，低头看了下腕上的手表，再有一刻钟，就九点了。他正要转身，只见兰玉英两手提着购物，满载而归地站在他面前："端木，我马上去公园跳会舞，你先把这些菜拿回家，做好准备工作，蔬菜怕有农药，都给我分别先用水浸一下，洗三遍，毛豆给我剥了，芹菜的筋扯了，不然嚼不烂，这虾，头须都剪了，背脊上的肠子屎给挑了，还有……这些你都给我做好，我十点回来烧菜，听见没有啊？"她不容分说，往他手里一塞，匆匆地走了。

　　端木康望着她远去的背影，摇了摇头。有一种说法，最理想的夫妻，不在于终日卿卿我我，形影不离，那是一种心灵上的默契，是彼此之间的知己、信任和理解。他们之间，是不是这样的状态呢？有次，他就这个话题问她，她不假思索地立刻就说，当然我们是心灵上的默契了，你看，我太了解你啦，人厚道，老实头，书呆子一个，没有什么大脾气，许多事，没啥主见，能依就依着我，对不对？她一边说，一边眼睛直盯着他，咄咄逼人的样子，直到他点头认可，她才收回，满脸荡漾着得意的笑意。我们可不是稻草睡成精，不知夫（妻）人心哦！她又补充了一句，他

①　三趾树懒，终生在树上生活，在地面不能站立和行走，是世界上行动最缓慢的动物之一。

就接上说，如果是呢？她一听，就瞪大了眼睛，盯着他看，你说什么？难道你和我还有二心？你说呀，有没有？看她那眉头紧蹙，脸色涨红，声音发颤的样子，他就慌了，马上堆上笑脸，讪讪地解释说，哪里有二心，就是一条心嘛！她就咧开嘴笑了。事后，他很有些后悔，干嘛要这么泄露内心的秘密呢？傻了，真是太傻了！好在，这个事情很快就过去了，她丝毫没察觉到他有什么异样，她认定他是个只存书卷气的老实人，对此，根本没有放在心上。

　　这就是他的妻子，心无城府，从不设防，知足常乐。婚姻几十年来，她从没怀疑过他会有二心，是谅他也不敢，这个，她信心十足。当然，他深藏于心底的精神出轨那就另当别论了，她不会知道。端木康见她走远，转身回家。他得抓紧时间，遵从她的嘱咐，把做菜前的一系列准备工作做好。要不，她一会回来烧菜来不及。他开始清洁灶台，洗好碗碟，然后洗菜，切菜，这些事情，真做起来，是很费工夫的。毛豆，要一颗一颗地剥出来；土豆削了皮，还得切成丝；虾子挑肠子屎可是慢工出细活，得有耐心。这些活儿，他驾轻就熟，别说家里请客，要做许多菜，她忙不过来，需要他帮忙，其实，平时她烧菜，哪怕就一两个菜，她也要喊他做个下手，什么递个碟子拿个碗的，哪怕没啥活儿，也得让他在身边待着，看着她烧菜，不容他离开。他不理解，她就说我忙着烧给你吃，你在一边轻松自在，我心里不平衡，你得在我身边，我要随时唤你，没事你就陪我说说话。他知道，她要的就是两个人围着锅台转，那种夫唱妇随的感觉。而他，却很有些恼火。他觉得，你一个人能完成的事情，何必非要搭上我？弄得我没有一点儿自己自由支配的时间。有一次，书房里的电脑已经打开，他正在读他下载的《人类简史》，不禁深深被尤瓦尔·赫拉利①——这位以色列杰出的学者的描述——所震动了。自己作为一个历史教师，在课堂上教了这么多年，还从来没有以如此独到的视角，来审视、解读人类史呢。曾经，自己对历史的研究，都是着重于某一朝代、某一时期、某一事件，在于厘清事实，阐述文明的发展与互动。想不到，这本书却另辟蹊径，试图通过人类如何从一个普通动物演变成世界的统治者，从认知革命、农业革命、科学革命来考察人类的发展史。这个新鲜的角度，令他异常的兴奋，他如饥似渴地埋头在电脑的屏幕前，完全地沉浸到几千年的人类历史中去了……也就在这个时候，她高声呼唤他，要他来灶台前帮忙，他竟然一点儿也没察觉，似乎根本就忘了她的存在。她冲了过来，"啪嗒"一下，就关闭了他的电脑，捏着他的耳朵，叫了起来："端木，你耳朵聋啦？我喊你多少遍了，叫你来帮忙，你听不见啊？你是死人啊？"她火气冒冒，觉得万般委屈。她绝不能容忍自己的老公把她的话不当回事儿。电脑屏幕刹那间一片黑暗，耳朵被捏得生疼，他头脑中的神筋像爆裂般的嗡嗡作响。这回，他实在忍不住了，和她大吵起来，她又是眼泪又是鼻涕的，哭嚷个没完。事后，他虽然愤愤不平，但也有些后悔，毕竟，她做饭为的是他，而他呢，只顾沉迷于阅读，独享自己快乐。这餐午饭，谁都没有胃口吃。一连几天，她都生气，不理睬他。他只能屡屡向她赔了不是，这事才算结束。他再次领略了她的脾气，认清了自己该如何做，才是最大的理性。他不希望为这点小事情两人就怄气，闹得耿耿不欢，要知道，不愉快的情绪是对身体的最深的伤害。现在，退休下来了，安安稳稳、快快

---

① 尤瓦尔·赫拉利（Yuval Noah Harari）1976年生于以色列，牛津大学历史学博士，青年怪才，全球瞩目的新锐历史学家，《人类简史》是其代表作，为超级畅销书。

乐乐地过好余生，才是最紧要的。

就说自从她去跳广场舞，结识了几个要好的舞伴，常邀请她们来家里吃饭这件事吧。这个，他从不反对。他希望她能从这当中找到快乐。而每一次在家请客，他们都要烧许多菜来——不能怠慢了客人——以显示热情大方，这当然是可以的，但这样会弄得他们很累，每次下来，都要腰酸背疼好几天。于是，他竭力主张去饭店请客，这样要省事轻松得多。可她会说出种种理由反对，什么饭店花销太贵啦，家里温馨啦，饭菜可口啦。他知道，一旦她坚持了，你就别想改变她了，她的决定性和执行性是超强的——至少是对他来说。他说不出更能令她信服的理由改变她，他只能迁就她。只是这一来，他要跟着辛苦忙碌了，从买到烧，陪客聊天，一天下来，精力和体力的消耗不说，最让他痛惜的是，这一天，他感觉又失去了自己，灵魂不在，徒剩一个身体躯壳而已。这个，兰玉英是不会知道的，她沉浸在丈夫的温顺配合、给她在舞伴面前撑了脸面的无限满足的快乐里。

事实上，端木康一再地依着她的任性，并不是自己没有主张，也不是自己懦弱，他只是出于一种息事宁人——避开冲突、消解龃龉——而已。他知道，一旦他不这样做，就会给他带来不尽的麻烦，就像花丛中一只小蜜蜂，你只能远远看着它，任它振翅飞来飞去，哪怕飞到你的脸上，你都不要惹它，否则，它会狠蜇你一口，让你疼痛好久。有一回，为了一点小事他与她争执起来，他不让她。结果，她不依不饶，他要去学校上课，她不让他走，缠着要他向她认错，他不肯，摔门出去，她就在后面撵着他，一直追到他学校大门口，他只好屈服。幸好他识时务，很快就转为笑脸，诚恳地赔她不是，要不然，她就会在学校大门口闹将起来，在他的同事和学生面前，那不脸面全丢尽了？还怎么站在讲台上为人师表呢？这个教训，他铭刻在心。和为贵，他这才真正体会其中深意。当然，那是在职时的情况，现在退休了，离开了单位，也不必在意昔日同事的评价了，但这余下的日子，作为夫妻，还不是要惺惺相惜、水乳相依么？岁月会很无情，两人会一天天老去，需要相互扶持，携子之手，与尔同行，倘若这时候再节外生枝，弄得不欢而散，那不惹人耻笑吗？就顺着她，依着她吧——这种想法，在端木康心里多占上风。

等他洗好、切好了配菜，兰玉英回来了，一进屋就系上围兜，在厨房里忙碌起来。"端木，"她一边点燃煤气灶一边说，"我先烧几个荤菜，你给我把房间、还有沙发前的茶几收拾一下，将我刚买的水果点心摆好。待会儿客人来了，我要招待应酬她们，剩下几个炒菜我把料都配好，你来做。"端木康有些不解，咕哝着："既然你把炒菜的配料都放好了，不如就把菜炒了，不就得了，何别又要我来呢？"兰玉英白了他一眼，说："平时都是我烧给你吃，今天，我是特意让你在我的朋友面前表现一下，以示我有个爱我、疼我、宠我的，会买汰烧的老公，羡慕我是个享清福的女人。当然啦，也是让她们对你有个好印象嘛……"她的两瓣殷红的嘴唇，一张一合，不停地翕动着，两眼放出自得的光。望着面前的她，他心里很不是滋味——她是多么地虚伪、虚荣，而又自恋、自欺啊！她这岂不是要在客人面前演戏，而且还要硬拉上他去演一出双簧戏吗？太可笑，太可悲了——自己什么时候就成了她演戏的搭档，或者不如干脆说，只是她随手拿来或抛去的一个没有思维、没有生命的道具呢？这该是多么大的滑稽和绝妙的讽刺啊！想到即将到来的这一幕——他必须入戏，进入情境，而且还要演得让她满意，逢迎着她，配合着她，做好每一个细节，还要真的像是那么回事儿，令人深信不疑——否则，待客人们走后，就等着好看吧，她肯定会倏然变脸，会怒火中烧，会喋喋不休跟他没个完，——想到这，他就会浑身一阵痉挛。

话又说回来，她的朋友来家里做客，他应该显示热情，这个理所当然。但这应是发自于内心，出于一种自然的情感流露和表现，而不是如此的刻意所为。人家也不是傻子嘛，你的演戏还看不出来？能保证你预设的台词、动作就不出一点纰漏？你的一颦一笑、举手投足、即兴对话就那么恰到当处？万一不慎出了差错呢？这很有可能。有人说，人生就是一场戏，这话自有道理。但端木康认为，人生即便是一场戏，也绝对不是一场儿戏，更不是在逢场作戏，无需虚伪演给别人看，只要认认真真演好自己的角色，不有辱自己就可以了——这个认识，他是无法和她说的，说了她也不会明白，只会瞪大眼睛，奇怪地望着他。他了解她，什么话说了她会笑，什么话说了她会跳，什么话说了等于没说，什么话说了会惹麻烦。以至于每每和她说话，他都要小心翼翼选择话题——他多么渴望夫妻间那种无拘无束、袒露心扉、促膝交流啊！遗憾的是，三十多年的夫妻走过来了，他心仪的这种情景还是很渺茫，他始终不能如愿，反而是，和她的话是越来越少了。面对着她，他常常表现的是沉默寡言。这个，她似乎有所察觉，竟怀疑他是有老年痴呆的趋向了，他就对她笑笑，也不争辩。

大约十一点钟，客人陆续来了，屋子里气氛立刻活泼起来。兰玉英眉开眼笑，兴奋地招呼着来宾，端木康溜进厨房，关上玻璃门着手炒菜。客厅里，笑语不绝，话题扯到各自老公身上，多是褒少贬多，但对兰玉英老公，大家一致给以热烈的赞叹，说她是前世修来的。她们决不是恭维她，而是亲眼目睹了她悠闲地和她们说笑聊天，嗑着瓜子，而他却在厨房忙得满头大汗，见他炒了一道道色香味可口的菜肴端上桌来，就断定这个家里，她是主人，他是她忠实的仆人了。她们的眼里都现出羡慕的光，纷纷议论道："玉英你好福气，修来这么个好男人，有知识有文化，还会心疼人！""我家那头货，本事没有，却十足的大老爷脾气，比你家老公，那是差远了！""我家的就知道自己快活，成天在外玩，从不把心思放在我身上，哎，我就这个命啦！"她们七嘴八舌地说，无一不有着人比人气死人的那种沮丧。这让兰玉英心里好不惬意，却故作谦虚地说："百无一用是书生，我家老头子也不是你们夸得那么好呢，你别看他老实，可有脾气呢！不过，对我，那倒是没话说，乖宝宝一个，没多大出息啦。"她尽量以很自然的语气说，虽然这最后一句"没多大出息"含有贬他的意思，但谁不从她话里的潜台词里听出来，她有了一个绝对忠实于她，顺从她，体贴她，爱她的好老公呢！端木康看得出来，此时她的自尊心、虚荣心得到了极大满足。等到他上完最后一道菜，客人都纷纷感谢他并邀他坐下来一起就餐，他解开胸前围兜，刚要坐下来，没料到，她竟然眉头紧蹙，眼露几分责怨起来，他惶惑不解地望着她，心里揣摩，她又有什么不满意的呢？"你就坐下来吃啦？这油爆虾的糖醋调料呢？"她居然当着客人的面，很不满地冲着他说。这一瞬间，他觉得难堪极了，心想，莫说我是你的丈夫，我就是你请的保姆，也不能如此当众训斥，不给我面子嘛！他本想说，你不能去拿调料吗？话到嗓子口便咽回去了，他二话没说，站了起来，一面向她赔着笑脸，一面自我解嘲地说，"哎哟，忘了，忘了，你看我这记性，老啦，真的老啦。"他知道，越是这种时候越不能使性，与她相左，顶撞她，那无疑是愚蠢至极——前功尽弃不说，等客人们走了，又得有他好受的了。他快步进了厨房，做好调料，端了出来，就看见她满脸堆笑——那是因为在众人面前她的丈夫给足了她的面子。

这餐饭吃到下午两点，她去送客人，他忙着洗碗碟。待她满面笑容地回到家来，见他还在厨房忙着，便快步上去，抢下了他手中的活。不等他开口问她，她就咧开嘴笑了，说他今天的表现令她非常满意，他辛苦了，说她送她朋友的一路上，她们还止不住夸他呢！看得出来，她获得了极大的满足感。倘若时光倒退，他们年轻的那会儿，他想她准会扑上来搂着他的脖子热烈地亲他，可现在老了，不会再有那种激情冲动了，但她眼里流溢出来的那种掩藏不住的幸福感，他还是一眼就洞察了，不禁被她的情绪深深感染——这似乎是他们之间一种最融洽、最和谐的时刻了——她要的不就是这种状态吗？对于端木康来说，达到这个其实并不难，他只要屈就一下自己——哪怕是心里极不情愿，但显得很顺从、很卖力地去做——就可以了。通常是，她的要求并不高，都是他力所能及的事情，又何乐而不为呢？问题在于，任何时候，任何境况，他都得不折不扣地、小心翼翼地配合，稍有违抗，与其逆行，麻烦就来了，她生气起来，会一连数日给他摆脸色，会弄得他糟透了心情。聪明的人，自然不会作茧自缚，自寻烦恼，他知道该怎么做——若拘泥事情本身，或许会郁郁寡欢、悒悒不乐，但若从中跳出来，就会是另外一种状态了，不是吗？

这种情况，以前偶尔也出现过，现在，却是越来越频繁了。近来，他常处在这种状态里，总是下意识地要努力从糟糕的心情里挣脱出来。不过，他越是这样，就越是怀疑，这究竟是怎么回事呢？难道造化就是要和他开个大玩笑，存心捉弄他，羞辱他，让他窝囊憋屈、黯然神伤，在自我苦苦折磨中走完余生吗？如果是这样，那就太不公平了！俗话说，善有善报恶有恶报，活了六十多年的他，从来没有投机过，也没做过什么亏心事，更没愧对过谁，一直是认认真真做事，踏踏实实做人，何至于造化要如此折磨他呢？若不是，那只能是她的原因——她的所为使他对她开始嫌弃、厌恶了，对，一定是这么回事，令他总是处在这种想跳出来，想逃避她，却又不能的痛苦煎熬中。所幸，对他这个微妙的内心挣扎，她丝毫没有察觉，一直沉浸在自信满满中。他不想点破，也不能点破，因为他知道那会是怎样的一个后果。他无意伤害她。不过有个问题，始终萦绕在他的心头：现在怎么会有如此强烈的感觉呢？她不依然还是从前的她，似乎一点儿也没变，她的思想、情绪、仪表、个性，甚至连她那一颦一笑、举手投足，不都还是当年的那个样子么？

毋庸置疑，这么多年了，她还是当年的她，她对他爱得热烈，对他珍惜得要命，对他关切得细微，至今丝毫没变，一如既往。在她眼里，他就像是一件极其珍贵的宝贝，一只不舍割爱的宠物，被她时刻赏看着、呵护着、调理着，对此，他的感受是深刻的，强烈的。不说别的，就说日常生活中吧，她的点滴细节都能让他铭刻难忘，感动不已。比如，每逢两人外出办事或者散步，她总是这样不停地叮嘱他："端木，你走路，不要老低着头好吧，地上有金子啊？走路，应该抬头挺胸，两眼平视，你看你，背都驼了。"有时候，走着走着，她会突然拽他一把，厉声警告："你眼睛瞎啦，前面是窨井盖，你也踩啊？要你绕着它走，跟你说过多少遍了，要有后患意识，你怎么不长点记性啊！"那语气，简直就像在训斥一个不谙事的孩子。每次，她的高声呵斥，都会引得路人纷纷向他投来嗤笑的目光，弄得他脸红耳赤，好不难堪。那一刻，他觉得她太过分了，下意识地就有一种本能的反抗的冲动，但还是从心里接受了。他知道好歹，这不是关心他，爱护他么？除此之外，还能有什么其他价值判断吗？这个细节，他曾向亲朋好友提起过，抱怨她的粗俗，说他难以忍受，可听者却一致认为，她这是对他的深爱，都羡慕他有个好媳妇——俗话说，打是疼，骂是爱，心地好就足够了——何必计较她的脾气态度呢？必须明白，他面对的，是众口一律的社会舆论，不容置疑的，无法违抗的。他何尝不知这个道理？但却无法遏止他越来越强烈的对她厌恶的感觉。是的，现在，只要她在他身边，只要一听到她的唠叨，他就倍觉心烦，就想逃避。

这种感觉什么时候才有的呢？

端木康想着，费力地思索着，就觉得身疲软乏，便一屁股重重坐在沙发上。兰玉英要他午睡一下，说是下午要他陪她一块去逛超市。他却在想，以前，他们之间为一些事发生矛盾，也争执、闹过，他对她偶尔也有不满，但并非不可调和的积怨，他不会计较的，很快就会过去，就会遗忘的。这其中，有他的隐忍收敛、克己复礼的原因，也因为，她对他的一往情深，温暖着他的心，让他感动不已。当然，更主要的是，他没有时间耿耿于此，他有一大堆要做的事情：他得侍奉自己的父母，结婚后住在单人宿舍，得挣钱，买房，奋斗，作为大学历史教师，他酷爱这个专业，潜心教学和科研，到了废寝忘食的地步；婚后他们有了一个女儿，他很宠爱她，关心着她的成长，送她去幼儿园，陪着她读完小学、中学，直至念完大学……他的注意力全被这些侵占了，哪有工夫去和她为一些鸡毛蒜皮的琐碎而耿耿于怀呢。也就是退休后，有了一大把时间，成了有闲阶级，才节外生枝，开始挑剔与自己朝夕相伴几十年的妻子了，才有了对她强烈的厌恶感了。不是吗？退下来，他有一种脱去头上的金箍、解除脚上的桎梏的感觉，可以不必再顾忌单位、组织对他的看法，也不必陷入纠缠不尽的人事纠纷，从此就是一个自由人了，可以我行我素，想做什么就做什么，圆多年未实现的梦了。但没过多久，他就恍然醒悟，这不过是他一厢情愿的意淫而已。他发现，退休后的他，非但没有获得自由身，反而被束缚得更强了，竟然一天二十四小时，都在兰玉英的监控之下。这令他十分沮丧。说来，她也是关心他，对他的饮食起居、健康保养，她总是有要求，他必须按她的去实行，否则，她会不停地唠叨。他想睡个懒觉，不成，她会叫醒他，要他按时起床；他想一个人出去走走，也不成，她要陪他一起走；若是朋友来电话，与他相约小聚，她要细细盘问，是谁，有无必要，这弄得他很恼火，她也很委屈，还流了眼泪。他不想和她争执，就想有个不受干扰的环境，做他最想做的事情。但就连这点愿望，也难以实现。

刚退休那会儿，他有了时间，就把断断续续读看过的《人类简史》又细细重读一边，作者对历史独辟蹊径的描述令他倍感兴奋，触动了他的灵感，自己教了几十年历史，都是从事件、人物、社会等方面来阐述历史的，何不从一个新的角度，譬如说从几千年人性的演变来述说历史呢？这个想法令他异常兴奋，他开始思考、收集整理资料，每日上午八点，便准时坐在书桌前工作起来。头几天，兰玉英并没察觉，也没说什么，可当她发觉他是郑重其事做一个长远计划，要写一本历史书时，她便火气冒冒了："我说端木，退下来了，就该享点清福了，你还要做什么学问啊？"正在埋头撰写的他，像是被兜头浇了瓢凉水，热情受挫。她一面说着，一面就合上他桌上摊开的书，拽他起来，"走，陪我去公园。上午空气好，做做有氧运动。"他心里有些恼了，说："做这个研究是我的爱好，你干嘛要反对呢？以前，我写书，发论文，你可都是支持的呀。"这么一说，她愣了会儿，很快就笑了："那我告诉你吧，以前，你要评职称，要有成果啊，评上职称，就有真金白银，我能不支持你吗？不过，说心里话，以前，看见你坐在书桌前，一坐就是几个小时，我也心疼！那是没办法，谁让你选择了这么个做学问的工作呢！现在，退休了，你干嘛还要苦行僧啊？搞坏了身体，得不偿失嘛！"他一时语噎，无言以对。从实用主义来说，她不无道理，从是否有利出发，也出于爱惜他的身体。但在他看来，这其实就是一种市侩，可鄙的恶俗！人总得要有点理想，要为此努力奋斗，哪怕自我牺牲，不是这个道理吗？只做对己有利的事，不是太自私了吗？看起来，她是在关心他身体，但她何曾考虑到他的心理感受呢？他萌发了要从人性演变的新的角度来描述人类历史，这是一件多么有意义的事情！做这个研究，他可以把几十年的历史教学所积累的资料和体验，来个系统的梳理和总结，这也是对自己、对他曾经教过的学生、对历史学科研究所做的一份贡献嘛！完成了这个工作，也就了却了一桩心愿，可以含笑离世了——这个藏匿的心愿，她是绝对不知道的，也是永远无法理解的——她只知道反对！

她反对，不是嘴上说的，而是要落实。她收拾了他摊在桌子上的书籍资料，关上了他的笔记本电脑，拉他起来，要他陪她一道去公园，说她去跳舞，让他去跟人家学太极拳，锻炼身体，"退休了，你就陪着我，好好享受生活吧，别再苦行僧了！从今往后，我给你每日作息这么安排：早上七点起来，八点陪我去买菜，九点去公园锻炼，十一点回来做午饭，吃了中饭，睡个午觉，下午，我们一起去超市购物，晚上看看电视剧，九点上床睡觉……"她这么说，丝毫不怀疑他会拒绝——她这是为他好——她觉得这一切顺理成章，都在她的意愿安排之下，他会听她的。这么多年了，他不都是听她的吗？这是最值得她骄傲与自豪的，她一直在她的女友前夸耀，她有个多么温顺的老公，她坚信他是爱她的，他怕失去她，他要与她白头偕老。虽然，有时候，在某些事情上，他也与她有过违拗，那多半是出于男人的面子，或是她的态度激怒了他，她也会给他一点做男人的尊严，但这并不多见。她的自信在于，她一直在按照自己的观念改造他，让他在她的意识的规范下生活，以适应她的心情，达到和谐默契。因为，她所做的这一切都是他希望要的，她是对他好的。

问题就在这里，她主宰了他，他感到压抑，透不过气来。这种情况，在退休后变得越来越严重，越来越难以忍受。本来，退下来，他好兴奋，自由啦，有很多计划，迫不及待要去实现，谁料到，现在，这一切，全都像成了泡影——她给他规定的每日作息安排，令他没有任何属于自己的空间和可以支配的时间——怎么可能去兑现意愿呢？继续做学问著书不让，那就出去散散心，外出旅游吧？这也得看她心情，她若不想去，这事就泡汤，她是不许他离开她的监控而独自或与他人结伴去旅游的，她不放心他啊，怕他外出没有她在身旁照顾，会出什么意外，他有多年胃病，血压高。这倒是实话，他不怀疑她。不过，她的潜意识里，可能还有怕他邂逅外遇，搞出什么绯闻来吧。当然，这个她没好意思说。他只是猜测，因为这符合他对她的了解。她用了流行的那句话——旅游不就是从一个自己厌倦的地方到人家厌倦的地方去吗？——来竭尽调侃之能事，弄得他索然寡味，兴趣阑珊。去外地旅游不成，那就不出这个城市，去见见儿时发小，会会老同学，总可以吧，有的一别，五十多年未见了，他迫切地想见他们。这个想法一说出口，他就知道多余了，她横竖盯着他看了半天，然后用带有戏谑的语气说："你是吃了五谷想六谷，要见什么发小，几十年没联系，八竿子打不到一块儿，现在要见他们干什么？"他若就此噤声，就不会有接下来的事了。他没有，却显得很急切想见的样子，这更引起她的警觉和猜疑了——"你这么想见那个发小是吧?"她试探地问他,"她是谁呀?你儿时的相好吧?"他有意要刺激她,就说了句"耳鬓厮磨,青梅竹马",这一说,可是招来了报应,她那苏北音忽然提高了:"我说嘛,你是有猴头心思,相会昔日的情人是吧?什么发小,五十年没见了?我看,这些年你们肯定有来往,只是瞒着我,是不是?"她气得眼圈儿都红了。他只能苦笑又摇头。这就是她的思维逻辑——简单明了,直来直去,不弯弯绕。这个,他早就习惯了。通常,他只能不厌其烦,一遍又一遍地向她解释,才能了事。现在,他不想这么做,他觉得累,便不再理睬。而她则不放过,穷追猛打,那股胡搅蛮缠的劲儿又重现了,一副十足地不依不饶的样子。她其实何尝不知他只是想见见发小,根本没有什么情人相好,她是冤屈了他呢,但话已出口,她是决不会再收回的。这件事,最终还是以他不再坚持见发小而平息。他必须不再有什么想法、只能回到按照她给他的作息安排的日子中去。

在兰玉英看来,你退休了,就不必再折腾了,该安下心来,陪着她过好日后的每一天才是。可你,还要整天想入非非,要做这个做那个,只想圆你那个梦,不就是心里没有我这个呕心沥血、不辞辛劳、服侍你几十年的糟糠之妻吗?这太不公平了!人总得有感恩心是吧?这么多年,为了这个家,为了丈夫,为了女儿,自己付出了太多,现在,他就不该为她做点什么吗?不奢望他做什么了,只要他能每日在她身边,陪着她,她就心满意足了。

端木康可不这么想。他觉得,退休了,应该开始新的生活了。曾经的人生,他认真过,努力过,奋斗过,虽然无怨无悔,但依然有种缺憾——他愚昧过,迷惘过,违心过,自辱过——说白了,就是失去了自我,成为被异化的物,而不是一个性情中的、鲜活的、大写的人——活得憋屈呀。他认为，这不全是他性格所致，而是他不得不面对周围环境，顾忌他人扭曲自我所造成的结果。现在，他退休了，这一切可以不在乎了，他要张开翅膀，在蓝天自由飞翔，开始新的人生了！他要重新规划，去身体力行，活成一个真正的人。但他还是太天真了，他以为除却了那些曾经压迫他的环境与他人的因素，就可以放纵恣意、随心所欲了，却没料到，最大阻力，竟是来自她，这个与他几十年朝夕相处、执手偕老的妻子！如今，她成了他实现自我的最大阻力。这个，他当然无法容忍。

他竭力想要逃避她。如果说，以前，这种意识还很模糊，现在则越来越清晰了。事实上，他想做的这一切——著书、旅游、聚会，隐隐中不都有着他要想独处、逃避她的意思吗？显然，他是厌恶她了，但决不是恨她，无论怎么地，他都恨不起来——这么多年来，她对他的关心和照顾，那是有目共睹、无可质疑的。许多细节，至今想起来，都会让他感动。那么，他爱她吗？这个问题，她问过他，不止一次地问过他，每次，都要问到他回答了，说了"爱"，她才停止，露出满意自足的笑容。就在他给她这个口头"爱"的承诺时，他也在心里问自己这个问题，他无法给出不容置疑的回答。

爱不爱她呢？说不爱吗？那为什么当年要毫不犹豫地与她结婚呢？那时，她是市纺织厂一名挡车工，而他已读完博士留大学任教了，这在世俗看来，不可思议。他的导师、同事都不理解他。况且，她长得并不漂亮，身材一般，个儿不高，皮肤不白——这是他犹豫的，但她健康，充满生气。他为她所动心的，似乎更是她的另一种东西，一种在他所接触过的女性身上难以见到的东西——她勤劳、俭朴、整饬。尤其是，她的真实、坦诚、开朗，给他印象很深。她对他，似乎毫不遮掩，心里的话儿和盘托出。这在那个曾经是人心叵测、防范隔阂的年代，实在难能可贵。他被深深地打动。还有就是，潜意识中那首熟悉的俄罗斯民歌《纺织姑娘》带来的美丽和愉悦——他会情不自禁唱起来：在那矮小的屋里灯火在闪着光，年轻的纺织姑娘坐在窗口旁，她年轻又美丽褐色的眼睛亮闪闪，金黄色的辫子垂在肩上……移情到她的身上了，他为她所动心了——那时候，他的价值观和审美想象只局限于此。当然，她的火热大胆，主动追求，也加速了进程，他们很快结婚了。新婚之夜，当他搂着她时，竟然心生疑问：他爱不爱她呢？

这真是好笑得很！不过，这也符合人类的认知。人在做每一件事情时，并非都能明确判断其价值意义。端木康就是这样。那时他并不知道真正要的是什么，更不知道将来会怎么样，只是看见老同学都成家养儿育女了，他就得尽快完成这件人生大事，所谓走一步是一步。他何尝不知道，理想的婚姻，是建立在爱情基础上的。那他有没有对她的爱呢？对于这个问题，根本来不及思考，他就被裹挟到婚后琐碎的家庭事务、不尽的工作忙碌烦恼中去了。然而，每每偶得闲暇时，他都会忍不住问自己这个问题。若做否定回答，那当初就不该和她结婚。与一个你不爱的人做夫妻，既是欺骗、委屈自己，也是戏弄、亵渎对方。但要做肯定回答，他又实在没有这个勇气。说真心话，她没有让他产生那种强烈的、销魂的感觉。虽然，他一直在努力寻找这种感觉，不放过任何一个细微涓埃。就在他们生下女儿的那个冬天，还在月子里，女儿发烧了，他慌忙抱起女儿，就去医院，那时候，没有出租车，他只能抱着女儿一路疾走，怎么也没料到，她竟然也跟了来。风雪中，她支撑着虚弱的身子，步履艰难，脸色苍白，满脸泪流。他心里一阵热乎乎地，喉头哽塞，若不是在街上，若不是手中抱着女儿，他真想立马上去，搂着她，亲吻她。一个女性的伟大慈爱，在他的视觉中被放大了。这一刻，他心里对她的爱滋生了，但没多久，这种感觉就不复存在了。那时候，他学校工作太忙，教学、科研，几乎到了废寝忘食的地步，女儿都是她在照顾。这个，他心里多少有些歉疚。但是，在女儿的教育培养上，他们日渐分歧。他很不赞成她对女儿的设计：从小就要女儿背唐诗宋词，学外语，学芭蕾，学钢琴。女儿并不喜欢这些，以致最终也未成为文学和艺术人才。她对女儿学校学习严要求，为考高分，让女儿上各科补习班，弄得女儿精神痛苦，压力山大，少有女孩的欢乐。他不赞成她这样，他希望尊重女儿意愿，让女儿快乐成长。她就说他是子不教父之过，逼着他按照她的要求来培养女儿。为此，他们有过多次争执，她说她是为女儿好，言下之意，是他不为女儿了。他和她说不通。在他看来，在这件事上，她显得很自私。她根本就没有把女儿视为一个独立的人，而是当成自己的私物，任意雕刻。但她坚持她的做法，并且因女儿终于考进名牌大学而证明自己的正确，对他投以得意的微笑。他却感到了她眼光里有种对他居高临下的羞辱。

最不能忍受的，还是女儿对他的态度——认为他这个做父亲的没尽到责任，她的成功都是听了母亲话的结果。这令他很难堪。女儿对他的鄙视和不满，终于在大学毕业后去向选择问题上爆发出来。他坚持女儿在市内找份工作，而她却竭力蛊惑女儿去美国留学。她理由是，凡是出了国的，都赚大钱了，将来就是回国了，那也高国人一等，谁都瞧得起。她不惜拿出家里全部储蓄四十万作为女儿的出国费用。他反对，倒不是吝啬这笔存款，是觉得倾家荡产让女儿出国实在无必要，这绝不是发展长远考虑。

他从和女儿的多次交流中，发现女儿对出国目的并不明确，只是盲目崇拜美国。他觉得她和女儿都极其媚俗——纯粹是赶时髦，崇洋媚外，以为留了洋，镀了金，就怎么样了，其实，只不过是一次毫无胜算的赌注。但他终究拗不过母女俩建立的统一战线显示的强势，女儿去了大洋彼岸的美国。后来的情况如他所料，女儿的语言关难过，导致了学业不成，两年不到，就匆忙和一个美籍中年男人结了婚。这件事她只和她母亲说了，根本没遵求他的意见就决定了。这对他可谓沉重打击，想不到，这些年来，他和女儿建立的父女之情，就这么不堪一击！母亲对女儿的影响远远超过他这个父亲。他终于明白，在这个家里，他只有可怜的一票，二比一，他只能被否决。

觉得这很可悲，是吧？以为你是个大学教授，有满腹经纶，有高于她们母女的知识系统、文化品位、价值观念，就不该听命于她们，是吗？说到底，你充其量不过就是个书呆子，是个被妻子指使、支配的男人而已。别看她，没有什么学历，曾经只是个纺织工，但后来企业改制，下岗后经历了诸多工作岗位，使她的社会阅历、经验教训远远要超过你。她潜意识里，必须保持超过他的优越感，这婚姻才能长久。所以，她看她的男人，是既没有仪表堂堂的英俊相貌，又没有高贵显赫的家庭背景，不过就是凭他的努力，读了大学，有了吃碗知识饭的书生而已。在她眼里，他拙笨、呆痴、迟钝、木讷，连一点儿男人的魅力都没有。她反复向他说并要他相信，当年，她和他结婚，纯粹是同情他，怜惜他，看他老实、忠厚。除了她，谁还会看中他这样的男人，他也不会有什么艳遇，移情别恋的，她放心。可她越这么说，他越是反感，甚至恶心。他觉得她太虚伪了，都成夫妻了，还要这么玩心计干吗？你贬低我，我就没价值啦？事实上，当年婚后不久，他就被她频繁监控和干涉（他的，特别是和女性的，交际）而弄得恼怒了。那时候，他在学校上完课，一般都是按时回家，但也偶有例外。有一次，下课了，他被一个艺术系女孩缠住了，她叫谢梦情，这女孩，人长得很漂亮，又弹得一手好古筝。学校文艺汇演上，他听过她的演奏，那行云流水琴声，霎时就把他带进梦幻里。奇怪得很，不知为什么，她竟然要常旁听他的中国历史课。有次在学校饭厅就餐，她有意坐在他面前，他就问过她这个问题。她说她渴望深入了解中国古代文化，因为，她弹古筝离不开它。这天下课，当她出现在他面前时，他犹豫了下，便停住了脚步。她是就宋代史中一个细节来求教他的。他便和她深入地交流起来。不知不觉，天就黑了下来。他这辈子都忘不了——这天回家后，他遭遇了一场可怕的暴风雨——当他向她解释了迟回家的原因是因为和一个女生多说了几句话，她就爆发了，逼着要他说出那女生的名字，威胁说要去对责。还有更难听的话，简直让他忍无可忍了，她无中生有，说他在搞师生恋，是丧失师德，想玩弄女学生。他差不多要崩溃了，他吼了起来。这件事，让他闷闷不乐，与她冷战了好几天。她自知有点儿理亏，后来就换了语气，说她看他那天上了一天课，太累了，那么晚还没回家，她是担心他，心疼他——她既然这么说，他还能说什么呢？

　　不过，他心里清楚，她是时刻提防着他的。那时，家里有部电话座机，凡是来电，她都要求他按免提，这样，他和谁通话，说了什么，她都能听得见，毫无隐秘。每逢此刻，他就像脱得一丝不挂，赤裸在她面前，有种蒙羞受辱的感觉。有次，电话响了，谁料竟是谢梦情打来的，说她写了一篇关于古筝的论文，涉及宋代文化，希望能得到他的指教，他接电话的时候，她就在一旁铁青着脸听。他刚挂了电话，她就指着他冲他说，又是那个小婊子啊，你们还没断啊？是她勾引你，还是你念念不忘她？那一刻，他的头脑简直要炸裂了。但他没有和她大吵，他怕争吵声大了，会影响到上下邻居，让他们听见了，自己的面子往哪儿搁？人家不知道情况，还真以为你有外遇搞师生恋呢！这以后，在学校里，他见了谢梦倩，心里就会有道阴影，横亘在他与她之间，感觉很不自在，心烦意乱，思路梗塞，语无伦次起来，慌乱地不知与她说什么好了。他踌躇了好久，对她说不要再打电话到家里了。谢梦倩惊讶地望着他，很不安地，弱弱地问了他一句，老师你怎么了？他无可奉告，尴尬极了。这个年龄的女孩很敏感，她似乎也察觉到什么了，便不再打电话到老师家，多半是在学校当面请教他，且很注意举止分寸，他也拘束了许多。再后来，他们之间，也就不再有什么故事了。再后来，她本科毕业离开学校，就再也没有消息。他觉得很对不起她，一种歉疚感萦绕在心头，久久不去。

那段时间，只要座机铃声一响，他就神经质地痉挛。他害怕是谢梦倩来电，又渴望是她。好几次，当座机铃声响起来的时候，他都迟疑着，不敢贸然去接它。手机的出现，无疑给他带来新的希望。他买了手机，决定拆了座机，从节约考虑，她也同意了，却增了烦恼，有了手机，他不是在任何时候都能背着她与其他女人联系而她又毫不知情么？这太让她忧心了！但用手机乃必然趋势，总不能反对吧？于是，看他的手机，又成了她的嗜好，但那也只能看他短信写了什么，至于他与人通话说了什么，只要他不透露，她是永远也不会知道的。这在她看来，是极可怕的事。她就处在这种不安中。好在，一个"意外"，又让她喜笑颜开了——那年春天，联通推出一个手机捆绑座机的网络套餐产品，每月还送三百分钟电话费——这无疑给她恢复座机提供了充足的理由，她不由分说便定了这个套餐，立下规矩：以后对外联系尽量用免提座机电话。也就是说，在家中，他只能用座机与人通话，手机自然也就成了一种摆设。可是，谁又想到呢，微信的迅猛兴起，一下子使他的手机利用率暴增，凡是能联系上的人，他都加了对方微信。这令他兴奋，却让她愈加不安，她便不时地要翻看他的手机，以便对他的朋友圈及交流动态了如指掌。这个，令他无法忍受，却又无可奈何，总不能为此与她幡然决裂、闹个你死我活吧？

她的逻辑其实很简单，既然是夫妻，就不该有任何隐瞒。她这么想的，也是这么做的。在他面前，她坦诚得就像一泓清澈见底的溪水，几乎什么私密都会和盘托出，毫无保留。当然，她更要求他这么做。她常常会询问他一些事情，如果他不是很爽快地回答，有些心不在焉，或者有些迟疑犹豫、躲闪其辞的话，那他就要遭殃了，她必定会缠着他，逼问他，非要打破砂锅问到底，弄出个水落石出方可罢休。那一刻，他几乎要完全精神崩溃——她是那样的心地坦诚，毫无遮挡，而他却装模作样、遮遮掩掩，心中藏着太多的不可告她的秘密，岂不是太卑劣龌龊了么？可是，话又说回来，难道，他心里就不能藏着只能有他自己独守的隐秘么？

"端木，你又在想什么呢？"

兰玉英洗好了碗，把厨房收拾停当，走进客厅，瞥了一眼丈夫说。

"没想什么。"他应了声。

"忙了一上午，你不累呀？现在睡个午觉，下午，陪我去趟家乐福超市，我想买两件衣服，你帮我参谋一下，你看，我那些舞伴，每天都换行头，我穿来穿去，就这几件，多寒碜。"

端木康含糊不清地"哦"了一声，感觉浑身酸乏疲惫，靠在沙发上，很快就合上了双眼，进入了恍惚迷糊里。好奇怪，眼前突然明亮了起来，蓝蓝的天上，漂浮着白色的云朵，金色的阳光洒下来，沐浴着远山近景。蜿蜒曲折的小路，掩映在翠竹林中，时隐时现，前面一条小河，河水汩汩流淌，闪动着粼粼波光。沿着小河边，他悠闲地漫步。不远处，有一座汉白玉的石拱桥，亭亭玉立着一位女孩，近前细一瞧，正是久别的谢梦倩。二十多年没见了，她居然还那么年轻，那么美丽，绰约动人。他欣喜地快步上去，她对他嫣然一笑，转身飘然而去，他紧紧尾随着，跟进竹林里。一袭粉色衣裙的她，偎依在翠竹上，深情望着他呢。"老师，你怎么才来呀，"她似怨似嗔地说，"这些年，你为什么就不再联系我了呢？"他急切地欲向她诉说，可话还没出口，一缕烟岚飘浮过来，遮蔽模糊了她，很快地，她就不见了……他飞奔过去，胳膊却被什么狠掐了一下，一阵疼痛，他惊醒了。

　　"叫你睡会儿，你还真把白天当黑夜啊？走，陪我去超市。"

　　兰玉英叫着拽他起来。端木康揉着眼睛，不情愿地站起来。他真不想这个时候被她叫醒。他还沉浸在刚才的梦里，这下被她弄醒了，不免有种怅然若失的遗憾。不知怎的，他突然想起鲁迅的那句话来：人生最苦痛的是梦醒了无路可走。做梦的人是幸福的，倘没有看出可走的路，最要紧的是不要惊醒他。他觉得鲁迅的这句话简直就像是在说他一样，他现在的这种状态，不就是梦醒了无路可走么？真是的，她为什么偏要在这个时候弄醒他呢？就让他在梦里多遨游一会儿嘛，为什么她连这点恩惠都那么吝啬，不肯施舍他呢？

　　每天这个时候逛超市，似乎成了退休后他们的生活习惯。在附近的几家超市中，家乐福无疑是规模最大的，占地堪比足球场大，楼上楼下好几层。他们通常是先逛二层，那里有服装、生活日用品、电器。他陪她挑选了几件衣服，价钱较贵，他知道她很满意，因为这几件衣服的用料、款式、档次，足可以和她的那些舞伴媲美了。他喜欢看电器，尤其是智能数码产品，只要每种新产品出来，都会引起他浓厚兴趣。当一款新的扫地机器人进入他的眼帘时，心领神会的售货员立马热情地向他推荐起来，他被这种既能扫地、又能拖地、可预设时间、远程手机操作监控的机器惊讶了，就有了一种欲购的冲动。她不让他买，瞪着眼睛对他说：扫地用这玩意儿，浪费电不说，拐角是扫不到的，不如自己拖地来得干净。再说了，每天拖拖地，出出力气，人活动活动，对身体好，什么都用机器来做，人不就废了？她的理由充分，无可辩驳，不容置疑。她说着，拉着他就走。他只能对着那位失望的售货员报以歉意的、无奈的苦笑来。他知道，他如果坚持，肯定是徒劳之蠢举。他从她眼神中就能读出来，这件事不是他的坚持就能如愿的。

街上人流熙攘，许多人手上都拎着大包小包，都是从商场的购物所得。这个年代，经济快速发展，人们口袋中钱多了起来，消费也会超前了。丰富的物质，带来精神的快乐，人们的脸上，都流露出惬意的笑容。青春活泼的，充满生气的，雍容富态的，说笑着从他身边擦肩而过。他羡慕地望着他们，想他们会有怎样的一种他所没有的他所无法想象的愉悦生活。他的脚步变得缓慢起来，觉得脚下很是沉重。一路上，他不想说话，也无话可说。她似乎看出他的闷闷不乐了。

"你不高兴啊？"她直截了当问他。

"什么，啊，没有，不是"，他语无伦次，乱不择言。

"你哭丧着脸，我还看不出来啊？那个扫地机器，你买回来就会后悔的！"

"不是因为这个。"他说。

"不是……那是因为什么？你说呀！"

他不想说，不想惹这个口舌麻烦。

"你不要身在福中不知足！"她高声地，"我哪点对不起你啦？自从嫁了你，我得什么好处了？这么多年，我吃了多少苦，受了多少罪，你难道不知道啊？这个家，里里外外，不都是我在操心？没有我，你能有今天吗？"

她的连串诘问，令他哑口无言。他无法否认，这些年来，她为这个家所付出的努力。曾经，日子过得多艰难！他们要养育女儿，还要侍奉各自的老人，她所在的纺织厂又倒闭了，面临着下岗失业的危机，她四处奔波寻找工作，操碎了心，含辛茹苦，支撑着这个家。那时，他整日忙于教学科研，家里的事全由她打理。不是她精心抚育，关爱呵护，女儿能步步成长，去国外留学，成家立业吗？不是她全力支持、鼓励、督促他做学问，他能从讲师、副教授，最终爬上正教授位置，事业有成吗？不是她精打细算、持家理财，做股票买进卖出赚了钱，能还清了贷款，买下现在这套既豪华又体面的市中心花园楼房吗？当然不能。难怪她自信满满，自持倨傲。她总是认为，她和他夫妻这么多年，纯粹是为了怜悯他，扶持他，成他之美。在她眼里，离开了她，他只能一事无成，只能是个没人瞧得起的穷困潦倒、颓然落魄穷教书先生而已。

"没有我，你能有今天吗？"——这句话，几乎成了她的口头禅，她曾经不止一次地对他这样说。起先，他听着很不入耳，自尊心受不了，还试图争辩之。然而，她说多了，他也就似信非信，继而坚信不疑了——戈培尔说过，谎言说了一千遍，就成了真理。况且，她说的不是谎言呢（至少她认为是真实的）——他终于建立起这样一个不疑的观念：那就是，他是她造就的。他端木康今天之所以事业有成、成为高校正教授，现在退休了享受着优惠的福利待遇，过上无忧的晚年生活，这其实都是她这么多年的付出，她的辛劳、恩赐、施舍予他的结果。他必须认清这个事实，必须对她感恩，一辈子感恩。这就是他与她的婚姻维持至今的原因，他离不开她——因为没有她，就没有他的今天——她灌输给他的这个认知控制了他，紧紧箍住了他。没有……没有……就……，这是一个颠扑不破的真理，一个必然的因果逻辑关系。有首歌不也是说，没有天，哪有地；没有地，哪有家；没有家，哪有你；没有你，哪有我吗？既然如此，他就不能有丝毫的背叛，唯有从心底顺从她，否则，天地难容，不是这个道理么？这么多年来，她对他的照顾，关爱，从饮食起居日常琐碎，到他工作事业，点点滴滴，可谓无微不至，体贴入怀，这在他们的亲戚朋友圈内，早已是人所皆知，传为佳话。大家对他能拥有这样的妻子终生相伴，都不乏流露出羡慕的意思。那么，在这种情况下，他如果还心猿意马，见异思迁，那就是一个忘恩负义的人，是要受到公众谴责的，他背负不了这个社会舆论，因为这与他的传统道德观不合。

不过，话又说回来，如果只从一面去认知事物，可能永远不能揭示出真相。这么多年，他是一直吃了这个亏。就说历史教学和科研吧，他依据的是传统的《世界通史》《中国通史》《二十四史》等史料，可自从看了尤瓦尔·赫拉利的《人类简史》，就把他几十年来积累的历史观完全打破了——从一个新的角度去探究，令他有了别开洞天的新奇感觉，几乎就要彻底否定他原先的历史观了。激动的他，就有了重新审视历史，潜心总结著述的强烈愿望——尽管这个著书立说计划现在刚萌芽就遭到兰玉英的坚决反对。假如他早就有这个发现，他的历史教学和科研可能会更上一层楼了。这就像他对夫妻关系的认识一样，长期以来，他都以为没有她，就没有他的今天，他必须爱她，这岂不是很可笑么？那么，换一种思路呢？难道不可以说，没有兰玉英，也许他的今天会生活得更美好，会是一个他更希望的样子呢？完全有这种可能。倘若，没有跟她结婚，说不定他就会和谢梦情永缔鸳盟，又成为一个师生恋的风流韵事美谈。这倒不是他东施效颦，刻意模仿史上的名人鲁迅和许广平，沈从文和张兆和，巴金和萧珊，杨振宁和翁帆，而是他从谢梦情来旁听他的课的那天就隐约感觉到这个女孩对他的异样情感来。后来的发展，果然证实了他的敏感。两情相悦，是无须点破的，从她听他课无限崇拜的眼神中，从她每次午饭都要坐在他餐桌对面，并为他打了饭菜的举动中，他看出了她对他的异样来。她是艺术系的，学的是古筝专业，却对历史有着比历史系学生更深入的好奇和理解。她每次求教于他，对历史，对人生，仿佛都有着说不完的话题，那是一种怎样的心灵默契！如果不是兰玉英的敏感，及时地横加制止的话，她本科毕业后不会离校从此消失，说不定就会考他的硕士，会继续他们情感的发展，成为一对心心相印、琴瑟和谐的学术夫妻。那会怎样呢？她是他的知音，她一定会很理解他，给他充分的自由，让他去做他想做的任何事情，他再也不会有时刻被监控、束缚、压抑、窒息的痛苦了——那会是一种多么舒心、畅快、愉悦的感觉啊！

"端木，我跟你说呢，你听见了吗？"兰玉英的声音打断了他的沉思，"你又在想什么啊？看前面路，那有个窨井盖，你别又踩着了！"

端木康转过脸，望着她，面对这个与她同床共枕几十年的女人，竟有了一种很陌生的感觉——他不知道她究竟该是怎样的一个女人——有时候，他觉得她贤惠、能干、勤快，节俭，认真实在，任劳任怨，对他忠贞不二，这些美德，都是他认可的，无可挑剔的；有时候，又觉得她心胸狭隘，虚荣虚伪，极端庸俗，满身的市侩气，让他难以忍受。他很奇怪，当初不少媒人给他介绍，他怎么恰恰就选中了她，怎么结婚之后，就始终不渝、不离不弃地守着她，从青春，中年，到老年了呢？没有激情，毫无浪漫，平庸不堪，难道这一辈子就这么过了，再没有来世了呀。忽然间，他感到一阵因心的隔膜而滋生的悲哀来。他再次瞧瞧她，她呢，还是那种咋咋呼呼，自信满满的样子，提着大包小包，脸上充溢喜气。她一点儿也不知道他在想什么，这么多年来，她一直是活在自以为是的状态里，她根本就不了解他的心之所想，也从不体会他的情之所动，她只是按照她的一厢情愿，来揣摩他，评判他，塑造他——从不顾忌他的感受，只是活在她的世界里。

　　"你，了解我吗？"他突兀地冒出这句话来。

　　"你怎么啦？"她惊讶地睁大眼睛，狐疑地："今儿好好的，怎么说这种话？是不是你做了什么亏心事，瞒着我吧？"

　　"没有，没有。"他矢口否认。

　　"谅你也没有，"她自信地笑了，"我不了解你，那谁了解你呀？"

　　他的嘴边立马现出苦笑，不禁想起一句话来——世界上最远的距离，不是生与死的距离，而是我站在你对面，你却不认识我——这话正印证了他的现状。尽管很多时候，他都试图向她敞开心扉，毫无保留地陈述他的一切，他的理想和希望，她听了，不是不知所云，毫无反应，就是竭力反对，拒不认可。她根本听不进去，她总是自傲自负，只在乎自己的感觉。她的固执，令他哭笑不得。有件事，他一直没有忘记。当年，他决定和她结婚，老同学冯白雅就警告过他，说他头脑发热，没有慎重考虑，理由是，没有共同的思想情趣，完全不在一个品位档次上。冯白雅是他从小玩伴，一块长大的最要好的朋友，多年来一直来往，他直言不讳。这个看法，他不信，有次，不经意中竟说漏了嘴，把冯白雅的话告诉她。她听了，脸立刻涨得通红，冲动地就要去找冯白雅，要讨个说法。无论他怎么劝阻，都没用，她终于寻到机会，在一个场合，直面责问冯白雅，弄得他十分尴尬。事后，他多次向老同学表示歉意，他们的裂痕才弥合。这事过去，他也就算了。哪里又想到，她耿耿于怀，竟然和冯白雅结下梁子了，怎么也不能原谅他。那年秋天，冯白雅病倒了，也许是酗酒过量，他的肝恶化，非手术移植就有生命危险，为救他的命，他决定捐出家里的存款，她怎么也不肯，说是这钱是为女儿教育用的。他想不通，她怎么会是这样冷酷无情，尽管她说，她是为了这个家。冯白雅终究没能保住性命，送葬的那天，他忍不住号啕痛哭。他真想和她大吵一架，然后分手，但他还是算了。他清楚，一旦他们离了，别人会怎么看他呢？不知情的，还以为他是陈世美，要抛弃糟糠之妻另觅新欢呢，他会受到社会道德舆论的谴责；知情的，岂不是损伤了她的名誉，让她难堪吗？让她以后还怎么活在这个世上与人和谐相处呢？只能是忍了。这么多年来，他忍气吞声的事情又何止于此一桩呢，多了去了。

"她一点儿都不理解我，"端木康边走，边在心里说，"她从来也没有认真听过我说的话，她还说她爱我，关心我，还说没有她，就没有我，简直是笑话！"他摇了摇头。这时候，已近傍晚，暮色浓重了。再过两条马路，就要到家了。路虽不长，他却觉得很遥远。此刻，他的脚越来越沉重，像是坠了块铁砣，浑身也感到酸疼。可能是忙了一上午，没有好好休息，又来逛超市，疲劳过度了吧。他真想这时候就躺下来，彻底放松放松筋骨。沿人行道是一排商店，有百货店、水果店、糕点店、建材店、理发店，其间，有个霓虹闪烁的店面特别引人注目，那是一家温州人开的按摩店，门口站着两个年轻姑娘，穿着时髦短裙，露出修长的玉腿，在不时招徕着顾客。他忍不住望了一眼，就这一瞬，被她察觉了，"你看她们干什么？想进去享受是吧？"她讥讽戏谑地说。"还真的想呢，"他故意回了句，其实，他根本无此意。她听了，却一下就变了脸色，眼里露出愠怒之色："什么？你还真想啊？那是干什么的，按摩？说得好听，你也不瞧瞧那女的骚样子，就是色情服务！你老都老了，还想花花肠子，老不正经啊？"她艴然大怒，一声高似一声，毫不留情面地谴责他。立时，引来路人诧异的目光，他尴尬极了，却又无可奈何。

几个年轻人嘻嘻哈哈，说笑着擦肩而过。一股青春的气息，扑面而来，像是在故意抚摸着，撩拨着他。路旁，有一对小情侣相拥着，那个女孩踮起脚，伸开双臂，搂住了高个子男孩的脖子，毫无顾忌地热烈的疯狂的吻他——这在当下早已是司空见惯、见怪不怪、不以为然的情景——被端木康瞥见，心儿便突突地狂跳不已，一股热血就冲了上来，仿佛一下子就穿越到了青春似火的年代。那时的他，朝气蓬勃，浑身活力，充满理想，即便被上山下乡插队务农，也从未失却对未来的憧憬和渴望。那些艰苦日子里，每天披星戴月地田间劳作，只要一回到茅草屋，哪怕还带着满腿子泥巴，来不及洗，就迫不及待地挑灯苦读，恢复高考终于一举成功。而后，读硕，读博，有了工作，结了婚，却没想到，人生也就此画了个句号。几十年过去了，曾经的许多理想，到头来，竟是什么也没有实现，他就老啦——风采全无，有了丝丝的白发，满脸的皱纹，背也有些佝偻，脚步也显得迟钝得多了——退休了，只能享受着那份政府给的还算不菲福利，过着饱食无忧、无牵无挂的晚年生活了。这在其他人看来，或许该满足了。可他却觉得特别的悲哀。这么多年，因为伴随着她，不离不弃，他几乎完全失去了自我，没有成为本该成为的那个他，就像是被一个躯壳裹住了，完全没有了灵魂，就这么着，将一直走到生命的尽头。这是一场多么令他哭笑不得的、多么可悲的人生失败啊！难道不是吗？还有什么值得他引以为留念和骄傲的呢？

回到家里，他们做晚饭，好在中午还剩了许多菜，不用再烧了，热一下就可以了。吃完晚饭，开了电视，他照例看央视新闻，这个栏目，可以了解国内外发生的一些大事，尽管是凤毛麟角，一鳞半爪的知晓，总比什么都不知的好。而她呢，等新闻联播完了，就看电视剧，每到动情处，还会忍不住情绪激动，与剧中人同悲共欢。她将电视音响开得大大的，他想安静一下都不行。电视剧结束，洗漱睡觉，一天，也就这么又过去了。

——明天，依然会如此，不会有什么改变吗？端木康躺在床上，横竖睡不着了，心中开始激烈地搏斗着。明天，依然这样生活吗？不，他要做出一个大胆勇敢的决定，将他今后的人生，掀开崭新的一页，给他自己带来一个极大惊喜。

等着瞧吧……

沉醉的夜晚

聚餐是在虞河路梦雅酒店，黑皮订的楼上包间，说这个环境好，避开楼下大厅的喧杂，还可以一边喝酒，一边凭窗赏看虞河两岸的风光。尤其是在傍晚，当最后一抹晚霞隐去，浓重暮色袭上来时，河里乌篷船亮起星星点点的渔火，河对岸楼房错落有致，霓虹闪烁，斑驳陆离，光影倒映在虞河水中，随河水摇荡，像是缥缈变幻的水彩画，似若梦境一般。本来，黑皮是要订裕城路酒家的，那是中心区域，地铁公交都很方便，但二愣子极力反对，说这个酒家去过多次了，好马不吃回头草，要换换风格，从今往后，决不重复，吃遍全城酒家。听说黑皮要订梦雅，陈子逸在微信群里直叫好，说梦雅好，他要的就是这种情调，他最渴望的，就是梦了，他愿永远在梦里，再不要醒来。蒯志贤立马跟上，说梦里不醒，是游太虚幻境吧，不知子逸梦中和谁云雨来着？陈子逸发了个尴尬表情图。杨慧雯就@老蒯，蒯老师能不能正经点儿呀？子逸他还是个孩子呢。老蒯就说，准确地说，是个处男吧？杨慧雯发了三个感叹号，以示愤怒，老蒯跟着就发了三个问号以回应。王小黎于是@杨慧雯说，杨姐，你别理他。老蒯跟着就说，那你理我了？王小黎没再回复，弄得老蒯好生没趣。黑皮说，几天不见二愣子影子了，电话也不通，不知他在忙什么？这次恐怕要缺席了。本周五下午五点半虞河路梦雅酒店紫云阁包间，咱们说好刮风下雨，不见不散。

不知从什么时候起，聚餐成了无聊中的期盼。最先是二愣子发起的，那次，他给编辑部首次拉了一个大客户，编辑部给他

10%的提成奖励，狠赚了一笔，心里忒高兴，就慷慨解囊，在衡山路海棠酒家请了大家。过后不久，老蒯兴致勃勃发出邀请，因为女儿考上重点大学。后来，杨慧雯要请客，她倒无什么特别高兴的事，只是说你们请了，我不能无动于衷啊。再后来，黑皮、黄秋霞、王小黎、陈子逸也都照此复制，虽说，都是情愿的，但也有点被裹挟的意思。也难怪，这年头餐饮业繁荣，消费品位、档次走高，若是要个面子，大方潇洒点，出手就得花掉几千，那这个月就得紧缩银根，捉襟见肘，过寒碜日子了。如此，轮了两圈下来，有人吃不消了，家里另一半免不了要抱怨吵架。有人就提出还是 AA 制吧，岂料，建议刚出来就被二愣子否决了，他眨着圆溜眼睛，拍着胸脯说，不就每周一次么，不用诸位破费，我来请吧。他的理由是，AA 制没人情味。二愣子本名叫徐家恒，家境好，出手阔绰。他这么一说，众人也不好反对。只是，他连续请了三次，到第四次时，褚主任买了单，让他借此下了台。从此，又恢复了风水轮转、轮流坐庄。

这次二愣子不见踪影，并非他逃避买单，是黑皮主动联系的酒店。他确实是忙，不像他们坐办公室的编辑，看稿、改稿、编辑、校对，活儿单纯，悠悠哉。最近，他又在拉一笔广告，这笔要是成了，他们的这本《春江文学》期刊将会彻底翻身。如今大众传媒尤其是网络数字媒体的迅猛发展，纸质媒体岌岌可危，像他们这样纯文学刊物，有几家能靠自身维持？虽然他们有着半官办性质，政府贴钱，勉强维持着，但很快就要彻底市场化，要在媒体竞争中立于不败，非得有杀手锏不可。编辑们只能努力寻求惊艳之作，以期提高刊物声誉，然而，这又多半是一厢情愿。且不说不知名作者没人看，即便是大家赐稿，又都心浮气躁，匆匆草就，毫无独到之处，却要稿酬奇高。真还不如那种不入流写手的色情玄怪胡编乱诌的低质网络文学。褚主任曾让陈子逸作了读者调查，结果发现，这本纸质高档印刷精美的刊物，读者个人订阅的只占少部分，大多是通过各种行政手段发行下去的，比如作协向上千会员免费赠送。最具讽刺的，许多会员根本不去阅读，甚至都没拆封，就连同包装袋一起当着废品让人收购了。褚主任听了，脸色很难看，慌忙叫陈子逸闭口，不要对外泄密。他心里清楚，要靠刊物自身质量生存，那只能是梦想。于是，他就更把希望寄托在徐家恒的大手笔运作上。黑皮，你再电话问一下，看小徐来不来？见大家陆续到了，在餐桌前坐定后，他一边点烟，一边对黑皮吩咐道。黑皮掏出手机，无奈包厢内信号不好，听不清楚，只得出去接听，片刻返回来道：二愣子在路上堵车了，我们开始吧，别等他了。

褚主任从包里拿出两瓶酒，微笑着，说，这是正宗的茅台，今天诸位要把这全喝了，来个一醉方休。老蒯嬉皮笑脸地应和道：那是，不醉不是男人。不过呢，酒色，酒色，酒好还得色来陪，一面转过脸，放肆地将手搭在旁边的黄秋霞背上来回抚摩着，把整个脸靠近她，几乎要触及她的胸了，低吟道：美人，你说是不是呢？冷不防被黄秋霞一掌推了出去，滚你的！众人都笑了起来。杨慧雯瞥了他一眼，不觉蹙起眉头。褚主任岔开话题道：黑皮这次联系的这家饭店不错，可以凭栏远眺虞河风光，别有一番诗情画意。"故人西辞黄鹤楼，烟花三月下扬州。孤帆远影碧空尽，唯见长江天际流。[①]老蒯立马说，主任这个感觉不当，你这是送别诗嘛，情境不合。咱兄弟姐妹相欢于此，情意缠绵，可谓是"我住虞河头，君住虞河尾。日日思君不见君，共饮

---

① 　此处借用唐代李白送别诗《黄鹤楼送孟浩然之广陵》诗句，营造意境。

虞河水。此水几时休，此恨几时已。只愿君心似我心，定不负相思意①。"每吟到"君"字时，就故意瞟王小黎一眼，众人会意，都笑了起来。黑皮裂开憨厚的嘴唇，故意挑逗地说：蒯老能不能别这么含蓄，来点直白的呀。老蒯便转过头来，面对黑皮：你什么意思？狡黠的眼珠直转悠。

我吃王小黎的奶，老蒯色眯眯地望着王小黎，吐词清晰地说。

众人听了，吓了一跳。这清晰无误的意思，让人惊骇得全都傻眼了，不由地齐刷刷地把目光投过去。睽睽众目下，王小黎的脸倏忽红了，一种平白无故当众遭受羞辱的极度难堪，令她几乎要愤怒了，眉毛拧成一团，她正想发作，岂料呢，这时候，老蒯沉着冷静，只一个简单动作，就让她戛然收敛住，不好意思了。

只见老蒯伸出手来，抓住了王小黎桌前的那罐椰奶，一字一顿地，又说了一遍：我吃小黎的这听椰奶。

众人先是愣了一下，旋即恍然大悟，一起哄笑起来。

褚主任摇头道：蒯老，真拿你没治。这倒是实话，虽然他是领导，但老蒯是老资格的资深编辑，刊物的学术质量还得靠他。再说了，没几年老蒯就要退休了，破罐子破摔，你又能拿他怎么样呢。

王小黎心里明白，蒯老师是那种放荡不羁的文人，不拘小节惯了。故意拿她取乐子，却又让她无可奈何。她红着脸，把头低下去，不好意思面对众人。黄秋霞很为她抱不平，便手指着老蒯道：你这老不正经的，何时才能走上正道啊？老蒯就摆出一脸的

---

① 此处借用宋代李之仪《卜算子·我住长江头》诗句，改"长江"为"虞河"，更能触景生情。

无辜委屈相：我可不敢走邪路啊，我拥护党、拥护社会主义，爱祖国，爱人民，妹妹这是冤枉我了。杨慧雯冷笑一声，鄙夷地看他一眼说：冤枉的都是好人，你也配冤枉？老蒯听了，挠头抓腮，讪讪地赔着笑脸，不语了。

俗话说，卤水点豆腐，一物降一物。在很多场合，只要杨慧雯发话，老蒯准闭口认输。王小黎不明白其中奥妙，她大学毕业招聘来不久，对编辑部的人事关系只是一张白纸。不过，渐渐地，她似乎也看出点名堂来。整个编辑部，以褚主任为核心，这是无疑的。但编审组稿，老蒯却是最有话语权的，就稿子质量而言，众人举棋不定，最终都是他一锤定音。当然，能否发稿，最终还得褚主任终审。也难怪，老蒯做编辑快四十年了，什么作者没见过，什么稿子没见过？各种流派各种风格，他瞄上几眼就能判断出个优劣来，特别是近些年，变幻莫测的市场，更是造就了他特异的嗅觉神经。这点，褚主任特别欣赏他，老蒯也就越发倚老卖老起来。不过，面对杨慧雯，他就收敛了许多。王小黎心里疑惑，有次就傻乎乎地问杨姐，为什么老蒯那么畏怯她，是不是他有什么把柄给她抓住了？杨慧雯脸上现出微妙的变化，没有回答，只是嘴角勉强笑了下。王小黎也就没再傻问下去。

这会儿，老蒯被杨慧雯抢白，有些狼狈，为掩饰窘态，便斟满一杯酒，举起来说，慧雯妹妹不满意我，那我罚下这杯酒，可以了吧？说罢，仰头一饮而尽。杨慧雯冷笑道，本是嗜酒之徒，要喝还找理由，虚伪透顶！老蒯就嬉皮笑脸地，看来，慧雯妹妹还是不能原谅我，那我就把这一瓶全喝下去！一面说，一面又斟了满满一杯。黑皮拦住他说，蒯老还是多保重。杨慧雯讥嘲道：你就让他喝，把这瓶都喝了，再出一次洋相。她说的出洋相，是那次他喝得烂醉如泥，当场一阵狂吐，然后迷糊不知，身体僵硬，是众人抬着他出了酒店塞进出租车，由黑皮、陈子逸双双护送回家，交给他夫人的。

　　杨慧雯这么一挖苦，弄得老蒯更下不了台了。褚主任笑着说，慧雯你就饶了他吧，他就是个银样镴枪头——中看不中用。老蒯端着酒杯，仰起头屏住鼻息，咕噜咕噜一口气全喝了下去，然后，将空杯在众人面前故意晃了一下，借着几分酒兴，自我解嘲道：主任是对我高要求了，我当继续努力才是。嗜酒好色，乃男人本性，为我此生追求矣……褚主任说：你就吹吧，反正吹牛皮又不犯死罪。众人都笑了，杨慧雯却没有笑，眼睛瞟了老蒯一眼。这时候，黑皮手机响了，是徐家恒打来的。褚主任问他怎么说，黑皮说，二愣子已经到了，正在车库停车。他们俩说话的当儿，陈子逸和王小黎也在聊着什么。老蒯自觉无趣，便点燃了一支烟。杨慧雯站起身，推门出去。

　　出了包厢走没几步，杨慧雯就觉得后面有人尾随，回头一看，竟是老蒯。她眉头不觉皱了皱，正想说点什么，朱唇未启，就被老蒯摆手制止。此刻，迎面有几个西装革履的顾客走过来，待他们过去后，老蒯才压低了声音说：这么多年了，看来，你还是耿耿于怀，对我有成见啊。杨慧雯不屑地看他一眼，边走边说：你是否真的还想再来个晚节不保？老蒯一愣，然后，嬉皮笑脸地，哪会呢？我是老而弥坚，越老越发坚挺了。杨慧雯知道他说的"坚挺"的淫意，更加鄙弃地说，你能不能嘴下积点德？王小黎还是九零后啊，都能做你女儿了，你就不怕在她面前失去做长辈的尊严？一面说，一面快步甩开了他的跟随，径直进了女盥洗间。

　　浴镜里女人，显得皮肤松弛，容颜已衰，不过细看，匀称的五官，姣好的身姿，依稀可辨当年的青春靓丽。杨慧雯叹了口气，岁月不饶人。她描了描眉，涂了点口红。十年前，她根本不用任何化妆，素面朝天的她，走到哪儿，都是一道美丽的风景线。还在读研期间，一个偶然的机会，她认识了老蒯。那次，文学院请资深编辑家老蒯来做学术报告，他的满腹经纶、才华横溢、严谨学风深深吸引了她。很快地，她成了他的粉丝，狂热的崇拜者。毕业那年，就业市场萧条，他极力推荐她应聘杂志社，获得了这份既高雅又稳当事业编制。她感恩于他，虚心求教于他，很快就成莫逆之交。他年长她二十多岁，这种纯净的情感关系，却因一次出差而倾毁。这么多年了，她一直不能忘、也不愿回忆当时的情景。那次，他们去北京参加了一个全国性作品研讨，晚宴后，回到下榻的宾馆。许是酒喝多了，回到自己房间，晕晕乎乎的她，和衣就睡了。不知过了多久，身子像火烧一样发烫，感到胸闷一阵窒息，私处刺骨的疼痛，她醒了，发觉一个赤裸的男人，正喘着气匍匐在她一丝不挂的胴体上。她惊恐地哭了，她推开他，呜咽着说，你为什么要这样？他无言以对。那你娶我吗？不，他开口了，我有老婆、女儿，他拾起衣服给她披上，坦诚地说，我只是喜欢你。她扬起手，给他狠狠一记耳光，只是喜欢，就能这样吗？你毁了我……她捂着脸又伤心地哭了。那趟回来，两人很少说话，心细的褚主任觉得有些异样，忍不住就问老蒯，是不是欺负她了，他一脸的无辜，矢口否认。再小心地问她，她什么也没说，只是谎说人疲倦了。虽然，褚主任没再继续问，但她心里一直惶恐不安，生怕哪天这事泄露出去，她就无脸再在编辑部做下去了。好在，老蒯当众人面，依然如旧，就像什么事也没发生过一样。私下里，却屡屡向她道歉，痛扇自己耳光，说他很后悔，因为喜欢她，太冲动了，说他不能背叛自己的妻子女儿，否则，会娶了她。与其说是他说话的诚恳，让她相信了，原谅了，倒不如说，是他后来在生活上、业务上对她一如既往，甚至更加倍的关爱、体贴感动了她。那时候，他在她心目中，就是一个无人能代替的神。

不过，自那以后，老蒯再没有碰过她，反而积极主动为她介绍婚姻。看得出，他的心意是真诚的，他以极高的效率，将他这么多年熟悉的亲朋好友圈子都筛选了一遍，为她慎选对象。甚至，连相亲角他都去了。他精心物色的，都遭到她的否决。她不想嫁人。日子一晃就过去了，如今，三十六岁的她，早已逝去了青春芳华。老蒯每看到她日渐其衰的容颜，心里就会一阵内疚。这会儿，他在盥洗间，点燃了一支烟，拼命地吸着，浓烈的烟味呛得他一阵猛咳起来，嘴里一阵苦涩。倏地，上腹不适，一阵恶心，哇地一声，吐出一大口酒菜来。他慌忙用水冲洗。他不觉想起一句话来：坏人做了很多坏事，突然之间做了一件好事，那叫浪子回头金不换；而好人呢，做了一辈子的好事，偶尔做了一件坏事，那叫原形毕露。坏人，放下屠刀，立地成佛；好人修行千年不成佛。他蒯志贤本是好人，就因为那一刻，原形毕露，从此，成了坏人，不是吗？有次，他问她，我是坏人吗？她做了个肯定的点头。是因为那次吗？她的回答却让他意外了，那次，你还没坏，后来，你坏了。他愣怔了半天，双目凝滞，不解她话的意思，直到有天发生了那件事，他才参悟过来。他要她修改一篇待发稿子，她看了几页就放下了，蒯老师，这样的也能发吗？他有些尴尬，别问那么多，你把它改好就行了。这不是对读者不负责任吗？她又补一句，曾经，你可是坚决把质量关的呀！他没有再回答她，却在想，这篇稿子，作者私塞给他二万，他得分一万给褚主任，这件好事可不能就此黄了，就说，你要是不肯改，那就我来吧。杨慧雯晶莹明亮的眼睛凝视着他，令他如芒刺在背，心在疼痛。不知何时，他开始对酒上瘾了，多次都喝得酩酊大醉、瘫软如泥。妻子女儿埋怨他，要他禁烟禁酒，他哪里能憋得住？编辑部同仁的每周聚餐，正好满足了他的欲望。他希望这个聚餐一直延续下去。因为，有了酒，他就可以放浪形骸、肆无忌惮了。酒醉了，李白可以狂放不羁，天子呼来不上船；刘伶可以赤身裸体见来客，狂言大地是我的床，天空是我的房，屋子是我的衣裳。那么，我蒯志贤酒醉了，调情一下王小黎，胡言乱语几句，又有何妨呢？杨慧雯，你不要管得太宽了。

回到包间，老蒯见杨慧雯在和王小黎说话。不一会儿，黑皮和二愣子进来了。二愣子双手合掌，来迟了，来迟了，我罚酒三杯！随即，将黑皮给他斟的酒一饮而尽。今天真不巧，岳父生日，老婆要我去祝贺，什么祝贺，就是要我拿钱，去，包了个红包了事，我也不在他们家吃饭，就过来了。要不是我爽快给了钱，老婆才不会放我过来呢！我的心里边，还是系着在座各位叔叔阿姨弟弟妹妹哟！还有领导，我要特别敬褚主任一杯，以表达我的感恩之情！说罢，又一饮而尽。褚主任笑着说：吃菜，吃菜，今天黑皮点的菜，看是否对你胃口？老蒯立马跟着道：不仅二愣子要感恩褚主任，我们都要感恩。我们刊物取得今天这样辉煌的业绩，全在褚主任英明领导。来来来，我们共同敬褚主任！说着，举杯一口干，众人也一齐附和。褚主任红光满面，笑意频频，功劳是大家的，没有你们的努力，我就是三头六臂也施展不开啊！王小黎举起杯，小啜了一口，就呛得咳起来，便将酒杯放下，老蒯看见，便不依不饶了：妹妹你这就不好了，这是对褚主任的态度问题，给我一口干了，忠不忠，看行动，喝了——。王小黎红着脸，很为难的样子，杨慧雯说：小黎不会喝酒，我看，

338

还是蒯老师代了。老蒯怔了一下，道：那不行，她得喝了表忠心。正僵持不下呢，一直没有说话的陈子逸不声不响就拿过那杯酒，咕噜咕噜一饮而尽，王小黎望着他，眼里不免生出感激之意。

老蒯有点儿吃惊，他压根儿就没想到，这个沉默寡言，很是内向的陈子逸，会在这种场合来个出其不意之举。黑皮解释道：你们不知道吧，子逸和小黎，原是青梅竹马，自小就在一起长大，住在一个里弄。后来街道动迁，从此天涯各一方，大学毕业应聘，不约而同，又都到了咱们编辑部。这是不是有缘啊？经黑皮这么一说，老蒯才想起来，平日看见他俩经常在一起，本以为是工作关系密切缘故。他俩最年轻，刚来没多久，是个助编，没有审稿权，只负责印刷前的文字校对工作。不过，俩人又都很认真，常常要为一个字的使用而斟酌再三，争执不休。没想到，在咬文嚼字的掩饰下，这陈子逸原来是对王小黎用心呢！这个，他是毫无察觉，否则，怎么会当陈子逸的面，与王小黎调情，开那些个不恭的玩笑呢？他正想说什么，褚主任开口了，众人都把眼光投向了他。

最近大家工作都很不错，不过，我要特别表扬小徐，他为我们刊物做了一个大贡献，下面，给大家剧透一下？褚主任微笑着看着二愣子。

哪里，哪里，我只是出点绵薄之力，不足挂齿。二愣子拱手道。

二愣子，你就别卖关子了！黑皮嚷道。

二愣子做了个简单汇报，大意是，这次他通过几层关系攀上一位京城部级退休老干部，鼓动他出传记回忆录，又给他找了著名作家采访，老头一高兴，便让他那在一家上市公司做董事长的儿子给刊物捐资。儿子孝心，慷慨支助刊物，让他们做全年的广告，仅这一笔就不得了。当然，具体多少，他没有细跟大伙儿说，他有保留，这种场合，什么该说，什么不该说，他是有分寸的。

嗨，今年大家的年终奖金，可以再翻一倍了！褚主任兴奋地向大家宣布。

众人脸上齐现出喜气，把感激的目光全投向了二愣子。此刻，褚主任很欣赏地看着二愣子，觉得这真是天作之合。如今，文学刊物多如牛毛，竞争激烈，是生存还是死亡，并不首先依赖质量。这一点，他很清楚。刊物走向市场，如果只盯着作者、读者，那就大错特错了。这并不是说，可以忽视这个，而是忘记了在市场经济下，赚钱为最终目的，赚不了钱，亏本经营，工资都发不出了，还奢谈什么质量？有一阵子，入不敷出的他几乎都要向顶头上司要求调动了。部里领导向他推荐了徐家恒，这小子调来编辑部，凭着他的聪明灵活，左右逢源，刊物经济效益一下就提升了。我们刊物打了翻身仗，小徐功不可没！大家都要敬他一杯……褚主任眼红耳热，举杯贺之，众人皆应之。

杨慧雯端坐未动，心里一阵苦涩。办一个纯文学刊物，最关键的，不是靠学术严谨的资深编辑，反倒是这个对文学毫无常识、毫无兴趣的外行，这不是很奇怪吗？可是，蒯老师倒是资深编辑了，文学功底深厚，有超强记忆力理解力，一本《说文解字》①，他能倒背如流，任何一个字，他都能引经据典，给你细说

---

① 东汉经学家、文字学家许慎编著的中国最早系统分析汉字字形和考究字源的语文辞书。

一天。不错，她崇拜过他，可现在，他成了什么样子了？整日沉迷于酒色，对作者，对读者，全然不在意。她几次想说出对他的感觉，都被他打住了，慧雯妹妹总是对蒯哥哥不满意，就像林黛玉嗔怒宝哥哥，他涎着脸说。她拿他真没办法。上帝死了，整个欧洲乃至世界迷惘了，人们心中神圣不在了，当年读哲学史时，她还不能完全悟彻这个描述的意思，现在是真切地感觉了。她只要一见到昔日崇拜的心中上帝的他现在这个样子，身体就直感一阵不舒服，她心灰意冷。慧雯妹妹在想什么呀，还不给我们的功臣二愣子敬个酒？老蒯见她独思的模样，有意提醒她。想什么，有必要告诉你吗？她没好气地冲他一句，他尴尬的赔着笑脸。这时候，二愣子的手机响了，他接听，信号不好，便赶紧走了出去。

徐哥，潘总那笔钱没给我，想赖是吧？

手机里，响起一个尖脆的声音，刺得他耳朵都痛，幸好是在走廊尽头，那儿没人。

薇薇，你听我说，潘总这人讲信用，跟我说好的事，不会不给你的。

二愣子压低了声音，对着手机，耐心地解释说。

还信用？完事了，就跑了，我还以为他放在我包里呢……激动的声音。

怕是潘总事情多，忙忘了，我提醒一下他，你看，好不好？

要是他不给钱，我可饶不了你！对方声音里明显带着泼妇的威胁。

你放心了，这个钱他要是不给，我代他付给你，这总可以吧。

二愣子耐心地安慰她，他还想说什么，对方挂了。他转过身来，发现了褚主任不知何时已经站在面前。有什么麻烦吗？褚主任关切地问。没事，一个妹子，不就是要钱嘛，钱能解决的，都不是事。他把手机揣进口袋，凑近了褚主任，说：聂老的传记下季度开始连载，没问题吧？只能把其他的稿子撤下来了，褚主任说。那好，那好，估计那笔款子本月就可到账，你看怎么入账好？二愣子将脸凑近了，低声说。这样吧，还按照我们先前说好的比例，你把账做平交给黄秋霞就可以了。要是有人问具体情况，你也不要多说，免得节外生枝，引出不必要麻烦。褚主任低声地叮嘱道。褚主任对我不放心啊？哪里，哪里，你办事，我放心。褚主任强调地说。为避他人嫌疑，他们没有一起回到包间，而是一前一后，褚主任去了盥洗间。

二愣子回来坐定，见众人正在说陈子逸。这个长相清秀的男孩，此刻，似乎很腼腆的样子。子逸，你要好生待小黎，老蒯倚老卖老，道：我等着喝你们的喜酒，但是你要是欺负她，我这个做你大叔的可不答应。陈子逸红着脸，低头不语。黑皮笑道：蒯老多虑了，人家自小就是两小无猜，心无芥蒂，用得着你操心吗？转过脸来，对杨慧雯：杨姐，我说的对吗？杨慧雯没回答，她觉得，男人十有九粗心。她曾几次私下问过王小黎，虽然她说了陈子逸一大堆的好，可是，凭着女人特有的感觉，她又更多了怀疑，王小黎瞬忽即逝的眼神中流露出来的意思，是她熟悉的，似曾相识，是自己有过的，那种渴望中的绝望。这种感觉，她没有对她说，更没有对陈子逸说，她宁可希望这是误判。她希望这对年轻人幸福。杨姐，是吗？黑皮又问，杨慧雯这才抬起头，嘴角露出微笑：说得是。黑皮转向老蒯：杨姐说是，就是了。你担心个什么？老蒯眼珠转了转，那好啊，今天是个好日子，这事就定下来了。子逸和小黎，当着我们大家面，来个交杯酒怎么样？

黑皮道：好，交杯酒！

正说着，褚主任进来了，见大家说得热闹，忙问什么话题，黑皮如实汇报。褚主任说：好嘛，子逸和小黎，是九零后，年轻、充满活力，我们刊物的未来，就在他们身上。这个交杯酒，要的，要的！这么一说，弄得陈子逸的脸越发红了，像个红脸关公，王小黎则脸色陡变，有些神情慌乱。杨慧雯说：喝酒，是随意，你们不要勉强。老蒯说：怎么是勉强呢？你以为他俩不愿意吗？就是，就是，黑皮附和着。于是，老蒯兴致勃勃上前欲拉两人交杯，却被王小黎一手甩开了。

我看算了吧，人家不愿意，你们这是干嘛呢？一个声音冷不防冲了过来，众人这才发现，是坐在哪儿半天没作声的二愣子抛出的这句话。

你反对不算数。老蒯笑着说。

那好，你问问小黎，看她可肯？二愣子胸有成竹地说。

众人全都将目光投了过来。王小黎的嘴唇撇动着，鼻子抽搐了几下，眼里似乎涌出几滴晶莹的泪珠来。这一下，弄得大家都慌了神了，不知道究竟是为什么。这个平日活泼快乐的女孩子，还从来没有过这样呢。褚主任也疑惑了，她有次校对稿子出了很多错误，他很严厉批评了她，也没见她流泪啊，今天这是怎么啦？

我说嘛，不要强人所难，二愣子又抛出一句。

谁也没料到，王小黎霍地起身，掩着欲哭的嘴唇向外冲去。褚主任吃惊道：快快，去看看，她怎么了？杨慧雯应声赶紧追了出去。黑皮责怪起老蒯来：都是你。老蒯道：我是成人之美嘛。问题出在，他盯着陈子逸，是不是你做了对不起她的事了？陈子逸倍感冤屈，头摇得像个拨浪鼓似地否认道，没有啊……老蒯看了看他，困惑地双手合十，模仿着耶稣，口中喃喃：主啊，赦免他吧，因为他做的，他自己都不知道！褚主任笑道：蒯老师什么时候又信耶稣了？你好像是无神论者吧？老蒯接口道：我心中有上帝，可是，上帝死了，我有什么办法？褚主任道：你总是有理。

刚才，杨慧雯追了出去，见王小黎在走廊拐间独自垂泪，她便关切地询问她，才知道她情绪失控并非是因为老蒯的恶作剧，而是触动了她心里另一层的隐痛。凭着女人的敏感，她还是能隐约感觉出来。可究竟是什么，小黎却闭口不说，她也不好再继续追问。人都有自己私密的空间，都有保密的权利，既然不肯说出来，那就别勉强。她递给她几张餐巾纸，让她拭去眼角的泪痕。

回来的时候，王小黎脸上已经恢复了正常，众人皆松了一口气。杨慧雯在褚主任耳边轻语了几句，回到座位。老蒯见王小黎气色已缓，便立起身，双手抱拳作揖，讪讪地说：小黎妹妹，刚才我多有冒犯，哎，人老，糊涂了。还望您多包涵，包涵。杨慧雯揶揄道：早知现在，又何必当初！你以为这样，人家就原谅你啦？老蒯愣怔了下，随即装作很诚恳地说：妹妹莫生气，还有什么处罚，老朽认了就是了！别说罚一回了，便是罚百回千回，老朽也毫无怨言。一面说着，一面虔诚地作揖，欲做下跪姿势，慌得黑皮忙上前搀扶他。杨慧雯说：你就让他下跪嘛。老蒯信誓旦旦地：妹妹要是还不信，那我就把心剜出来给你看！说着，就拿起桌上一把小餐刀，作剜心样。杨慧雯没拦他，看着他，道：你又不是贾宝玉，还剜心表白啊？怎么不动手呢？老蒯放下刀具，哭丧着脸：妹妹好狠心，也不心疼哥哥。杨慧雯嫌他烦，不再理他。黄秋霞说：蒯老师是好意，就不要为难他了。老蒯就眉开眼笑，忘形地一把握住黄秋霞的手：还是这个妹妹好，理解我，懂得我的心！众人都笑开了。

这会儿，二愣子和黑皮在猜拳，两人一来一往，输者喝酒。褚主任道：你俩不要自顾喝了，要陪大家呀！二愣子有些醉意，摇晃着站起来，举杯道：褚主任说的是，我敬大家一杯！老蒯道：敬酒要有理由。二愣子眼珠转了转，理由嘛，我们刊物之所以取得如此辉煌成就，全在于褚主任和诸位大才子的努力！黑皮随即逢迎道：论功，你是特等功臣，你是我们的财神爷！哪里哪里，本人不才，跑龙套的角色。褚主任笑着说：小徐是立了大功，在座各位也是各有贡献！黄秋霞接口道：主任说的是。各有所长，各尽其职。正说着，老蒯的手机响了，因为他一直开的是免提，故声音清晰，他也不避嫌，就在座位上接听起来。蒯老师，我那篇稿子怎样了？不行啊，不能用。为什么？不符合我们刊物要求呀。偏偏那位作者纠缠着，那能具体说说，我好修改啊，比如，主人公珊珊描写，你怎么看的？这个嘛，老蒯犹豫了下，支吾着说：没有写出珊珊女性特有的美……蒯老师，珊珊不是女性，我写的是一个男人啊，您没细看吧，就否定我的这篇作品了？显然，声音里带着明显的不满来。老蒯怔了怔，然后啪地就关了手机，喃喃自语：岂有此理！这个作者不识时务，还以为他是上帝啊！不要搞错噢，现在是作者求编辑……黑皮敲着桌子道：蒯老，这种人，你别理他。

杨慧雯一直在注视着，她没说话，眉眼间似乎流露出一丝不满来。或许是，她觉得他不该这样对待作者。她知道作者挑灯熬夜、呕心沥血爬格子的辛苦，知道他们的渴盼，作为编辑完全不能这样敷衍了事。她觉得，老蒯在处理作者稿子上，与多年前大不一样了，那时候，他对作者的作品，是多么虔诚，而现在，则把它当成一种物质利益的交换……她想说什么，却没开口。她听到黑皮在取悦老蒯：蒯老师是我们编辑部学术翘楚，顶级大师，文学奇才！我最佩服他的，是他能将屈原的那篇诘屈聱牙的《离骚》一字不差地背下来。蒯老，要不要在此再给大家展示一下？他的话音刚落，在座的全都一起鼓起掌来。老蒯持箸啜饮了一小口酒，抹抹嘴角，站起身说：黑皮恭维了。我是对《离骚》情有独钟。知道为什么吗？因为心心相印！杨慧雯嘲讽地说：听蒯老师的意思，是以屈原自喻了？能相比吗？老蒯闻言，一脸的尴尬。不过，他很快就恢复了先前的神气，慧雯妹妹那是对我高要求。其实，我和屈原，还真是心有灵犀，你看，他爱香草美人，我蒯某人何尝不也是呢？随即，便摇头晃脑起来：

> 溘吾游此春宫兮，折琼枝以继佩。
> 及荣华之未落兮，相下女之可诒。
> 吾令丰隆乘云兮，求宓妃之所在。
> 解佩纕以结言兮，吾令謇修以为理。

老蒯吟诵着，眼睛却向杨慧雯瞟去，但只那么一瞬间，慌忙就收了回去，然后，一声长叹曰：我的梦中情人啊，你在哪里，在哪里？他的目光越过了王小黎，直勾勾地定格在了黄秋霞身上。这下，弄得黄秋霞不好意思了，脸色蓦地红了，嘴里忍不住骂俏起来：您这老不正经的，老盯着我看干嘛呀，我又不是你梦中情人了！众人全都笑起来。

唯有杨慧雯没有笑，她端坐着，冷不丁抛出这句话来：

我看蒯老师，也就剩下这么点出息了！

话音虽轻，却分量很重，众人面面相觑。谁都清楚，这话让老蒯难堪了。褚主任蹙了蹙眉，不满地看了杨慧雯一眼，没说什么。黑皮打圆场，道：今天酒喝多了，都是酒话，不必介意。没想到二愣子说，干嘛不介意，酒后吐真言嘛！黑皮尴尬，不好再说什么。老蒯到底是久经沙场，应付自如，他端起一杯酒，走到杨慧雯面前，说：妹妹是恨铁不成钢，那我就是那块顽铁，还望妹妹别灰心，多锤炼锤炼我啊！说着，索性弯下腰来，横着脖子，把头伸到她胸前，故作哀求道，妹妹，你来吧，你来吧……，众人哄地都笑开了。黄秋霞上前拉开他，说，看在蒯老师心诚的份上，慧雯你就饶了他吧……饶了他，饶了他吧，众人一起起哄道。杨慧雯什么话也没说，嘴里只觉得一阵苦涩。褚主任望着大家说，差不多了吧，然后侧过脸去问黑皮，下面怎么安排的？黑皮道，马上去六楼卡拉 OK 唱歌，完了，要是各位还有兴趣呢，就去泡脚按摩。众人都拍手叫好。

陈子逸是最后一个进卡拉 OK 包厢的。本来，餐费是黑皮结的，走到前台时，黑皮掏出手机，打开支付宝，屏幕倏地黑了，没电关机了。他回过头，恰好看见陈子逸，就一把拉住他，说，你代我付吧，回头，我再打给你。陈子逸犹豫了下，还是答应了。付了款，服务员打出一张结算账单，陈子怡接到手看了看，发觉不对，今天聚餐时，他特别留心，数了数，一共十八道菜。怎么菜单上又多出了四道菜呢？而且，还是大菜，价格不菲。幸亏他留心了一下，否则，亏就吃大了，便指着菜单，与服务员说。谁知，服务员不认账，说你吃进肚子里还忘了。陈子逸气急说，那我剖开肚子，让你们看好了。正争执着，大堂经理过来，二话没说，就用笔将那四道菜划去了。待退了款，陈子逸又去了趟盥洗间，来到 KTV 包厢时，见他们正在兴奋地引吭高歌。

　　包厢里暗淡的灯光，五颜六色的光束旋转着、晃动着，洒下斑斑驳驳色彩，和着时而变幻的音乐节奏和靡靡旋律，构成了一个令人沉迷陶醉的世外桃源。陈子逸看见了陌生的面孔，两个素不相识的妙龄女子，皆穿着单薄，微微敞胸，露出深深乳沟，超短的裙下，晃动着修长圆溜诱人的玉腿，一个亲昵地搂着褚主任的脖子，喂他咖啡，一个偎依在蒯老师身上，举着话筒两人对唱，唱得是黄梅戏《夫妻双双把家还》。他想，这两位女子恐怕就是那种三陪小姐了。黑皮拥着黄秋霞，踏着音乐节奏在跳伦巴，杨慧雯独自一人在一边操作电子曲目单。当陈子逸的眼光再转过去时，不觉吃惊了，这会儿，看见灯光黯淡处的王小黎了，坐在他旁边的是二愣子，他正一手亲昵地搭在她的肩上，搂着她，有揽她入怀的意思，王小黎呢，也不躲闪，也不推辞，似乎任他所为。陈子逸脑门一热，似乎血液都要冲上来，他异常地嫉妒，什么时候自己能这样呢？那次，在他的租房里，他和她谈了很多心里话，他有些冲动，欲搂抱她一下，她竟然像触电似地，就推开了他，夺门而去。而她竟然任由二愣子亲热。想到这，他心里一阵地难受起来。见陈子逸愣站在面前，二愣子有些疑惑，便松开了手，招呼道，你坐呀。站着干嘛呢？陈子逸坐下来，没敢再看王小黎一眼，却把头转过去看那两个三陪小姐。在他眼里平日正襟危坐的褚主任，这会儿一改常态，一手搂着那小姐的腰，一手放肆地在她身上摸来摸去。蒯老师手持话筒，靠在那女子怀里，扯着嗓子唱着，在这种场合，彻底放松，毫无顾忌，什么都可以做了。

　　褚主任仰头笑着，转脸发现陈子逸正注视着他，就推开身边的小姐，指着他对她说，那是我们的秀才小陈，你去服侍他好了。陈子逸慌张地摆着手说，不用，不用，我给你们叫些点心来吧，借故想走开。他刚站起身，就有服务员端着一大盘水果点心进来。黑皮道，那是我点的，大家尽管用。老蒯把话筒递给旁边的陈子逸，杨慧雯问他要唱什么，他想了下就说，唱《西海情歌》吧。他喜欢这首歌，那沧桑凄美的旋律、哀婉动人的故事，不止一次令他泪眼婆娑，痛彻心扉，沉浸在苦苦等待的深情里。杨慧雯在曲库里翻了好一会，才找到这首歌。旋律响起来，陈子逸和声而唱：

> 自你离开以后
> 从此就丢了温柔
> 等待在这雪山路漫长
> 听寒风呼啸依旧
> 一眼望不到边
> 风似刀割我的脸
> 等不到西海天际蔚蓝
> 无言着苍茫的高原
> ……

唱着，唱着，他仿佛完全沉浸其中了，动情之处，眼里竟溢出泪光，声音也几度哽咽。众人一起拍手叫好，唯有王小黎没有鼓掌，她的脸色很难看，幸好也没人在意。陈子逸唱完，把话筒又递给老蒯。这时候，老蒯推开身边女郎，站起身来，走到杨慧雯身旁，说，慧雯妹妹的歌喉，那是天籁之音，今天不能不唱。这样吧，咱俩来个对唱《纤夫的爱》怎么样？杨慧雯白了他一眼，你还是跟人家美女去唱吧！一面说着，一面就将话筒塞给那位女郎。那女郎毫不推辞，站起身，勾着老蒯的胳膊。老蒯无奈，只得唱起来，阳刚阴柔，情深意长，如胶似漆，缠缠绵绵，赢得阵阵叫好。

不知不觉，已经午夜了。黑皮问，要不要再去泡脚按摩，老蒯说，这还用问吗？当然要去了。黄秋霞则说，太晚了，怕回家老公要跟她吵架。老蒯就说，那你就给他点颜色看看呗。你看我，凡我想做的事，媳妇从不敢说一个不字。褚主任就笑着说，那是你媳妇贤惠，受了你委屈，你还好意思说？老蒯道，主任你这话倒是切中我要害了。不过，话又说回来，这一辈子，没跟我媳妇离婚，就算是对得起她了。黑皮凑上来问，此话怎讲？老蒯点了支烟，狠狠吸了一口，吐出一圈烟雾，说，我们这样的人，不结个几次婚，没有几个情人相好，搞出几多风流艳事，哪来的丰富情感生活经验和艺术想象力？怎么能做作家？做编辑？唉，想想我蒯某人，真是名不符实，惭愧，惭愧啊！说着，满脸的沮丧相。黑皮一听这话就乐了，止不住地点头，双手击掌赞道，蒯老师高人一筹，说得有道理，有道理。他的话音刚落，杨慧雯就揶揄地冷笑一声，什么道理呀，歪理邪说！凡肮脏的灵魂，不是用貌似有理的语言就能掩盖的，而是欲盖弥彰，更丑恶罢了。虽声音很轻，却意思分明！褚主任看了她几眼，忍不住地说，你这话说重了。老蒯听了，也不见气，更不见怒，反而涎着脸笑着说，妹妹紧咬哥哥不放，那不是恨，是爱呢！没听过这话吗？打是疼，骂是爱，疼不过来用脚踩。杨慧雯说：那就踏上一只脚，叫你永世不得翻身。黑皮说，两位不要再打情骂俏了，我们去洗脚按摩。

众人正要走，忽闻鼾声阵阵，回头一瞧，见二愣子躺在沙发里昏睡着，满是酒气，许是刚才喝多了，醉了。黑皮见他这个样

350

子，就叫陈子逸留下来陪他，等他醒了，送他回家。却不料二愣子听黑皮这么一说，竟然支撑着坐了起来，说，让小陈跟你们走吧，我歇一下，我没事的。褚主任说，那我们也不放心啊，你这个样子，又不能开车了，得有人送你回家罢。小陈，你留下来陪他。二愣子看了一眼身边的王小黎，说，有她陪我好了。这么一说，众人都傻了，以为他是在说胡话。黑皮就笑着说，你糊涂了吧，怎么能让她护送你回家？二愣子酒气熏熏，却咬字清晰地说，我就要王小黎陪我。众人面面相觑，不置可否，正愣着呢，听见王小黎说，我留下来陪他好了，你们去吧。黑皮还想说什么，被褚主任制止住了，那就让小王留下来吧，他吩咐说。

出了梦雅酒店，夜色已经很深了。虞河路上的夜市异常热闹，来往车辆人流穿梭不息。霓虹灯闪闪烁烁，缤纷的色彩倒映在河水里，与夜空中明月星星相辉映，真是妙不可言。春风沉醉的夜晚，老蒯想起郁达夫的小说，不觉触景生情地喃喃自语。前面不远就是洗脚按摩房。黄秋霞赶上了6路公交车，提前离开了。杨慧雯住东城区，这里没有直达公交，只能招呼出租车了。她站在路口等车，老蒯迎了上去，低声地说，今晚多有得罪。她看着他，说，你就不能不这样吗？他摇头，老了，就这样了。不说这个了，我看你，还是找个人结婚，好好过日子吧。一阵晚风吹来，扬起了她的鬓发，她用手捋了一下，说，这个，你就不用操心了。我倒是希望，你还是一个从前的你。他怔住了，似乎听明白了她话里的意思，他有些愧疚，低下了头。看来，再说什么，都已经是多余的了。他颓丧地转身，丢开了她，跟上了前面的褚主任、黑皮、陈子逸他们。只听见黑皮在说：奇怪了，这么晚了，二愣子怎么要王小黎陪她呢？还要她送他回家，他有老婆啊，就不怕老婆跟他闹？

这有什么好奇怪的，我看，是小徐酒后任性吧，褚主任辩解说。

那，王小黎怎么又肯呢？黑皮再问道。

小王善解人意，心善，褚主任再答。

老蒯话里有话地说：我看，没那么简单吧。

黑皮回过头来：你这话什么意思？莫非是……

老蒯便支支吾吾，也没什么意思……又话中有话地说，不过，小陈，我可告诉你，女人是追来的，你千万不要犹豫，我是过来人，这可是对你的忠告。

陈子逸一听这话，心里忐忑不安了。那我回去看看，他说。他怎么能让这么一个女孩子在深夜送那个醉酒的男人回家，他实在不放心啊。

褚主任说，你就不用去了，没事的。

也许是这样，陈子逸想，要是他去了，别说二愣子不欢迎，恐怕王小黎也会拒绝他呢！有好几次，下班晚了，他要送她回家，她都不肯。他明显感到，最近，他和她的感情疏远了。究竟是什么原因，他毫不知晓。但现在，他必须回去，刻不容缓！他坚决地离开褚主任、黑皮、老蒯，返回身子，向梦雅酒店跑去。

可他哪里知道，事情的发展，会让他瞠目结舌！

众人离开后，包厢里只剩下两人。音乐还在响着，靡靡的旋律，令人如梦如幻。二愣子猛地搂住了王小黎，粗暴地就吻住了她的嘴唇，然后，解开她的衣领胸襟扣子，把头埋进她的胸脯里，就滚落倒在沙发里了……王小黎试图喊叫，却没有声音，试图推开他，却柔弱不力，只能悲哀地一任他的泄欲。她的身体被重重的压迫着，喘不过气来，几乎要窒息了，她在想，自己怎么会沦落到这一步呢？六年前，十八岁的她，走出贫困山村，考上城里的大学，毕业了，找到这份工作，原以为，可以报答父母了，谁知道，父亲肾功能衰竭，已到了非换肾不能活命的地步了，家里为此负债累累，妈妈来电要四十万。可她，哪有这笔钱呢？向陈子逸借吗？莫说四十万了，有次，她租房付租金，向他借四万他都拿不出来。如果，不是那次在电话里妈妈的哭声意外地被二愣子听见了，他的父亲真的就没有救了。二愣子倒是很爽气，一下就从支付宝里打了四十万给她，还说是小意思，不用还了。这时候，她才明白，他是个财大气粗的男人，一个真正的男人……猝然间，她感到下体一阵撕裂的疼痛，她不禁失声哭了出来……

门开了，陈子逸站在门口，惊骇地睁大眼睛，脑子里一片空白。他怎么也不敢相信眼前所见的事实：那个男人正气喘吁吁地压在王小黎身上，肆无忌惮地，疯狂地吻她，那圆鼓鼓的大屁股在不停地晃动着。在他身体下，她就像只可怜兮兮、柔弱无助的小羊，面对恶狼，无法挣脱，无力逃逸……她的裤子已被他粗暴地剥褪下，落到沙发下的地毯上，露出她那双白皙修长的腿，她嘴里呻吟着，呻吟着，两臂却不由自主搂住了他的背脊……

陈子逸眼前一黑，身子摇摇晃晃，颓然倒了下去。就在这一刹那间，他的耳畔，似乎听到了一个很遥远声音，渐渐地飘浮了过来，那是他多么熟悉的旋律……

> 还记得你答应过我
> 不会让我把你找不见
> 可你跟随那南归的候鸟飞得那么远
> 爱像风筝断了线

拉不住你许下的诺言

……

　　那从雪域高原飘来的歌声，已经不再哀婉凄美，仿佛被一只魔手揉碎了，化作一丝丝缠绵，飘散在波光粼粼的虞河里，又缓缓升起，融化在这灯红酒绿、香色醉人的氤氲夜色中，给人以无限温柔。

歌唱家

　　黎喜良是个杰出的歌唱家。无论你怎么看，都是毋庸置疑的。对他来说，这个称谓名副其实，理所当然。歌唱，其实就像说话一样，本来就是天赋的权力，人皆有之，即便不能字正腔圆、声情并茂，哪怕五音不全，哼上几句，以释放心情，亦是人可皆为的，除非你是个哑巴。但能歌唱，绝非能成为歌唱家。成家，须有深厚的演唱实力和艺术修养以及高尚的人品，深受群众的尊敬和爱戴。对于大多数歌唱者来说，这是高不可攀，难以企及的，而在市场化的运作里，它又有了庸俗化的新诠释，以至于会出现意外的、捉摸不定，更加难以掌控的把握。这其中，有两个关键因素决不可忽视：权威的评定和粉丝的拥趸。这是不可僭越的。当然，这也让歌唱者的成家之路变得尤为简单，即只要迎合权威和粉丝即可。不过，这也不容易，青菜萝卜，各有所爱，众口难调。那就要看运气了，譬如说，一个深山里的放牛娃和一个酒吧里的招待女，从未经过正规化严格化科学化的音乐发声训练，甚至连五线谱都不识，也不过是只在某个场合唱了几句，恰巧被某个大人物听到，很是惊讶，被推上歌坛，命运就此发生奇迹般的突变，从而走上歌坛的金光大道，也是偶有所闻。

　　以上只是我们外行人的臆想。实际上，歌唱家之路并非我们理解的那么狭隘，那么诡谲。在圈内人看来，这条路有规律可循。歌唱是什么？古人曰：情动于中而形于言，言之不足故嗟叹之，嗟叹不足故咏歌之。歌唱就是以情促声，以声传情，是歌声、音乐、文学结合的艺术。但你要歌唱，首先得有好的嗓子，它来自天生、基因的传承，但这还不够，还须进行科学发声训练，将你的气息由肺部经支气管、气管呼出，两片声带相互靠拢，喉头向下挡气，让气流通过声门，使声带震动产生出声音，经过喉腔、咽腔、口腔、鼻腔等共鸣腔里得到调节和放大，通过听觉器官的辨别和协调，大脑神经的控制，发出优美、悦耳，具有语言特征的歌唱性声音来，这个过程将反复千遍万遍亿遍，不厌其烦。哪怕一句唱词，一个音符，都要仔细甄别，屡屡试唱，频频改进。此为几乎所有歌唱家发声训练必循之规律，对此，黎喜良却不敢苟同，他压根儿就没有把这当成金科玉律，而是随心所欲，信口而唱。他一时心血来潮，找来中外几乎所有名曲，按自己理解一首首试唱，完全陶醉在自我的情欲里。实际上，他根本就没有要成为歌唱家的奢想，他只是随意而唱。然而，有一天，他突然就红了，成了驰名歌坛、家喻户晓的歌唱家，这令他甚感意外。

或许这就是天意。喜好猎奇的人们，自然不肯放过，开始了乐此不彼地人肉搜索，结果大失所望。网络上没有他的过去任何的信息，以至于心急火燎的狗仔们甚至试图要动起通过报警查户籍方式来探究他的念头，这当然不可，迫于无奈，只能任意猜测他：从小，就受到良好的教育，而后，经过严格科学的声乐训练，师从某某著名歌唱家……沉浸在种种美妙的自欺式的想象里。然而，越是这样，越增添了好奇，加剧了炒作。对此，黎喜良倒是显得异常平静，他深知自己的深浅。老伴胡翠华笑着说他是大器晚成，他也未动声色。他知道，她的话语里不乏揶揄、嘲弄的意思。确实，最了解他的人就是她了，鬼才相信他能一举成名，转眼就成为家喻户晓的歌唱家了呢！打从她跟他相识、恋爱、结婚，平平淡淡、枯燥乏味地过了几十年，她从未听他唱过什么歌嘛。在她眼里，他就是个老闷。他内向，生性怯弱，木讷寡言，没啥出息，成天就知道埋头干活，少不了她的抱怨。哪里知道，在他过了六十岁，就突发奇想，唱起什么歌来了。说来也真是好笑，那天他突然接到多年未见的老同学电话，要他参加一个聚会。他感动还有人能记得他，便欣然赴约。几盅酒后，颊红耳热，兴致勃勃，有谁唱了起来。他先是在心里跟着哼，而后止不住，喉咙里竟发出了声音，这一出声不打紧，只那么一句唱腔，就让众人惊呆了。他的声音里有一种所有人都不曾有的特别磁性元素，把他积蓄了这么多年、埋藏沉淀在心里的意思顷刻间一股脑儿地爆发了。众人骇然之余，有谁慌忙录了像，次日，也没经他同意，就传到网上，谁又能料到呢，他竟然一鸣惊人，一炮就爆红了。

后来有专家分析，黎喜良之所以被万众瞩目，在于他声音的独特性，是那种独一无二，天下罕见的，用任何天籁、魔音，都不足以言状的，那种你从未听过的，奇妙的声音。当他登台演唱时，人们甚至怀疑他是否在假唱，是否是用什么电子介质刻意做出来的。因为，从来没有哪个歌唱家能发出这种声音。他已不再被 CDEFGAB 七声音阶及半音阶所束缚，完全突破了人的声部高、中、低自然声区音域，这让诸多已成名的歌唱家大为惊讶和愧疚。他们根本不能理解，面前这个男人，一开口咏唱，竟会带来如此轰动效应。那几天，胡翠华总是睁着疑惑的眼睛，奇怪地望着他。他苦笑不语。是的，在他六十岁前，别说唱歌了，就是高声说话他都没有过，他自觉卑微。当年，她是大家闺秀，长得漂亮，而他，其貌不扬，家境贫寒，他想都不敢想能娶到她。要不是她被纨绔子弟耍了赌气就嫁了他，恐怕他这辈子打光棍都有可能。婚后，她颐指气使，他卑恭怯弱，她总是厉声呵斥他，你怎么不说话？哑巴啦？他的喉部就习惯地蠕动了几下，欲说又止了。有什么好说的呢？在他童年记忆里，父亲总是愁苦着脸，拼命地抽烟，那难闻的烟味直往他鼻孔里钻，呛得他咳嗽不已。母亲带几个孩子，脾气很坏，整天板着凶脸。那次他放学回家，兴奋地说着学校里发生的事儿，说到他给老师提意见，谁料竟惹得母亲勃然大怒，狠揍了他，屁股疼痛好几天。他尝到了祸从口出的恶果，从此，便越发沉默寡言了。啊，他怎么会唱歌呢？他们夫妻生活了这么多年，胡翠华可从未见他唱过呀！

这是他的秘密，他不会告诉她。想想吧，一个几十年从未唱过歌的人，却一开口歌唱就一举成名，鬼才相信呢！他暗自冷笑，得意他的障眼法。这么多年来，他一直都是怯于开口。但有一天，他突然发现他的听力异常，是的，一次，他听见了一群蚂蚁嘴里发出吱吱咿咿的说话声，还有一次，他在厨房里，听见两只蟑螂交头接耳，发出啜啜叽叽的声音。他心里一阵激动，就不觉地哼了起来，奇怪，是那种没有发出来的，只驻留在心里的声音，那是一种心唱，对，就是那种不经过喉咙发出来的、任何人都听不到的、只有他内心才能体验到的那种声音的歌唱。换句话说，是想象中的虚拟歌唱，他可以毫无约束、无所顾忌地对歌词、旋律独特理解，可以肆无忌惮、随心所欲地发挥臆想的音律和演唱的技巧，想要什么声音就是什么声音，完全突破了人的嗓音局限，忽而轻若浮云，细若游丝，忽而声震林木，响遏行云，忽而滔天洪水，倾泻而下，忽而电闪雷鸣，惊心摄魂，凡是能想到的声音，他都会在心唱中实现。这一发现，令他兴奋不已，他不仅找来中外著名歌唱家的歌曲，用心声试唱了，还自谱词曲作了精益求精的心唱演绎。当然，这一切，都是悄然于心的、极其隐秘的，在任何人面前都不曾流露过。胡翠华哪里知道，就在她平日对他大声斥责抱怨的时候，他表面上唯唯诺诺，说不定他心里正悠然自得地在心唱一首欢乐的歌呢！哎，哎，这种伪装他憋了几十年了！现在，他六十岁啦，可以毫无顾忌了，可以豁出去了，他要把他对人生的情感解读、他心里的声音，通过呼吸器官、喉头和声带、共鸣器官，毫无保留、痛痛快快地倾泻出来，让这个世界听见，他要与他人共享狂欢。

　　邀请函像雪片一样地飞来。首唱公演是在市中心，那是一个能容纳数万人的广场。他的出现，出其不意地令同台参演的、观众熟悉的歌唱家们全都黯然失色、羞愧难当。因为他一开口就脱俗不凡，一个男高音C的啊啦嗬依呼唤轻松而出，嘈杂的广场顷刻间全都安静了下来，人们在倾听，倾听着他那奇妙的声音，仿佛一下子就穿越了时空，进入了远古。歌声激起的幻觉里，浮现出深山密林，涧水潺潺，翠鸟婉转啼鸣，狮狼恐怖吼嚎；仿佛一下子又回到了当今，听他用歌声娓娓地讲述着一个个扣人心弦的身边故事。最后，他用歇斯底里的嘶哑声深情地唱着那首自创主打歌曲《我不是我》：太阳东边落，月亮地上过，世界颠倒着了魔，我不是我。噢噢噢噢噢，嘤嘤嘤嘤嘤……高山起大火，大地泛洪波，人间疯狂又寂寞，我不是我。噢噢噢噢噢，嘤嘤嘤嘤嘤……有谁喊了一声，黎喜良！刹那间，观众席里爆发出一阵疯狂的呼叫声，像海浪般排山倒海地淹没过来，淹没过来。人们欢呼着，高擎着手中写有黎喜良的牌子，摇晃着五颜六色的荧光灯，如醉如痴，沉浸在狂欢的海洋里。一个俊俏可爱的女孩，手捧鲜花，冲上来，狂呼着黎喜良我爱你，给他一个疯狂的吻。猝不及防的他，几乎要晕眩了。自然啰，谁也不会注意到，此刻，黎喜良的眼角悄然渗出了一丝热乎乎的泪水。

　　接下来的故事，如果是你想象的那样，黎喜良成了歌唱家，开始受到粉丝热捧，各种光环、荣耀、利益纷至沓来，那我们前面叙述这么多，就完全没有意义了。首场公演回来，黎喜良嚎啕大哭了一场，像个婴儿似地毫无节制地哭了，胡翠华惊讶万分，不知所从。她从未见他如此哭过，哭得像个泪人。结婚这么多年来，他永远都是一张平静的脸，不喜不悲，不愠不怒。是成名啦，高兴的吗？胡翠华猜想着，便脉脉含情地凝视着他，尽管她从电视里看到那个女孩上台疯狂吻了她的丈夫，心里醋意阵阵，但她还是为他欢欣鼓舞，为他骄傲。然而，她又哪里知道，他根本无意于此呢。黎喜良是矛盾的，他一面期待着，他的歌唱能被更多的人接受，一面又恐惧被万众瞩目。他固执地认为，凡是被万众瞩目的人，一定不是好人，那不是恶魔，就是骗子，是以一己的狡诈、险恶，意淫、愚弄万众的无邪纯真。他不想成为这个角色。他的发声歌唱，只是隐声心唱多年的一次偶然外泄，是一种抑制不住的心声的自然流露，仅此而已。可他万万没想到，会产生如此的轰动效应。他的名气于是大震，媒体疯狂追踪，利欲熏心的商家走马灯似的频频相邀，然而，全被他拒绝了。胡翠华气得杏眼怒睁，暴跳如雷，破口大骂他是个傻子、蠢驴、神经病。他毫不争辩，又恢复了先前的那种卑怯和沉默。这反应，反而让胡翠华害怕了，暴怒的脸忽然变得万分和颜悦色起来，她试着缓和着语言，委婉相劝他。商家若看准有利可图，更会紧盯不放。他们根本不相信黎喜良是真的拒绝，不过是故意卖关子，便使出抬价、种种诱惑手段，企图俘获他，结果还是令他们大失所望。黎喜良想法其实很简单，他歌唱，纯属发自一种内心的冲动，是他随心所欲的偶然行为。这么多年了，他自卑和怯弱，从没有如此畅快过，现在，他终于解脱了。他不想再受束缚，不想被任何人驱使。他失声喊道：我想唱就唱，不想唱就不唱，关他们什么屁事？

　　然而，法则却不允许他任性。就在他像个英雄似的潇洒地拒绝了那个脖子上挂着明晃晃金项链的商家魏老板，以为这是他有生以来做得最漂亮的、最自豪的一件事，胡翠华满面含笑地递给他一份协议。他只瞅了那么一眼，就呆住了。那是她背着他用他的私章与魏老板签的一份演出协议。荒唐，太荒唐了！他啼笑皆非，嚷着要毁约，胡翠华淡定自若地指着那上面的毁约条款，说你仔细看看啊，他蹙眉闭嘴，很快就气蔫了，违约，那是要重罚的，他承受不起。好在，这不是什么大规模公演，也不会网上直播，只是一次商家资助的特邀歌唱家的声乐比赛，歌坛大腕都会到场，有专家点评，这对于他来说，不啻是一次难拒之诱惑，他需要权威的评点。不知怎的，忽然间，他又闻到了那刺鼻的父亲的烟味了，耳畔又回响起母亲那厉声的呵斥声，而眼前，却浮现出漂浮在汹涌波涛上的那根稻草。

　　这或许是黎喜良犯下的又一个错误。虽然人生在世，犯错是难免的，但有些错却是致命的。当他怀着渴望的、忐忑不安的心情来到比赛会场，瞥见嘉宾席那几个权威时，他的脑门不由自主地就渗出了汗珠儿。他走上舞台，报出姓名，嘉宾席上，那位身着中山装慈眉善目的长者、音协张主席立马就问他，你就是那首《我不是我》的原唱？词曲都是你创作的？他点点头。这首歌，他只在广场唱了一次，就像火山爆发般地蔓延开了。以至于这些日子他进出小区，走到街上，都不时会听到有人在唱这首歌。"我不是我"，成了网络上热搜词语。好，现在，连这位德高望重的张主席也都知道他啦，黎喜良心里一阵窃喜，但接着就失望了。张主席审视着他，继续问道，那你师从谁？他苦笑，无以回答。张主席似乎明白了什么，又微笑着，说，你觉得你是美声还是民歌唱法？他摇了摇头，都不是，我就是我的唱法，他低声浅答。张主席露出不屑地眼光来，哼了一声，那你知道 Luciano Pavarotti、Placido Domingo、Jose Carreras^①这三位歌唱家么？他们的歌唱各有什么特点？他知道他说的是世界三大著名男高音歌唱家，但那又与他什么关系呢？有这个必要知道么？他突然发出反诘，眼睛直视着张主席，却看到几个评委嘉宾意味深长的相视谐笑，就在那一刻，他就觉得他被戏弄了，肯定要淘汰出局了。

自然，那位魏老板也顺势抛弃了他。这对他来说并不以为然，但胡翠华却颦眸满是哀怨，万般痛惜！一大笔真金白银就这么烟消云散了，叫她能不痛心吗？黎喜良只好讪讪地赔着笑脸，自我解嘲似地说，重在参与，能否获奖，那全靠运气，我没这个命。胡翠华紧蹙着眉头，疑惑地猜测说，定是你有什么闪失，得罪了评委吧？都说要潜规则呢……黎喜良就呵呵地笑了，真是的，我唱我的歌，干嘛要蹚这浑水呢，我想唱就唱，要顾忌那么多干嘛呢？想着，竟然一时兴起，放开歌喉，又唱了起来，惹得胡翠华杏眼怒睖，歇斯底里地暴怒地尖叫起来：你唱什么唱啊，烦死了，烦死了！他骇然地看着她，张开的大口倏地就定格了。

接下来的日子，黎喜良小心翼翼地讨她的好，以为她的不愉快很快就能过去。她在身边的时候，他便不再歌唱。实在忍不住了，他就避开她独自去附近公园，在那碧波荡漾的湖边，那稀疏的竹林里，放开嗓门，唱个痛快。如果不再想这件事，日子也会照样过。但黎喜良还是忍不住，他悻悻地想，问题恐怕就出在那个音协张主席，在歌唱界，他自然有着至高无上的权威。他不禁

---

① 世界三大男高音歌唱家：意大利的鲁契亚诺·帕瓦罗蒂、西班牙的普拉西多·多明戈、何塞·卡雷拉斯。

回忆起那天他与他面对的细节了。他觉得，张主席问他的几个问题，无疑充满了对他的鄙夷和狡诈。而他回答他的第二个问题，就表明了他是无师自成。这意味着什么？他没有任何背景，没有任何资源，属于一无所有那一类，肯定就是要被人摒弃的。而第三个问题，则是唱法的界定，既然你美声、民歌都不是，那你就不能入列，不入流，就是另类，就是异端，就是邪路，谁会大度地容忍你？至于第四个问题，张主席明明是有意要侮辱、奚落、调笑他，让他出洋相，羞愧自退，却不想，他却以一连串的反诘愤然怒怼，冒犯这位歌坛顶级权威，也真是昏了头了。如此不谦恭，能让他们认可，那才怪呢！对了，那天，还有个评委笑着问他：你不觉得唯有绿叶相扶含苞欲放的红花才是最美丽的么？他奇怪怎么要问他这个低智商的问题，细一思忖，才发现这是个圈套。无论他回答是或否，都会让他难堪。而那位评委的意思，就是要让他说出唯有绿叶相扶含苞欲放的红花最美丽。他怎么能这么回答呢？那些没有绿相扶的，黄的，白的，蓝的，紫的，五颜六色的，未放或已经绽放的花儿，难道不也很美丽么？他记得当时他只能报以苦笑而已。明明知道有人在侮辱你的智商，你还要执着地与他较真，这究竟是可爱呢还是可悲，我们实在是无从判定。不过，黎喜良这回是决定要与这件事较个真了。他想起多次去过的附近公园里，一年四季，都次第开放着五颜六色的花儿，月季，玫瑰，兰花，荷花，菊花，牡丹花，杜鹃花……有的含苞欲放，有的蓓蕾初开，有的盛开绽放，姿态各异，美不胜收。这不有力证明着他的判断吗？凭什么说绿叶相扶的含苞欲放的红花才是最美丽？荒唐啊，荒唐至极！那蓝雪花，是紫白色的，鸢尾花，是橙黄色的，亮金女贞，是黄色的花儿……不都缤纷艳丽，招蜂引蝶么？他几乎要喊出声来。他的那种迂腐子劲儿又上来了，他决定现在就去趟公园，将那些美丽的花儿拍下来，发给那个评委瞧瞧，以正视听。

这怕是黎喜良平生最后悔的一个决定了。当他满怀自信、兴冲冲地来到公园，眼前的景象让他吃了一惊，大跌眼镜！怎么原先的五色缤纷、姹紫嫣红的各种花儿统统都不见了，全都是清一色的、含苞欲放的红玫瑰呢？他使劲地摇摇头，揉揉眼，凝眸定神，细细窥之，还真真切切，全都变成了红玫瑰，一旁，还有穿着红制服的园林工人，在小心翼翼的浇水呢。他赶忙上前，问那个员工，得到的回答是，这是最美丽的花呀。这一刻，他几乎都要哭出来了。回到家来，他愁苦着脸，闷闷不乐。胡翠华毕竟是女人，虽说平时脾气火暴，但一见他可怜相，心又软了下来。算啦，得不到奖，他们不认可你，那是嫉妒，你唱你的歌，别在乎他们怎么评价你！她轻轻的这一席话，他心就释然了。是的，我唱我的歌，与他们何干？黎喜良没说出口，却情不自禁，又唱了起来：……太阳东边落，月亮地上过，世界颠倒着了魔，我不是我。噢噢噢噢噢，嚯嚯嚯嚯嚯……

黎喜良万万没料到，可怕的事情还是发生了。有一天，胡翠华正在玩着手机，突然就惊叫了一声，颤抖的手指着屏幕，嘴里哆嗦着，说不出话来。他凑过去瞄了一眼，只见一行触目惊心的黑色标题赫然映入眼帘：《我不是我》：黎喜良反智、亵渎、愚弄大众险恶用心！再一细看下面粉丝跟帖评论，好家伙，竟然是一片愤怒声讨，言辞之激烈，看得他脸色骤变，额头渗出豆大汗珠。胡翠华欲哭无泪，神色万般慌乱，他颓然地坐在沙发里，半天都回不过神来。左思右想，就想起那天，张主席一上来就特意问他这首歌是不是他的原创，那言语神情意味深长。他倏地明白了，他一定是得罪张主席了，要不，这首歌曾那么地受粉丝们热捧，怎么瞬间就来个大逆转了呢？

媒体舆情力量是巨大的，可怖的，难以抗拒的。黎喜良很快就明白了这一点。网络上成千上万怒不可遏的谴责声、申讨声，铺天盖地压过来，压过来，差不多都要让他窒息了。而且，舆情的调子越来越高，越来越严厉，大有不可遏止，登峰造极之势。他的演唱视频也随之全都被屏蔽了。这就是我们的现实，绝大多数人的思维：翻脸骤变，喜好极端，要么天使，要么魔鬼，要么天才，要么愚氓。现在，黎喜良从一个天才歌唱家，一下子就蜕变成十恶不赦的恶魔了！胡翠华只要一看手机，就心惊肉跳，整日哭丧着脸，恐惧大祸临头，在劫难逃了。她先是后悔那次代他签合同怂恿他去参加什么歌唱家声乐比赛，转而怨恨起他要唱什么歌了，都六十岁的人了，还不收心敛气、安安稳稳过日子，偏要出这个风头，这下，可惹出大祸了吧？她越想越火气，就向他吼了起来。黎喜良不寒而栗，脑袋里全都是粉丝声嘶力竭的谴责谩骂声，他很不明白那些攻击他的话语，怎么会被他们说得那么煞有介事：我不是我，那意思就是，我可以对自己不负责任，可以胡作非为，为自己的作恶开脱，所有人都可以不再承担社会责任，任邪恶横行……他实在是无语了，觉得他们的这种逻辑推理肤浅、荒唐级了。我不是我，那只不过是他的一个哲学思考嘛，是人在物质世界的沉重压迫扭曲下的一种反讽式的呼喊，一种痛痛快快的释放，是要恢复人的自身啊！难道不是吗？怎么是要让邪恶横行呢？他自然心不甘，想申辩，刚在评论区写几句，就被一浪高过一浪、劈头盖脸的叱骂、挖苦、讽刺、嘲弄声给淹没了。

对于黎喜良来说，他有两种选择：一是顶风而上，逆流勇进，东山再起，继续在公众场合歌唱，我以我歌荐轩辕；二是远离歌坛，从此隐身，销声匿迹。有个女歌唱家，不是出家为尼，从此皈依佛门了么？问题是，他觉得这两者都不妥。他以为他的最大失策，是他抛头露面的幼稚和冲动。去广场公演，参加歌坛比赛，拍视频传播，这本身并没有什么错，哪个艺人不都如此，渴盼着将他（她）的艺术奉献给大众。然而，话又说回来，这其中难道不还隐藏着另一种卑鄙的图谋，即存心要蓄意地绑架大众，号召大众么？哎，只有阴谋家、野心家才会做出这等事呢。他的登台公演，会不会是这样呢？还真的不好说。不过，有一点是值得肯定的，那就是善良的人，他只会是做好他自己，不会去故意干扰任何人。想到此，他豁然开朗起来，像是明白了什么，心里涌起一阵阵莫名其妙的激动。啊，是了，我歌唱，纯粹是发自内心情感的涌动，是诉说心里的酸甜苦辣，我把它唱出来了，这不就足够了？我非英雄，振臂一呼，要万人随从；也非懦夫，可怜兮兮喋喋不休地倾诉，以求得他人同情。我是黎喜良，不过就是喜欢歌唱的一个凡人，一个俗人，就这么简单，难道不是么？

不，不，在我们看来，事情并非如此。因为，我们感觉受到了一种被嘲弄。曾经，我们用毋庸置疑的坚定语气，肯定黎喜良是歌唱家，现在还能这么认为吗？他现在已经是屎壳郎，人人嫌弃；是过街老鼠，人人喊打了。如按照最世俗的标准，歌唱家是权威的肯定和粉丝的拥趸，那么，毫无疑问，现在他肯定不是歌唱家了。但他前不久还是火遍神州大地吗？这又作何理解呢？这个问题很复杂。我们就是这副德性，喜欢把简单弄得复杂，又把复杂弄得简单。然后，弃之不思。我们无法揣摩黎喜良此刻的心情，他是否感到有种失落，感到孤独，感到后悔呢？但我们可以认定，对于他来说，是不是歌唱家这个问题已经不重要了。至少，他还可以歌唱，当然，不是在被认可的公众场合，他可以在一个没有观众关注的、一个完全是属于自己的空间、自娱自乐、偷偷地歌唱。因为法律还没有剥夺他这个权力。他如果能深刻认识这一点，他就不会沮丧了。其实黎喜良也正是这么想的。这天，他再次来到公园。眼前，满园皆是清一色的、含苞欲放的红玫瑰，连田田荷叶上的荷花都不见了；湖面上峰回路转、蜿蜒逶迤的曲桥也消失了，变成了一座横跨湖两岸的一字型木桥；湖对岸姿态各异的假山也都换成了几方相似巨石，上面写有红彤彤几个楷体大字。这是最近一次园林改造。他们认为这样很美，那就是美吧，黎喜良无暇惋惜，这会儿，他只是迫切地想甩开身边的游客，快速逃离他们。他向公园最西边走去，那是片没有路径的茂密的竹林，一个被遗忘的，人迹罕至的角落。他走进竹林深处，当确信周围没有任何游人了，就低吟浅唱了起来。他的声音浑厚而不压喉，尽管降到低音的 C2—D4 的音域内，但在这无音无阒、万籁俱寂的林子里，他还是感觉到了，声音过处，先是竹梢风动，而后雷霆万钧，山呼海啸，震撼心灵。他这才发现他是真正的歌唱天才，是真的，他万分惊讶，不敢相信，那种美妙绝伦、举世无双的声音居然是从他喉咙里发出来的。随着他的歌声，他眼圈一热，泪水就止不住汹涌地从眼角滚落了下来。

他闭上了眼睛，忘情地、放纵恣意地唱着，精骛八极，心游万仞，仿佛身边的一切都不复存在了，唯有他的歌声在回荡。却不知什么时候，好像有了嘈杂声，他不由地睁开眼，立刻魂飞魄散了。林子里，早已挤满了黑压压的游客，团团围住了他。人人脸上都带着那种不屑、蔑视、嘲讽、疾恶如仇目光，向他恶狠狠地逼视过来。人们大声喧哗，吼叫着，谩骂着，用手指直戳着他，用最最恶毒的言语诅咒着他。就在那么多不曾相识的愤怒的面孔里，他意外看到了那个女孩，就是那次广场演出中那个登台向他献花疯狂呼喊着黎喜良我爱你并大胆地给他一个吻的既漂亮又可爱的女孩，她那张原先俊俏的脸蛋，此刻变得凶神恶煞。他不寒而栗，浑身颤抖着，几乎站立不住了。他只有一个念头：逃走！急中生智的他，瞅准了一道人的缝隙，择路而逃，头上的帽子，脖子上的领带也被愤怒的人撕拽下来了。他顾不得这些，逃，逃，直到身后寂然无声了，他才站定。不知怎么的，他仿佛又闻到父亲那刺鼻的烟味了，耳畔又响起母亲那厉声呵斥，眼前再次浮现出那根漂浮在汹涌波涛上的稻草。

现在，黎喜良终于明白，他再也不能在任何人面前歌唱了。他自以为自己的悦音，可在他人听来，全都是噪音。比噪音更甚，简直是他妈的邪音。要不然，人们怎么会如此反感他的歌唱呢？他觉得他是世界上最愚蠢的人。他以为躲到竹林深处，游人罕至的一隅，就会人不知鬼不觉地，他就可以恣意歌唱了，却不曾想到，他一直受到他人监视，说不定他一进公园，就被人盯上了，他却以为摆脱了游客呢！蠢啊，蠢！丧魂失魄的他，直逃回到家，掩上门，才长长地呼出一口气，稍稍平静下来。胡翠华不在家，大约是买菜去了。他想，自己已经六十岁了，还幼稚得像个孩子，真是可笑啊，可笑！刚才干嘛要到外面抛头露面地歌唱呢？在家里关起门来，可以随心所欲自得其乐，想怎么唱就怎么唱呀，谁也管不了！家永远是温馨的避风港，这是毫无疑义的。想到此，他便郑重其事，整了整西装，结好领带，就像正式演出那样，缓缓向前走了几步，神情自若地唱了起来：……高山起大火，大地泛洪波，人间疯狂又寂寞，我不是我。噢噢噢噢噢，嚯嚯嚯嚯嚯……唱着，唱着，他忽然感到地动山摇，门窗墙壁楼板一齐发出剧烈的声响来，咚咚咚，砰砰砰，咔咔咔，哒哒哒，嘎嘎嘎，无数个声音交汇，此起彼伏，连绵不绝，夹杂着刺耳的，扎心的，愤怒的声讨，吼叫，詈骂声，很快就将他的歌声淹没了。他惊骇不已，门被踹开了，不知什么时候，外出买菜回来的胡翠华满面怒色地站在他面前，脸色铁青，怒声斥骂道：黎喜良！你耳朵聋啦？我敲了这么久的门，你都听不见啊？你在唱歌，你还嚎啊？不嚎，你就要死啊？你听不见四邻八舍的，都在诅咒你吗？你嚎得他们不得安！你装聋啊？好啊，你不是你，是吧？那你就给我滚，滚出这个家门！黎喜良傻眼了，丧魂落魄地，怔怔地望着她。倏地，他大吼一声，发出了狼嚎般地的嘶叫，喉咙却猛然地像被什么狠狠割了一下，一阵剧烈的疼痛，就什么声音也发不出来了。

无须多说，你也会明白，黎喜良的歌唱生涯就此而告终。昙花一现，我们会如是说。这是委婉的客气说辞，露骨的说法就是：不自量力，自食其果。我们总是判断正确。当然，我们也曾经夸过，说他是天才的歌唱家，无与伦比。我们翻脸比翻书还快。我们总是以为自己最聪明，殊不知，冥冥之中，我们也被他人主宰。我们其实无法预测这个世界，自然，也包括无法预测黎喜良。我们满以为，经历了这一场，黎喜良从此会消停了，会好好守着胡翠华，过他六十岁后平平静静的日子了。若能达到孔夫子所言，六十耳顺，七十而从心所欲不逾矩，那更是美不可言。然而，最具讽刺意味的是，我们的美好祝愿和想象全都化为乌有。

谁也没料到，几个月后，黎喜良突然消失了，彻底地消失了。胡翠华哭哭啼啼，说他走之前，一点儿迹象都没有，就那么悄然无声地消失了。这么多年夫妻了，朝夕相处，他始终依恋着她，寸步不离的呀，胡翠华边哭边说，以往，即便他有什么事要离开她，都不会时间太长。谁知道，这一次，就一去不复返了呢？他的手机就放在书桌上。胡翠华报了警。

春夏秋冬，过了一轮又一轮，始终没有黎喜良的消息。他是穿着那套灰色西装走的，领带是蓝色的，有人说，曾看见疑似的他出门先是向东，而后又向西走的，至于目的地是哪里，就不知道了。于是，有人就分析，一定是去了西部的黄土高原，那儿是这个民族歌唱的发源地。但很快就被否定了，有消息传来，说是在西南边陲的一个荒无人迹的深山里，有人发现了一件烂泥浸泡多日早已褪了色的西装和一条领带，仔细辨析，那也是灰色和蓝色的。

香火绵延

一

民国二十年春天，小阿兴在院子里捉蚯蚓，想拿它们去喂鸡，可突如其来的一幕，让他愤怒了：家里那只凶狠的黄黄，此刻正扑闪着翅膀、喔喔喔地狂叫着，满院追赶着惊恐失措的花花，很快就撵上了，两脚爪紧紧夹住它，把整个身子扑在它身上，用喙紧咬着它的鸡冠不放，可怜的花花，左右挣扎不得，嘴里发出咯咯咯的哀鸣声。阿兴见状，不由得怒火中烧，顺手拿了靠墙的那把竹笤帚，劈头盖脸就向黄黄打来，惊得它慌不择路逃开，一边逃，一边还恋恋不舍地回头相望呢。阿妈从屋里出来，瞅见了，呵斥道：

"阿兴，你这是干嘛啊，黄黄惹你啦?"

"黄黄欺负花花!"阿兴眉毛挑起老高。

阿妈咧开了嘴："那可不是欺负!"

"不是欺负，那是什么?"阿兴睁着两只乌溜的大眼睛。

"那是，"阿妈满面含笑："那是它喜欢它呗!"

"你骗人! 骗人!"阿兴叫起来："黄黄欺负花花，压在它身上……"

阿妈弯下身子，抚摸了下儿子的头，说："傻愣子，黄黄压在花花身上，花花才能下蛋啊，下好多蛋呢! 要不然，你吃的鸡蛋哪里来啊?"

阿兴惊讶地"啊"了一声，眼里满是困惑。

"有了鸡蛋，才能孵出小鸡啊！"阿妈用食指又戳了一下他的鼻子，"有了小鸡，等它长大了，再下蛋，再孵小鸡啊……"

阿兴哪里知道动物交配繁衍的事，只是朦朦胧胧，有些似懂非懂。后来，当他看见村里罗德旺家的公牛趴在母牛屁股上，就不觉得诧异了，也放弃了上前拖拽公牛尾巴的冲动，心里想，那一定是让母牛生小牛吧。果然，后来那条母牛生了一窝小牛仔，尽管那是罗家的，他也高兴。

那时候，阿兴家没有地，全靠给罗东家打长工过活，好在阿爸有的是力气，阿妈勤快，一家老小数口，日子也勉强过得去。阿爸常带阿兴去地里干活，教他耕锄犁耙，指望着他将来成为好劳力。

"阿兴，跟爸学着干，往后咱这个家，就靠你了！"

每逢阿爸这么说，阿兴心里就一沉，他可不愿意像爸一样，一辈子就累死累活在这庄稼地里。他不安分，吵着要念书，阿爸拗不过他，就给他念了镇上小学。几年下来，他竟能闭目成诵"香九龄，能温席；孝于亲，所当执"、出口吟出"富贵福泽，将厚吾之生也；贫贱忧戚，庸玉汝于成也"了。有次，阿爸有意问他："阿兴，老话说，不孝有三，无后为大。你晓得么？"

阿爸话音刚落，阿兴就反问道："爸，那前二个不孝，你知道吗？"

这可是将了阿爸的军，他支支吾吾，说不上来，阿兴就脱口而出："阿意曲从，陷亲不义，一不孝也；家贫亲老，不为禄仕，二不孝也。"他是在学堂读了书知道的。

阿爸黑红着脸，赞许地看着儿子，说："你懂得孝，那就好。好好念书，书中自有黄金屋，书中自有颜如玉！"他有他的打算，就是再苦再累，也要供这孩子读书，要是有天分呢，书能念上去，做官出国留洋，将来干大事，那是最美不过；若念不上去呢，也不要紧，就跟他做个帮手，做庄稼活，将来娶个贤惠的媳妇，养儿育女，好传承老周家香火。

二

阿兴哪能体会阿爸的心事，他在学堂跟着先生念课文，两眼却不安分地瞟向斜桌的女生陶莲莲。他喜欢偷窥她清秀的脸蛋，羞涩的笑嫣，看着看着，就会走了神。那天，在校园一隅两人迎面相遇，他的目光不由自主落地到她蓝裙下与白素袜间露出的肌肤上，心儿狂跳不已。不知怎的，他脑海里突然浮现出黄黄扑向花花那一幕，耳边响起阿妈的花花下蛋孵小鸡的话来，竟然就鬼使神差地，幻想着要和她生宝宝来了。连他自己也不晓得怎么了，就扑了上去，紧紧搂抱着她，这一突发举动，吓得她惊叫起来。

这下可闯了大祸！陶家是镇上大户，岂能饶他呢，家丁们狠揍了他一顿不说，学籍开除，还要领着他去乡下找他父母算账。这可吓坏了阿兴，干脆，一不做二不休，逃为上策。其实，他早就想离开了。前不久，他看见镇上茶馆隔壁墙上贴的沪上招工广告，听人说，那里是天堂，遍地是黄金，就动心了。

"书中哪有黄金屋、颜如玉？穷书生不多来兮！"阿兴嘴里自语道："读什么书啊，我这就去沪上，挣了钞票，还怕娶不了女人？"

阿兴乘船来到沪上，一跨上十六铺码头，就惊呆了。他贪婪地望着眼前的一切：外滩鳞次栉比的高楼大厦，黄浦江里挂着各种颜色旗帜的外国轮船，马路上，叮当作响的电车，西装革履的先生，穿着时髦的太太、小姐，数不清的商店、酒馆、茶楼、妓院、当铺、游艺场……目不暇接，眼花缭乱，仿佛这一切从今往后都要与他联系上了，他兴奋得要命。

很快，阿兴就在周家嘴路一家纺织厂做活了。他的活儿不累，收入颇丰，包吃包住，干了一个月，还领了十块大洋，喜得合不拢嘴。他留下六块大洋零用，把剩下的都寄回家，还给父母写了封信，告知他的情况，让二老放心。他哪知道，他的不告而辞，杳无音信，急得阿妈把眼都哭肿了，阿爸寻子心切，四处找人探听，直到儿子来信，嘴里还咒骂个不停。

阿兴开始了新生活。每天，天不亮他就起床了，急匆匆赶到厂里，早餐有米粥、馒头、酱菜、油炸豆瓣，迟了就只能喝稀粥了。活是做不完的，偌大个厂子，数百台机器在转，少不了机修。收工后，他会换上干净的衣服和工友结伴沿着苏州河，一直要走到外白渡桥，伫立桥上，任夜风吹拂，极目远眺外滩霓虹闪烁夜景。逢到星期天，准会兴致勃勃逛街，他喜欢去城隍庙，那里热闹非凡，各种小吃、玩杂耍的、变戏法的、说书唱戏的、看西洋镜的……让他感到无穷的乐趣。他徜徉在熙熙攘攘的人流里，乐在其中。突然，"滴滴滴"一阵急促的喇叭声，一辆雪铁龙小汽车开过来了，车里坐着一个微胖发福的男人，身边还偎依着一个妙龄娇美的女郎。

"妈的，有朝一日，老子也能像他一样！"

阿兴羡慕地望了一眼，满怀激动地，憧憬地说。

然而，阿兴来沪的热情很快就过去了，他发觉身边的工友，日子过得都很难。虽说老板人还不错，从不欠薪水，但谁家没个事呢，一遇生老病死葬丧嫁娶，日子就难过了，也有就跳了黄浦江寻死的。起初，哪个工友有事要用钱，阿兴都会慷慨解囊支助，后来，他也不敢乱花钱了，他要攒钱待日后成家用。

三

那年，阿兴刚过十八，阿爸就来信催促他回家完婚，媳妇是隔壁赵村的。阿爸已将一份厚重的彩礼送亲家。阿兴起初不肯，恼怒的阿爸说要亲自来沪押他回乡，还把那个"不孝有三、无后为大"的说教又搬了出来，阿妈说他要不肯就死给他看。无奈，阿兴只能买了船票，匆匆登上了返乡的轮船。

船上人真多，座位早坐满了，阿兴寻个过道地上坐下。拥挤的人流提着大包小包，一拨拨地从他身边过去。倏地，他的头被什么重重一撞，抬眼一看，只见一个头缠蓝花巾的女人正拎着只红漆马桶从他头顶上过去，"真晦气，"他不由地骂了起来："你，瞎了眼啦？"

"你才瞎眼呢！"

"没看见我坐在这儿吗？"

"这是座位吗？"

女人不示弱，口不饶人。阿兴愤怒地站起身，欲打人的样子，慌得一旁有个大嫂拉了这女人一把，劝道："红喜，别理他，咱要赶回去完婚，别坏了你的好事！"

"就你这泼妇德行，哪个男人敢娶你！"阿兴讥讽道。

红喜面孔涨得通红，被大嫂推搡着离开了。

阿兴情绪坏极了，回到家，还是一脸的不快。次日成婚，摆好了一桌桌酒席，乡里亲朋好友都来了，连东家罗德旺也来祝贺。阿兴喝了个半醉，被推进洞房。迷迷糊糊中，见床沿上坐着一位披红戴绿的女人，他迫不及待就掀了她的头盖，顿时就呆住了，眼前的媳妇，正是船上那个拎马桶的女人！阿兴酒也醒了，捂着脸哭了。

红喜也愣住了，但很快就释然了，叹气道："真是不是冤家不聚头，唉，这都是命里注定的！"原来，红喜也在沪上做工，这次就是回来成婚的。后来，红喜常用那句话来嘲讽他："你不是说，哪个男人敢娶我吗？原来就是你呀……"

阿兴到底是难接受，哭得更伤心了。红喜就说："你也别哭了，就认命了吧！我会给你生个大胖小子！"

这话刺激了阿兴，他突然想起儿时公鸡扑在母鸡身上的情景，还有阿妈的话来，什么也不说了，就猛地摁倒他的媳妇，把整个身子重重地压在她身上了。

头年，红喜生了一女孩，阿兴颇不高兴，二年，又生了一女孩，阿兴再次失望。阿爸虽没说什么，脸色沉沉的，阿妈也皱着眉头。红喜叹了口气，对阿兴说："都是我不好，你休了我，再娶个人吧！"阿兴道："再胡说，我撕了你的嘴！我就不信，咱就是没儿子的命！"

四

世事难料，乡下也不太平了。先是传言，说有军队开战，就在距离他们罗家庄三十多里的李家沃，后来战火逼近，隐隐地就能听到枪炮声了。这一日，阿爸阿妈去镇上赶集，岂料一颗炮弹就落下来，恰巧落到人群里，血肉横飞，人们哭喊一片，老两口子就再也没回来了。

阿兴悲痛欲绝。办完了丧事，东家罗德旺来跟他说，要带全家老小迁居香港，临行前要将房产和土地卖给乡亲，欲走心切，

376

不惜贱卖，因念着阿兴他爸多年长工情分，要优惠卖给他。这让阿兴大喜，他毫不犹豫地就以极低价买下了罗家六亩地，在契约上签字摁了手印。

"哈，有了这自家地，还愁没有好日子过么？"

阿兴美滋滋地盘算着。红喜人很勤快，既带孩子，又帮丈夫下地干活。插完了早稻秧，阿兴就筹备再开个豆腐坊，他去镇上买了石磨、石膏粉。他信心满满，憧憬着未来的好日子。一到夜黑呢，他就钻进被窝，搂着媳妇困觉，他要她再生个小子来，好绵延周家香火，不负阿爸遗愿。

有一天，村里来了工作队，开始给各家各户划成分。阿兴因为听说自己划了个富农，起先高兴得不得了，后来有人悄悄跟他说，贫农最光荣，富农是属于地、富、反、坏一类的，是革命专政对象。这下，阿兴可急了，就去寻了工作队长，问道："你凭啥给我划富农？"

"你有地啊，"队长板起面孔，严肃地说，"划个富农，算是客气了你，还没给你划地主呢！"

阿兴欲哭无泪。很快地，他就感到，他在村里遭人白眼了，那些没有地的贫雇农一下子就都翻身了，喜气洋洋，趾高气扬。地主富农，个个垂头丧气，里外不是人，遭人白眼。阿兴哪能受得了这个，干脆走为上策，携全家再度去了沪上。

好在有曾经的经历，人事熟悉，阿兴很快找了一家绒布厂工作，红喜仍然去了烟厂，他们在苏州河边棚户区租了间小屋，一家四口总算是安定下来。

不久，上海解放了，街上到处是欢歌载舞的人们。喜事成双，就在这天夜里，红喜又生了，是个大胖小子。阿兴欢喜得合不拢嘴，心里一个劲地默默祈祷着：但愿这日子越过越好，顺顺当当，那就给这孩子取个名，叫阿顺吧。

五

阿顺成了掌上明珠。每天下班回家，阿兴就迫不及待地抱起阿顺，用胡子拉碴的嘴巴亲他，逗得他咯咯笑。

"我们周家有香火啰！"

阿兴咧开大嘴，乐呵呵地说。

"瞧你高兴的！"红喜瞪着眼睛："还要再生吧？"

"要啊，再生他几个，我阿兴养得起！"

红喜果然不负他望，后来又生了两胎。要不是遇上六十年代的困难时期，阿兴真的还想红喜再生几个呢！当然啦，有五个孩子，也值得骄傲了。每逢有人问阿兴有几个孩子时，"不多啊，"他总是要故意卖下关子，然后，就用满是自豪的语气，伸开五指："五个！"

阿兴没说错，再多孩子也养得起。他能吃得苦，又聪明能干，学啥会啥，机修工的活，样样精通，谁的机器出了问题都会喊他，再难弄的，到他手里一袋烟工夫就解决了。几年下来，他成了熟练工，工资每月80多元。红喜的烟厂，效益本来就不错，也能拿到这个数。当年能有这个收入，算是高薪了，要知道，那时候，一斤米才八分钱呢！厂里还给安排住房。白天，夫妻二人去上班，家里就请了个保姆带孩子。阿兴每每下班来，总会带些厂里食堂蒸的包子馒头，必定要挑出一个最大的肉包子塞给阿顺。

"你啊，就是宠着阿顺，你偏心！"红喜噘着嘴道。

"嘿嘿"，阿兴不说话，算是默认了。

其实，手心手背都是肉，哪个他不疼？但你还别说，他就是特别喜欢阿顺。五个孩子，姐姐阿霞懂事、阿珍忍让，弟弟阿宝顽皮，妹妹阿花娇气，就阿顺显得稳成，从小就有志气。阿兴有眼力，看好了阿顺，果然，随着孩子逐渐长大，陆陆续续进了学校，阿顺越来越突出，年年评为优秀生。每次看到阿顺拿来的三好学生奖状，阿兴就咧开嘴乐道：

"还是阿顺有出息，将来考复旦，清华、北大！"

阿顺也是这么想的，觉得自己是祖国的同龄人，那就更有一份日后报效祖国的责任。他最欣赏两句话：一句是，院子里养不出千里马，花盆里栽不出万年松，还有一句是，天高任鸟飞，海阔凭鱼跃。他的志向远大着呢！

然而，困扰着他的事情来了。进了中学，老师让同学们填学生登记表，有一栏是家庭成分，他毫不犹豫就写了工人两字。谁知，过了几天，班主任杨老师叫他去办公室，一副严肃的面孔，指着表上工人两字，直视着他：

"周阿顺，你怎么好欺骗组织呢？"

"没有啊，我爸我妈都是工人阶级啊！"阿顺急辩道。

杨老师面孔更严肃了："可你的学籍档案材料上是富农。"

"老师，我没撒谎，"阿顺涨红了脸，"我爸在绒布厂，我妈在烟厂。"

杨老师蹙着眉头，"你们家是从乡下迁来上海的吧？"

"是的"，阿顺点点头。

"那，你回家问问你父母吧。"杨老师挥了挥手。

阿顺忐忑不安，回到家，面对父亲，他实在没勇气开口。阿兴看儿子神色不对，问了半天，才知道怎么回事，便叹了口气，说：

"唉，我不就是那年买了罗东家几亩地，就划成富农了么？后来，那几亩地都给国家收回去了呀！"

"爸，你真是蠢，"阿顺埋怨道，"人家廉价卖地，就是怕戴上地主帽子，你倒好，倒行逆施，还买地，这不是自讨霉倒吗？"

"那，这个会影响你进步吗？"

"怎么不影响啊！"

阿顺失态地叫起来。他知道，成分不好，会打入另册，将来，是要影响考大学的。往届高三的陈铭，成绩特优秀，就是因为成分不好，没有录取。

阿兴满面愧色，痛苦欲绝。

见父亲这样子，阿顺心也软了下来，不再说这个话题。不过，这事始终梗在他心里，好在，杨老师并没有因此再为难他。

六

其实，杨老师是很看好阿顺的，觉得他聪明好学，在知识追求上，有种锲而不舍的执着精神，有将来做大学问的潜力。唯一遗憾的，就是家庭成分不好，就像白玉上有了瑕疵，很是遗憾。

初三时候，开了生理卫生课。这是门副课，不要考试的，只是让适龄同学们了解一下有关知识即可。阿顺一拿到课本，就贪婪地阅读起来，薄薄的小册子，一个晚上就看完了。第一次知道了人的身体，原来是这么复杂的、奇妙的系统，他兴奋不已，读着，读着，便脸红心跳了，两眼盯着课本上青春期的生理这节里出现的"乳房""精子""卵子"这些词语，竟有些不能自持了。这天夜里，他第一次遗精，湿了内裤，弄得他惊慌失措。

次日，第一节是数学课，阿顺心神不定，老是在想昨晚看的课本上"精子成熟后，进入卵巢，与卵子结合"这段话的描述，不由地延伸想象开来，那么，胚胎发育成熟的婴儿，是从孕妇哪里生出来的呢？这个课本上可没说呀！他在心里猜测着。下课了，忍不住就问同桌。

"你这还用问，当然是从孕妇尿道里生出来的呀。"

"绝对不可能！尿道口那么狭小，能生出那么大的婴儿吗？"

"那，你说，哪里出来的？"

"是从肛门里出来的，那个出口大。"

……

两人争得不可开交，谁也说服不了谁。阿顺想，那就问阿妈吧。

放学回家，阿顺看见阿妈正在煤炉前焖饭，犹豫着，不知如何开口。红喜看见儿子神色有些异常，正疑惑着呢，就听见他说：

"妈，你说，孩子是从孕妇肛门里生出来的，对吧？"

红喜满腹狐疑，奇怪儿子为啥要问这么个问题。她的脸蓦然红了，这个，怎好意思说出口呢？便板着脸，责怪道：

"阿顺，好好念你的书，别尽想着这些邪事！"

"妈，这怎么是邪事呢？"阿顺争辩道，"这是生理卫生知识，我们开了这门课的呀！"

"那你就去问你们老师好了！"红喜把饭锅翻转了下。

"也不能什么都问老师吧"，阿顺嘴里咕哝着。

红喜看儿子渴望的样子，想了想，意味深长地说："这个吧，等你将来娶了媳妇，就知道了！"

阿顺不明白阿妈为啥不说，刚好阿兴下班回来，知道了这事，立刻就变了脸色，训斥儿子道：

"小赤佬！我供你读书学知识，你却把心思放在这上头！"

见阿爸生气了，阿顺觉得委屈，咕哝道："这也是知识嘛！"

阿兴怔了怔，然后说："就算是知识，也不是你这个年纪要知道的，将来你成年了，会无师自通的！"

要等到成年，那也太久了吧。阿顺还是迫不及待，寻了个机会，就去请教他心中崇敬的杨老师，谁想，得到的竟是这样的回答：

"这个……既然课本上没说，那就是不需要掌握的，你就不要再问了！"

阿顺恳切的眼睛里，注满了失望。

杨老师察觉了，觉得有些歉意，就说："周阿顺，你要真对这方面的知识感兴趣呢，建议以后你考大学，就报医学院吧，搞生命科学研究，未来这是最有发展前途的一门学科……"

阿顺倒是没辜负杨老师期望，读高一时，就以优异成绩进了理科班。他特别喜欢化学，惊叹门捷列夫怎么这么厉害，会弄出这个元素周期表，他想，这世界上还有元素没发现吧，这就是他阿顺将来要做的事了。他期盼着上大学。哪里料到，那年，时局骤变。学校停课了，等待他们的是面临上山下乡的命运。阿顺响应号召，毫不犹豫，就报了名，去云南边疆。回家一说，阿兴就急了，冲着儿子道：

"这么个大事，你作啥不和我商量？"

"我还在考虑，听说有顶职政策，我想让你顶我的职进厂……"

"爸，你别说了，我要接受贫下中农再教育！"

阿顺坚决地说，他把"贫下中农"几个字说得重重的。阿兴听了，忽然像被什么狠狠蜇了一下，不再说什么了。

七

映山红开了，又败了。大雁飞去了，又回来。南疆景色宜人，四季如春，然而乡下的日子却永远是那么单调，枯燥，往复循环。

阿顺皮肤晒得黝黑，头戴破草帽，衣着邋遢，赤着满是泥巴的双脚干活，俨然是个地道的庄稼汉了。以致有次县委书记来乡下视察，看见了正在水田中劳作的他，以为他就是当地土生土长的农民，已经认不出他就是那个曾在积代会上发言的上海知青了。

改变最大的还不是容貌，而是语言。阿顺已不再说沪语，确切地说，是不习惯说或说不来沪语了。那年春节回沪探亲，他说不了两句沪语就改口云南话了。红喜问他："妈做的饭菜好吃伐啦？"他开口就说："么么三三，这菜太板扎啦①！"一家人哪听得懂，小妹阿花就瞪着眼睛说："阿哥是乡毋宁，港艾喔阿拉听毋懂！"他尴尬极了，受辱的心情不由地就冲着她道："小妹，你覅跟我日脓包地朵的嘎②！"阿花就用双手捂住耳朵，"听不懂，听不懂！"又用手指刮着脸皮羞他："乡毋宁！乡毋宁！"那一刻，他的自信全没有了，就想着快快回云南去。他觉得，乡下人跟他似乎更亲切些。

村里有个光棍，绰号叫范傻子，其实人鬼精灵得很，他常来

---

① 云南话，么么三三（语气词），太板扎，即太棒啦，意思是这菜烧得太好吃啦。

② 云南话，意思是你不要跟我对着干。

找阿顺闲聊。有次，他眯缝着眼说：

"小周啊，人生两件事，知道么？"

这么唐突一问，阿顺不知所以，一时语塞，竟无以应答。

范傻子笑着说："洞房花烛夜，金榜题名时。这两事，我都沾不上边，我认了。你呢，金榜题名就别想了，大学招生、招工，都没你的份，你那个家庭成分太高！不过，洞房花烛夜，你还有可能啊，就在咱这村里，找个女人吧，我看呢，队长家姑娘桑梅，配你倒蛮合适……"

"去去去！"

阿顺嘴里詈骂道，心里却在想，这范傻子真是有心呢，竟然看出桑梅对我有意思了。

说起这件事，还真难于启齿。去年这个时候，桑梅来到他小茅屋，一脸痛苦的样子，向他要止痛片。他从上海下来时，特意带了个医药箱，什么消炎片、止痛片、膏药、红汞、紫药水呀，应有尽有。村里人若小毛小病的，都来找他。他问她，你哪儿痛？她就捂住胸脯，脸色羞红。他疑惑地正要再问，不料她的一个举动，把他吓了一大跳，只见她突然解开衣襟，露出乳房来，用手指着红肿的部位。他一看就判断那是发炎灌脓了。于是，想也没想，就用小刀轻轻划了一下，一股脓液直飙出来，溅得他一脸。而后，他涂了红汞消炎，用胶布封住。他没学过医，这一系列措施，全是一种想当然的糊涂胆大。哪里知道，还真的神奇，这一下就治好了呢。后来，他才从医书上看到这叫乳房脓肿切开引流术，幸亏这一刀没横划，伤口愈合快，否则麻烦就大了。

桑梅感激不尽，愈发崇拜他了，常来他的小茅屋，要跟他学文化。有天，他随意唱了一句"红太阳照边疆，青山绿水披霞光……"，桑梅就缠着他要他教她唱歌。他只好敷衍，就唱一句，要她跟着学唱，他唱的声音是啦啦嗦咪啦咪，她却唱成啦啦咪嗦咪啦，他一遍又一遍地重复教，却怎么也纠正不过来，气得他嘴里骂骂咧咧，"你真笨！五音不分，毫无音律感！"干脆不再教了。桑梅听了，红红的脸蛋上，就写满了愧疚。她讨好地说："那我跳个舞给你看吧。"旋即，就手舞足蹈起来。她那笨拙的手脚，僵硬的身姿，让阿顺忍不住噗嗤一声笑出来。她高兴了，继续跳着，跳着，不料脚下一滑，身子倾斜，失去重心，四仰八叉，整个人一下就跌倒了下来，一屁股就坐在了地上，疼得她"哎哟哎哟"地直叫，眼泪都要流出来了。阿顺慌了，赶紧上前拉她起来，心疼地用手摩挲着她的屁股，问她痛不痛，就在那一瞬间，他们俩的脸都刷地红了。

年轻人的爱情是不需要撮合的，两人心知肚明，却又不好意思点破。但日子长了，你来我往，愈加情深义重了。桑梅老爹看出来了，他虽说世代为农，也没啥知识文化，却知道这事不可能，就不止一次跟女儿说，要她不要做梦，说人家阿顺是知青，迟早要回大上海去的。桑梅听了心里就很难过，眼里贮满了湿湿的泪水。

果然，不出老爹所料。那年，高考恢复了，阿顺兴奋不已，每到夜晚，就在煤油灯下，翻看他带到乡下一直紧压箱底的高中课本。下乡快八年了，幸亏还保存着这些书呢。他本想考医学院，无奈，数理化都忘光了，只能放弃，就报了文科。机会总是眷顾有心人，阿顺考取了，是华东师大中文系，虽说不是理想中的复旦大学，反正是录取啦！这下，真的是要回大上海了。

听到这消息，桑梅心里矛盾极了，她希望他能考上大学，又害怕他离开她，从此远走高飞。临别那天，她送他到村口，依依不舍，流着眼泪说：

香火绵延

"忘了我……你走吧，走吧！"

"桑梅，你听我说，"阿顺急了，信誓旦旦地说，"这些年你对我的好，我不会忘的，你放心，等我大学毕业，有了工作，挣了钱，就回来娶你！"

桑梅紧咬着嘴唇，一个劲地摇头。

"你要相信我，相信我！"阿顺拍着胸脯："我可以对天发誓……"等他一口气把心里的话儿说完，却发现桑梅早已泪流满面了。

八

阿顺回上海了，而且，是考上大学回来的，这在周家，可是一件特有面子的大喜事儿。阿兴说要好好为儿子庆祝一下，嚷着说要去南京西路国际饭店，办一桌全家宴。红喜吃惊地说这也太奢侈了，就在家里办吧，可阿兴却高低坚持，她最终还是依了他。

这顿家宴，吃去了半个月工资，阿兴毫不吝惜，高兴啊。儿子在云南插队，这一别就是快十年了，人生有几个十年啊，所幸，终于回来了，现在，全家人团圆啦！他频频举杯畅饮，红喜怕他醉了，一边夺下他手中的酒杯，一边冲着他说："瞧你开心的！"

是呢，怎么能不开心呢？阿兴眯缝着眼睛，瞅着一大家子人，大女儿阿霞、二女儿阿珍都已成家，有了孩子，女婿，外孙子都来了，爷孙三代，济济一堂，共有十二口人啦！哈，就凭这个，难道还不让我周阿兴多喝几杯吗？

"阿公，阿公……"

小外孙子跑过来，手举着一块大白兔棒棒奶糖，硬要给他尝，小外孙女也跑过来，一个劲儿地直往他怀里撒娇。

阿兴一把将外孙女举了起来，笑得前仰后合。

红喜拧了他一下，"你呀，可心满意足了吧……"

不知怎的，阿兴脸上笑容顷刻消失了，现出一丝失落来，他幽幽地叹了口气说："唉，啥时候，才能做爷爷呢……"

"你不有孙子了吗？"

"那是外孙，跟人家姓，不是咱周家香火！"

"等阿顺结了婚，准给你抱个大孙子！"

过没几天，阿兴就迫不及待跟儿子直说了："阿顺，你今年二十九了，也不小了，该考虑婚姻大事了！"

"爸，"阿顺笑着说："这事不急呢，等我大学毕业……"话还没说完，就被阿兴挡回去了：

"怎么能不急？大学毕业，那还要几年？"

"四年。"

"你说啥？还要四年？"阿兴急得叫起来："那你就三十三啦！不行不行，现在就找个对象，把婚姻大事给办了！"

"这又不是商店购物，哪能那么容易呢？"阿顺苦笑着说。

"这个好办，爸给你说媒！你是恢复高考首届大学生，吃香得很那，谁家姑娘不想攀？这事包在你老爸身上……"阿兴不容置喙，兴奋地说下去。

还真别说，这七七级大学生就是天之骄子，夺人眼球。下课铃一响，阿顺走出教室，门口就站着好几个叔叔阿姨，都是来找他的。阿顺发呆，说我又不认识你们呀，找我干吗？这几个人就争抢着说，是来给阿顺介绍对象的，纷纷夸耀女方美貌啊贤惠啊家境好啊什么的，弄得阿顺也不知听哪个好了，都说是他阿爸托的介绍人，他们迫不及待，就到学校直接来寻他啦。

这弄得阿顺尴尬极了。他又不好拒绝，不给人家面子，那会很无理，况且还是阿爸托的介绍人。他寻思着怎么回答他们，脑海里就进出桑梅来，耳畔就想起他拍着胸部说的"等我大学毕业……就回来娶你"的话来，他立刻就来了拒绝他们的底气，等他们说完，他镇定自若地说：

"叔叔阿姨，真的不好意思，我已有对象了……"

"侬有女朋友了，哪能那爷还让我介绍？"

"格不是拿阿拉寻开心吗？"

"……"

他们一个个都涨红了脸，忿忿然地责怨着，气得扭头就走。

后来，阿兴知道了这事，气得不得了，劈头盖脸地冲着儿子："爸好不容易托了人，你就这样子回人家，你让我这老脸往哪儿搁？"

"爸，我说的是真的，我有女朋友了。"阿顺就把那些年在乡下与桑梅的故事一五一十细细地说了，还没说完，就被阿兴打断了：

"她是乡下人，又在云南那么远，你怎么能和她过一辈子？"

"爸，我答应过她的，就要兑现承诺……"

"答应过，又怎么了？"阿兴嚷道："国家大事都在改变，你就不能变了？"

"爸，做人要有道德，要有良心，我不能……"

阿兴无语了，是啊，这话也没说错呀，人怎么能没良心呢，只是……唉！

日子过得很快。有一天，出乎意外地，桑梅竟然只身从云南千里迢迢乘绿皮火车来到上海，直接到华东师大校园寻他。这个突然袭击，阿顺毫无准备。他正在寝室读书，有同学推门进来就说：

"周阿顺，外面有个女人找你！"

随即，他看到了她，扑闪着两只晶莹的大眼睛，红扑扑的脸蛋儿，两根细长的辫子耷拉在兰花布衣襟胸脯上，右肩还挎着一只包袱，一副地道的乡下姑娘模样。阿顺又惊又喜，那同学不怀好意地挤眉弄眼，故意问：

"周阿顺，她是谁啊？"

"我的未婚妻，怎么啦？"阿顺坦然地说。然后，就毫不犹豫地迎上去，紧紧地搂住了桑梅。

等到两人回到了家，桑梅进门就叫"爸，妈！"红喜看见未来的儿媳，满心喜欢，阿兴却是一脸的不高兴，他只瞅了一眼，就生气地把头扭过去了。阿花则斜睨着眼，对她不屑一顾的样子，桑梅开始拘束，生怯起来。阿顺见状，便拉着她进了自己的卧室，然后，出来对阿花说：

"她是你未来的嫂子，你别这么摆着面孔好不好？"

阿花鼻子里"哼"了声："乡毋宁！"

阿顺有些火，却只能压低声音说："阿拉爸妈还是乡毋宁呢，是从苏北乡下来的上海，追根溯源，阿拉都是乡毋宁！"

阿花愣住了，噘着嘴，再也不说什么了。

九

很快地，他俩就结婚了。婚后不多久，桑梅临产了，阿顺在产房外徘徊着，心里快乐又不安，默默祈祷，焦急，渴盼。像是过了一个世纪，护士终于出来了，喊了声"谁是桑梅家属？""我！"他像似触电般地迎上前："生了？""生了，是个男孩，去产房把你老婆抱出来！"护士看他这副好笑模样，故意不让他用推车，要为难他一下。阿顺却欢呼着，什么也不顾了，冲进产房，模糊的泪眼中，就看见她静静躺在那儿，正对他微笑呢！这一刻，不知怎的，他忽然就想起他读初中时曾经想知道孩子是从母亲身体哪个器官生出来的，爸妈和老师全都瞒他的事来了。何必要让他为这个问题困惑那么多年呢？那时自己是多么无知啊！想着，他不由地笑了，抱起他的孩子，用嘴直亲他的脸蛋儿，心想，这小子将来再不会像曾经的自己那么愚昧了，他一定是聪明过人，对，那就叫他阿聪吧！他把阿聪举起来，快活地喊着：

"我有儿子啦，有儿子啦！他叫周阿聪！"

当然，最兴奋的是阿兴，先前的不快一扫而光。他看重这个孙子，是觉得周家可以香火绵延了，对得起祖宗啦。他从银行取出一叠厚厚的钞票，硬要塞给儿媳，又开瓶畅饮，直喝得面红耳热，走路都摇摇晃晃了。阿聪满月后，他又办了一桌，然后，他邀上女儿女婿外甥儿子媳妇孙子全家十四口人浩浩荡荡去了南京东路王开照相馆，照了张全家福。

"阿顺，"他眯缝着眼，得意地说，"老爸这一生，虽然没啥大出息，可是，我养活了这么一大家子，也知足啦！你才一个孩子，要多养几个……"

"爸，你说得倒轻巧，桑梅没工作，多生几个，我怎么养？再说了，计划生育政策也不许啊……"阿顺道。

"添人进口，不就是添双筷子吗？"阿兴瞪了他一眼，然后咂了咂嘴，说："也是啊，让桑梅找个活做做吧！"

"现在不行，等她过了哺乳期再说。"

其实，桑梅也早就有这个打算了。在乡下，是嫁汉吃饭，但看见上海的男男女女都是上班族，她就心动了，可上哪儿寻工作呢？那时候，各单位都有编制，一个萝卜一个坑，没你的位置。好在，市场开始活跃起来了。街道边，弄堂里，也有了小摊小贩，桑梅就萌生了做她家乡小吃过桥米线赚钱，这想法一说，阿顺就同意了，于是，他们就租了家小门面，开始做起餐饮来了。没料到，吃惯了大饼油条豆浆粢饭糕的上海人，竟然被这个云南特色小吃迷住了。桑梅勤快麻利，生意特别得好。

大学毕业，阿顺当了中学教师，每日备课、上课、批改作业。工资虽微薄，也乐在其中。两人如胶似漆，恩爱如初。有天，桑梅脸色变了，说："我怕是又怀上了，这月那个没来。"阿顺带她去医院，一查证实了。桑梅想生下来，阿顺说："不可，违反计划生育政策，那是要罚款，开除我公职的。"两人商议来商议去，决定打掉。这事被阿兴知道了，竭力撺掇他们生下来，说出了问题，由他来担。阿顺知道阿爸就是要周家人丁兴旺，但哪能依他呢，就和桑梅去医院做人流。桑梅从手术房出来时，脸色苍白，身子虚弱得快不行了，那刮胎剔肉的痛苦，阿顺虽难以体会，但从她那状态，也能感觉几分了，心想，"女人，也真是不容易，我必须改变现状，不让她再吃苦！"

过了段时间，他萌生了考研的想法，想提高学历，换个更好的工作，就跟桑梅商量，话才说出一半，就自我否定了，"哎，我这是……就算考上了，那不就得失去现在工作，让你来养我呀，你还要带孩子，这怎么可以呢？"他愧疚地说。桑梅倒是善解人意，反而怂恿他说："你去考呀，家里，有我呢！阿聪我带，你放心好了！"阿顺感动得眼眶都湿了。好在，阿爸阿妈都到了退休的年纪，答应帮他带孩子，但阿顺还是不放心，踌躇不决。

桑梅就说："别再犹豫了，你是个男人嘛！"这话果然刺激了他，让他坚定了信心。

十

阿顺读研的日子，可是苦了桑梅！她要起早摸黑做生意，虽说阿聪有爷爷奶奶带着，但老人毕竟年纪大了，怕有什么闪失，还是自己带实在。这又要忙生意，又要照看孩子，三十多岁，脸上就有了皱纹，头发也有了白丝，日渐显得憔悴了。每次，阿顺从学校回来，看见她这模样，心里都有一种难以言说的惭恧。

有一天，阿顺在阅览室看书，抬头就见一女生，就坐在他对面，正注视着他呢。那女生，长得眉清目秀，皮肤白皙，娇媚动人，竟然开口就叫他"周阿顺"，他惊讶极了，说："我可不认识你呀？"

"我叫舒静瑶，"她捋了捋头发，莞尔一笑，"昨天，听了你的学术报告，你把汤显祖和莎士比亚进行比较，非常有新意，让我收获不小呢……"

"是吗？"他的脸红了，不知如何和她说了。

哪里想到，这次邂逅，竟然只是个开始呢，后续却是无法控制了。舒静瑶就常来找他，请教学术问题，竟然有了爱慕之心。那次，阅览室里，只剩下他俩了，阿顺冷不防被她亲了一口，他慌乱地推开她，软弱地抵抗着："啊，不，不行……"

"为什么？"她蹙起眉毛。

"我……有老婆，孩子啦！"他软弱地说。

"那又怎样……我不在意，我就要你！要你！"舒静瑶疯狂地喊道，阿顺无地自容，幸亏旁边没人，他赶紧夹起书本，狼狈逃了出去。

事后，有同学知道了，取笑他是"银样镴枪头"，他只是苦笑。唉，他怎么能做对不起桑梅母子俩的缺德的事呢！再好的女人，都比不上糟糠之妻呢！

"人总是有道德的，我可不能……"

阿顺怀着歉疚的心情回到家里，痴痴地看着媳妇。弄得桑梅满腹狐疑，惶惑不安，他就一把搂住了她，紧紧地不放。

他决定不再见舒静瑶了，而把全部精力都投入学术研究里，如果不是一件事触动了他，他还真的以为他能在学术上有辉煌成就呢！

那天，张教授上课，他问了一个汉字，这老先生就这汉字的形音字义、来龙去脉，从甲骨文、诗经、春秋、论语、楚辞、汉赋、唐诗、宋词、明清小说、散文，直至现代文学的出处知识，从上午到下午，讲了整整一天！他惊讶得不得了，这要读多少书啊！后来，有人告诉他，说张教授家里的私人藏书不下上万册，他这才豁然明白，这就是学术前辈，他们就是这样潜心治学呢！

"我都三十四了，还在读硕……"

阿顺自嘲地苦笑。他心里清楚，曾经浪费了风华正茂的那个八年，这个损失恁是怎样也弥补不过来了，现在纵是怎样努力，在前辈面前，也只能是高山仰止，想要在专业达到博大精深，不啻是痴人说梦，充其量也只能是半瓶醋而已！

"我真傻，真的，"他忽然像祥林嫂似地，喃喃自语："插队那些年，不思进取、浑浑噩噩地过日子，以为再也没有进大学的机会了。人可没长前眼，不晓得还会有今日！现在已经晚了，要想做出大学问，成名家名流，那是不可能啦！唉，只有把这个心愿寄托在阿聪身上啦！"

十一

读研毕业，导师建议阿顺继续读博，然后留校，做教授。阿顺心无底气，自愧弗能，觉得那会误人子弟。他应聘了一家出版社，早出晚归，挣钱养家。社里打破大锅饭，实行绩效制，多劳多得，阿顺就整日埋头在厚厚的书稿里，眼睛都看得发痛了。他工作起来，一丝不苟，常为了作者的一句表达，一个词的运用，都要反复琢磨，每逢这个时候，他就更感知识欠缺，就会想起张教授来，就觉得自己专业上还要努力。

但麻烦事接踵而来。桑梅的过桥米线生意做不下去了，临近街道上餐饮店一家一家开起来，装潢漂亮，品位高档，她的客流暴跌，而店面租金又一涨再涨，入不敷出。阿顺要桑梅别做了，就在家带孩子吧，说自己多挣点，日子能对付。也就在这时，接到远在云南老家来的电话，说是她老爹肠道疼痛泄血好久了，一直不见好，连下地干活都困难了。桑梅一听，急得眼泪汪汪，阿顺说让老爹来上海治吧。就这一句话，给他带来了沉重压力。桑梅爹妈都来了，医生诊断为肠癌，动了手术，哪知道呢，已经扩散了。那一阵子，阿顺每天都要抽空去医院探望，找大夫寻求最好医治方法，消息传到家乡，邻里亲戚都纷纷来沪探望，顺游大上海，阿顺又要忙于接待他们，这样折腾了数日，人精疲力尽，可惜老爹还是没能救活过来。桑梅感动地说：

"阿顺，真难为你了。"

"哪里的话，你爹不就是我爹吗？"

他这么一说，她的泪珠就落了下来。

"你爹走了，你妈怎么办？"

"我送她回去！"

"让你妈留下来，跟我们过吧。"

他轻轻地说，她听了，怔了下，就扑倒在他怀里，哭了。

日子就是这样，平庸，艰难，只是在书里、电影里才会有那种美妙、浪漫。阿顺面临的，是几乎所有像他这个年纪都要面对的实际问题。上有老下有小，他得丝毫不能懈怠，他要负起做儿子、丈夫、父亲的责任来。

好在，阿爸特别宠爱阿聪，帮他们带孩子。从阿聪进幼儿园，到读小学，每天都是爷爷接送，这爷孙俩感情弥笃。阿聪常说爷爷好，其实，那不过是一种溺爱罢了。阿顺就常为此与他争执，阿兴也不怒，还是溺爱有加。不过，近年来，他感到力不从心啦，走路也有些气喘了，这不，都快七十了嘛。每次，接了孙子回来，都会跟儿子唠唠叨叨：

"阿顺，咱周家香火，就靠阿聪啦，你要好好培养他……"

阿兴走的时候，根本没预兆。那天，他去学校接阿聪回来，还没进家门，就整个身体瘫软栽倒了下来，昏迷不知了。他死于突发心梗。红喜伤心过度，没过几个月，也寻了夫而去。

办完丧事，悲痛之后，阿顺就想，上一辈的时代已经结束了，现在，轮到自己这辈了，人生就像接力赛跑，无论如何过，都不能给祖辈丢脸……正这么想着呢，就听见阿聪说：

"爸爸，我好想爷爷奶奶！"

"为什么好想啊？"

"因为，他们对我好……"

"那，我呢，对你好不好？"

"不好！"

阿聪不加思索，脱口而出。

童言无忌，儿子的话，让阿顺尴尬极了。他有些恼火，想，孩子这么小，也这么世俗！爷爷奶奶宠着你，给你好吃好穿好玩的，样样依着你，你就说他们好，我忙着工作挣钱养家，没多少工夫陪你，你就说我不好啦？岂有此理！你的智力开发，教育培养，爷爷奶奶能行吗？不都是我的事吗？

确实，他特别重视这个。阿聪牙牙学语，他就教他识字了。桑梅说孩子太小了，等大了再教他吧。他就说，那就输掉起跑线了。他采用了适龄儿童的多种方法教他，等到阿聪进了幼儿园时，已经识得上千汉字，能背出好多首唐诗宋词了。进了小学，智力表现更是超出同龄。有次，他去学校接阿聪，老师止不住地夸他的儿子，聪明伶俐，活泼可爱，说是基因好。他知道，说基因好那是老师恭维他，但不可否认的事实是，他的用心已见成效。

当然，他对孩子的教育，有时过于残忍。那一阵子，央视播出连续剧《西游记》，他却要阿聪做好作业才能看。一次，作业还没做完，电视就播出了，那熟悉的音乐一起，像猫抓心呢，阿聪放下作业，就奔到电视前坐下，却被他啪嗒一声，无情地将电视机关了。任儿子怎么哭闹着哀求，他都不答应……这些记忆留在儿子幼小的心里，怎么能说他好呢？

桑梅心疼孩子，每次，看见他逼迫孩子学习，弄来一大堆试卷让他做，就埋怨他说："你也真是的，孩子在学校已经学习一天了，回家来你还让他做作业，孩子也太苦了……"

"这就苦啦？"阿顺瞪着眼道，"当年我下放农村，比他要苦多了！"

"怎么好和你比呢，现在可不一样啦！"桑梅噘着嘴说。

阿顺立刻就打断了她："怎么不一样？不吃苦，就能成才？世上哪有那么轻巧的好事？等阿聪长大成才了，就会知道我的良苦用心了！"

十二

桑梅哪能理解阿顺的心思。

这些日子来，阿顺越发觉得要狠抓儿子培养不放了，似乎这就是他全部的梦想。本来，他以为自己能有更好的发展，现在才豁然明白，自己不过是个受治人下，有碗饭吃的碌碌之辈。在出版社编辑中，他是最勤奋的一个，可怎么也没有别人效益好。他做一本书，从接稿，审稿，到付梓，最快也要半年，一年至多做二、三本，而别人，一年甚至能做数十本来。他编辑书，特别较真，严格到作者难以接受的程度，因此，也就有作者状告到总编社长那儿，要求撤换他，弄得他难堪，郁闷。看来，自己是落伍了，在事业上不会再有什么发展前途了，也只能寄希望在儿子身上了。

这个心思，他怎么好意思跟桑梅说，只能埋藏心里。

可不是，待到阿聪进了高中，他抓得更紧了，时刻监控着，像个克格勃特务似的。有一次，他意外地从儿子枕头下翻出金庸小说来，气得他当即就将书撕碎，投之一炬。他的失态，他的疯狂，把一旁的桑梅吓得脸变色，儿子则向他投以不屑的目光。阿顺一看就火了："怎么，你还不服气啊？都什么时候啦，你还看这些闲书？考不上大学，将来你的人生能成功吗？"

"爸，你成功了吗？"阿聪斜睨着眼说。

"你……"阿顺愣了愣，冲着他说："你怎么好跟我比，我们那时是什么情况，全都下放农村了，在乡下干农活，干了八年啊……"

"那么好唻，你也没成功。那就是失败了，既然如此，你还能指导我什么？"阿聪反诘道。

"至少我有失败的教训，让你引以为鉴啊！"阿顺语气软了下来。

好在，这么多年他的心血，总算没有白费，儿子终于以优异成绩考取了复旦大学，几年后，轻松地就读了硕士博士，到美国留学，成为海归。儿子学的是生命科学，这可是眼下最有发展前途的专业，他期待着儿子在这个领域做出成就，日后成为大学者。可万没料到，儿子回国后，竟在浦东张江一家中外合资企业做起销售经理了，他很不理解，责问儿子：

"你怎么选择做销售？这书，不是白读了吗？"

"爸，你别激动呀，"儿子嬉皮笑脸，"读书是为了啥？还不是为了赚钱吗？搞学问做研究，挣不了钱，不如做销售钱来得快！"

这一下，可把阿顺说得哑口无言。让他更惊讶的是，过了不久，儿子就说要从家里搬出去，说是贷款在浦东张江买了一套新开盘的房子，还买了一辆宝马私家轿车。他就问他贷款还得起吗？年薪多少啊？儿子倒是一脸自信的样子，却不肯告诉他年薪多少，但他猜想，那肯定是个不小的数目吧。

时代真是变了，阿顺想，当年阿爸，渴望能坐上小轿车，可一辈子，都未能满足这个心愿，那年月，私家小轿车很稀少，多是领导款爷坐的，他个普通老百姓，够不上这个待遇。自己也从不敢想象拥有一辆私家车，现在，儿子才工作不久，就轻巧实现了。

"现在，你放心了，满意了吧？"桑梅笑着说。

阿顺没有回答，不过，他的眼里又添了几分忧虑。

"问你话呢，你在想什么呢？"

桑梅这一问，把正在沉思中的阿顺唤了回来，他蹙了蹙眉，轻轻地说："阿聪已经三十岁了，老话说，三十而立，也该找个对象，成家了。"

"这你就更不用担心啦，"桑梅笑着说，"凭阿聪这条件，成个家，容——易，你就别再操这份心啰……"

"是吗？"阿顺自言自语地，"但愿如此吧。"

十三

光阴荏苒，白驹过隙，不知不觉中，阿顺就退休了，闲着无聊，就常携桑梅轧马路。他们从外滩、豫园、福州路一路逛来，来到南京路，看见那淹没在幢幢拔地而起高楼中的国际饭店，诸多感慨便油然而生，自然就想起当年阿爸带全家人在这饭店吃饭，到王开照相馆拍全家福的事来。

"阿爸以他子孙满堂为骄傲，希望我也像他一样多生几个，不是我不愿，更非我不能，我能对抗政府只生一个的政策吗？"

阿顺边走，边喃喃地在心里自辩说。其实，他何尝不想再生几个孩子，也好与阿聪有个伴啊，但一想到，这一个，就够吃力的了，这些年，物价飞涨，各项消费开支增加，孩子的抚养费、各种教育费早已不堪胜付，觉得幸亏只生了一个。他想不明白阿爸那辈人，怎么能把那么多子女养大成人。

"你别后悔嘛，再养几个，说得倒轻巧，你养得起吗？"桑梅挖苦地说，弄得他一脸的苦笑，这何尝不是一个男人最无颜面的事。

"桑梅，你别笑话我，不是我无能耐，是我们赶上了……"

"你别说了，我知道。"桑梅善解人意地说。

阿顺脸色红红的，不再说什么了。这时候，迎面而来一家人，一个与他差不多年纪的男人抱着小孙子，用满是胡茬的嘴直亲着，逗得孩子咯咯地笑，身边簇拥着他的老伴，儿子，媳妇。他一时竟愣住了神。

"你在想什么呀？"桑梅问他。

"没，没想什么。"他尴尬地否认。

"还说没想，看人家有孙子，你想了吧？"

"嘿嘿……"他尴尬地笑了两声。

"会有的，你就不要操这个心了！"

"哼，他连对象都没有，还孙子呢？"

阿顺正要说下去，张开的口就定格了，惊喜地盯着街对面，桑梅也顺着他的眼光瞅过去，哈，那不是他们的宝贝儿子么，此刻正搂着一个身姿苗条的漂亮女孩也在逛街呢！"是阿聪！"他喜不自禁地几乎要叫起来，"我们快过去吧……"随手就去拉桑梅，却被她挡了回去，迟疑地说："这不好吧，现在我们贸然过去见他们，人家会害羞尴尬的……"这一句话，倒是提醒了阿顺，他挠着脑袋，说："也是，也是，别坏了他们的好事情！改天我再问问阿聪吧！"

次日，阿顺迫不及待，就挂了个电话，开门见山，直奔主题："阿聪，你有对象了？快给我说说她的情况！"

"老爸……你说啥？我没对象啊！"电话里传来笑声。

"说啥？你不要装糊涂，昨天你跟对象逛南京路，我看见啦！"

"老爸是克格勃特务啊，还跟踪我了？逛街就是对象啊？"

"不是搞对象，你怎么那么搂着她，亲热的样子？"

"哦，搞笑，搂着，亲热，就是对象啊？女朋友不可以吗？"

"那也是奔着结婚去的！"阿顺不容置辩地说，"你给我听好了，既然是你女朋友，你就要好好地跟她谈结婚的事！"

"谈结婚……那也太早了吧？"电话那头嬉笑着。

"你都三十好几，马上就要奔四十了，还早啊？抓紧时间办！有进展你告诉我……"

阿顺还想说什么，这才发现电话那头早就挂了。

十四

打这以后，阿顺是频频给儿子电话，催问进展。每次，他都是满怀着希望，以为有好消息，却又每次都失望。阿聪不谈实质性问题，只是含糊其词地敷衍他说，还在谈呢，一切正常，要他别急。

怎么能不急呢？阿顺心里那个焦虑，是越来越严重了。

一天，阿聪突然来电话，说是女朋友要来家里见他们。阿顺一听，喜得合不拢嘴，忙招呼桑梅去菜场买菜，嘱咐她买大别山土鸡，阳澄湖大闸蟹，他则忙着打扫卫生，还特意去了花店，买了一束盛开的百合花，让家里面貌焕然一新。桑梅买菜回来，他乐呵呵地帮着下厨，忙得团团转，他要精心烧一顿美味佳肴，招待未来儿媳。

这未来儿媳一进门，就落落大方、甜甜地叫着"叔叔好，阿姨好！"阿顺瞟眼一看，发觉不是那天南京路见到的姑娘，怎么又换一个人了？正疑惑着呢，就听见阿聪说："爸，凌倩要买礼物来的，我说就免了。"他连忙应道："不用繁文缛节，能来就好！"忙招呼桑梅拿水果点心招待，趁着桑梅和凌倩说话，他悄悄把阿聪拉到书房，压低声音问："怎么不是南京路见到的那一个？"阿聪接口道："那个早分手了，这是新谈的，怎么样，感觉不错吧？"声音里不乏得意。"只要你觉得好就好，"阿顺从抽屉里取出一个鼓鼓的红包，说："这是给凌倩的见面礼，两万块，可以吧？"阿聪眉开眼笑："老爸心细，想得周到。"

这次见面，凌倩给老两口印象特好，长相漂亮，知书达理，温柔可人，还是个硕士生呢。给她红包，她就死活不要，推来推去，还是儿子接下了，塞到她的 LV 手提包里。这把阿顺感动得不得了，心想，这个年头，不为财所动的女孩子，还真是千载难逢呢！

阿顺自然是欢喜得不得了，就和桑梅商量着如何给阿聪办结婚大事。反正就这么一个独子，老两口的财产最终还不都是他继承，现在就多拿出点给他办事，是最聪明之举。他的意思刚说出，桑梅就说："我们倒是满意了，不知那姑娘什么意思呢！"他一听就笑了："这还用担心吗？她不是收下了我们的见面礼金了吗？不同意，还会收下这钱？"他这么一说，桑梅就不吭声了。

过了些日子，一直没有他们的消息。近来，阿聪工作忙得很，因为销售业绩好，已被公司总裁提拔他为部门经理。春节临近，这天，阿聪开车回来，带给父母一大包年货，以示孝心。阿顺就问起他和凌倩的事，说要准备一份重礼去亲家为他求婚。阿聪听了，脸上表情冷淡地说："老爸，这是我自己的事，你们就别掺和了！"

"那怎么行！"阿顺瞪起眼睛："你的婚姻大事，我们能不闻不问？人家会说我们不懂规矩！"

"什么规矩啊，那是老一套了……"阿聪嘴里叽咕着。

"少废话！你亲家住哪里？你和她家约个时间，我和你妈去拜访！"阿顺不容分说，就是下命令了。

好半天，阿聪都没吭声，然后，耸了耸肩，两手一摊："我们……分手了！"

"你说啥？分手了？怎么回事啊？"阿顺这下可急了。

"I made a mistake[①]，"阿聪叹口气，"不该带她来家里！"

"你这……什么意思？难道是我们做得不到位？"阿顺面孔涨得通红。

"那倒不是，你们做得很好啊！"阿聪苦笑着说。

"那为什么分手？"

"凌倩对我们家有看法，她一来，就看出你们消费档次不高，就觉得我们家经济条件不怎么样……"

"她是怎么看出的？"阿顺困惑了。

"The devil will be in the details[②]，"阿聪责怪地说，"你们忽视了一个细节。那天，凌倩进了我们家一次卫生间，看见洗漱台上摆的几瓶护肤霜、洗头膏，就心里有数了……"

阿顺更加困惑了："这话怎讲？"

"还不明白吗？你们用的洗漱品都是最低档的，没有一件是名牌的，还有，那束百合花插在茶杯里，连个花瓶都没有，还有，在家里自己烧，还不是就是要节约，连个饭店都不肯去消费嘛……"

---

① 英语，我犯了个错误的意思。
② 英语，魔鬼在细节，这里是细节决定成败的意思。

阿聪还想说下去，却发现阿爸蜷缩在沙发里，脸色难看，就打住了。桑梅听见父子俩谈话，就过来说：

　　"这姑娘也太挑剔了吧，就我们家这条件，她还看不上？那她收了二万块见面礼钱，该还给我们呀？"

　　"妈，你们送人家的，怎么好意思还要人家还？"

　　"这样的女孩……我们供不起，不要也罢！"桑梅愤愤地说。

　　"现在女孩不都是这样嘛！"

　　阿聪这么一说，桑梅颓然无语了，阿顺闷头抽烟，唉声叹气。见老两口异常难过的样子，阿聪忽然觉得有点于心不忍，便安慰起来：

　　"老爸、老妈，你们也别内疚了，我会再找一个！下次，我不带她到家里来，她要是想见你们，就直接到饭店去见面好了……"

十五

　　那天，凌倩确实说了句"你爸妈用的护肤品都是低档的"，但阿聪心里很清楚，这并非他俩分手的主要原因；也不是非去饭店不可，他俩这些日子在一起，差不多隔三岔五就去饭店，各种西餐、中餐，什么麦当劳、海底捞、寿司都吃腻了，对他俩来说，偶尔在家里用餐，享受家的温馨，效果或许会更好。要说两人的分手，其实从一开始就埋伏下了。

　　与凌倩相识，是在一个饭局上，两人一见钟情，互相加了微信，过了不几天，感情就迅速升温，难分难舍，如胶似漆起来。不过，凭着阿聪的敏感，就知道自己决不是这个女孩的第一个，也不是最后一个，只是她的备胎而已。她一定有更多的选项，说不定她躺在他的怀抱里，手机里就接到她另一个男友的相约信息呢！他明知这个却不去揭穿她，自己不也是这样的么？她也是他的备胎而已。就在跟她相拥亲吻的时候，他还悄悄给那个叫吴娜娜的女孩发了条信息，约她周末去游欢乐谷呢！况且，吴娜娜要比凌倩更加年轻貌美，清纯可爱呢！事实上，在凌倩要来他家见父母之前，他就决定要与她分手了。只是没想到父母给她见面礼钱，他来不及阻止。有次，阿聪约凌倩周末看晚场电影，凌倩说没空，还加一句："阿聪，你我都有自由的空间，不要互相干涉噢！"他就明白了。

当然，这一切是不能告诉父母的。想到那天他们为接待凌倩忙碌的样子，阿聪就觉得好笑。这不是在愚弄他们吗？真不该！可是，老爸一再催问他，不得已，他只能这么敷衍一下，况且，凌倩多次说要来家里。只是，爸妈当真了，竟要登门拜访亲家，他不得已才说分手了，又怕爸妈责怪他，就只好用"不该带她来家里"来解释，让爸妈自觉愧疚而不再纠缠他。阿聪达到了目的。然而连日来，阿顺却一直自愧不安，不敢再向儿子提这事，却总是想着那次凌倩进门，他老两口做得有什么欠妥的地方，越想越后悔。桑梅就劝他道：

"你不要为这事自责了，你看，儿子都不在乎嘛！"

确实，和凌倩分手，阿聪一点也不沮丧，"我可不愁没女朋友，"他在心里自诩地说，因为下一个备胎，吴娜娜又填上了他感情的空白。这样，即便是凌倩甩了他，他也绝不会有失恋的痛苦绝望。"这叫有备无患——傻瓜才孤注一掷，陪光老本呢！"他嘿嘿地笑了。他嘲笑那些因为失恋而痛不欲生的男人，觉得他们的智商情商都太低了！

不过，话又说回来，与凌倩分手，阿聪多少还是有些恋恋不舍，他们毕竟有过那么一段美好时光，只是吴娜娜的出现，让他喜新厌旧罢了。在他看来，凌倩和吴娜娜，各有特色，一个是良苑仙葩，一个是美玉无瑕，都是标准的美人胚子。一个是镜中月，一个是水中花，不，不，镜中月、水中花，那都是可望而不可即的，而这两女人，都是他整日耳鬓厮磨，任揽入怀的女人！较之凌倩的矜持内敛，吴娜娜更显得热情火辣，交往不多久，她就和他同居起来，过上了不是夫妻的夫妻生活来。她是个外地姑娘，在沪上硕士毕业找了工作，没有住房，这也可理解。只是，不知何故，两人都闭口不提结婚的事。

阿聪自有他的打算，他发现，吴娜娜看似大大咧咧，其实颇有心机呢，他生日到了，她便送了条羊绒围巾给他，过不几天，她就说她生日也到了，那不就是暗示他得回赠她礼物吗？于是他就送了她一个价值万元的进口手提包。相处这些日子，她总是不会吃亏，这让他很反感。吴娜娜见阿聪不主动提结婚，也就三缄其口。有次，她试探性地说，想搬出去租房住，说那儿离上班近，不用他每天开车接送她了。他竟然没有一丝挽留的意思，反而说那好啊，我帮你去看看租房，他这么一说，她的眼里就溢出泪来。当然，以后这事也就不了了之，原因是，看了多处租房，吴娜娜都不满意，说再找找看，有地段房型租金都满意的再搬。阿聪明知吴娜娜的意思，也不去点破。

如果不是阿顺突然来他家里，与吴娜娜不期而遇，还真不知道这不死不活的关系究竟会维持多久呢。

十六

事情的发生，来得太突然。这也难怪，这么多日子，阿顺都得不到儿子的信息。打电话给他，他总是说忙，一会儿在高铁上，一会儿飞机上，问得急了，他就干脆电话不接了。这可急坏了阿顺，想这阿聪到底是怎么了？实在不放心，就不打招呼，搞个突然袭击，径直来他家里，看看到底是什么情况。谁料，正好就遇上了吴娜娜了呢！

阿顺敲了门，随即就惊讶了，面前站着一个姑娘，头发有些凌乱，穿着睡衣，他还以为是走错了门呢，正惶然之际，听见姑娘坦然地说："哎呀，叔叔，是您啊，我和阿聪说了，就这两天要去拜望您和阿姨呢！"这一番话，将他一下子就从尴尬中拉了回来，怀疑，困惑，恍悟，惊喜，这真是，天上掉下了个林妹妹！儿子真有能耐，这么快，就又谈了个女朋友了，啊，岂是女朋友，看这架势，都同居了不是？那就是夫妻了？他欢喜地正想说你们都结婚了？怎么事先也不告诉我？话还没出口，就被姑娘挡住了："叔叔，我们只是谈朋友呢，阿聪他没告诉您吗？"这一声，阿顺怀疑是不是听错了，当他确信无疑，就怔怔地站在那儿，什么话也说不出来了。

回家后，阿顺就把这情况告诉桑梅。桑梅叹了口气，说："现在年轻人，都不知道是怎么想的！""再怎么想，也不能这么开放吧？""那就问问阿聪吧，看他是怎么个打算的？"他立即就拨通了阿聪的电话，把刚才的际遇说了一遍，要他赶快把结婚证领了，选个吉利的日子，办个隆重的婚礼，不能亏待人家姑娘。阿聪一听就笑了，戏谑地调侃他说：

"老爸，你这是皇帝不急太监急吧？"

"怎么不急？你们都同居了呀！"他压低了嗓门。

"那又怎样呢？"阿聪嬉笑声。

"怎样？赶紧把结婚手续办了！"

"我······还要再考虑考虑。"

"什么？你还要考虑？"阿顺几乎叫起来。

"爸你别急呀，"阿聪笑着说："我们这叫 trial marriage，试婚，你懂么？"

"你啥意思？"阿顺急了，"难道你还不打算跟她结婚？"

"是的，"阿聪回答很干脆。

阿顺惊讶极了，以为听错了，要阿聪再说一遍，当他确信后，就恼怒地爆发了，冲着话筒叫起来："你都把人家那样了，还想甩了人家，那不是毁了她吗？做人要讲道德！不能这么缺德！"

"老爸，我不和你争了，"阿聪语气里透出一丝轻蔑来，"你们这代人啊，真是可悲！不过，也难怪啊，你们那个时代，是性压抑、性饥渴、性蒙昧，无可选择，也无可实践，一旦与某个异性发生关系，就认定终生了，就像你和我妈，还要道德捆绑，荒唐不荒唐，可笑不可笑啊？"

一种被羞辱感袭上心头，阿顺只觉得脸上一阵发热。不不，不能就这样甘拜下风，他还是要教训儿子，让他明白养儿育女的最起码的做人道理，却好半天，竟不知从何开口了。沉默了片刻，他几乎有些绝望地说：

"那你不打算结婚了？"

"嗯哼······"

"就一个人过一辈子，也不要孩子了？"

"这不也挺好吗？"

"你······"

阿顺气得发抖，什么话也说不出来了。

话筒掉了下来，阿顺呆呆地立着，忽然觉得胸口憋闷，脸色很难看。桑梅慌忙跑过来，劝他别生气。怎么能不生气呢？自己呕心沥血这么多年，培养儿子成才，就是望他成家立业，能过上好日子，可这个不争气的，这么不负责任，竟要断了周家香火！可他哪里知道，儿子也有一肚子不满呢，这个老爸，管得也太多了，自己从小到大，都一直在他的威严监控管束之下，不得自由，简直是受够了！

又过了些日子，父子俩关系还是没有缓和。

桑梅看在眼里，急在心里，她无法评判两人是非，只是隐约觉得，现在世道变了，好多事情都说不清了，也不能全怪儿子，只能从中婉言相劝老伴。是啊，从情感上说，一个是朝夕相处的丈夫，一个是无可替代的儿子，她不都要护着？她想，这父子俩，难道就不能好好相处吗，干嘛要搞得互相不让、势不两立？有句话叫，不是冤家不聚头，其实啊，谁也别说谁的对错了，只要都能平安无事，好好地过日子，快乐地活着，那就好。

后 记

　　校完这本集子的最后一个字，我没有如释重负，心里反而愈发忐忑不安了。倘若，我的写作，只是我生命的自然延伸，或者说，是与我在一种自由状态下合二为一的，纯系我心理经验和隐秘驱动的、绝对私人化的写作①，那么，我又何必要杌陧，自寻烦恼呢？我尽可以毫无顾忌地，放浪形骸于我的文字游戏，自娱自乐，自悲自戚，无须有丝毫的戁悚。可是，一想到要付梓出版，就觉得责任重大，不得不踌躇再三，诚惶诚恐，敬畏有加了。

　　不错，写作首先是为了满足内心的需要和欲望。但我以为，那种只顾自我宣泄，无视他人的写作，绝不是率性天真，追求什么艺术个性，更非什么独立之思想、自由之精神，不过是一种信笔所致，无约束的放纵罢了，这是很容易得来的；而那种一味取媚读者，追求吸睛，赢得畅销，而不惜降低品位，堕落文学，更是不负责任。要让自己的写作，真正滋润读者的心灵，激起读者审美的共鸣，经得起时间的推敲，那可真不是件轻而易举的事情。

　　这么一想，当我审视自己的文字时，便更加胆怯畏葸了。

---

① 私人化（private）写作，是90年代中后期在文坛上出现的一个现象，一种新的写作方式，又称"个人化写作"，本质特征是非代言式的写作，与公众的（public）群体性严格对立与区别，不仅是写作方式，而且表达的内容也是纯私人的经验和意识，热衷自我，虽然它对文学多样化是必不可少，但又很难把握，很容易滑向自恋狂式的病态写作。

我犹豫不决，是面对读者呢，还是聪明的，就此遁形逃匿呢？

　　还是坦然处之吧，我不想隐瞒我的疵颣。我想说的是，我的写作，既不是在铺满鲜花的大道上徜徉，也不是在浪花吻脚的海滩边拾贝，绝无那种轻松惬意的感觉，而是在沼泽泥泞中艰难跋涉，异常的吃力、倍加的沉重。我的两只脚沉陷在泥淖中，须费力地拔出来，一只要跨越思维的盲障；一只要逾越语言的阻滞，这对于我，都是极其困难的事情。曾几何时，那些稚拙的、愚昧的、偏激的、媚俗的、混乱的思维，像迷雾重叠，遮蔽了我前行的路；那些贫乏的、枯燥的、轻薄的、诱惑的、空洞的语言，又似乱生的荆棘，缠绕着我的腿脚，令我举步维艰。我若不摆脱它的羁绊，冲破它的桎梏，就无法走向我痴迷的文学彼岸。

　　明知道我是力不从心、难以堪任的，但我，还是要孜孜求索啊。

　　在这极度的矛盾和辗转中，我日夜煎熬，痛苦也并快乐着。这不仅是缘于我童年时的文学梦想，那时候，文学是对我幼小心灵最好的抚慰和激励；更是后来的生活激流时刻冲击着我，周围许许多多的人和事触动着我，激励着我，主宰着我，让我欲罢不能，要一吐心中的块垒。经历了漫长人生，看多了悲欢离合，尝尽了酸甜苦辣，感受了世态炎凉，我岂能无动于衷，缄默不语？我真诚地要把我的爱，我的恨，我的思，我的惑，我的悔，我的悟，毫无保留地向我的读者倾诉。

　　更透彻地说吧，我是要通过笔下的人物和故事，试图打开一扇窗口，去窥视这个纷纷扰扰、扑朔迷离、乱象丛生的世界，从抵悟撕裂、轻佻癫狂、变幻莫测的轮回人生里，去寻找、发掘一种让我渴望已久的、敬慕的、崇拜的永恒的东西。它究竟是什么，我说不清楚，但我知道，它会使我们生活更美好，人生更有价值和意义。当然，它既没有束之高阁，也没有深藏迷宫，它就存在于人世间的生活里，存在于普通的人性里，存在于人的心灵里，只不过，我们把它忘却了，冷落了，抛弃了。

人们需要现实的世俗平庸，而我却反其道，是否显得很不自量力？

我别无选择。只能潜下心来，老老实实，从小说中形形色色人物的心理、性格、行为的逻辑演绎中，去讲述一个又一个不同的故事，以寻找、验证我心中的向往和追求。为此，我不敢有任何的懈怠，不敢有丝毫的亵渎。我不会因为艺术虚构，就背弃生活的真实，也不会以雕琢词藻，去掩饰空洞和苍白。我只能在生活场景的深切细腻的描摹中，让读者与我一起去寻找人生的真谛和人性的本真。

有人说，写作"可以使人摆脱孤独"[1]；也有人说，写作是"为了使我的朋友们更爱我"[2]；还有人说，写作是"扫除我们心灵中的垃圾""改变我的精神世界"[3]。我想，我的写作，没有太多奢望，如果能给人在迷惘中有思索，孤寂中有温馨，怯懦中有勇气，颓靡中有希望，仅此而已，那我也就深感欣慰了。

刘志宣

2024 年春于沪上紫轩斋

---

[1] 德国乌尔里希·普伦茨多夫（Ulrich Plenzdorf 1934—2007）语，引自《世界 100 位作家谈写作》(上海文化出版社)。

[2] 哥伦比亚加夫列尔·加西亚·马尔克斯（Gabriel García Márquez 1927—2014）语，引自同上。

[3] 中国巴金（1904—2005）语，引自同上。

后记

图书在版编目(CIP)数据

乐活/刘志宣著.—上海:上海三联书店,
2024.6
ISBN 978 - 7 - 5426 - 8538 - 4

Ⅰ.①乐… Ⅱ.①刘… Ⅲ.①中篇小说-小说集-中
国-当代②短篇小说-小说集-中国-当代 Ⅳ.
①I247.7

中国国家版本馆 CIP 数据核字(2024)第 108448 号

乐活

著　　者 / 刘志宣

责任编辑 / 殷亚平
装帧设计 / 徐　徐
监　　制 / 姚　军
责任校对 / 王凌霄

出版发行 / 上海三联书店
　　　　　(200041)中国上海市静安区威海路 755 号 30 楼
邮　　箱 / sdxsanlian@sina.com
联系电话 / 编辑部:021 - 22895517
　　　　　发行部:021 - 22895559
印　　刷 / 上海颛辉印刷厂有限公司

版　　次 / 2024 年 6 月第 1 版
印　　次 / 2024 年 6 月第 1 次印刷
开　　本 / 890mm × 1240mm　1/32
字　　数 / 310 千字
印　　张 / 13.125
书　　号 / ISBN 978 - 7 - 5426 - 8538 - 4/I · 1884
定　　价 / 78.00 元

敬启读者,如发现本书有印装质量问题,请与印刷厂联系 021 - 56152633